U0923970

侦探大师精彩绝伦的推理　生死特工惊险高超的较量

惊悚推理迭出，悬念设置不俗，精彩桥段眩目，国情、民情、友情、爱情生死谍变，全能生死特工震撼出场，幕幕“惊心动魄”展现比“007”更神秘的殊死较量。

生死特工

左绍忠◎著

为什么港城林公馆的连环凶杀案会引起轰动？凶杀案背后究竟隐藏了什么阴谋？激情诱惑与血腥恐怖将带来何种结局？谁才是罪魁祸首？谁才是充满欲望的贪婪小丑？谁才是真正的抗日英雄？随着一个又一个谜团被解开，日本间谍精心设计的连环大案终无所遁形，大白于天下。正所谓局中局，谜中谜，案中案，惊险离奇，石破天惊！

时事出版社

目录

目录

每一道铁门都有荷枪实弹的门卫把守，他们个个面目冷酷、不苟言笑。不管你是小混混还是大枭雄，是默默无闻的小生还是高深莫测的侠客，是男人还是女人，是士兵还是将军，只要能够潇洒自如地穿过那三道铁门，进入一间铜墙铁壁的小屋，你就是高手中的高手！若能够再从那三道铁门里走出来，你就是英雄中的英雄！

马树民一点也不介意在老同学面前露怯，仍心有余悸地说："老同学，你不知道，当时屋里就和屠宰场一样，绿头苍蝇'嗡嗡'地在空中飞舞，地板、墙壁和床上到处是血污。尤其是那张雕龙画凤的大床，雪白的床单染成了红色，床上的尸体身首异处，头颅滚在一边，两眼凸出来死死地盯着天花板。脖颈处断口齐整，显然是被凶手一刀剁下了头颅，让人一看就毛骨悚然，恶心得直想吐。"

他指着那组数字解释道："'五零一零三七一零'分开来念就变成'五'、'零'、'一零'、'三'、'七'、'一零'。然后把'五'念成'巫'，把'零'念成'岭'，组合起来就是'巫岭'；再把'一零'念成数字'十'，把'十'念成'石'，'三'念成'山'，'七'念成'奇'；后面的'一零'也改回数字'十'，念成'石'。我们再重新念一次就成了'巫岭'、'石'、'山'、'奇'、'石'，再组合一次就成了'巫岭石山奇石'。

就在距离黑风林大约两公里时，河对岸突然传来各种奇怪的声响，使人不禁毛骨悚然，每个人的神经都绷得紧紧的。

继续往前走了半里路，杨军猛地惊叫一声，停下了脚步。其他人急忙聚拢过去，眼前的情景真是惨不忍睹——无数已经腐烂变质的动物尸体正横七竖八地躺在丛林中，散发出阵阵恶臭，可怕的蛆虫正在上面不停地蠕动着。

天啊，这个洞厅居然到处都是光彩夺目的宝物，还有各种各样的怪物模型在守护着。雷霆吃惊得张大了嘴巴。尤其是在往左延伸的通道里，一条巨大的蟒蛇正守护在通道口，虽然不是真的，但也敢肯定它身上机关重重。

雷霆想了想，心中有数了：只要按照箭头的方向经过那条通道进入里面，一定还有更多的奇珍异宝。这时，留在上面的人已经急得犹如热锅上的蚂蚁，纷纷朝他喊话。

第五章 坚强不屈·72

她一边伸出葱嫩的双手搂住雷霆的脖颈，一边秋波流转地说：“雷探长，中国有句古话叫人生得意须尽欢。还有句话是，过了这个村就没这个店了。你又何必呢？只要你说出‘雄鹰’是谁，便会葡萄美酒夜光杯，醉时抱得美人归。”

见雷霆不说话，井上美子以为他动摇了，于是退到两米之外，美女蛇般地舞动起来。她脸上布满红晕，目如秋水怯雨羞云，尽情地在卧室里摇晃起来，时而万般风情绕眉梢，时而杨柳细腰轻摆动。

第六章 意外发现·87

孙兵想了想，一本正经地回答：“自从林公馆发生连环凶杀案后，我就很少见到林振松了。有时候见到他，他也只是匆匆交待我任务就走了。我很奇怪，林振松好像变了一个人，说话声音总是很沙哑，没有以前那么清脆。他这个人很神秘，平时除了总管肖顺阳和我，以及另一个护法，其他人想见他简直比登天还难，他们甚至都不知道火焰堂的大堂主是谁，叫什么名字……”

第七章 血溅舞池·99

见此情景，观众一片哗然。女扮男装的唐秋红一直隐藏在暗处静静地观察着这一切，眼前的情景令她愤怒不已，正思忖着自己该不该出手。与此同时，默默站在舞池幕后的许六七见事情不妙，正想跃出来替兰婷解围，谁知有人比他还快，只听见斜面的昏暗角落里“砰”地响了一枪，搂抱着兰婷的郭四海还没闹清是怎么回事，人已经重重地倒在地上，鲜血染了兰婷一身。

确定沈秀梅不会再来之后，雷霆立刻起身关紧房门，转身撕下脸上的假面皮，然后定定地看着眼前的兰婷。兰婷被眼前的一幕惊呆了，睁大眼睛呆呆地看着那张再熟悉不过的面孔，万般滋味顿时涌上心头。她以为自己是在做梦，使劲地摇了摇头，再仔细打量，没错，站在自己面前的正是日思夜想的初恋情人雷霆。“霆哥!”兰婷喜极而泣，激动的泪珠滚滚而落，一把扑进雷霆的怀里。

“就算有地下河，我们也游不出去，还是寻找其他出口吧。”雷霆冷静地说。

于是，三人摸索着往溶洞深处走去，大约走了二十几米，突然传来阵阵阴风，嗖嗖有声，整个洞厅顿时笼罩在一股让人望而生畏的神秘氛围中，周围的钟乳石仿佛一个个黑色的幽灵，隐没在一层薄薄的水雾中，令人毛骨悚然。兰婷惊恐不安地看着眼前的一切，死死地攥着雷霆的手不放。

松田压抑着内心的痛苦，想到井上曾经对自己说过的话，颤抖着双手将她脸上的假面皮撕开，让她露出真面目去看一眼蓝天白云。

“慧子，看看吧，否则你会死不瞑目的。你和你的双胞胎姐姐美子都是我们大日本帝国的骄傲，你已经为天皇陛下尽忠了，安息吧。”松田兀自沉浸在失去战友的痛苦中。

这时刘大龙已经来到松田身边，听了他的话，不由得朝着被松田称为井上慧子的“井上美子”看了一眼，顿时愣住了。

第十一章 岛上乐园·163

熊振南不达目的岂肯罢休，眼见对方不动手，他只好走了一步险棋，不但不接郭玄递过来的银票，还从地上捡起扔掉的菜刀，走到一张大赌桌前，抬起脚来刷地就从腿上割下一块巴掌大的皮肉，“扑”的一声丢在赌桌上当作赌注。

围观的人见了，无不睁大眼睛发出阵阵惊呼，目光齐刷刷地盯着那块皮肉，身上激起层层鸡皮疙瘩。

第十二章 惩恶除奸·180

这时，马云峰趁大家都把注意力放在李大牛身上，慢慢转过身来，悄悄从怀里掏出手枪瞄准了雷霆的后脑勺。

随着“砰”的一声枪响，一个人猝然向后仰去，猛地吐出一口鲜血，头一歪，死了。然而，被打死的不是雷霆，而是罪大恶极的马云峰。

原来，马云峰的小动作早已被唐秋红看着眼里，她比他还快，甩手一枪，马云峰的脑袋就被子弹穿了一个窟窿，脑浆四溅，命丧当场。

第十三章 斗智斗勇·189

雷霆死死地盯着眼前狂妄自大的肖顺阳，突然抬起双手，甩得就像两条吐着信子的蛇，弯来转去、时伸时缩，在半空中挥舞出大圈小圈，搅起一阵阵阴风，随即直射向肖顺阳的面门和心窝。

肖顺阳倒吸了一口凉气，急忙往后退去，谁知他刚站稳脚根，雷霆的双手已有如毒蛇一般如影随形，一上一下地朝他的上三路射去……

第十四章 鬼屋奇遇·207

在墓地里转了一会儿，除了四周大小不一的坟墓正笼罩在一片白茫茫的雾气中之外，什么也没有。

突然，一团白蒙蒙的东西映入两人的眼帘，雷霆和兰婷赶紧跑过去一看，竟然那只大白熊犬倒在血泊中。雷霆立刻蹲下身去检查，只见大白熊犬的头部被一颗子弹射穿，嘴里还紧紧地咬着一只血淋淋的人耳朵。见状，两人不由得倒吸了一口凉气。

第十五章 揭开真相·219

“加入抗日队伍，同仇敌忾打鬼子！加入抗日队伍，同仇敌忾打鬼子……”雷霆的一番话触动了每个人的内心，大家顿时热血沸腾、斗志昂扬，不约而同地围住了野村吉次郎、井上美子、肖顺阳和冉小二。

雷霆正想阻止，可是已经来不及了。转眼间，罪大恶极的野村吉次郎和井上美子便被众人就地处死；肖顺阳和冉小二则被执法师和众人剁成几大块，扔进火里给烧了。

引 子

每一道铁门都有荷枪实弹的门卫把守，他们个个面目冷酷、不苟言笑。不管你是小混混还是大枭雄，是默默无闻的小生还是高深莫测的侠客，是男人还是女人，是士兵还是将军，只要能够潇洒自如地穿过那三道铁门，进入一间铜墙铁壁的小屋，你就是高手中的高手！若能够再从那三道铁门里走出来，你就是英雄中的英雄！

但是请你记住，进每一道铁门时不要看门卫的脸，更不要看门卫的眼，否则你会从他们的表情中看到恐怖，从他们的目光里看到死亡。随后，你可能会打退堂鼓，再也无法前进，前进，再前进！

走进第一道铁门，里面充满光亮且温暖如春，脚步踏得很重，也很响，四壁回荡着空洞洞的声音。走进第二道铁门，里面的光亮减弱，开始变得有些冷，脚步踏得很重，却不怎么响，四壁隐隐约约传来“啪哒啪哒”的声响。走进第三道铁门，里面漆黑一团，变得更加冷，脚步踏得很重，却悄然无声。

穿过三道铁门，走进一间铜墙铁壁的小屋，除了屋顶有一柱强烈的冷光直射而下，白花花地罩住屋子中央的一块地板之外，四周一片漆黑，冷得如同冰窖。

站在屋子中央的光圈里，你看不见对方，对方却看得见你。一踏进光圈，对方就开始对你进行严肃的问话，而且时间只有一分钟，多一秒钟也不行。若是能让对方与你多谈一秒钟，你就是个了不起的人物。

这时，代号“雄鹰”的生死特工走进小屋，刚走进屋子中央的光圈里，一个严肃的声音立即响起："请你把生死特工的意义简要地讲述一遍。"

"雄鹰"双目炯炯，朗声回答："生死特工无论是生还是死，一切服从组织安排。无论是被我方还是被敌方误解或杀害，都无怨无悔，一切以大局为重。"

对方听了，似乎很满意，赞赏地说道："很好！你潜入日军内部这三年来，给我军提供了很多可靠情报，上级对你的工作非常满意。为了保证你的安全，以后不要亲自冒险到这儿来了，还是按照老方法将情报送出来吧。"

"雄鹰"点了点头。对方又开口了："这次你以回家探亲为由冒险前来见我，难免会引起日军的注意，请尽快回到日军部队里去。好了，一分钟时间到了，你出去吧。我们生死特工的任务就像你即将走向的那三道铁门一样，走得出去就是光明，走不出去就是黑暗，就是死亡！"

"雄鹰"不再作片刻停留，转身离开小屋，向一道一道铁门走去。与进来时唯一不同的是，他每走出一道铁门时，都有不可预知的流光飞舞而来——一把把闪着寒光的尖刀，刀刀致命、毫不留情，没有过人的本领就别想活着出去。"雄鹰"使出浑身解数，上下翻飞、左躲右闪，终于闯过了三道铁门，瞬间便消失在熙熙攘攘的人流中。

"雄鹰"走后，代号"白狼"的生死特工雷霆来了。这个雷霆真是不同凡响，每走进一道铁门时，他都要冷冷地看左边的门卫一眼，又冷冷地看右边的门卫一眼。尽管他从门卫的表情中看到了恐怖，看到了死亡，却没有退缩，而是义无反顾地继续往前走，往前走，再往前走，随即雄心勃勃地迈进那间铜墙铁壁的小屋……

第一章

连环血案

共产党设在上海的情报站非常隐秘，除了内部人员，谁也想不到该情报站竟然就藏在敌人的眼皮底下。

1944年初夏的一天下午，该情报站站长在办公室里翻阅着一份绝密文件。站长年近五十，身体强壮，具有超强的心理素质，练就了遇到任何困难和危险都不慌不乱的本领，是该情报站的核心人物。

翻阅完那份绝密文件，站长伸手在办公桌底部按了一下，进入他办公室的金属门徐徐打开。

不到30秒钟，一位美丽的女子走进屋来。谁会想到这样一位妙龄女子，竟然是我党的高层特工，她训练有素，擅长心理学、格斗、追踪与反追踪，以及情报网的建立和管理，尤其擅长破译各种密码。

进屋后，站长抬起头来看着她，严肃地说："请你通知'白狼'十分钟内来我办公室。""是!"领命后，女子微微颔首，毫不迟疑地转身离开。

十分钟后，戴着墨镜和一顶宽边礼帽的雷霆出现在上海情报站门口。他侧着身子，衣领微微耸起，别人很难看清他的面容。只见他机警地朝四周扫视一番，没有发现什么异常，这才摘下墨镜，三步并作两步穿过铁门，很快就来到站长的办公室，以标准的军人步伐"啪"的一声双腿并拢，笔直地给站长行了一个军礼。

雷霆机智勇敢，以上海滩侦探的身份为掩护进行工作，越山跨海、侦察谍报、秘密渗透、袭击破坏、联合作战、解救人质无所不通，而且百发百中，要说擒拿格斗、气功破石更是小菜一碟。至于他到底有多少项绝技，根本无人知晓。他还随身携带高级暗杀器械和药品，外衣上的第二颗扣子则是苏联克格勃的F21纽扣相机。

发觉高大英俊的雷霆比预定的时间提前了两分钟，站长点了点头，十分赞赏他动作迅速，随即看着他严肃地说道："港城林公馆出了一件奇怪的凶杀案。林振松的姨太太六天前被人暗杀，我们通过'山猫'和'夜莺'得知，你的老同学马树民已经赶往上海，打算请你去协助侦破此案。由于林振松暗中给过我们一批药物和枪支，他太太被人暗杀，我们怀疑其背后隐藏着不可告人的秘密。根据'夜莺'提供的情报，林振松与重庆军统局戴老板是好朋友。这次你的任务就是借马树民请你去破案的机会，尽快揪出幕后凶手并查清作案动机，阻止其实施更大的阴谋。"

听到又有新任务，雷霆心里涌起一阵激动，郑重地点了点头。"'夜莺'、'山猫'和'雄鹰'都在港城，这次他们会在暗中助你一臂之力。马树民即将到上海，你马上回去等他。"站长接着说。

领命后，雷霆并没有马上离开，站长不高兴了，用沉闷刺耳的哼哼声发出警告。雷霆视而不见，仍然固执地问道："头儿，你能告诉我'夜莺'、'山猫'和'雄鹰'都是谁吗？"

"做侦探的人就是喜欢刨根问底、婆婆妈妈！实话告诉你吧，为了每一位生死特工的安全，组织上决定，不到关键时刻不会让你们相认的，哪怕是亲兄弟也一样。"站长埋怨雷霆与平时判若两人，挥了挥手，阻止他再继续问下去。

雷霆无奈地耸了耸肩，只得放弃追问。这时，站长看了看表，语气更加严肃地说道："奇怪，我竟然破例和你多谈了一分钟。你真是了不起，从你身上我看到了希望。我坚信，我们一起努力，侵华日军在不久的将来就会无条件投降，并且受到国际法庭最庄严的审判。""我也坚信。"雷霆也是一脸严肃，转身离开了站长的办公室。

当天傍晚，雷霆正准备吃饭，港城警察局局长马树民突然拉着一张苦瓜脸汗流满面地来访。屁股还未坐稳，他便心急火燎地对雷霆说："老同学，我们那儿发生了一桩蹊跷的人命案，死者赵玉莲在自己的床上被人杀害。死者是林振松半年前娶过门的姨太太，林的背景又很复杂，黑白两道都有熟人，势力非常强大，上级要我尽快破案，真是头疼得很。老同学，我这么远跑来请你，你可得帮我这个忙啊。”

“什么时候的事？”马树民会来已是意料之中的事，雷霆却装出一副一无所知的样子，故意问道，并倒了一杯酒递给马树民。接过酒杯，马树民扶着额头，满面愁容地说道：“六天前深夜里发生的事。接到报案后，我和副局长李勇带着警员赶到林家，林家的人都惶恐不安地聚在大厅里。当时林振松不在家，林公馆乱得一团糟。我们又去看凶杀案现场，刚进屋就闻到一股浓浓的血腥味。老同学，你也知道，这几年来我处理的凶杀案也不算少，可这一次真是吓得胆战心惊的。”

“不就是杀人案嘛，至于吗？”雷霆很诧异马树民的表现，不禁放下杯子默默地看着他。马树民一点也不介意在老同学面前露怯，仍心有余悸地说：“老同学，你不知道，当时屋里就和屠宰场一样，绿头苍蝇‘嗡嗡’地在空中飞舞，地板、墙壁和床上到处是血污。尤其是那张雕龙画凤的大床，雪白的床单染成了红色，床上的尸体身首异处，头颅滚在一边，两眼凸出来死死地盯着天花板。脖颈处断口齐整，显然是被凶手一刀剁下了头颅，让人一看就毛骨悚然，恶心得直想吐。”

听到这，雷霆不由得睁大了眼睛，显然凶手的残忍超出了他的预想。沉默半晌，他问道：“老同学，凭你多年的办案经验，认为凶手会是什么样的人呢？”“废话，我要是知道凶手是什么样的人，还会来请你这位大神探吗？”马树民顾不得礼貌，挥着手烦躁地说。

“我仔细检查过了，林振松这位漂亮的太太除了被凶手一刀剁掉头颅之外，身上各处均无伤痕，也没有被人非礼过的痕迹。我也问过林公馆里所有的人，他们都说深夜没有听到什么异常的声音。次日早晨，太阳升得老高，他们不见赵玉莲起床吃早点，管家林志安就去房间查看，这才发现赵玉莲已经惨死在自己的卧室里。”马树民抿了一口酒，继续说道。

“你说什么？”雷霆有些想不通了：“奇怪，为什么管家会去叫赵玉莲？难道林家没有丫环吗？林志安是男人，为什么是他去，而不是丫环去？老同学，你不觉得那位林志安有问题吗？”

“你说的我也想过，当时我也觉得林家每一个人都有作案动机，尤其是林志安，可是转念一想又觉得不太可能。你有所不知，林振松与港城青帮头目赵德贵关系密切，港城有一半的妓院和赌场都是赵德贵的，只要这个姓赵的跺一跺脚，整个港城都会地动山摇。林志安就算有十个胆，也不敢得罪林振松和赵德贵吧，更别说杀死赵的妹妹了。”

听了赵玉莲的背景，雷霆更加惊讶了：“老同学，你是说，林振松半年前娶的这位姨太太是港城青帮头目赵德贵的妹妹？”马树民点了点头：“不错。林振松不知造了什么孽，娶了夫人陆小慧后，这个陆小慧居然没有生育能力，近年来还得了怪病瘫痪在床。林振松不甘心，半年前又娶了赵德贵的妹妹赵玉莲做姨太太，目的就是希望赵玉莲给他生个儿子，将来好继承林家的家业。”

“那么，老同学，你从港城来上海时，林振松回家了吗？”雷霆接着问道。马树民想了想，说道：“案发后的第三天，林振松突然带着一个名叫肖顺阳的人回到了家里。发现赵玉莲被杀后，他就通过黑白两道给我施加压力，要我尽快破案。第四天，林振松还从外面请了一个名叫唐秋红的女子回到林公馆，也不知是出于什么目的。”

唐秋红？听到这个名字，雷霆内心猛地一惊，急忙问道：“老同学，你提到的这个唐秋红什么模样？”马树民回忆了一下，肯定地说道：“她是个大美女，听说是广州人，脸上有一颗美人痣。”闻言，雷霆的心不禁狂跳起来，真想不到事情竟然会是这个样子。慢慢地，他陷入了回忆。

那时他正在中山大学读书，和唐秋红是同学，还有一个叫兰婷的美女也是他的同学。当年，唐秋红和兰婷同时爱上了生于武术世家、文武全才的雷霆。大学毕业后，唐秋红和兰婷留在广州，雷霆则去巴黎留学了。

之后，唐秋红和兰婷各自写情书给雷霆诉说对他的爱慕与思念。雷霆留学回国时，兰婷已跟随父母离开广州赶往上海，不料途中遭遇了一股土匪，几经挣扎后又堕入风尘，从此与二人失去联系。关于她的不幸遭遇，当年的雷霆和唐秋红都不知情。正因如此，雷霆留学回国后，唐秋红以为兰婷已经退出竞争，便常常约他散步、看戏，希望两人能培养出感情。

唐秋红从小就身怀异香，长大后更加浓烈，每当她走近雷霆时，雷霆都可嗅到她身上散发出来的如兰似麝的馥郁芬芳。尽管如此，雷霆仍没有对她产生非分之想。在他心中，爱兰婷要比爱唐秋红更多一些，他一直盼望着有一天能与失去联系的兰婷重逢。

唐秋红见雷霆坐怀不乱，便猜出他把更多的心思放在了兰婷身上。为了获得雷霆全部的爱，唐秋红越来越大胆，有事无事都约他陪自己去看戏，看完后又请求雷霆送自己回家，回到家后又没话找话与他交谈。声音丝丝屡屡，香气屡屡丝丝。久而久之，她的执着终于打动了雷霆的心，两人举行了订婚仪式。

可是，两人订婚不久就发生了“七七”事变。为了无牵无挂地报效祖国，雷霆不想被婚姻绊住。一次，他心情沉重地赴约，目的就是想向唐秋红摊牌，大家好合好散。那天，雷霆静静地站在唐秋红的卧室门外，紧紧地盯着躺在床上的唐秋红。当时，她穿着一身半透明的丝质睡衣，浑身洋溢着成熟女性的魅力。

见雷霆没有走进卧室，唐秋红慢慢扭动着丰满的胴体，床板随之发出极轻微的“吱呀吱呀”声。随后，她索性将仰躺的身子侧过来，面对着门的方向，薄薄的被子一团白雾似地从身上无声无息地滑落，银灰色的月光透过玻璃窗洒在她闪着淡淡光泽的丝质睡衣上。

雷霆静静地站了一会儿，走到唐秋红床边，慢慢蹲下去拾起被子，凑近鼻子轻轻地嗅着唐秋红留在上面的味道。他的内心充满矛盾，知道如果自己提出分手，对唐秋红来说实在是太残忍了。可转念一想，他又觉得如果不这样做，让唐秋红为自己白白耗费青春，就更对不起她了。

窗外有风吹过，树枝摇出一片“哗啦啦”的响声。几只不知名的夜鸟或远或近地站在树梢上，歌声嘹亮而凄婉。见雷霆迟迟未动，唐秋红就大着胆子说：“霆哥，趁着我爹娘不在家，我们何不好好浪漫一下？上床吧。”

终于，雷霆像找到理由似地瞪大了双眼，吼道：“感受感受，你就知道感受。日本鬼子都打到家门口了，你还是只知道感受，你考虑过我的感受吗？考虑过那些受苦受难的老百姓的感受吗？”

唐秋红吓了一大跳，没想到雷霆的反应会那么激烈，一时间呆住了。雷霆担心自己会心软，不去看唐秋红涨红的面庞，绷着脸一鼓作气地说道：“秋红，对不起了，我们分手吧。”听了这话，唐秋红脸色大变，泪水涌进眼眶，一句话也说不出来。

雷霆却不再看她一眼，硬着心肠离开了她的卧室。待唐秋红反应过来时，他已经消失在茫茫夜色中。

次日清晨，雷霆便请求父母取消他和唐秋红的婚事。父母感到莫名其妙，他却不想作过多的解释，只是沉重地说道："我再也不能忍受日本鬼子对祖国的蹂躏，要到战场上去杀敌报国，所以不想这么早就结婚，不想被牵绊。"说完，雷霆在父母的惊诧中匆匆离开家，打算去找唐秋红商量退婚的事。

谁知他刚来到唐秋红家门口，就响起了防空警报。紧接着，十几架日机从东方低飞而来，在广州上空盘旋几圈后投下多枚炸弹。随着一声声"轰隆隆"的巨响，浓烟冲天而起，很多房屋顷刻间倒塌。街上的人乱成一团，哭声、喊声和咒骂声伴随着日机的轰鸣声，响彻整个广州城。

作恶的日机飞走后，人们第一眼看到的就是遍地的尸体。雷霆顾不得许多，急忙跑回家一看，家已经变成了一堆废墟，父母也不知去向。雷霆发疯般扑向一团团废墟，经过一天一夜的挖掘，终于发现父母的尸体，其状十分凄惨。

从此，雷霆对日本鬼子的仇恨更是深入骨髓，坚定不移地逃婚了，辗转来到上海，秘密加入了共产党的情报组织。经过一段时间的训练，文武双全的雷霆成了一名生死特工，随后以上海滩侦探的身份为掩护开展工作。

三年后，雷霆成了上海滩赫赫有名的大侦探。在他破获的不少大案中，最有名的就是1939年日本间谍以贩卖鸦片为掩护，勾结上海滩帮会头目和丧尽天良的贪官污吏套取我国种种情报的要案……

结束了回忆，雷霆禁不住摇了摇头，心想当年若是不逃婚，自己和唐秋红说不定已经有孩子了。想到这里，他抬起头正视着马树民，一字一句地说道："老同学，你提到的唐秋红是我当年的未婚妻。奇怪了，林振松怎么会请她回林公馆呢？他们又是什么关系？"

闻言，马树民惊讶地看着雷霆，似乎想从他脸上看出点什么来，好一会儿才开口："我也不明白林振松这唱的是哪一出。总之，唐秋红突然出现在林公馆后，我就觉得林公馆的凶杀案更蹊跷了。"

得知初恋情人也参与了林公馆凶杀案的侦破工作，雷霆再也坐不住了，站起来一拍巴掌，说道："果然是一桩蹊跷的人命案。好吧，老同学，等我收拾收拾，这就动身和你去港城。"

可是，就在雷霆和马树民赶往港城的当晚，林公馆又发生了惨案。夜半时分，马树民安排在林公馆负责保护现场的副局长李勇，警员杨军、周安、宋志平、王小明和谢明辉正在大厅里聊天。聊着聊着，几个人突然听到管家林志安的房间里有动静，心知不妙，随即迅速扑向他的房间，结果却发现他已经倒在血泊中，惨死状和赵玉莲一模一样：身首异处，头颅血淋淋地滚落在一边，显然是被凶手一刀剁下的，脖颈处的断口齐刷刷的，不断冒着血泡，令人惊骇无比。

第二天傍晚，雷霆和马树民刚刚赶到港城，屁股还没坐稳，就得知林志安又惨遭杀害，两人不禁面面相觑。

随即，林振松便气冲冲地来到警察局，咆哮着给刚从上海回来的马树民施加压力，警告他如果再不破案，就动用赵德贵的黑社会势力将警察局铲平。跟着林振松一起来的肖顺阳也跟他一个鼻孔出气，眼底眉梢尽是威胁。

这个肖顺阳高大壮实、虎背熊腰，雷霆从他说话的声音和犀利的目光中就判断此人身怀绝技，是一个不好惹的角色。

此时，马树民办公桌上的电话也是响个不停，很多有头有脸的黑白两道人物都打来电话，威胁他快点破案。尤其是赵德贵，得知自己的妹妹不明不白地被杀了，更是气得忍无可忍。林振松刚离开港城警察局，他就带着十来个保镖气势汹汹地撞进了马树民的办公室，要不是日伪保安队队长刘大龙闻讯赶来替马树民求情，赵德贵说不定当场就会大开杀戒。

当时，赵德贵眯起小眼睛上下打量着马树民，正想一掌拍在他办公桌上。就在这时，雷霆走进了马树民的办公室，赵德贵发现来人目露精光，只好嘿嘿冷笑两声，挥了挥手，随即在得意门徒李大牛和马云峰等人的前呼后拥下，大摇大摆地离开了警察局。

望着赵德贵的背影，刘大龙赶紧回身安慰马树民："马局长，别着急，雷探长不是从上海赶来协助你查案了嘛，有他在，我相信林公馆凶杀案很快就会水落石出的。"

马树民却不领刘大龙的情，反而愈加生气，拍着桌子吼道："刘大龙，你甘愿当日本人的走狗，我可不需要你假惺惺的安慰。马上给我滚。"

刘大龙？听到这个名字，雷霆不由得瞪大了眼睛，当年他来到上海第一天时的情景立即浮现在脑海里。

那是日本侵略中国极其嚣张的时刻，雷霆刚到上海就发现十来个日本鬼子冲进了刘家大院。当时，当家的刘守财慌慌张张地跑出门来，上气不接下气地对刚刚回家的儿子刘小龙哭喊："不好了，咱家来了十二个日本鬼子，为首的叫山本太郎。他和我没讲几句话就把彩虹抓进房间里去了。""爹，你没把大哥在松田身边当差的事告诉他们吗？"刘小龙颤抖着声音问道。"讲了，讲了。可山本太郎根本不把你大哥放在眼里。听他的意思，日本鬼子想在上海组建日伪保安队，还说让你当队长呢。"刘守财摆了摆手，一脸的无奈。

一想到山本太郎打算让自己当日伪保安队队长，刘小龙立刻莫名地兴奋起来，竟然眉飞色舞地对刘守财说："爹，舍不得孩子套不着狼。要是山本太郎让我当队长，那我可就要飞黄腾达了。爹，就让彩虹委屈些吧，反正糟蹋一下，她身上也不会少一块肉。"

听了刘小龙的话，一旁的雷霆再也忍不住了，冲上前去一掌将他劈倒在地，愤怒地骂道："你这个软蛋，妹妹被小日本强暴，你居然还能说出这样的混账话，真给咱中国爷们儿丢脸，滚。"说完，雷霆又将目光转移到刘守财身上，叫他赶紧带自己进屋去会会那些鬼子。

刘守财虽然心疼女儿，可一想到日本鬼子的凶残又无比胆怯，慌忙摆着手说："那些日本鬼子咱可惹不起。算了，算了。"

看着眼前的两个窝囊废，雷霆真是愤怒到了极点，正想飞脚踢向刘守财，谁知身后的敌后武工队队长方亮已抢先一步对他说："好汉，看得出你身怀绝技，既然你也痛恨日本鬼子，就跟我们进去干掉他们吧。"

雷霆转过头，见方亮身后还站着几位壮实汉子，便点了点头。事不宜迟，方亮一行人迅速从身上掏出双枪，撞开大门便冲了进去。

刘守财和刘小龙不敢进去，缩坐在自家大门外探头探脑地往里面张望着，转眼便听到里面传来激烈的枪声。几分钟后，枪声戛然而止，里面再度静悄悄的。

刘家父子以为里面的人已经同归于尽了，于是颤抖着身子走进屋去，却见雷霆正威风凛凛地站在院子中央，敌后武工队的方亮、丁笑和龙卫国则忙着清理战场。

末了，他们发现只有十一具尸体。雷霆愣了愣，随即用咄咄逼人的目光盯着刘守财问道："你不是说有十二个小日本吗？怎么少了一个？"

刘守财早已吓得浑身颤抖，一句话也说不出来。刘小龙则看了看四周，战战兢兢地问道："我妹呢？""这时候才晓得关心你妹妹，混蛋。"雷霆恨不得一掌将刘小龙劈死，想了想，压住心头的怒火喝道："里面根本没有女孩子。"

突然，刘小龙想到屋里还有一间暗室，急忙将暗室的位置告诉了雷霆。雷霆听了，立即揪着刘小龙的衣领返身进屋。来到暗室边，刘小龙大气也不敢出，右手颤颤地指了一下，随即便转身溜了出去。

雷霆将耳朵紧紧贴在门上细听，里面隐约传来急促的呼吸声，似乎也有人贴在门板上听外面的动静，心里顿时明白了八九分，于是退后两步，突然发力用肩膀猛地撞向门板。就在门板被猛然撞开之际，猝不及防的山本太郎一头滚了出来，翻身栽倒在地上。

雷霆赶紧闪开身子，一把夺下山本太郎手里的枪，同时朝他的右眼猛击一拳。转眼间，山本太郎就变成了独眼龙，再也嚣张不得。接着，雷霆一把拎起痛得哇哇直叫的山本，一路拖过里屋、客厅，一直拖到了院子中央。

看着山本太郎在地上滚来滚去地嚎叫着，刘守财和刘小龙心里既害怕又涌出一股说不出来的痛快滋味。

这时，刘彩虹突然披头散发地出现在客厅门口，衣衫不整、目光呆滞。刘守财和刘小龙急忙迎上去，摇晃着她的肩膀劝道："彩虹，算了，算了，还是想开一些吧。"

刘彩虹没有理会两人，呆滞的目光掠过院子里的每一个人，突然射出一缕极端仇恨的光芒，直射向刘守财和刘小龙，令两人不寒而栗。接着，她来到雷霆面前，跪在地上就朝他拜了下去。

见状，雷霆急忙将她扶起，谁知刘彩虹的动作比他还快，一把抢下雷霆刚从山本太郎手里缴获的手枪，在众人惊诧的目光中，朝躺在地上的山本连连扣动扳机，瞬间就送他上了西天。

接着，刘彩虹又后退几步，突然将枪口对准了自己的父亲和二哥。只听见“砰砰”两声清脆的枪声响起，刘守财和刘小龙随即倒在血泊之中。

就在众人愣神之际，刘彩虹又迅速将枪口对准了自己的心房，双眼盛满了绝望，哀怨至极地看着众人。这一幕真是令人始料不及。雷霆刚想上前阻止，可是已经来不及了，刘彩虹果断地扣动了扳机，胸前顿时开出朵朵鲜红的血花……

看着眼前的一幕，雷霆心痛不已，不禁俯下身去掩上刘彩虹美丽的双眼，摇着头说道：“想不到她小小年纪就懂得大义灭亲，不简单啊，可惜，太可惜了。”一旁，方亮、丁笑、龙卫国和另外两名武工队员也无不动容。

后来，在方亮的引荐下，雷霆结识了我党秘密建立在上海的情报站站长，终于如愿以偿地加入我党的情报组织，成了一名生死特工……

结束回忆后，雷霆不禁认真地打量起眼前这个日伪保安队队长来。他那身服装，早就引起了雷霆的怀疑。后来，见马树民指着刘大龙的鼻子大骂，他立刻猜出此人就是刘彩虹的大哥。

想到刘彩虹小小年纪就爱憎分明、嫉恶如仇，这个刘大龙却甘愿当日本人的走狗，雷霆的双眼突然喷出怒火，一把上去揪住刘大龙衣领就质问他为什么要替日本人卖命。刘大龙想说些什么，可话到嘴边又咽了回去，无奈之下默不作声地走了。

就在这时，马树民办公桌上的电话又一个接一个催命似地响了起来，上级有关部门也在不停地催他尽快破案，顿时吓得他六神无主，只能哀怨地看着雷霆，乞求道：“老同学，赵玉莲被杀案还没破，林公馆的管家林志安又被人杀害，你说我该怎么办啊？我的命可全握在你手上了，拜托了，否则我真是死无葬身之地啊。”

见老同学已是心急如焚，雷霆点了点头，说道：“胆敢在警察眼皮底下杀人，那可不是一般的人物。老同学，我们现在就去现场调查取证，看看能不能找到有用的线索。”

马树民哪里还敢怠慢，回身就领着雷霆来到了林公馆。一进林公馆，雷霆就发现一楼的客厅宽敞明亮，摆设的家具名贵奢华，天花板的正中间吊着一盏球形七彩灯，四角还有莲花形吊灯，四面墙壁从天花板到壁脚都密密层层地罩着墨绿色的帷幔。由此可见，林公馆的主人常常在这间大客厅里举行派对。

当林振松带着雷霆和马树民来到凶杀现场时，雷霆却意外地发现现场竟然被人破坏了，心里不禁暗暗吃惊。林振松忙解释说，警察已经在白天勘察过现场了，副局长李勇同意他将林志安的尸体装入棺材，他以为不再勘察了，于是就让下人将屋内清扫干净了。

雷霆听了，用充满怀疑的目光扫了林振松一眼，又扫了他旁边的肖顺阳一眼，最后移到副局长李勇身上研究了一番，缓缓问道："现场没有被破坏之前，门窗是开着的还是关着的？窗户有没有人爬过的痕迹？""门窗都是开着的，窗户没有人爬过的痕迹。"高大威猛的李勇表情麻木地回答，对雷霆显得很冷淡。

雷霆对李勇的态度视而不见，耸了耸肩，离开了林志安的房间。借着朦胧的月光，他在林公馆里转悠着，仔细打量这里的一切。

观察中，他发现林公馆的建筑立面采用了浅绿与米黄的对比，具有很强的层次感，且占地面积广，前后有独立花园、游泳池，还建有人工小湖泊，山与水相映，整体设计以水为景、以石入景、以木添色，令人有一种拥抱自然的感觉。

突然，雷霆将目光停留在两米多高的围墙上。刚进林公馆时，他就发现围墙上用水泥凝固着无数尖尖的碎玻璃，不禁想到：假如凶手不从正门出入，而通过围墙翻进来作案，且能够在短时间内翻越围墙离去，只能说明这个凶手具有过人的本领，否则不可能这么得心应手。

雷霆一边想着，一边继续往前走。忽然，他发现前方不远处有个人影一晃，随即便闪进了厕所。他愣了一下，急忙走到厕所边，正犹豫着该不该跟进去，突然感觉背后正一声不响地站着一个黑影。雷霆顿时倒吸了一口凉气，急忙回身一看，赫然发现黑影正是自己昔日的未婚妻唐秋红。

"怎么是她？几天前林振松为什么要请她到家里来呢？"雷霆大惑不解，正思忖间，唐秋红已经淡淡地开口了："雷探长在寻找线索吗？"她不再称呼雷霆为霆哥，也不再称呼他老同学。

雷霆愣了愣，心里明白了：眼前的唐秋红已经不是当年的唐秋红了，而是思维敏捷、冷静沉着、喜怒不形于色的唐秋红了。

想到这里，雷霆不禁细细地打量起眼前的女子，暗暗猜测：难道唐秋红是林振松请来暗中调查赵玉莲被杀案的？那么，她究竟扮演着什么样的角色呢？

“你怎么知道我在寻找线索呢？”雷霆避开了唐秋红的问话，反问道。“呵呵。”唐秋红笑了笑，“你不是来办案的吗？若不寻找线索，瞎转悠什么呢？”

对于唐秋红的话，雷霆不置可否，迅速地想了想，便直截了当地问道：“秋红，刚才是谁进厕所了？”

唐秋红终于忍不住“扑哧”一声笑了出来：“雷探长，难道你连女孩子上厕所也要调查吗？”上厕所？雷霆怀疑的目光紧盯着唐秋红研究了几十秒钟，又转移到厕所的出入口处。

不一会儿，厕所里果然飘出一位靓丽的美女。雷霆望了一眼，发现是林家的丫环黄艳，暗中舒了一口气。黄艳看见雷霆和唐秋红时也吓了一跳，当场就愣住了。

就在这时，林振松在不远处喊黄艳，说汤药已经煎好，叫她赶紧端到陆小慧的卧室里去。黄艳听了，立即低着头从雷霆身边走过。这时，雷霆发现她身材苗条、步履轻盈，心里不由得暗暗吃惊。

黄艳走了，雷霆正准备向唐秋红了解情况，林振松和肖顺阳却来到二人身边，说要带他去各个房间转一转，说不定会有凶手留下的线索。雷霆正巴不得呢，既然主人同意，他何不借此机会好好探查一番呢？

随后，雷霆跟着林振松和肖顺阳到各个房间探查，发现每个房间虽然布局不同，但都很有品味，尤其是二楼林振松的卧室，空间通透，窗户平阔舒展，通往浴室的门厅新颖敞亮，家具质朴又别具一格。整个布局不仰仗豪华的装饰，却分明透着强烈的感染力和诗一般的意境。

雷霆望着从天花板垂到壁脚的密密层层的墨绿色帷幔，非常吃惊，心想：这个林振松怎么这么有钱，到底在做什么生意？接着，他又将目光停在床头的正上方，那儿挂着一幅毕加索的《拿烟斗的男孩》，看得出来是仿制品，也看得出来林振松对毕加索的画很感兴趣。除此之外，大床正对面的墙壁上还有达·芬奇的仿制品《蒙娜丽莎》。

将目光停留在《蒙娜丽莎》上，雷霆不禁有些迷糊了，总觉得这张画有什么问题，虽然蒙娜丽莎的笑容依然若隐若现，但她的眼睛偏大，两个眼珠子呈绿色，还散发出淡淡的光泽。这不是太奇怪了吗？难道林振松的卧室能使人产生幻觉？

雷霆走过去，伸手抚摸着蒙娜丽莎的嘴巴、鼻子以及她脸上神秘的微笑。当他即将摸到蒙娜丽莎那双有些变形却很有灵性的眼睛时，一旁的林振松突然开口了："雷探长，你对蒙娜丽莎的眼睛很感兴趣？"雷霆一愣，侧身看着他，点了点头。

"想不到雷探长竟然如此细心。是这样的，我买到这幅仿制品时，蒙娜丽莎的双眼早已被人毁坏，为了弥补这个缺陷，我就将两颗绿宝石嵌在墙壁上，正好对着她眼睛的位置。"林振松的话里有赞赏的成分，可分明又透着拒绝的意思。

雷霆恍然大悟，又问道："林老板，人们对蒙娜丽莎神秘的微笑莫衷一是，你怎么看呢？""我也说不清楚，总之她的微笑很神秘，严肃中带有讽喻，讽喻中带有温柔，温柔中带有悲伤。"林振松想了想，回答道。听了他的评价，雷霆不禁暗中佩服林振松的博学多才。

想到林公馆一楼的大厅豪华宽大、家具名贵，虽然天花板正中间悬吊的球形七彩灯是关着的，但悬挂在四角的莲花形吊灯却灯火辉煌，雷霆突然转换话题问道："林老板，如果我猜得不错，你很喜欢跳舞，或者是你的太太生前喜欢跳舞？"

林振松十分佩服雷霆的观察力，点了点头："雷探长，不瞒你说，我是个动中取静的人，喜欢看舞，不喜欢跳舞。正因为这样，我才娶玉莲为太太，因为她喜欢跳舞。她有一群好姐妹，都是些有钱的太太，也许她们平时受到太多压抑，情感无处发泄，常常结伴来我家，与玉莲一起在一楼的大厅举行舞会，尽情地释放她们的灵魂。有一次，我从外面办事回来，发现整个大厅乌烟瘴气，她们个个扭腰晃臀、如痴如狂地踏出节拍一致的舞步。事后，我劝玉莲不要玩得过火，她毕竟是我的太太，应该注意形象。谁知她却说那些姐妹很可怜，常常受到有钱有势丈夫的冷落，好不容易才偷偷跑来我家玩一次，玉莲希望我能理解。我想到自己很少回家，玉莲也很寂寞，也需要那些姐妹来陪伴她，只好睁一只眼闭一只眼了。"

听了这话，雷霆趁机问道：“林老板，那你在外面做什么生意呢？”林振松想了想，狡猾地回避道：“雷探长，对不起，这不是你调查的范围，我无可奉告。为了尽快找出杀害我太太和管家的凶手，我拜托你将全部精力放在查找凶手上面。我们还是去一楼我夫人的房间看看吧！”说完，林振松做出请的姿势。雷霆突然觉得眼前这个人越发神秘起来，于是不动声色地点了点头。

来到林振松妻子陆小慧的卧室，雷霆嗅到一股怪怪的药味。已经瘫痪的陆小慧静静地躺在床上，眉清目秀的丫环黄艳正在细心地喂她吃药。

雷霆认真地打量着陆小慧，她有一头漂亮的黑发，脸颊红润，眼神清澈明亮，尽管已经瘫痪在床，依然显出一个漂亮女人的成熟之美。她的卧室宽大豪华、整齐有序，靠窗的两壁从天花板到壁脚都罩着白丝绒帷幔，雪团般拖到紫红色的地毯上。屋里除了弥漫着一股怪怪的药味之外，还混合着檀香与书香。

雷霆发现这间卧室的布局与楼上林振松的有不少差别，其靠窗书桌的左边是衣橱，再过去是一扇通往浴室的门。书桌上铺了墨绿色的桌布，一个小型镜框支在书桌的正中央，里面是林振松和陆小慧的结婚照。书桌左角的花瓶里，几朵含苞欲放的玫瑰从瓶口伸出来，羞答答地窥视着右角的一本《巴黎圣母院》。此书斜靠在一叠半尺高的刊物上，有种想要飞翔的感觉。

刊物最上面的一本是《悲惨世界》。从书桌斜视过去，雷霆看到了梳妆台上女人必备的东西，跳过沙发、茶几、沙发、床头柜，他又将目光停留在床上的陆小慧身上。从陆小慧华丽的衣着，就可以看出主人的财力是何等的雄厚。

雷霆又将目光转移到丫环黄艳身上，她在给陆小慧喂药时，纤秀的手指显得很笨拙。雷霆总觉得她不像是个真正的丫环，正打算向她了解些情况，马树民却不合时宜地走进来问他找到线索没有。马树民的问话很蠢，雷霆面露愠色，未及回答却发现马树民的突然进屋竟让黄艳的双手微微一抖，碗里的汤药顿时洒出一些。

一旁的肖顺阳见了，立刻没好气地骂道：“黄艳，你丢魂了？这可是上好的补药。”“兄弟，你怎么给我介绍了这么个丫环？”林振松也有些不高兴了，不满地看着肖顺阳。

肖顺阳是林振松的结拜兄弟，黄艳是他几个月前介绍进林公馆来当丫环的。听了林振松的抱怨，肖顺阳脸上挂不住了，又瞪起眼睛骂道："你慌什么？我见你可怜，好不容易才说服林大哥让你来他家做事，居然这么不争气。"

见黄艳吓得不轻，林振松朝肖顺阳摇了摇手，意思是算了。接着，他几步走过去夺过黄艳手里的碗，叫她回屋睡觉去，想了想又火冒三丈地对马树民说："马局长，你们警察办案太令我失望了。我不需要你们这样的饭桶保护，今晚你们可以全部撤回去了。"

说完，他不再理会众人，亲自用汤匙给陆小慧喂药。马树民见林振松这样贬损自己，窝了一肚子火，却敢怒而不敢言。雷霆望着林振松的背影，突然意识到他很爱这位妻子。

离开林公馆后，雷霆禁不住问马树民是否知道黄艳是哪里人、有什么背景。马树民想了想，无奈地摇了摇头。

雷霆失望地叹了口气，直言不讳地说："老同学，亏你还是个老侦探。不是我说你，林振松骂你们港城警察是饭桶一点也不为过。他在港城影响这么大，你竟然连他家的底细都摸不清楚，你这个警察局长真是白当了。""老同学，林振松是个充满神秘色彩的人物，你以为他的底细随便让人摸啊。"马树民苦着脸一个劲地抱怨。

回到警察局，雷霆一刻也不想耽搁，立刻叫马树民和李勇召集大家连夜对两起凶杀案进行讨论。

雷霆首先提出两个疑问：为什么凶手不到十天就杀害了两人？凶手杀人的动机是什么？马树民脸上直冒虚汗，掏出手帕擦了擦说道："赵玉莲是港城青帮头目赵德贵的妹妹，会不会是赵德贵得罪了凶手，凶手无法接近保镖如林的他，便采取杀鸡给猴看的手段杀害了赵玉莲？"

此时，会议室里烟雾弥漫。雷霆想了想问道："老同学，照你这么说，那林振松的管家林志安呢？他为什么会被杀害呢？""可能林志安发现了什么秘密，或者他认识凶手，凶手便杀人灭口。"马树民大口大口地吸着香烟，想了想又补充道："也有可能是林振松得罪了什么人而招来报复，毕竟他经常在外很少回家，他妻子陆小慧又长期有病在身，平时家里的大小事情都由林志安负责。林振松在外面很少有人知道他在做什么生意，像他这么神秘的人物，难免会得罪不少人。林志安又是林公馆的管家，他发现或者认识凶手，凶手便将他杀了。”

“局长认为是仇杀我不赞同。”这时，副局长李勇开口了。他一边吸着烟，一边表情复杂地注视着雷霆，说：“很明显，这两宗凶杀案都跟钱财有关，港城很多人传说林家祖上钱财堆积如山，说不定给林振松这个独苗留下了什么宝贝，所以有人就动了邪念。林振松很爱他那位年轻漂亮的太太赵玉莲，凶手或许认为林振松会将什么宝贝交给赵玉莲收藏，便潜入林公馆威胁她交出宝贝，赵玉莲在反抗中被凶手杀害。接下来，凶手很不甘心，又对林家大小事都负责的管家林志安进行威胁。结果林志安要么反抗，要么认识凶手，且他又不知道林家有什么宝贝，凶手只好将他也杀了。据我调查，林振松祖上世袭锦衣校尉，说不定真的给他留下了什么宝贝。”

“李副局长这么一说，我明白了。凶手肯定是林志安最熟悉的人，而这个人就是林振松的妻子陆小慧。赵德贵为了得到林家的宝贝，便和林振松拉近关系，还让自己的妹妹名正言顺地做了他的姨太太。”警员周安为自己的推断感到得意，想了想又说：“由于林振松长期不在家，他的太太赵玉莲便拉拢管家林志安，两人狼狈为奸，寻找林家祖上留下来的宝贝。事情暴露后，陆小慧就请来高手将赵玉莲和林志安杀了。”

“你说这两宗凶杀案是陆小慧指使人干的？天呐，我怎么没有想到？”马树民瞪大了眼睛，半晌又说道：“也有一种可能，陆小慧怀疑赵玉莲嫁给林振松的动机，便暗中指使林志安去接近赵玉莲。林志安得知赵玉莲嫁给林振松的真正目的是为了林家的宝物后，陆小慧便与他合谋将赵玉莲杀害。赵玉莲被害前曾经将自己拉拢林志安的事告诉她大哥赵德贵，她被害之后，赵德贵恼羞成怒，便指使门生潜入林公馆将林志安杀了。”

“林家很有钱是可以肯定的，从进入林家的豪华大院我就看出来了。”雷霆点燃第二根香烟，狠狠地吸了两口，伴随着浓浓的烟雾说：“可你们说是林志安杀了赵玉莲，然后他又被赵玉莲的大哥赵德贵派人暗杀，这点我不赞同。你们仔细想一想，为什么这两宗凶杀案的作案手法一模一样？从这点来看，只能说明凶手是同一个人，而且心狠手辣，作案手法非常老练。从凶手离开案发现场的神速和不留痕迹来看，他（她）应该十分熟悉林公馆的情况，而且能在短时间内逃离现场，说明其是受过特殊训练的杀手，具有相当高深的武功。”

听了雷霆的话，马树民的额头顿时冒出豆大的汗珠，案子一旦陷入困境，他就紧张起来。副局长李勇不得不对雷霆刮目相看起来，赶紧问他有什么好的线索。雷霆将烟头捻灭在烟灰缸里，冷冷地说：“凶手能够在很短的时间内顺利逃脱，可以肯定林家有内应，或者凶手就潜伏在林公馆里。你们有没有注意到林公馆里那位叫黄艳的丫环？凭我的直觉，她的身手很不一般。你们调查过她的背景吗？还有唐秋红，林振松为什么在赵玉莲被杀后请她回林公馆呢？”雷霆的话令在场的人都大吃一惊。大家顿时感觉案子越来越扑朔迷离，还有一种让人说不出来的恐慌。

更让他们始料未及的是，次日上午，黄艳又跑到警察局来报案，说林振松和他的妻子陆小慧也被人杀害了，唐秋红正在林公馆保护现场。林家发生凶杀案到底是怎么回事呢？雷霆觉得事情重大，远非之前想象的那么简单，于是赶紧和马树民、李勇及其他办案警察赶到林公馆。

一来到林公馆，他们就发现林振松带回来的肖顺阳不见了，林家的下人也跑了多半，留下来的几个人则聚在一楼的大厅里。有的睁着惊恐的眼睛，有的痴痴呆呆的，有的相互拥抱着抽泣，一时间整个林公馆都笼罩在无比恐怖的气氛中。

望着留下来的几个下人，黄艳忧心忡忡地说：“雷探长，林公馆接连不断地出事，好多人都吓跑了。他们几个要不是我拦着，早就溜之大吉了。真是想不到，事情怎么会变成这个样子呢？”案情越发复杂，雷霆心里真是叫苦不迭，马树民更是埋怨林振松不让警察保护现场，这下可好，自己也遭人杀害了。

想到黑白两道不断给自己施加压力，马树民顿时有种说不出来的恐慌。他盯着林家那几个下人，突然控制不住内心的怒火，炸雷般吼道：“黄艳都沉得住气，你们嚎什么嚎。这不是给我添乱吗？”一时间，整个大厅都是马树民霹雳一般的吼声。几天来林公馆不断发生凶案，那几个下人早已胆战心惊，这又被马树民一顿怒吼，顿时纷纷承受不住了，不约而同撒开丫子就往外跑。

见此情景，马树民更加怒不可遏，从枪套里拔出手枪就朝天花板“砰砰”开了两枪，以示警示，但却无济于事，几个人仍然不要命地逃离了林公馆。马树民气得直跺脚，李勇却盯着他冷冷地哼了一声。雷霆也埋怨道：“老同学，你这个警察局长当得也太没水平了，怎么能这样对他们说话？林家接二连三地发生凶杀案，这些人本来就吓得魂飞魄散，你再这样大吼大叫的，他们不跑才怪。”

闻言，马树民深深地叹了口气，内心十分沉重，目光中也透出无奈、焦虑、惶恐与迷茫，一时间竟不知该如何是好了。良久，他擦着脸上不断冒出的冷汗，丧气地说道：“这回真的是完了，要让那些与林振松关系密切的人知道了，我算是完了。”

一旁的警员许顺兵伸手扶了扶眼镜，安慰道：“局长，你不用担心，林振松都死了，谁还会来威胁我们。在这个战乱年代，人就这么回事，活着的时候，有钱的时候，人家会求着你、想着你，一旦死了，谁还会对你感兴趣！”“但愿如此吧。”一席话，让马树民心里或多或少有了些许的安慰，人也慢慢平静了。

看着马树民一幅六神无主的样子，雷霆越发觉得他窝囊，真不配是自己的老同学，于是不再理会他，转身叫唐秋红和黄艳带他们去案发现场看看。

片刻，雷霆一行人来到陆小慧的卧室门口，只见房门大开，从门口望进去，众人都倒吸了一口凉气。屋里到处都是血污，床上躺着两具尸体。一具是林振松的，样子十分吓人，脑袋已经被凶手割走。另一具是陆小慧的，惨死状和赵玉莲、林志安一模一样：身首异处，头颅滚在一边，两眼凸出来死死地盯着天花板，惨不忍睹。见状，雷霆摇了摇头，走进屋里继续寻找线索。

两三分钟后，他突然转身用咄咄逼人的目光直视着黄艳，一字一句地问道：“黄小姐，你是肖顺阳介绍到林公馆来的，肖顺阳又是林振松的结拜兄弟，林振松及其夫人被杀害，他怎么不见了？你又是怎么认识肖顺阳的？还有，你是林振松专门请来照顾他夫人的丫环，昨晚发生这么大的事，你难道一点也没有察觉吗？”

雷霆一连问了几个问题，令不曾防备的黄艳应接不暇，害怕地躲到唐秋红身后，颤抖着声音回答："雷探长，不瞒你说，我老家在东北，日本人将我爹娘杀害后，我就四处流浪，结果被骗子拐到港城，幸亏碰上了好心的肖老爷。趁骗子不注意时，我求肖老爷救我，他很有本事，竟将那个骗子打跑了。后来，肖老爷见我可怜，就介绍我来林公馆当丫环。至于昨天晚上，我吃完宵夜后，不知怎么的，脑袋突然昏昏沉沉的，结果一觉就睡到了大天亮。"

黄艳说得有板有眼，还显出一副可怜兮兮的样子，众人听了，不禁连连点头。雷霆知道这个女人绝非等闲之辈，对她的话并不怎么相信，于是暗中冷笑一声，又将目光移到唐秋红脸上，盯着她那颗迷人的美人痣看了好一会儿才直言不讳地说道："秋红，我虽然对不起你，但那毕竟是以前的事了。我知道你是林振松请来破案的，因为他不相信警察。你这么聪明，难道昨天晚上没发现什么蛛丝马迹吗？"

见雷霆个个问题都一针见血，唐秋红不禁暗暗佩服这个曾经带给自己甜蜜与痛苦的男人，表面上却十分平静，答道："昨天晚上我也遭到了暗算，有人将安眠药放进我的水杯，我喝完后精神恍恍惚惚的，很快就睡熟了，直到今早才清醒过来。"

雷霆看着已经对自己十分淡漠的唐秋红，没有作声，转身走到紧紧关闭的窗户前往玻璃上扫了几眼，突然发现一扇玻璃窗上有一个拇指大的小洞，内心已经明白了八九分。

于是，他转身对大家说道："怪不得凶手作案这么顺利。你们看，作案前，凶手用事先准备好的膏药在玻璃上涂成圆圈，将玻璃腐蚀出一个小洞，再通过小洞往卧室里吹迷魂散，待林振松和陆小慧昏迷后，便进屋将二人杀害。"听了这番话，马树民顿时恍然大悟，不禁对雷霆佩服得五体投地，其他人更是频频点头，一副了然于心的样子。

对案发现场，雷霆勘查得很仔细，很快便确定了凶手进出房间的路线。随后，他轻轻走到床边，认真地检查起尸体来，两具尸体都已变得冰凉僵硬。雷霆首先将目光停在林振松的无头尸上，心里默默思忖着凶手为何要割走林振松的首级。

接着，他将林振松沾满血迹的衣服脱下来，却在他左臂上发现一个火焰图案的纹身，顿时吃惊地睁大了眼睛。暗暗地思考了一会儿，他没有作声，又将目光移到陆小慧的尸体上，尸体颈脖的断口很整齐，不再出血，却散发着恶臭。

很快，雷霆就验完了尸体，发现林振松和陆小慧的身上都没有伤痕，从颈脖上的断口处来看，应该是被凶手一刀剁下了头颅。很显然，凶手力大刀快、功力深厚，是个杀人不眨眼的刽子手。

正欲离开，雷霆不放心，又将目光移到陆小慧的头颅上，心里盘算开了：她临死前为什么将嘴巴闭得紧紧的？想到这里，他从身上掏出一把小钳子，慢慢地把陆小慧的嘴唇翻开，又撬开她的牙齿，赫然发现她嘴里正闪着莫名的光芒。

这一发现令雷霆惊诧不已，急忙小心翼翼地用钳子将那闪光的东西夹了出来，居然是一颗蛋黄般大的夜明珠。“天啊，夜明珠！”众人惊叫起来。雷霆不理会众人的反应，将夜明珠托在手上翻来覆去地看了几遍，有些不解地说道：“这是一颗假夜明珠。奇怪，既然是假的，陆小慧为什么还要拼死把它含在嘴里呢?”“假的?”众人大惊，纷纷把怀疑的目光投向雷霆。

雷霆点了点头，把夜明珠递给马树民：“老同学，你在这方面有研究，好好鉴定一下，看我说得对不对。”马树民接过夜明珠，对着光线左看右看，发现其上有一条比头发丝还细的纹路，终于点了点头，说：“果然是假货。”

“凶手多半是为这颗夜明珠才杀这么多人的，只是凶手不知道它是假的。我猜想，凶手得知林振松有这颗夜明珠后，先后逼问了赵玉莲和林志安，发现他们也不知道时便把两人杀害了。后来，凶手认为夜明珠不在林公馆，而在林振松身上，所以昨夜又潜入林公馆用迷魂散迷昏林振松和陆小慧，随后进屋寻找夜明珠。凶手万万没有想到的是，两人即将昏迷时，陆小慧将夜明珠掏出来含在了嘴里，也可能是林振松将夜明珠放进陆小慧嘴里的，然后暗示她咬紧牙关。”一旁的李勇想了想，分析道。

“可这颗夜明珠是假的，林振松和陆小慧为什么还害怕它落在别人手里呢?”雷霆掏出香烟，划着火柴点上，吸了几口继续说道，“从昨晚这个案子来看，凶手具有非常丰富的作案经验。能够用膏药腐蚀玻璃和用迷魂散的人，多半是日本间谍。以前我侦破过一件案子，作案手法几乎和林家这几宗一模一样。”

“日本间谍？难道林公馆里有日本间谍？”一言既出，几个人同时惊呼起来。这时，李勇从身上掏出一包香烟，发现里面空空如也。雷霆见了，随手掏出一支递给李勇。谁知李勇却摇了摇头，说自己不喜欢抽这个牌子的香烟。雷霆顿时觉得李勇这个人很特别，便仔细看了一眼他丢在地上的空烟盒，暗中记住了这个牌子。

“你是不是对案子有其他看法？”雷霆想了想，再度看了看李勇。李勇点了点头，答道：“不错，我认为昨晚发生的凶杀案不一定是日本间谍干的。我以前办过几件采花案子，是青帮头目赵德贵的得意门徒李大牛和马云峰干的，这两个采花大盗也善于使用膏药和迷魂散来作案。李大牛和马云峰被抓后，都是赵德贵花钱把他们保出去的。我认为这几宗凶杀案跟港城青帮有关，他们大多数人都懂武功，赵德贵的武功更是高深莫测。他们平时嚣张得很，动不动就砍砍杀杀的，手段极其残忍。”

“哎呀，我明白是怎么回事了。”这时，一旁的马树民突然眼前一亮，激动地说，“我倒觉得可以这样推理——赵德贵将他的妹妹赵玉莲嫁给林振松，目的是想得到夜明珠，谁知赵玉莲的动机被林振松发现了，他便暗中指使林志安将赵玉莲给杀了。为了不让赵德贵怀疑，林振松故意不在家里，等林志安将赵玉莲杀死后才回来，造成自己不在现场的假象。后来，林振松害怕事情暴露，又将林志安灭了口。想不到，赵德贵对林振松产生了怀疑，便用同样的手法将他和陆小慧杀了，为了解恨，还割走了他的首级。”

“尽管你们分析得都很有道理，但也有很多疑点。”雷霆说着，转身指着林振松左臂上的火焰图案纹身，继续说道：“你们看，林振松为什么要在左臂上纹一个火焰图案的纹身？据我所知，距港城近百里的海里有一座岛屿，火焰堂买下后将其命名为‘极乐岛’，然后在岛上建了个吃喝嫖赌的乐园。凡是火焰堂的人，左臂上都纹着这样的图案，而林振松的左臂上也有，难道他也是火焰堂的人？如果他是火焰堂的人，那么他在火焰堂充当什么角色？为什么凶手要想尽一切办法将林家人全部杀害呢？”

雷霆的话音刚落，众人就吃惊得睁大了眼睛，纷纷盯着林振松左臂上的火焰纹身。李勇想了想，说：“林振松是不是火焰堂的人我不清楚，但我可以证明他不懂武功。我查过他的底细，他年轻时曾去法国留过学，根本没有跟谁学过武功。不说别的，就拿去年来说，林振松得罪了港城的小混混罗大炮，当时被打得鼻青脸肿，要不是赵德贵出面将罗大炮的双脚打残，他恐怕也拿罗大炮没办法。”

马树民想了想，接过话头：“李副局长，你说林振松不懂武功，这我就想不通了。我听说火焰堂的创始人不想得罪任何党派，而且善于协调黑社会各派势力之间的关系，每年都要在极乐岛秘密组织一场擂台赛，目的就是笼络社会上的各大武林门派，并收买前来比赛的高手。假如林振松是火焰堂的人，按理说他应该懂武功呀。”

李勇摇了摇头，说：“火焰堂大约有两千多人，他们在极乐岛经营的多半是赌场和妓院，不一定人人都会武功的。”听到这，雷霆突然问道：“我想知道谁是火焰堂的创始人，你们有谁知道吗？”问题一出，众人面面相觑，都回答不上来。

“既然你们都不知道，那我对林振松左臂上的纹身就更感兴趣了。从凶手割走林振松的首级来看，我敢肯定这里面隐藏着一个很大的阴谋。”雷霆吸了一口香烟，接着说，“其实，这几宗案子跟林振松有没有武功无关。我总觉得凶手已经从林振松身上得到了很重要的东西。”

这时，一直没有开口的唐秋红按捺不住了，不解地问道：“那凶手到底从林振松身上拿走了什么重要的东西呢？”“如果知道凶手拿走了什么东西，案子也就不会这么复杂了。”雷霆注视着唐秋红，想了想又说，“由于林公馆占地面积广，前后有独立花园、游泳池，还有人工小湖泊，我认为有必要再仔细搜寻一遍，尤其是那个游泳池，说不定凶手作案后就把林振松的头颅和什么重物一起装进袋子丢进那个游泳池里去了。”

马树民立刻否定了：“老同学，我已经派杨军、王小明和宋志平在那个游泳池里打捞了三遍，都一无所获。”雷霆想了想又说：“游泳池里没有线索，只能说明凶手已经带着林振松的头颅离开了林公馆。你们有谁去查看过林公馆四周的围墙吗？它上面全是水泥凝固着的尖尖的碎玻璃，假如凶手通过围墙翻进来作案，又能够在短时间内翻墙离去，肯定会留下一些线索的。”

听了这话，一旁的周安回答道：“我和谢明辉、黄爱国去查看过了，围墙上没有留下凶手的蛛丝马迹。”“哦?”雷霆又从身上掏出一支香烟点燃，吸了两口说：“假如你们已经将林公馆的所有地方都查看过了，我就敢肯定凶手作案后是从正门出去的。而且我敢肯定，林公馆有内应，否则凶手不可能这么得心应手。”

一言既出，众人不禁面面相觑。马树民更是追悔莫及地敲着脑袋说：“都怪我把那几个下人给吓跑了，要不然，还可以从他们身上得到一些有用的线索。”“老同学，现在后悔又有什么用?”雷霆冷笑了一声，咄咄逼人的目光直直地射向马树民。

马树民被盯得无地自容，红着脸低下了头。雷霆收回目光，接着说：“作为办案人员，最忌讳的就是泄气。其实，我们还没有到山穷水尽的地步。你们想过没有，陆小慧临死前把一颗假夜明珠含在嘴里，有可能是在向我们暗示什么，说不定那颗假夜明珠里就藏着什么秘密。”

经雷霆这么一提醒，大家顿时喜出望外、茅塞顿开。马树民再次拿起那颗蛋黄般大的假夜明珠看了半晌，然后征求大家的意见：“既然林家已经没有继承人了，我们何不把这颗假夜明珠砸碎看个究竟呢?”“若是真的砸出什么秘密来呢?我们下一步又该怎么办呢?”唐秋红提醒道。

唐秋红的话音刚落，众人就把目光转向她，一时间都不知该如何作答。还是警员周安机灵，赶紧说：“若真的砸出什么秘密，对我们破案不是更有帮助吗?”李勇则冷冷地说：“不就是一颗假夜明珠嘛，会有什么秘密在里面?你们别高兴得太早了。”

不理会大家各执一词，马树民还是坚持自己的意见：“有没有秘密，砸碎一看就清楚了。”说完，马树民就握着夜明珠离开陆小慧的卧室，往大院中央走去。众人不再反对，纷纷跟在他后面，周安还主动找来一把铁锤。

来到院子中央，马树民的目光在众人脸上游离，开口问道：“大家觉得谁来砸这颗夜明珠比较合适呢?”他的话音刚落，在场的人都不约而同地把目光集中到雷霆身上，都觉得由他来砸最合适。

雷霆也不推辞，分别从马树民和周安手中接过假夜明珠和铁锤，蹲下身来，将那颗假夜明珠放在青石板铺成的地面上，正打算一锤砸下，却突然停止了。随即，他扔下不解的众人，迅速返回大厅，跑进二楼林振松的卧室，仔细看了看大床正对面墙上的《蒙娜丽莎》油画，没有发现什么异样，尤其是那两颗充当眼珠子的绿宝石，还牢牢地嵌在《蒙娜丽莎》的眼眶里。

雷霆不禁放下心来，越发觉得林公馆的连环凶杀案令人费解了。但不管怎样，陆小慧临死前将那颗假夜明珠含在嘴里，肯定在暗示着什么。想到这，雷霆不再犹豫，重新回到大院中央，再度举起了铁锤，可想了想又放下了，然后神秘地对警员周安说："周安，你去大厅把黄艳带来做个见证。"

众人不解，心想黄艳只是林公馆的一个丫环，雷霆为什么要她来参与此事呢？

第二章

巧 破 密 码

在众人的注目下，铁锤毫不迟疑地砸向那颗假夜明珠，随着“啪”的一声，夜明珠顿时成了碎片，随即露出一个小小的纸团。众人十分吃惊，纷纷凑上前去，试图看得更仔细些。

雷霆不理会众人的反应，将纸团拾起，小心翼翼地展开，十二个脑袋立刻凑在一起，睁大眼睛使劲往纸上瞧，随即却面面相觑：怪了，纸上怎么一片空白？

马树民难以置信地从雷霆手里拿过那张白纸，翻来覆去看了好几遍，终于看出了一点名堂，禁不住一拍巴掌说道：“我知道了，这是一张薄油纸。用火把纸上的油烤化，说不定上面会有什么文字和图案呢。有经验的人都知道，把钴蓝釉放在王水中加热浸湿，再用水加以稀释，就可以得到一种绿色溶剂。用这种溶剂在纸上写字或画画，再冷却一段时间颜色便会消失，但加热后又会重新显露出来。”

听了马树民的话，李勇急忙从他手中接过薄油纸仔细审视了一番，半晌才点了点头说道：“还有一种方法，把钴熔渣放入硝酸钠溶液，也可以得到一种红色溶剂。用这种溶剂在纸上写字或画画，也可以获得同样的效果。”

听了马树民和李勇的分析，雷霆十分惊讶，开始怀疑两人是军统的人，却没有挑明。他望了望李勇，最后把目光移到马树民脸上，试探性地说："老同学，原来你一直在我面前装疯卖傻，我早该看出你是大智若愚。当然，大凡在警察局做事的人，多数都在为戴老板这个秘密警察头子效力。刚才听了你和李副局长的话，我终于可以判定，原来你和李副局长都不是一般人。戴老板不是讲过，特工要以'宁静、忍耐、伟大、坚强'为信条。你们怎么都沉不住气，竟然说漏了嘴，是不是见了这张薄油纸就鬼迷心窍了呀？"

雷霆的一番话有理有据，大有一针见血的架势，众人顿时惊得瞠目结舌。马树民和李勇更是对视了一眼，都转过脸来盯着雷霆，半天没有作声。

"老同学，你凭什么说我们是军统的人？"沉吟了一会儿，马树民开口了。"连这点都看不出来，我就不用当侦探了。"雷霆犀利的目光扫了众人一眼，接着说道："刚才你们想到的那些主意，都是军统惯用的方法。老同学，你的底细我最清楚。"

此时，马树民对雷霆佩服得简直是五体投地，不再辩解什么，随即又忍不住问道："老同学，你这么内行，难道也是军统的人？""我是什么人，你还不清楚吗？"雷霆巧妙地把马树民的疑问挡了回去，转而试探性地说："我若猜得不错的话，秋红也是军统的人。秋红，对吧？听说林振松与戴老板是朋友，从他请你来调查赵玉莲被杀一案来看，我就有理由怀疑你是军统里出色的美女特工了。当然，也可能你与林振松还有某种特殊的关系？"

唐秋红当然知道雷霆很不简单。事情到了这一步，为了不引起雷霆的怀疑，她只得将雷霆、马树民和李勇带到一边，悄悄说道："雷探长，我确实是军统特工。实不相瞒，当年日机轰炸广州，每次轰炸过后，到处都是惨不忍睹的景象，我爹娘也惨死在日军的飞机下。从那以后，我终于明白你当年的选择是正确的，于是义无反顾地参加了抗日救亡运动。几个月后，我辗转来到港城，通过朱明帆认识了一位神秘人物，在他的精心安排下，我赶往重庆加入军统。经过特殊训练，我得到了戴老板的赏识。后来，日本女间谍井上美子来到中国，几次出手就毁掉了几座城市的军统地下组织。据可靠情报，港城第二次沦陷后，井上美子再次潜入港城。戴老板下令尽快除掉这个东洋女魔头，我领了这道暗杀令。可这个在德国受过特工训练的井上美子善长易容术，中国话也讲得很标准，我不知道她的真面目，暗杀她很不容易。”

说到这，唐秋红突然话锋一转：“雷探长，你是否有我们老同学兰婷的消息呢？”听到“兰婷”两个字，雷霆心里猛地震动了一下，随即尽量保持着平静，盯着唐秋红问道：“秋红，你见到兰婷了？”

唐秋红表情复杂地点了点头，说：“我一年前就见到她了。当年她被拐匪骗来港城，暗中卖给了娱红苑的老鸨沈秀梅。沈秀梅发现兰婷姿色迷人，便假惺惺地对她百般疼爱，悉心加以调教，想把她培养成摇钱树。去年我见到兰婷时，她已经是港城的红牌舞女了。后来，我无意中从兰婷那得知林振松曾对她心生爱慕，常常神出鬼没地与她幽会。我本来想将她赎出来，但想到有不少汉奸走狗点名要她，只好狠心让她在娱红苑当卧底，想办法从那些卖国贼嘴里获取情报。半年前，我通过她认识了林振松。林公馆发生凶杀案后，林振松电告戴老板，戴老板很重视，就派我调查赵玉莲被杀一案。意想不到的是，凶手竟然在我眼皮底下将林振松和陆小慧也给杀害了。”

听了唐秋红的话，雷霆还未及回答，对她充满敬意的马树民却已经抢先开口了：“唐小姐，你既然提到兰婷，就应该知道娱红苑是赵德贵暗中指使沈秀梅开的。听了兰婷小姐的不幸遭遇，我对她也很是同情，只是戴老板说过，特工为革命牺牲一切，不达目的决不罢休。既然我们都是从事特殊救国工作的，那就是一家人了。”

“国家有难，匹夫有责。既然我们是一家人，就不要说两家话了。”唐秋红淡淡地说道，转而看向雷霆：“雷探长，你认为呢？”雷霆不说话，从唐秋红嘴里得知兰婷的不幸遭遇后，他的心在隐隐作痛，脑海里不断浮现出兰婷当年的影子，很是不安。直到李勇问他接下来该怎么办时，他才回过神来，快步走到周安、谢明辉和杨军身边，叫他们找来柴火点燃，随后把那张薄油纸挨近火堆烘烤。

不一会儿，奇迹真的出现了，薄油纸上渐渐显露出一副奇石的图案，形状好似一株古树，图案下方还显出一排数字和一个感叹号：50103710！见状，众人感到十分震惊，你看看我，我看看你，都不明白纸上的图案、数字以及那个感叹号是什么意思。

雷霆拿着薄油纸反复审视，很快就看出了其中的奥妙，于是把它递给马树民，说道："老同学，这张纸有可能是一张藏宝图，它的数字密码很简单，凭着你的经验，我相信难不倒你。"

"藏宝图？"众人一阵惊喜，纷纷看向那张不起眼的薄油纸。马树民接过图纸左看右看，摇了摇头："老同学，这组数字看上去虽然简单，但我的确看不懂是什么意思，让你笑话了。"

薄油纸传过来递过去，警察局的九个警察都看不懂其中的奥妙，最后传到了唐秋红手里。她看了好半天，也绯红着脸说："要说它是一张藏宝图，从图纸上看，宝藏肯定在一尊形如古树的奇石下面，可是中国这么大，到哪里去找这样一尊奇石呢？对我来说，想要破解这组数字密码，也得花很多时间。"说着惭愧地把那张薄油纸递还给雷霆。

接过薄油纸，雷霆默不作声地想了一下，突然把它递给了一旁的黄艳。黄艳愣了一下，接过来迅速看了一眼，马上又递回给雷霆，红着脸结结巴巴地说："雷探长，我……我只是林公馆的丫环，怎么、怎么看得懂呢？"

虽然只有短短的几秒钟，雷霆却暗暗吃惊，黄艳的动作竟然如此迅速，这就更加证实了他之前的怀疑：这个黄艳，绝不仅仅是个丫环这么简单。既然她看不懂，为什么又要快速接过去看一眼呢？大可以拒绝啊。她究竟是什么人？难道她就是"夜莺"？要是果真如此，她这么会演戏，我雷霆可真是小巫见大巫了。

想到这，雷霆当下决定：黄艳要真是我党的生死特工"夜莺"，自己就紧紧地盯住她，纵使她再聪明，也会露出破绽的。于是，他不动声色地望着图纸上那组数字，一字一句地说道："这就是个简单的数字游戏。你们看，'五零一零三七一零'，我们可以把它分开来念，变成'五'、'零'、'一零'、'三'、'七'、'一零'。"

众人纷纷围过来，盯着那张图纸看了看，又抬起头齐刷刷地盯着雷霆，希望他继续说下去。雷霆扫了众人一眼，突然看向马树民："老同学，咱们丑话说在前头，你的这帮弟兄都可靠吗？"

听了这话，马树民不禁睁大了眼睛，尽管他不知雷霆的葫芦里究竟卖的是什么药，却也对他的胆大心细佩服得很。于是，他望了七位警员一眼，又将目光停在李勇脸上，见李勇点了点头，这才对雷霆说："老同学，咱们谁跟谁呀，不会有事的，我的弟兄们都很可靠。"

雷霆轻轻地笑了笑，严肃地说："老同学，人心隔肚皮，还是小心一点好。我不怕别的，就怕我们十二个人当中有奸细。如果将宝藏的位置说出来，落在日本人手里，我们可就为虎作伥了。"说着，他咄咄逼人的目光直盯着唐秋红和黄艳，诡秘地问道："两位女士认为呢？"

黄艳急忙附和："雷探长，你说得对，小心谨慎总比粗枝大叶要好。"唐秋红却冷冷地说："雷探长，我懂你的意思，你对我不放心吧。告诉你，对林公馆的连环凶杀案，我是不会放弃调查的。再说，当年我们虽然没有成为夫妻，但同学情谊还是有的吧？难道你就这么不信任我？"

没想到唐秋红会如此犀利，雷霆有些始料未及，更有些尴尬，于是清咳一声，抬眼仔细地打量着她，由上到下，再从下到上，却越发觉得她和黄艳一样神秘。于是，他试探着说道："秋红，我是尊重你才问的，别把我想得那么可怕。其实，我心里一直感到惭愧，忘不了曾经有过的那一段刻骨铭心的爱恋。"

听了这话，唐秋红的心顿时砰砰地狂跳起来，表面上却显得十分平静。多年的历练已经让她学会了忍耐，学会了控制情感，就算心里仍然喜欢着雷霆，她也不会轻易表露出来，更何况雷霆的话令她充满怀疑。

凭借多年来做特工的经验，她知道每一位特工都擅长心理学，而且善于伪装，不可能让你轻易看清他（她）的内心世界。于是，她冰冷的目光盯着雷霆看了足足一分钟，态度立马来了个大转变，像从前一样对雷霆抛去一个妩媚的眼神，轻启樱桃小口说道："雷探长，既然你信得过我，那就赶紧将薄油纸上的数字密码告诉大家吧。"

唐秋红的变幻无常，令雷霆越来越难以捉摸，但他已顾不得许多，重新把薄油纸展开在大家面前，问道："港城有没有个叫巫岭的地方？"

巫岭？众人都睁大了眼睛，开始在脑海里搜索这个地名。李勇想了想说："雷探长，巫岭在港城西部大约30公里的地方。若是去巫岭，要么经梅花山庄进入黑风林才能到达；要么经过一片原始森林进入岔河村，然后沿河而上，穿过黑风林到达。当然，最理想的选择是经岔河村进入黑风林再到达巫岭，因为梅花山庄驻扎着以松田为首的日军。听说黑风林和巫岭都非常恐怖，很多人都不敢涉足。”

一旁的马树民听了，赶紧点了点头，接着对雷霆说：“老同学，黑风林和巫岭确实是吓人的地方，听说黑风林里有很多稀奇古怪的凶猛动物，阴气很重而且很邪乎，远远望去就像一片墨绿色的海洋，还有大风没日没夜地鬼嚎着。巫岭就更不用说了，那里到处都是乱坟岗子，传说还经常有僵尸出没。”

警员杨军平时沉默寡言，此时见雷霆问起巫岭也忍不住了，插嘴道：“雷探长，我家就在黑风林附近的岔河村，我对黑风林和巫岭都很熟悉。自从日本大肆侵华后，鬼子就将黑风林附近村庄的女人抢去做他们的慰安妇，还杀了很多村民。从此，黑风林附近的村庄频频出事，不时有人变成痴呆或是疯子。从那些千年榕树下走进黑风林深处的人，没有一个能活着出来的。我们岔河村更惨，除了我幸免于难之外，其他人都被日本鬼子杀了。”

听了杨军的话，雷霆震惊不已，有些难以置信地问道：“真的？黑风林和巫岭真的有这么可怕？”

杨军点点头，语气越发沉重：“雷探长，很多人谈黑风林就色变，谈到巫岭更是觉得毛骨悚然。黑风林入口的两边是几百米高的悬崖峭壁，像两面镜子一样直立而下，峡谷中遍布着原始森林，好几个地方都生长着十几人方可合抱的千年古榕。古榕盘根错节，枝叶茂密，覆盖得树底下阴风阵阵。树根与石缝间常有大小不一的毒蛇进进出出，很是骇人。更奇怪的是，黑风林入口处的每一株古榕树下都有数座长满青苔的石像张牙舞爪地守卫着，眼睛鼓凸得就像石狮子嘴里的石球，嘴巴很大，青面獠牙的，十分恐怖。就在前年，鬼子扫荡完黑风林附近的村庄离去后，一个小孩不听大人告诫，竟然用树枝捅了一座石像的眼睛，你们猜怎么着，石像眼眶里竟然滚出大颗大颗的血泪，吓得小孩撒开丫子就跑回家，可刚把经过讲完就口吐白沫跌倒在地上。从此，黑风林和巫岭就显得更神秘、更恐怖了，附近村子除了那些胆识过人的猎手外，其他人根本不敢进去。”

听了杨军的描述，雷霆突然来了兴趣，嘴角向上一扬，将手里的薄油纸在空中挥了一下，微笑着问大家：“你们想不想破解这张纸里的秘密？假如林振松的祖宗真的将宝物藏在巫岭，你们敢不敢去巫岭探险呢？”

林家祖上藏宝的地点就在巫岭？雷霆的话无疑吊起了大家的欲望。欲望是无法克制的，一旦升起了，就无法再压制下去了。小警员谢明辉的胆子比较小，既渴望破解那张薄油纸里的秘密，又害怕去巫岭探险，一时间满眼都是犹豫。

还是周安不怕死，为了鼓动大家都去巫岭寻找答案，他怂恿道："我认为有必要去巫岭，就算没有林振松的祖宗的宝贝，我们去了，或许也会对破获林公馆连环凶杀案有帮助。"雷霆赞赏地望着周安，因为对方有着和自己一样的想法。

这时，黄艳终于主动开口说话了："雷探长，你为什么会认为林家祖上藏宝的地点就在巫岭呢。"雷霆盯着黄艳，却笑而不答，好一会儿才将目光从她脸上移到马树民的脸上，说："老同学，这样吧，为了验证我破解的密码正确与否，你从负责林公馆凶杀案的警员中选出一位和黄艳在林公馆继续查找凶手留下的线索，其他人带上工具赶往黑风林，争取在天黑之前到达巫岭。我们马上行动，你意下如何呢？"

马树民还未及开口，黄艳立刻把头摇得像拨浪鼓，乞求地看着雷霆："雷探长，林公馆太恐怖了，我怕被人杀害，不敢继续待在这儿了，我求你发发慈悲吧，让我跟你们在一起好不好？"

"哈哈哈……"见黄艳的反应如此强烈，雷霆突然朗声大笑起来，笑声里有一种令人难以捉摸的震撼力。接着，他收住笑容，一语双关地说道："黄小姐，刚才你也听说了，巫岭十分吓人，你不敢待在林公馆，说明你胆小，可为什么还敢去巫岭探险呢？"

见雷霆再度向自己发难，黄艳终于忍不住了，斜着媚眼儿看着雷霆，慢条斯理地说："你们都是高手，跟你们在一起，有什么好怕的？"看着黄艳脸上不由自主地焕发的妖艳之态，雷霆暗喜，意识到她的原形就要暴露了。

没有理会二人的对话，马树民想了想，决定安排警员王小明留在林公馆。听到留下自己，王小明无奈地拉下一张苦瓜脸可怜巴巴地看着自己的上司，心里着实担心大家找到宝藏后没有自己的份儿。

"哎哟，哎哟……"就在这时，李勇突然捂着肚子喊起来，汗珠也跟着滚滚而落，"我的老毛病又犯了。"见状，马树民轻叹一声，心疼地扶着他说："我就知道你胃不好。这段时间为了查案，你忙得没日没夜的。李副局长，这样好不好，巫岭你就不要去了，如何？"

李勇的肚子显然越来越痛，眉头痛苦地皱在一起，只好有气无力地挥挥手，说："你们放心去吧，我留在林公馆好了。"说完忙叫谢明辉去车上把自己的胃药拿来。

雷霆看着李勇，心里顿时生出种种疑惑，但他没有表露出来，想了想，突然问大家："如果巫岭真有宝藏，你们打算怎么处理它呢？"这句话显然问得太突然，大家你看看我，我看看你，谁也没有说话，个个心里当然都想发一笔横财，但又不好意思开口。

见众人都不开口，唐秋红缓缓地说道："现在正是大举反攻侵华日军的时候，抗日部队正缺少资金购买枪支和药品，我们若真的发现宝藏，就应该把它献给抗日部队。"她的话音刚落，李勇就一边捂着肚子，一边冷冷地说："你们是不是高兴得太早了？八字还没一撇呢。"

"我总觉得有问题，难道你们不认为这是一个陷阱吗？"一直默不作声的警员许顺兵用手扶了扶眼镜，突然提醒大家。马树民一惊，不解地望着眼前这个瘦瘦高高的小伙子，心里琢磨着这位刚从学校毕业的小警察究竟发现了什么问题，忍不住问道："顺兵，你发现什么问题了？"

许顺兵沉思了一会儿，说："我总觉得含在陆小慧嘴里的假夜明珠不是林振松祖宗留下来的，说不定是凶手故意塞进她嘴里的，以此布下陷阱来让我们上当。"

此言一出，大家都愣住了。警员黄爱国点点头表示赞同，接过话头："顺兵分析得有道理，你们仔细想一想，日军有一个团的兵力正好驻扎在黑风林附近的梅花山庄。根据雷探长的推测，如果林公馆连环凶杀案和日本间谍有关，那就足以说明含在陆小慧嘴里的假夜明珠是凶手故意塞进去的。凶手这么做就是要引诱我们上当，只要我们中计，以松田为首的日军就会将所有负责调查林公馆凶杀案的人包围在黑风林或巫岭，然后一网打尽。"

马树民却有些不解了："爱国，鬼子为什么要将调查林公馆凶杀案的人一网打尽呢？""这个？我也不清楚。"黄爱国摇了摇头。唐秋红看了两人一眼，冷冷地说："很显然，林公馆连环凶杀案背后藏有更大的阴谋。"

马树民一听幕后可能藏着更大的阴谋，脸上又冒出豆大的汗珠。雷霆看了他一眼，点燃一支香烟，狠狠地吸了几口，说："林公馆连环凶杀案背后藏有更大的阴谋不假，但我敢肯定含在陆小慧嘴里的假夜明珠不是凶手故意塞进去的。第一，凶手要想将这颗假夜明珠塞进陆小慧的嘴里，只能一刀砍下她的头颅后才将假夜明珠塞进她嘴里。这就说不过去了，陆小慧被凶手杀害后，要么嘴巴张得很大，要么闭得很紧，假如凶手将假夜明珠塞进她嘴里，那她张大的嘴巴不可能在死后还有活力，重新闭得紧紧的，更不可能咬紧牙关。第二，就算凶手早有预谋，也不可能将一张薄油纸放进那颗假夜明珠里，更不可能将陷阱布置在黑风林或巫岭，完全可以采用更简单、直接的方法引诱我们上当。"

"而且，我仔细观察过那颗假夜明珠，尽管它是假的，但是历史悠久，上面还有一条比头发丝还细小的纹路，足以以假乱真。像这样一颗假夜明珠，除非最专业的高手，否则不可能将那张薄油纸放进去。传说港城西部古时候有一个王国，刚才杨军也说黑风林入口处的每一株古树下都有石像守卫着，那就说明传说可能是真的。越危险的地方就越安全，我认为林振松的祖辈将藏宝地点选在巫岭并不奇怪。"

经雷霆这么一解释，大家的欲望又升起来了。为了让大家心服口服，雷霆重新将那张薄油纸拿到火堆旁边烘烤，待图案和数字显出来后，他招手让大家围过来，然后指着那组数字解释道："我跟你们说过，'五零一零三七一零'这组数字分开来念就变成'五'、'零'、'一零'、'三'、'七'、'一零'。然后把'五'念成'巫'，把'零'念成'岭'，组合起来就是'巫岭'；再把'一零'改回来念成数字'十'，再把'十'念成'石'，'三'念成'山'，'七'念成'奇'；后面的'一零'也改回数字'十'，念成'石'。接着，我们再重新念一次就成了'巫岭'、'石'、'山'、'奇'、'石'。将它们再组合一次，就成了'巫岭石山奇石'。而那个感叹号则再明显不过了，它下面的一点指的就是藏宝的正确位置。根据这张纸上的图案和数字来分析，宝藏所在地是巫岭有石山的地方，具体位置在一尊形如古树的奇石下面。"

听了雷霆的话，在场的人恍然大悟，对他的敬意更是增加了一层，纷纷点头表示赞同。

雷霆能够如此轻而易举地破解薄油纸上的数字密码，这让唐秋红的春心又悄悄萌动起来。当年雷霆就是她心目中的白马王子，要不是日本鬼子侵华，他们恐怕早就成为夫妻了。现在，唐秋红发现雷霆比当年更加成熟英俊，尤其是他那挺拔的身躯、线条鲜明的面庞和冷漠不羁的眼神，瞬间就让她找回了当年那份深深的爱恋。

就这样，唐秋红悄悄注视着雷霆，突然发现他衣服上的第二颗纽扣很特别，情不自禁伸出手去摸了一下，立即发觉它不是普通的扣子，而是苏联克格勃的F21纽扣相机。她的举动令雷霆始料不及，但他立刻让自己冷静下来，心想唐秋红既然是戴老板看中的美女特工，定然不是等闲之辈，显然自己的秘密已逃不过她的眼睛。

此时，嗅着唐秋红身上散发出来的那股久违而又熟悉的幽香，雷霆也禁不住怦然心动，于是凑近她夸张地嗅了几下。唐秋红顿时羞得脸红心跳，急忙警告雷霆自己已经有男朋友了。闻言，雷霆惊讶地盯着她脸上的美人痣看了半天，才一字一句地问道："秋红，真的吗？他是谁？"

"港城夜巴黎歌舞厅的老板朱明帆。当年我离开广州来到港城就认识了他，和他一起参加了抗日救亡运动，结果他被抓进了监狱。两年后，他被父亲保释出来后就当了夜巴黎歌舞厅的老板。"唐秋红淡淡地说。见雷霆发出轻轻的叹息声，她"扑哧"一声笑了，又说："雷探长，你有什么好叹气的？我可知道你一直喜欢的都是兰婷，否则当年也不会离开我。"

看着唐秋红美丽的脸庞，雷霆没有为自己辩解什么，而是认真地说："秋红，当年我离开你是有原因的，我承认自己对不起你，但也不能说明我不爱你呀。说真的，要不是日本鬼子害得我们家不家、国不国的，我早就向你求婚了。秋红，我希望你放下芥蒂，还能像以前一样叫我哥哥，好吗？"

看着雷霆真诚的眼睛，听着他的肺腑之言，唐秋红内心涌起一阵阵暖流，却依然摇了摇头严肃地说："雷探长，别贫嘴了，既然你破解了那张纸上的密码，那我们还是先去巫岭探个究竟吧。假如真有宝藏，我们就把它献给抗日部队。"

唐秋红的话获得了大家的赞同，这件事就这样定下来了。

随后，大家匆匆忙忙吃了午饭，又按照雷霆的提议去商铺买了干粮、手电筒、锄头、钢钎、铁锤和口袋等等，还有一大捆结实的绳子。回到警察局后，一行人没有耽误片刻，分别乘坐两辆轿车就赶往黑风林。

在路上，雷霆不禁把头摇得像拨浪鼓：可笑，我们哪里像是办案人员，简直就是一群去探宝的疯子。他一边想着，一边越发觉得陆小慧临死前将那颗假夜明珠含在嘴里或许就是一种暗示，说不定真跟林公馆连环凶杀案有关。

想到这，雷霆暗下决心：不管怎么样，这次探宝过后一定要尽早侦破林公馆连环凶杀案，揪出幕后真凶，给组织一个满意的交待。

转头望着身边的唐秋红，雷霆在她脸上看不到一丝紧张与慌乱，全然一派沉重与镇定，不禁暗暗惊讶历练对一个人改变之大。雷霆相信，她也一定会把林公馆连环凶杀案放在心上的，同她联手，案件说不定很快就会真相大白的。

第三章

身陷困境

就在雷霆一行人乘车赶往黑风林时，驻扎在黑风林左侧梅花山庄的日军营地正在举行一场庆功会。驻军首领松田正端起酒杯，与大家共同庆祝间谍井上美子和野村吉次郎再度取得了辉煌的战绩。

野村吉次郎由于还有重要任务，没有参加这次的庆功会。而庆功会邀请到的人物则有港城郭公馆的大公子郭四海、青帮头目赵德贵，还有一位风度翩翩的英俊男人——唐秋红向雷霆提到过的夜巴黎歌舞厅的老板朱明帆。

朱明帆参加抗日救亡运动被抓入狱后，唐秋红接受组织的秘密安排赶往重庆加入了军统，两人随后失去联系。两年后，朱明帆被其父朱文才保释出来，随后当了夜巴黎歌舞厅的老板，唐秋红却成了双重身份的美女特工。

庆功会开得高潮迭起，日伪保安队队长刘大龙正小心翼翼地陪着松田喝酒助兴。穿得珠光宝气的井上美子则盛气凌人，在乐队的伴奏下得意地搂着朱明帆轻移莲步、曼妙旋转。她盯着朱明帆的眼睛时而柔媚，时而冷漠，令对方不寒而栗。

朱明帆一直暗恋着唐秋红，尽管唐秋红也答应和他恋爱，却总是对他若即若离的。这次，收到刘大龙送来的松田亲自写的请柬后，朱明帆整整做了一夜的思想斗争，心里是一千一万个不愿意来，但一想到井上美子对自己的种种威胁，最后还是内心的恐惧占了上风，次日只得勉强赴约。

舞会刚一开始，井上美子就走上前去邀请朱明帆跳舞。看着这个善于伪装的女人亭亭袅袅朝自己走过来，他立刻猜出了她的不良用心。这个东洋女魔头平时里云髻高耸、人面桃花，就像个端庄的贵妇，杀人时却将一头黑发披散开来，脸上焕发出妖艳之态，迷人而恐怖。

搂着这个杀人不眨眼的女人，朱明帆表面上沉着冷静，内心却惶恐不安。跳了十来分钟，井上美子突然凑到他耳边，操着一口漂亮的中国话悄悄说道："朱先生，这两天你不用回夜巴黎歌舞厅了，就在这儿陪我开心吧。"

朱明帆一听，想到这位东洋女魔头在床上也霸道无比，竟然把自己当成狗一样对待，忍不住打了一个冷战，一边和她跳着舞，一边慢慢陷入了回忆。

那是他被保释出来的前一天晚上，几个凶神恶煞的日本鬼子突然闯进囚室，二话不说把他押到一间宽大的屋内，随后递给他一套笔挺的西服，还带他到浴室洗澡，最后将他送到楼上一间装饰得古色古香的卧室里。

他一进屋就惊呆了，眼前竟然出现了一个柔媚性感、娇媚可人的美女。当时，在德国受过特工训练的井上美子轻移莲步，走过来一把搂住他的脖子，娇滴滴地说道："朱先生，你父亲多次花重金来向我们求情，说你当时不懂事，只是跟着他们胡闹，请求我们放你一马。你虽然不愿意做我们的翻译，但在我的极力请求下，上级最终还是采纳了我的意见。只要你答应以后帮我做事，明天你就可以自由了。"

听了这话，朱明帆把头摇得像拨浪鼓："不可能，不可能。我只是一介书生，不懂得做什么事，怎么能答应你呢？"井上美子见他居然如此不识时务，顿时气得柳眉倒竖，突然膝盖一弯，使劲朝朱明帆下腹处一顶，当时就痛得他"嗷"的一声弯下腰去。

就在这时，刘大龙和松田走进屋来。刘大龙盯着他，表情复杂地说："朱老弟，太君说了，只要跟着他们，包你平安无事。要不然，他们现在就把你拉出去枪毙了。"刘大龙的话音刚落，松田就"唰"的一声抽出军刀，哇哇叫着朝朱明帆嘴上刺去。朱明帆本能地把头一偏，军刀擦腮而过，吓得他当时就出了一身冷汗。

突然，朱明帆脑海里闪出唐秋红靓丽的身影，心里默默喊着："秋红，你在哪？我太想你了。"当松田再一次将手中的军刀举起来时，朱明帆心里一阵慌乱，急忙转身对井上美子说："小姐，你让我好好想一想吧。"

闻言，井上美子以征服者的姿态轻蔑地瞟了朱明帆一眼，朝松田和刘大龙挥了挥手。待两人出去后，她立刻换了一副面孔，妩媚地说："朱先生，你早这样合作，早就脱离苦海了。其实，不到必要的时候，我是不会让你帮忙做事的。"

那时朱明帆只有23岁，意志不够坚定，心想好汉不吃眼前亏，先离开是非之地再另做打算吧。盘算好之后，他终于朝杀人不眨眼的井上美子点了点头，表示自己同意与她合作。

见朱明帆已经俯首称臣，井上美子立刻笑盈盈地伸出手搂住他的肩膀和腰部："朱先生，为了祝贺你死里逃生、重见光明，我们跳一曲舞吧。"朱明帆不知她葫芦里究竟卖的是什么药，只得诚惶诚恐地搂着她在屋里转来转去，显得十分小心，生怕踩了她的脚趾引来杀身之祸。

在轻快的舞曲中，井上美子表现得并没有朱明帆想象的那么可怕。她抬起燃着欲火的双眸温柔地注视着他："朱先生，今晚你不用回监狱了，留下来陪我共度良宵吧。"然而，令朱明帆始料不及的是，待两人脱光衣服后，井上美子竟然像对待狗一样对他又打又踢，还骂他是个中看不中用的东亚病夫……

结束了回忆，朱明帆望着与自己翩翩起舞的井上美子，突然想起她曾经从港城失踪过一段时间。本以为她不会再来纠缠自己了，殊不知刘大龙给他送请柬时，却有意无意地告诉他井上美子已经来到日军驻扎在梅花山庄的营地了。这令朱明帆叫苦不迭，他硬着头皮赴约后，果然发现井上美子在营地，心里立刻担心得不知所措。

朱明帆一直害怕井上美子会安排什么任务给自己，被保释出来的这两年来，好在父亲朱文才不断地送礼，日本人并没有找他什么麻烦，也没有让他做什么背叛祖国和人民的事。然而，这次来日军营地参加庆功会，他突然感到惶恐不安，心里不断琢磨着：这些灭绝人性的日本鬼子究竟在举行什么庆功会呢？

就在朱明帆忐忑不安之际，雷霆一行人已经驱车20公里后停了下来。

他们不敢继续往公路上走了，再走的话，很快就会到达梅花山庄。梅花山庄原本是港城的旅游胜地，港城第二次沦陷后就成了日军的营地。

为了避免不必要的麻烦，他们将轿车徐徐开进公路边荒草凄凄的岔道，找个树林密集的地方藏了起来，然后带上工具，猫着身子躲躲闪闪地钻进了一片原始森林。

黄艳紧紧跟在雷霆后面，一边用特制的手帕驱赶着向自己进攻的蚊子，一边东张西望，还不时地将一根根小树枝折断，丢在地上。

当发现雷霆对自己有所警觉时，她脸上立即焕发出妖艳之态，大胆地说："雷探长，怎么了，我脸上有什么不对劲吗？""这个女人，真是不简单。"雷霆不动声色地望了她一眼，没有作声，突然转身隐没在丛林中。黄艳一愣，急忙朝他隐没的地方追去。

这片原始森林面积不大，也没有凶猛的野兽出没，但越是如此，越让人感到心神不安。一行人很快穿过这片原始森林，接着一个破败不堪的村庄出现在众人眼前。

这时，警员杨军走到雷霆身边，指着前方不远处的村庄说道："雷探长，前面就是岔河村，我们必须经过岔河村，然后沿河而上，穿过远处那片黑风林才能到达巫岭。"

雷霆看了看，发现村子里一个人影也没有，便侧身问杨军："你们村除了你，真的没有其他人了吗？"

"前年日本鬼子进我们村抢夺粮食和女人，我组织大家进行反抗，跑进黑风林里一边与鬼子交战，一边捉迷藏，最终还是寡不敌众，一部分人被鬼子乱枪打死了，另一部分人被鬼子活埋至脖颈处，只露出一颗颗人头。鬼子还把他们当成西瓜，逐个用刺刀劈开。惨啊！还有，只要是十岁以上的女孩儿都不放过，轮番蹂躏，直到女孩儿惨死在他们身下，简直太残忍了。"杨军气愤地说道，拳头不由自主地攥紧了。

听了这话，雷霆顿时双目喷火，难掩愤怒地吼道："善恶终有报，日本鬼子丧尽天良、禽兽不如，总有一天会自食恶果的。"杨军更是咬牙切齿，看向远方，仿佛看到了鬼子的末日。

接着，由熟悉路线的杨军在前面带路，一行人跟在后面。越是往黑风林的方向走，众人越是感到不安，越是感到处处充满危机。这个宽大的峡谷就像一个巨大的磁场，人一旦陷进去，想脱身可就难了。

按照之前商量好的路线，杨军带着大家沿河而上。河岸茂密的丛林中不时飞出一些不知名的鸟儿和昆虫，路也越来越难走。就在距离黑风林大约两公里时，河对岸突然传来各种奇怪的声响，使人不禁毛骨悚然，每个人的神经都绷得紧紧的。

继续往前走了半里路，杨军猛地惊叫一声，停下了脚步。其他人急忙聚拢过去，眼前的情景真是惨不忍睹——无数已经腐烂变质的动物尸体正横七竖八地躺在丛林中，散发出阵阵恶臭，可怕的蛆虫正在上面不停地蠕动着。

警员许顺兵受不了眼前的情景，转身离开众人窜进侧面的丛林里去呕吐，旋即发出一声凄厉的惨叫声。闻声，众人赶紧跑过去察看，发现他不小心掉进了陷阱里。

可怕的是，陷阱里布满了一把把长剑似的尖桩，已经密密地刺穿了许顺兵的身躯。别说是人，就是一头雄壮的野牛也得当场毙命。

望着许顺兵的惨死状，大家都倒吸了一口凉气，头皮不禁阵阵发麻：还没有进入黑风林就遇到了陷阱，进去后还不知会发生什么事情呢？

见状，杨军立刻回身提醒大家："这一带有很多这样的陷阱，希望大家不要单独行动。进入黑风林后，大家再分开前进。"

进去后再分开？众人都不解地望着杨军。杨军连忙解释道："请大家放心，黑风林里没有陷阱，许顺兵掉进去的是我们村当年用来对付老虎的。只要大家跟着我，就不会有事的。"老虎？黑风林里有老虎？除了杨军，其他人又被大大地吓了一跳。

现实竟是如此的残酷，许顺兵的惨死状让唐秋红不忍心再看下去，她转身躲到了雷霆的身后。

黄艳倒显得很平静，默不作声地看着陷阱里的许顺兵，直到雷霆咄咄逼人的目光落在她身上，她才有所警觉，默默地退到一边。

这时，杨军从麻袋里拿出绳子，小心翼翼地下到陷阱里捆住许顺兵的尸体，还帮他合上了眼睛，然后众人一齐动手把两人拉了上去。

尸体拉上来后，马树民无奈地摇了摇，吩咐谢明辉、王小明和宋志平挖了个坑把许顺兵埋了。一个鲜活的生命转眼间就消失了，大家在害怕之余都有些伤感，还是杨军打破了沉默：“时间不早了，走吧，如果我们在天黑之前赶不到巫岭，困在黑风林会很危险的。”

杨军原本是一名杀手，其冷酷无情、不达目的誓不罢休的作风曾让他在这个行业小有名气。1941年，杨军亲眼目睹父母被日本鬼子残忍地杀害，惨痛的记忆从此成了他挥之不去的梦魇。

为了报仇，他加入了警察队伍。英雄的背后永远是无法摆脱的悲剧命运。当仇恨的种子在心底生根发芽时，杨军存活于世的唯一目的就是疯狂地报复。想到灭绝人性的日本鬼子杀害了自己的父母，杀害了千千万万的中国同胞，杨军恨不能生出三头六臂。

而就在杨军带领着大家继续赶路时，驻扎在梅花山庄的日军营地为井上美子和野村吉次郎举行的庆功会已经达到了高潮。

大家小心翼翼地前进着，眼看就要进入黑风林了。“进入黑风林后，难免会遇到凶猛的野兽，希望大家不到万不得已时不要开枪，否则会引起鬼子的警觉。”杨军回身提醒大家，想了想又建议：“黑风林里还有老虎，野猪也多得惊人，我们最好分成五组，两人一组，间隔20米左右并排前进。这样一来，就算有老虎或野猪攻击我们，大家互相之间也有个接应。要是大家走在一起，难免会乱成一团，被老虎或者野猪咬死。”

杨军的意见得到了大家的采纳。这时，一直默默跟着大家的黄艳乘众人不注意，偷偷丢掉了什么东西，随后急忙站到了雷霆身边，显然她想和雷霆一组。

雷霆冷冷地扫了黄艳一眼，目光里有太多她读不懂的内容。喜怒不形于色的唐秋红则表情复杂地注视着黄艳，看着她跟在雷霆身后闪进丛林的背影，心里突然有种说不出来的滋味。

一旁的杨军把一切都看在眼里，凑过去说道：“唐小姐，跟我一组吧。你放心，我不会把你吃掉的。”

唐秋红将目光收回来，表情怪异地望了杨军一眼，心想：你想“吃掉”我可没有那么容易。杨军发现唐秋红眼里闪过一丝冷光，二话不说转身就钻进了丛林。唐秋红不敢怠慢，急忙跟着钻了进去。

来到黑风林入口，雷霆发现，正如杨军所说，好几个地方都长着十几人方可合抱的千年古树，而且每一株下面都有数座石像在守卫着，它们的眼睛鼓凸得就像石狮子嘴里的石球，嘴巴很大，青面獠牙的，显得十分恐怖。

见到这一切，雷霆暗暗吸了一口凉气，只有黄艳举动惊人。只见她快速捡起一根树枝朝一座石像的嘴巴捅了一下，石像嘴里顿时流出血来。一时间，黄艳呆若木鸡，过一会儿才回过神来，用胳膊肘轻轻撞了雷霆一下，指着石像的嘴巴悄悄说："雷探长，你瞧，它怎么会流血呢？"

雷霆往那座石像望去，也暗暗吃了一惊，但很快就发现了原委，急忙绕到石像背后，果然发现一只毛茸茸的黑熊正背对着他们隐藏在石像后面的繁茂枝叶中。这只黑熊身体大得惊人，要不是古树巨大，那些低矮的分枝根本受不了它的折腾。

雷霆想了想，立刻判断石像的嘴巴有空洞穿过后面，受伤黑熊流出的血液才会进入石像的嘴巴后凝固，经黄艳用树枝一捅，凝固的血液被捅穿，新鲜的血液便从石像嘴巴里流了出来。

想到这里，雷霆不敢惊动黑熊，一手握枪，一手拉着黄艳慢慢往后退。幸好黑熊背对着两人，不曾发现他们，否则后果不堪设想。显而易见，雷霆一行人要想经过黑风林到达巫岭，真不是件容易的事，越往里面走，死神就距离他们越近。

所幸黑熊没有追来，雷霆和黄艳舒了一口气，随即又听见黑风林深处传来野猪的嚎叫声。黄艳听不出是野猪的声音，正疑惑间，雷霆已小声说道："黄小姐，野猪也是凶猛的动物，它们有时单独行动，有时成群结队，而且听觉很好，听得懂人类的语言。假如我们遇到野猪，你千万不要正话反说，譬如野猪从树林里出来了，你千万不要说野猪跑进树林里去了，否则它会疑神疑鬼地朝我们的方向跑来，一旦发现我们就会疯狂地进攻。"

听到这些，黄艳吓得浑身发麻，不住地点头。与此同时，距雷霆和黄艳二十米左右的唐秋红和杨军也很紧张，总觉得背后有一双眼睛在盯着自己，浑身都不舒服，可当他们迅速转过头去观望时，那双眼睛又没了。

他们左边是马树民和谢明辉，右边是雷霆和黄艳，大家一直保持着一定的距离并排小心翼翼地前进着，怎么会突然多出一双紧紧盯着自己后脑的眼睛来呢？唐秋红敢肯定，那双神秘的眼睛不是他们当中某个人的，而是另有其人。

而且，她有一种预感，那双令他们看不见摸不着却感知得到的眼睛一定就在他们的不远处，要么是有人发现了他们正在暗处跟踪，要么就是自己活见鬼了。

摸索间，大家进入黑风林已经有两里左右，里面树高藤大，树下布满丝丝桫椤和绿油油的万年青，厚厚的枯枝败叶潮湿不堪，小路的两旁时常有蛇游进游出。

伴随着阵阵热风，低沉的林涛恐怖地回响着，应和着无数野兽和怪鸟的鸣叫，令人不禁毛骨悚然。明晃晃的太阳挂在高空，刺眼的白光透过密密层层的枝叶投射下来，致使黑风林里热得就像蒸笼一样。四周还遍布腐烂变质的尸体，散发出阵阵恶臭。

一时间，王小明和黄爱国肚里翻江倒海，恶心得直想吐。蝉儿在树阴里窥视着大家被牛屎蚊和高脚蚊狂叮猛咬的狼狈模样，竟然幸灾乐祸地拼命叫唤着。

不一会儿，大家脸上和脖颈上已经被蚊子叮得红红点点的。黄艳挥舞着手狠狠地骂着那些对自己狂轰滥炸的蚊子，右脚却不小心踏在一截潮湿的烂木头上，身子往前一滑，不知是有意还是无意，竟然失去重心跌倒在地。

雷霆转过身来，冷冷地望着黄艳，她立刻假装自己扭伤了脚脖子，坐着不起来，伸出手来要雷霆拉自己一把。

雷霆心想，这女人怎么这么会来事，到底想玩什么花招呢？于是不动声色地抓住她的手，将她拉了起来。谁知黄艳竟然趁机扑进他怀里，抬起头来，显得媚态万千，双眸频频闪着秋波。

这应该是她用来诱惑男人的惯用手段，只是她找错对象了。雷霆突然目露精光，一声不吭地一把将她推开，转身走了。

黄艳愣了愣，却心有不甘，几步追上雷霆："雷探长，我想尿尿，你帮我放哨好吗？"雷霆一听，转身睁大眼凶巴巴地盯着她，分明想从她脸上看出点什么来。

黄艳见状，不但不生气，还扭着丰满的臀部几步赶到雷霆前面，钻进杂草丛中，随即又回过头来瞅了雷霆一眼，一双狐媚眼笑成了月牙状。

雷霆线条分明的脸立刻严肃起来，二话不说扔下黄艳，迅速来到唐秋红和杨军旁边，轻声说道："秋红，你去和黄艳一组。"闻言，唐秋红一愣，旋即明白过来，但她没有给雷霆面子，轻笑道："雷探长，黄艳是个大美人呢，你干嘛不愿和她一组呢？"

雷霆当然明白唐秋红是在打趣自己，笑了笑，凑到她耳边悄悄说："秋红，我信得过你，才让你去和黄艳一组的。你们都是女人，行动上比较方便，我想让你去监视她的一举一动。"

见雷霆这样说，唐秋红表情怪异地打量着他，想了想说："雷探长，谢谢你信任我，既然你对谁都疑神疑鬼，那自己回去监视她好了。"

雷霆见唐秋红这么不给自己面子，刚想发火，一旁的杨军为了避免争执，连忙主动提出自己去监视黄艳。雷霆不再说话，而是板起面孔，目光停留在唐秋红脸上那颗美人痣上，定定地看了几十秒，这才暗示唐秋红继续前进。

唐秋红很想追问雷霆为什么这么不放心黄艳，但却怕惹他不高兴，话到嘴边又咽了回去，只得跟着他往密林深处走去。

路越来越难走，雷霆一行人的身上都粘满了山蜘蛛网和数不清的野草籽。唐秋红走在雷霆身边，表面显得万分冷艳，心里却暖烘烘的，突然涨满了幸福感。在她心目中，雷霆就像一座高山，让她仰望，让她依靠……

进入黑风林深处，怒吼的狂风渐渐隐去，最后安静得就像一潭黑水，一切生物浸泡其中，不露声色，唯有一些鸟儿时不时地像多情的歌手拉长着声音嘶叫着。

参天古树下生长着密密麻麻的矮灌木林，其间还参差地长着稀疏的烂草和健壮笔直的荆棘。有猛兽走过的地方，杂草和荆棘东倒西歪。雷霆和唐秋红在阴沟一侧并肩而行，始终与其他队友保持着相应的距离。

突然，唐秋红发现两旁的小树丛中不时有一种名叫"竹叶青"的毒蛇在爬行，身上的颜色绿得就跟树叶一样难于分辨。她正想迅速出手去抓一条来当马鞭挥舞，正前方突然传来哗啦啦的响声，听声音就知道是体积庞大的动物，而且不止一只。其他人也听到了前方传来的可怕的声音。

眼见它们越来越近，大家都不约而同地闪进树丛中去躲藏，食指也搭在手枪的扳机上，警惕地对准前方。

雷霆急忙拉着唐秋红闪进树丛里，暗示她沉着应战，认清情形后再决定是否开枪。随着猎物踩断枯枝的叭叭声和呼呼的喘气声越来越近，雷霆和唐秋红同时举枪瞄准。

紧接着，一道又一道黑褐色的高大身影从他们身旁跃过，很快就跑向远方。待它们跑远后，雷霆松了口气，垂下枪口说："别怕，是黑鹿，从它们奔跑的速度来判断，估计正被其他凶猛的动物追逐着。"

唐秋红暗暗佩服雷霆的见多识广，悄悄问道："霆哥，听说黑鹿全身是宝，鹿茸、鹿胎、鹿鞭、鹿尾、鹿筋、鹿肉、鹿脯无一不是药材或补品，它们的毛皮也可制成高级衣物或皮革?"

雷霆不解地扭过头来注视着唐秋红，心想，这丫头终于肯叫我霆哥了，可不知是出于真心还是假意?想到这，他嘿嘿冷笑两声，说道："秋红，都什么时候了，你还关心这些?"唐秋红脸红了，莞尔一笑，不再言语。

雷霆一行人继续前进。大约过了十来分钟，前面突然出现很多阴沟，将每一组队员隔开，而且朝着不同的方向延伸着，地形突然变得复杂起来。大家继续走着，慢慢地，左右两边的队员竟然拉开了距离。

随着四周的雾气越来越浓，雷霆和唐秋红的脑袋昏昏沉沉的，突然就和其他队员失去了联系。实在没办法，他们只能睁大眼睛继续前进，不料却钻进了森林里的"迷宫"，明明是往前方走，不一会儿又回到了原来走过的地方，最后不得不改变方向，结果身陷困境，迷失在黑风林里。直到天黑下来，他们也没有找到通往巫岭的路。

黑风林是极度挑战人类心理承受能力的地方，尤其是晚上，危机四伏，处处充满古怪和邪气，让人感到一种透骨的寒冷。按理说，丛林是人类狩猎的地方，每到狩猎季节，猎人就会带着枪走进飞禽走兽出没无常的丛林，像死神一样收拾它们。可是在黑风林就不一样了，拿着枪的人不敢轻举妄动，否则他们不仅收拾不了猎物，还会被猎物收拾。

雷霆深知这些道理，不敢在伸手不见五指的黑风林里带着唐秋红随便走动，最好的办法是等到天亮再找出路。于是，他们背靠着一株古树坐了下来。

在饥饿和恐惧的双重煎熬中，雷霆处事不惊，却发现唐秋红正冷得微微颤抖，只好将她搂抱在怀里，用自己的温暖来包裹她。

嗅着唐秋红身上散发出来的如兰似麝的馥郁芬芳，雷霆的心不禁砰砰狂跳起来。唐秋红正值妙龄，瓜子脸上布满红晕，浑身都凸显出成熟女人特有的魅力。

为了不让自己对唐秋红胡思乱想，雷霆定了定神，没话找话说："秋红，如果林公馆连环凶杀案破了，接下来你有什么打算？"唐秋红转过身来，面对面贴在雷霆怀里，不想扯这类话题。

自从干上了特种工作，她一刻也没有放松过，更学会了严肃与冷酷。此刻她依偎在雷霆怀里，突然发觉自己其实很需要一个懂得关心和呵护自己的男人，也很想和雷霆重新谈一场恋爱。只是有些晚了，因为朱明帆向她求爱时，她已经接受了。

为了打破沉默，唐秋红故意将话题转移到兰婷身上，轻叹一声："霆哥，你以前特别喜欢兰婷，现在她成了港城的红牌舞女，你还喜欢她吗？"

雷霆不回答，提到兰婷，他的心就很痛。他想好了，这次探宝过后，只要兰婷愿意，他会想尽一切办法把她从娱红苑赎出来。

沉默了几分钟，雷霆突然想起唐秋红对自己讲过的话，便认真地问道："秋红，你不是说林振松很喜欢婷儿吗，还常常神出鬼没地和她幽会，说不定婷儿会知道他的一些秘密。回头我们抽空去找婷儿了解一些情况，说不定会对破获林公馆连环凶杀案有帮助。"

听了雷霆的话，唐秋红的情绪一下子就高了，惊喜地说："对呀，对呀。霆哥，我们先去巫岭找宝藏，再去娱红苑找兰婷了解情况。"

雷霆点了点头，越来越发觉唐秋红是自己人，于是试探性地问道："秋红，你听说有人叫'夜莺'的吗？"唐秋红愣了一下，巧妙地回答："霆哥，你说的是某个人的行动代号吧？我不仅听说有人叫'夜莺'，而且听说有人叫'白狼'。"

一听这话，雷霆立刻瞪大了眼睛，连忙问道："秋红，你认识'白狼'？"唐秋红"扑哧"一声笑了，终于如实回答："当然认识。"

雷霆顿时激动起来，开始追问："秋红，那你告诉我'白狼'是谁？"事已至此，唐秋红觉得没有必要再隐瞒下去了，于是俏皮地眨着眼睛，说道："霆哥，你这不是明知故问吗？'白狼'远在天边，近在眼前啊。”

天啊！雷霆心中大喜，为了进一步证实唐秋红的身份，他直言不讳地说：“秋红，请你把生死特工的意义简要地讲述一遍。”

唐秋红立刻严肃起来，认真地回答：“生死特工无论是生是死，一切服从组织安排。无论是被我方还是被敌方误解或者杀害，都无怨无悔，一切以大局为重。”

听到这，雷霆早已热血沸腾，紧紧地将唐秋红搂在怀里，兴奋地说：“秋红，我简直太意外了，想不到你就是‘夜莺’啊。”

唐秋红的心情却非常复杂，她尽量控制自己的情绪，一本正经地说：“既然你知道我是谁了，还不赶紧松开你的双手？我们任务艰巨，必须全部投入，绝对不能分散精力谈情说爱。以后，我还是叫你雷探长吧。”

雷霆惊讶地看着眼前的女人，旋即摇了摇头说：“太严肃了，太严肃了，再怎么说，我们也应该有点浪漫吧？”唐秋红却坚决地摇了摇头：“雷探长，你想浪漫就不要选择当生死特工。”

看着唐秋红一本正经的样子，雷霆哈哈大笑：“你骗谁呀，难道当生死特工就没有浪漫了？更何况你是双重特工。据我所知，凡是军统里的美女特工，都是很浪漫的。”“就算浪漫，那也是工作需要。”唐秋红坚持着。

闻言，雷霆嘴角往上一弯，朗声说道：“我和你浪漫也是工作需要嘛。”雷霆的话触动了唐秋红灵魂深处那根敏感的弦，她随即从雷霆怀里挣脱出来，眼中浮现出一缕神秘落寞的神情。

黑暗中，雷霆看不清唐秋红的表情，心里却感到万分欣慰。想到这次奉命来港城办案，除了“夜莺”，还有“山猫”和“雄鹰”暗中相助，雷霆又忍不住追问起来：“那你知道‘雄鹰’和‘山猫’是谁吗？”

闻言，唐秋红立刻睁大了眼睛，摇了摇头，实话实说道：“我不知道，雷探长，我们组织里有这两个人吗？”

既然唐秋红也不知道，雷霆就不想再继续这个话题。他站起身来，想了想说：“秋红，你睡一觉吧，我负责放哨。”

唐秋红见雷霆回避自己的问题，心中不悦，没好气地说：“雷探长，我可没你想象的那么娇贵，要睡你睡吧，我来放哨好了。”

“那好。”雷霆嘿嘿一笑，果然坐下来背靠大树，很快就发出轻微的鼾声，令唐秋红哭笑不得。

为了防止怪兽的突袭，唐秋红只好睁大眼睛，时时保持着警惕。此时，四周一团漆黑，唐秋红的恐惧不断升级，总觉得到处都游荡着幽灵，还有个看不见却能感知得到的物体轻轻地晃到了她的身后。

想到这，她敏感地转过身去，发现黑暗中确实有个高大的黑影朝自己伸出了双手，心一下子提到了嗓子眼，赶紧掏出手枪对准那个神秘的黑影，可黑影却瞬间消失在更加神秘的黑暗之中。

唐秋红急忙蹲下身来，打算从雷霆的手里拿过手电筒，谁知雷霆的声音竟在她背后响起：“别找了，刚才是我在你后面，想考验你的反应如何。”

一时间，唐秋红惊得说不出话来。她万万没有想到，这个雷霆竟然如此怪异、高深莫测，刚才明明还靠着大树呼呼大睡，一下子却又到了自己的身后……

天亮后，雷霆和唐秋红继续在黑风林里寻找通往巫岭的路。这时，已经顺利走出黑风林的只有杨军和黄艳，其他人仍然困在黑风林里。

做过杀手的杨军性格孤僻，别人很难走进他的精神世界。认识雷霆后，杨军深知只有通过大家的共同努力，才能早日找到有价值的破案线索，早日揪出幕后黑手。这会发现同伴还陷在黑风林里，杨军毫不犹豫地带着黄艳重新返回黑风林，打算找到他们后再去巫岭。

与此同时，被困在黑风林里的雷霆和唐秋红已经晕头转向地来回穿梭了一个上午，却依然没有找到出路，却意外地发现这里面有很多古建筑遗址，其附近的山丘上则遍地都是骷髅，以及随时绊腿的巨大木板和厚毛织物碎片。

看到眼前的一切，雷霆告诉唐秋红：“传说港城西部古时候有一个王国，从这些古建筑遗址和厚毛织物碎片来分析，有可能是真的。”“雷探长，你又不是来考古的，还有兴趣想这些。我都急死了，还是寻找通往巫岭的路吧。”唐秋红却没有耐心听他扯这些，心情烦躁地四处张望着，随后扔下他径直往前走去。

雷霆耸了耸肩，只得跟着唐秋红一起走进一片密集的丛林。下午四点左右，他们终于发现了周安和宋志平，不一会儿又发现了王小明、黄爱国、马树民和谢明辉。就正在众人高兴不已之际，杨军和黄艳也找到了他们。谢天谢地，所有人终于到齐了。

不敢再耽误片刻，熟悉地形的杨军急忙带着大家朝巫岭赶去。

第四章

惊魂之夜

雷霆一行人来到巫岭时已经接近黄昏了。

他们所处的位置是一片乱坟岗，杂草遍布，高过人头，其间还有一些稀稀拉拉的古树，显得十分荒凉。从这些坟墓的破损程度来看，少说也有几百上千年的历史。

雷霆再次拿出那张从假夜明珠里获得的薄油纸，重新用火烤了一遍。待纸上的奇石图案和数字显现出来后，他仔细地看了看，随后便招呼大家去寻找有石山的地方。

大家依言分头行动，终于在乱坟岗腹地找到了一处石山。

看着眼前的石山，雷霆突然两眼放光，带头跑向一尊奇、瘦、漏、透的怪石。这尊怪石足有五六米高、三四米宽，形状好似一株古树，在石山中显得鹤立鸡群，称得上是一尊奇石。

其正面的中间特别平整，上面赫然刻着一个骷髅，骷髅下方则是一颗钻石的图案以及与图纸上一模一样的一组数字和一个感叹号：50103710!

“巫岭石山奇石!”雷霆不禁将破译的数字密码重新读了一遍，高兴得直拍大腿，回身对众人说：“就是这里了。”

大家一听，赶紧围拢过来，盯着奇石正面的骷髅、钻石图案以及那组数字和感叹号左看右看，都感到十分震惊。一旁的唐秋红则看看奇石，又看看雷霆，目光中盛满了敬佩与爱意。

夜幕渐渐降临，雷霆一行人吃了几包饼干补充了体力之后，便开始干活了。

令他们万万没有想到的是，与此同时，负责在林公馆寻找线索的李勇和另外几十个武功高强的神秘人物已经按照某人留下的记号悄悄地进入了黑风林……

正在大家忙得大汗淋漓时，雷霆抬头望着夜空，灰蒙蒙的月亮刚从云兜兜里跳出来，转眼之间又跳进黑如浓墨的云兜兜里去了，大地随之一片阴暗。

随后一阵夜风扫过，四周不断发出鬼哭狼嚎声，将这荒山野岭的乱坟岗搅得越发让人感到毛骨悚然。

谢明辉一向胆小，发觉四周已变得模糊不清，随着阴风的怒吼，那些比人还高的杂草和树木仿若无数的鬼影在晃动，不知名的小动物则在一旁的草丛里忽啦啦地进进出出，顿时浑身直起鸡皮疙瘩。

马树民为了活跃气氛，同大家开起了玩笑："我小时候听人讲过，这种荒坟野地最爱闹鬼，说不定我们在挖宝时就会有妖魔鬼怪出现呢，哈哈哈。"

听了马树民的话，谢明辉的脑袋"轰"的一声炸开了，赶紧闭上眼睛，一个箭步冲到雷霆身后，再也不敢离开他半步。

见谢明辉一副抱头鼠窜的样子，唐秋红笑弯了腰，揶揄道："明辉，想不到你的胆子还比不上一个女人。这世上根本就没有什么妖魔鬼怪，瞧你那没出息的样子。"话虽这么说，可谢明辉听着周围各种动物此起彼伏的怪叫声，心情依然无法放松。

雷霆见状，忍不住了，就给谢明辉出了一个主意，让他屙一泡尿抹在脸上，这样就不害怕了。谢明辉不解，看着众人，雷霆笑而不答，马树民则一语道破天机："明辉，你还不明白吗？人尿辟邪啊。"

话音刚落，唐秋红就发出咯咯的轻笑。谢明辉见众人都笑话自己是胆小鬼，终于不好意思待在雷霆身边了，赶紧拿起钢钎和其他警员干起活来。

望着大家齐心协力地用钢钎和铁锤把那尊奇石一点点地敲破，再一块块地搬开，唐秋红的眼皮总是跳个不停，有种不祥的预感，总觉得有什么事情将要发生。

黄艳却控制不住内心的激动，脸上时不时地露出一丝神秘的冷笑。

在大家的努力下，不到两个小时，那尊奇石就被全部撬开搬掉了。大家赶紧清理出一块五平米左右的平地，又继续挥舞着锄头往深处挖了几十分钟，待弄出个大坑后，众人都惊讶得睁大了眼睛。

在手电筒的照射下，坑里躺着的十来具横七竖八的骷髅赫然出现在大家眼前。马树民禁不住问道："怪哉，怎么里面有这么多死人的白骨？"众人也感到十分迷茫。

望着大坑里杂乱无章的骷髅，雷霆若有所思，慢条斯理地说道："我明白奇石上的骷髅图案是怎么回事了，它给我们暗示的正是这些死人的白骨。他们可能是当初林振松祖辈请来藏宝的人。把宝物埋藏好后，他们当场就被杀人灭口了。"

"有个迷信的说法，藏宝者一般都要杀一些人，用他们来守宝。说不定这些骨架下面就是金银珠宝呢。"马树民接过话头。

雷霆点了点头，默默地祈祷了一番，随后叫大家在附近另外挖了个坑，把那些骨架搬过去埋葬了。

做好这一切后，几位警员重新跳进大坑里去清理杂碎，很快就清出一块平平整整的石板。雷霆盯着那块石板足足研究了好几分钟，才叫弟兄们将石板砸烂撬翻，再将砸成的小块碎石板搬到大坑外面。

突然，大坑的一角露出了一口锃明瓦亮的棺材。见状，众人吓得魂飞魄散，纷纷爬出大坑。

尽管这天晚上月亮毛毛的不怎么亮，可那口棺材仍然泛着刺眼的寒光。望着那口上好的棺材，雷霆想了想，说道："从这口棺材的形状和完整无缺来看，里面若是没有金银珠宝，也会有曾经富甲一方的死者的骨架。"

宋志平提议："不管棺材里面有什么，我们打开盖子一看不就清楚了。"雷霆还在深思之际，见钱眼开的警员周安和王小明已经大胆地跳进坑里，分别站在棺材的两头，同时抓起棺材盖"嘿"的一声发起了力。

随着棺材盖咔咔作响，雷霆听出了声音的异样，急忙跳下去欲将周安和王小明拉开。可是却晚了，周安和王小明已经将棺材盖抬起来丢到了一边。

与此同时，他们触动了棺材里的机关，数十根毒针猛地从棺材里飞射出来，幸亏飞身跃起的雷霆躲闪及时，否则早就跟随周安和王小明去阴曹地府报到了。

雷霆在半空中转了个身，随即稳稳地落在唐秋红面前。众人见他身手如此了得，禁不住暗中赞叹。

随后，大家的目光又移向大坑里被毒针射死的周安和王小明，顿时吓得毛骨悚然。

为了稳定心神，马树民掏出香烟，颤抖着点燃一支递给雷霆，问他接下来该怎么办。雷霆没有作声，不停地吸着烟，火花一明一暗的，显然正在冥思苦想着。

突然，雷霆一把丢掉香烟，从警员杨军手里拿过电筒，独自跳进了大坑。

唐秋红心里一紧，忙跟过去叮嘱雷霆多加小心。雷霆刚转头朝唐秋红点了点头，马树民也跟着跳进了大坑，抢在他前面把头伸过去往棺材里探望，很快又转过头来对雷霆说："老同学，里面有个鲜活的女人尸体，除了一颗闪闪发光的钻石之外，根本没有其他珠宝。"

雷霆走到棺材旁伸头往里一看，果然看见一个穿得大红大紫的中年妇女躺在棺材里，面部丰满红润，显出大富大贵之相。她左边乳房上有一颗拇指般大的名贵钻石，在手电筒的照射下光芒四射。

一听说有钻石，谢明辉的胆子立刻大了起来，也跳进了大坑。见那颗钻石实在吸引人，他控制不住了，想也不想就把手往棺材里伸。

雷霆生怕再出意外，猛地伸手拉了他一把，把他挡在身后，再仔细地打量那具女尸，终于发现那只是个用腊做成的假人，而上面涂的颜料见光后正在慢慢地发生变化。

见状，雷霆意识到情势不对，急忙喊马树民和谢明辉快快躲开，随即一拉两人，连拖带拉地把他们扯出了大坑。三人的脚跟刚刚离开大坑的边缘，棺材里立刻冲出一股臭不可闻的黑色浓烟。

众人见状，纷纷捂着鼻子远远地躲开，生怕遭人暗算。

浓烟散尽之后，雷霆再次跳下大坑，小心翼翼地走到那口寒气逼人的棺材边，伸头细细地看了一眼，随即抬起头看着大家说："我估计的一点不假，里面根本不是什么鲜活的女人尸体，而是用蜡做成的假人。涂在它上面的毒药见光后产生化学反应，现在蜡像已经化成黑烟飘走了。不过很奇怪的是，那颗钻石却深深地嵌在了棺材底部。"

闻言，马树民和谢明辉赶紧跳进大坑里一看，发现棺材里的情况的确和雷霆说的一样，吃惊不已。唐秋红和黄艳也不约而同地跳进了大坑，两人盯着那颗光彩夺目的钻石，有了不同的想法。

杨军则站在大坑外面沉默不语，黄爱国却感到很失望，忍不住说："雷探长，巫岭不是人呆的地方，还是赶紧把那颗钻石拿出来，我们尽快离开巫岭吧！"马树民觉得黄爱国的话有道理，不假思索地把手伸进棺材里去。

雷霆见状，急忙将他的手拉了回来，说："老同学，你动点脑筋好不好。当初林振松的祖辈也不知从哪里请来的高手，竟然将这棺材设计得机关重重，说不定里面还有猫腻呢。"

黄艳忍不住了，说道："奇怪了，林老爷的祖辈不会因为这么一颗钻石而设计重重机关吧？"雷霆转头盯着黄艳，心想，这女人十分聪明，她究竟在扮演什么角色？她说那位壮实得像一头公牛的肖顺阳非常同情她，为什么林振松和陆小慧被杀害后，肖顺阳又不带她一起走呢？

雷霆正在猜测，黄艳又说："我总觉得这口棺材下面还有宝物！"黄艳说的一点也不错，其实宝物就在棺材下面通往左边的那个溶洞里，关键是怎样才能弄清进入左边溶洞的路线。

黄艳想到的雷霆也想到了，只是他没有将自己的想法说出来而已。其他人听了黄艳的话，顿时对她刮目相看。既然黄艳已经提醒了大家，雷霆只好说："陆小慧拼死将那颗假夜明珠含在嘴里，说明藏在假夜明珠里的薄油纸极其重要。既然林振松的祖辈当时杀了这么多人在这个大坑里，就不只是用他们来守一颗钻石，而且也不会请高手来设计这么多的机关。"

雷霆这么一说，大家的欲望又升起来了。唐秋红禁不住叹息，说："只可惜那些人帮林振松的祖辈设计好机关后，到头来还是被杀害，真是自掘坟墓。"黄艳则着急地问："雷探长，既然棺材里还有机关，怎样才能破解它呢？"雷霆不动声色地回答："你们先将周安和王小明的尸体抬出去，挖个坑埋葬他们。等我想通后，再做打算。”

这口棺材里确实还有机关，就在那颗深深嵌入棺材底面的钻石上，确切地说，那颗钻石是一个暗钮。只有按照奇石上的钻石图案以及那个感叹号的暗示，将这颗钻石往下压，解除机关后，棺材下面的石板就会迅速滑向两边，使寻宝的人和棺材一起降落到十米深的另一层石板上，然后就会发现深坑的左壁有个拳头大的圆球，它旁边注明一个往左的箭头，只要按照那个箭头将圆球往左边转动，圆球所在的左壁就会徐徐滑开，现出一个洞口，通过这个洞口，沿着石阶往左边而下，进入下面的溶洞，再按照箭头所指的方向就可找到宝物。

否则，假如伸手将那颗圆球往右边转动，棺材下面的第二层石板就会迅速滑向两边，瞬间便使盗宝者和棺材一起落入三十米深的陷阱里去，就算盗宝者不被暗器杀死，假若上面没有人放绳子将之吊上来，他也会迷失在陷阱里活活地饿死。

林振松的祖辈当年之所以选择将宝物藏在巫岭，正是因为巫岭是一座空山，里面有两个互不相连且方向相反的天然溶洞。林振松的祖辈在专家的建议下，将机关设计在两个天然溶洞共同的出口处，把宝物藏在通往左边的那个天然溶洞里。至于通往右边的天然溶洞，它就在棺材掉落的陷阱里面。

大家将周安和王小明埋葬后，又回到大坑边望着低头沉思的雷霆，都急得不停地搓着双手，一个劲地追问他该怎么解除棺材里的机关。雷霆用手电光照着棺材里琢磨了好半天，终于明白了那颗钻石图案和那个感叹号的意思。

可是雷霆怀疑他们当中有奸细，所以迟迟不愿意动手去压住棺材里的那颗钻石。过了几分钟，他才精明地对大家说：“我想不出办法了，只好冒险试一试。为了避免不必要的损失，你们都距离这个大坑远一点！”

唐秋红说：“雷探长，你一个人留在里面太危险了，还是一起商量好后再决定吧。”雷霆打趣道：“秋红，只要你叫我一声霆哥，说不定我会得心应手的。”唐秋红绯红着脸说：“雷探长，你严肃一点好不好？”

雷霆耸了耸肩，催促大家赶紧离开大坑。大家不敢怠慢，急忙按照雷霆的要求离开大坑。雷霆则走近棺材旁边重新研究了一番。唐秋红表面对他很冷淡，内心却很紧张，担心他有什么不测。

在距离坟坑六七米远的一株古树上，一只不知名的夜鸟正在唱着揪心的恋歌。雷霆担心那只夜鸟抑扬顿挫的歌声会引来更多同伴的加入，便从大坑里拾起一颗小石子，使劲朝那株古树的树丛中扔去。只听见“噗”的一声，那只夜鸟停止了歌唱。众人震惊，都想不到他还有这么一手绝招。

雷霆抬头看了大坑外面一眼，发现大家已经离得远远的，急忙将手中的电筒伸进棺材里，将那颗钻石往下轻轻一压，随即脚下一震，棺材下面的石板立即滑向两边。转眼间，雷霆已和棺材一起降落到十米深的另一层石板上。他用电筒往四壁仔细地照了一遍，最后停留在左壁那个拳头大的圆球上，走过去认真地看着圆球旁边那个往左的箭头，很快就明白了其中的含义。

大家发现雷霆和棺材一起往下掉落，都吓了一大跳，不约而同地跑到大坑边伸头往下看，里面黑漆漆的，透出无比的神秘和恐怖。直到雷霆在下面喊话，他们才长长地舒了一口气。

马树民大声问雷霆下面的情况怎样。雷霆却故意说很危险，叫他们千万不要下来，等自己弄清楚情况后再做决定。

借着手电筒的光，雷霆按照左壁上箭头指引的方向，伸手牢牢抓住那个圆球往左边转动，眨眼工夫，左壁就现出一个洞口。

雷霆喜出望外，大胆地弯腰钻进洞口，用电筒找到里面的机关，将洞口重新关上，然后沿着石阶往左边而下，进入下面的溶洞，再按照箭头所指的方向走了几分钟，来到了一个金碧辉煌的洞厅。

天啊，这个洞厅居然到处都是光彩夺目的宝物，有各种各样的怪物模型在守护着。雷霆吃惊得张大了嘴巴。尤其是在往左延伸的通道里，一条巨大的蟒蛇正守护在通道口，虽然这条巨蟒不是真的，但也敢肯定它身上机关重重。

雷霆想了想，心中有数了：只要按照箭头的方向经过那条通道进入里面，一定还有更多的奇珍异宝。想到这，他转身离开，打开石门返回到第二层石板上，又重新将石门关好。这时，上面的人已经急得犹如热锅上的蚂蚁，朝下面喊了几遍，雷霆都没有回应，都以为他被毒气毒死了。

雷霆上到石板上以后，朝他们喊话，叫他们放绳子和一把铁锤下来。

听到雷霆的声音，众人转忧为喜，纷纷庆幸他还活着。唐秋红更是兴奋地朝下面大喊：“霆哥，你究竟在搞什么名堂？我们喊了你好多遍，你都不回答，真是急死人了。”

雷霆嘿嘿一下，大声回喊：“秋红，刚才我昏过去了，怎能听见你们喊话？赶紧将绳子和铁锤放下来吧！”马树民却有些不解，问道：“老同学，你要铁锤和绳子干嘛？”

雷霆心里直笑马树民愚蠢，表面上却说：“老同学，还不明白吗？我想把绳子捆绑在身上，让你们拉着我，然后我用铁锤砸烂棺材，看它下面有没有宝物。”

上面的人听了，实在是矛盾，既觉得雷霆是在冒险，又希望他能够找到宝物。最终，寻找宝物的欲望占了上风，他们迅速用绳子绑住铁锤往深坑里慢慢放下。

雷霆拿到绳子和铁锤后，作出了一个大胆的决定：他将绳子捆绑在自己身上，叫上面的人抓紧，突然举起铁锤使劲往左壁上那个圆球砸去。而圆球在被雷霆砸碎的同时，棺材下面的第二层石板已经朝两边滑开了。

随着“轰隆”一声闷响，那口乌黑油亮的棺材突然在雷霆的眼皮底下消失了。要不是上面的人紧紧拉住绳子，他早就和那口棺材一起迅速掉进那个黑漆漆的大陷阱里去了。

雷霆惊骇不已，心中暗叹好险。此时，陷阱里传来极细微的声音，像风的呼号，又似人在哭泣，眨眼工夫又突然消失了。雷霆觉得非常奇怪，不由得想，难道下面还有溶洞？

转念一想，他又觉得就算下面还有溶洞，也不可能还有宝物藏在里面，否则林振松的祖辈就不会设计这么多机关了，说不定下面的溶洞是用来迷惑人的。这个雷霆，果然是聪明到了极点！

想明白后，雷霆决定不再逗留，喊上面的人把自己拉上去。刚才，上面的人听到深坑里传出“轰隆”一声闷响，都吓坏了，要不是这会雷霆喊他们拉绳子，都以为他已经死无葬身之地了。

所以，他们刚把雷霆拉上来，就急冲冲地问他到底怎么回事。雷霆故意装出心有余悸的样子，说：“我们上当了，下面根本没有什么宝物。我掉下去后，还以为见到宝物了，谁知下面是另一层石板。我想不通，就到处寻找机关，可没想到那口棺材里的钻石突然化成一缕青烟，散发出一股淡淡的幽香，把我给迷昏过去了。醒来后，我以为棺材里有秘密，就叫你们把铁锤和绳子放下去。可当我砸向那口棺材时，它下面的石板突然消失了，棺材就‘轰隆’一声掉下去了。好险！要不是我身上绑着绳子，现在也不可能站在这里解释给你们听了。”

闻言，众人皆惊，身上立即漾起一层层鸡皮疙瘩。

黄艳却对雷霆的话充满怀疑，她来到陷阱边，低头看着阴森森、黑漆漆的洞口冥思苦想。杨军担心她会不小心掉进去，急忙过来拉她的手。黄艳却不在乎，从地上抓起一块大石头就往陷阱里抛去。

听到里面远远传来的声音，黄艳猜测这个陷阱很深。尽管如此，她还是想不通，只得看着大家说道：“既然林老爷的祖辈如此用心良苦，设计了一道又一道机关，按理说应该有宝物啊。说不定雷探长已经破除了所有的机关，宝物就在这个深得吓人的深坑里，我们有绳子，何不吊下去看一看呢？”

大家听了，尽管心里害怕，可也觉得黄艳分析得有一定道理。雷霆心中有数，表面上却露出一副惶恐不安的样子，担忧地说：“这么深的大坑，说不定下面有很多暗器，谁敢下去冒险呢？”没有人回答。

曾经当过杀手的杨军突然弯腰拿起地上的绳子，默默地将一头捆绑在陷阱附近那株古树上，另一头捆绑在自己腰间。直到做完这一切，众人才明白杨军的意思。谢明辉有着不祥的预感，脸色大变，心慌慌地对杨军说：“你疯了？这么深的陷阱，下去就不怕变成白骨精吗？”

杨军却淡淡地回答：“就算是陷阱，总得有人下去看一看吧。”一旁的马树民也劝杨军不要下去，还是自己下去。说着，他就走到杨军身边，伸手解他身上的绳子了。

杨军很是感动：“局长，还是让我下去吧，大不了就将性命丢在里面。你就不同了，你是局长，林公馆连环凶杀案还需要你带头侦破呢。”马树民不听，仍旧固执地将杨军系在腰间的绳子解开了。

杨军心里热乎乎的，心想马树民关键时刻还真显真情，因而愈发坚持自己下去。马树民生气了，吼道：“杨军，你有没有组织纪律？我命令你马上把绳子捆在我的身上！这是命令，难道你敢违抗命令吗？”

杨军愣住了，马树民毕竟是他的上司，他不敢违抗命令。正当杨军犹豫不决时，唐秋红一把从他手里夺过绳子就往自己腰间捆绑，还微笑着说：“要听命令，你们都得听我的，让我下去吧。”

马树民和杨军想不到唐秋红竟会巾帼不让须眉，都想从唐秋红的手里夺回绳子。谁知雷霆比他们还快，只见他快速伸手一抓，绳子便到了他手上。他一边往腰间捆着绳子，一边道：“秋红，你是千金之躯，我怎么忍心让你下去冒险，还是我再下去一次吧！你若是不放心，就说声你爱我，我就不会有事了。”

“这个时候你还贫嘴，讨厌！”唐秋红感动得热泪盈眶，突然对雷霆增添了不少爱意。想了想，她只好说：“霆哥，既然你一定要下去，就得答应我一定要活着出来。林公馆连环凶杀案还等着你去破呢。”

雷霆瞪大眼睛，嘿嘿一笑，说：“秋红，林公馆连环凶杀案有你和我，加上我的老同学，我们一起联手调查，相信很快就会侦破的。为了弄清这后面隐藏的阴谋，我无论如何也要活着出来，不会去跟那些阴间小鬼打交道的。”

唐秋红感动得说不出话，马树民也深受感动，不住地提醒雷霆：“老同学，你千万小心，有危险时，记得摇绳子向上面发信号，只要你猛摇两次，我们就不再放绳子。你摇三次，又摇三次，再摇三次，我们就会把你拉上来的。”

“如果上面发生意外，有危险时，你们也要分三次摇九下绳子。”胆大心细的雷霆也提醒道。就在他即将下去时，唐秋红心里突然慌得紧，脱口而出：“霆哥，我想找回我们当年的爱情，你千万不要丢下我啊！”

听了唐秋红的话，雷霆突然有种莫名的冲动，身上的每一根血管都胀得通红，血液流动加快，心脏更是“扑通扑通”地跳个不停。于是，他深情地说：“秋红，有你这句话，我就有了无穷的力量，一切困难和危险都难不倒我的。”

雷霆再度走到陷阱边，此时阴风嗖嗖，整个大地都笼罩着一层薄薄的夜雾，阴森森的陷阱里正透出一股令人生畏的神秘气息，令人毛骨悚然。一些小动物在空中飞来舞去，仿佛有一双双令人捉摸不定的鬼眼，再伴随着四周夜鸟的悲鸣，唐秋红、马树民等人越发惊恐不安，都为雷霆捏了一把汗。

下陷阱之前，雷霆先吩咐三个警员负责拉放绳子，其他人拔出枪在四周放哨。一切准备就绪时，黄爱国却突然尿急，钻进杂草丛中去撒尿。谁知他不小心绊到一块尖石跌倒，致使手枪走火，“砰”地响了一声，吓得众人一阵慌乱，还以为有敌人来了。

问清情况后，众人才知道是虚惊一场。雷霆是个很敏感的人，总觉得黄爱国的这一枪是一种不祥的预兆。

确实，雷霆估计得一点也不错，就在黄爱国的枪不小心走火时，李勇和另外几十个身手敏捷的人已经走出了令人毛骨悚然的黑风林。由于黄艳暗中留下了记号，他们前进的速度很快。

话说回来，雷霆叫三个负责拉放绳子的警员慢慢放松绳子，拉着他朝黑咕隆咚、充满着阴气和诡秘的陷阱里慢慢飘荡下去，仿佛荡秋千一样朝死神的怀里飘落。

唐秋红则在陷阱边不住地朝下面喊：“霆哥，你小心点儿。”雷霆内心一阵温暖，大声回答：“秋红，有你这句话就够了。放心吧，就算里面有妖魔鬼怪，我也会把它们驯得像温柔的小绵羊。”

下到一半，雷霆突然听到无数幽幽的呜咽声从下面传上来，使他的思绪变得异常紊乱，一种难于抑制的恐惧蓦地袭遍全身。雷霆忙稳了稳心神，自言自语道：“唐秋红，你竟然是双重特工，而且和当年判若两人，越来越漂亮了。但愿你不要记恨我，如果我再也回不来了，希望你去娱红苑将婷儿救出来，再帮我建一座坟墓，让我的灵魂有个安息之处。”

雷霆一边嘀咕着，一边往下飘。在离底部还有七八米时，他再也不敢大意了：上面的警员一旦松手，他必定会在瞬间摔成一个烂皮蛋。随着雷霆的下降，上面的人也不好受，纷纷感觉紧抓着绳子的手越来越重，仿佛拽不住了。

雷霆亮着电筒，在离陷阱底面还有两三米时，急忙将绳子猛摇两下，暗示上面的人不要再放了。原来，陷阱底部到处都是寒光闪闪的、倒竖着的尖刀，雷霆暗中说了声好险。

他的脚指头踮在几把尖刀上，顿时感到一股阴寒之气通过脚底直蹿入骨髓，使他激凛凛地打了一个冷颤。望着那口从上面掉下来的棺材，雷霆一只脚往后面的墙壁上一蹬，借力荡了过去，刚好稳稳地站在棺材口上。

接着，他用手电筒照向棺材里面，发现其底层已经被几十把密集的尖刀刺穿，那颗用来当按钮的钻石也消失得无影无踪。

站在棺材上，雷霆不敢轻易动弹，用电筒向四周照了一遍，发现往右方空洞洞的，有种说不出的诡异。他仔细看了看，猜那儿定是溶洞的入口，心想这个陷阱里面果然还有溶洞，林振松的祖辈是何等聪明，竟然能发现巫岭有两个互不相连的溶洞。假如盗宝的人不专业，很容易就会被这个溶洞迷惑的。

正想着，突然，一股阴风从溶洞里凉嗖嗖地吹来，雷霆心头一紧，正想稳住心神，可大脑却因转动得太快而有些迷糊。昏昏沉沉中，一种滑腻腻的冰冷感觉迅速在他体内蔓延开来，很快就浸透了他的骨髓，让他感觉自己就要萎缩了，顿时袭来一种不可名状的恐惧。

也不知过了多久，雷霆感觉自己浑身乏力、头脑眩晕，顿时明白自己的双脚正踩在棺材上，无比冰冷，说不定这口棺材就有问题，人体与之接触久了，危险就跟着来了。雷霆尽量控制着自己惶恐不安的心神，准备摇绳子暗示上面的人将自己拉上去，谁知上面的人已经分三次将绳子摇了九下，发出信号告诉他上面出现了紧急情况。

原来，在灰蒙蒙的月光下，唐秋红与马树民突然发现距他们两里处，有数十个晃动的黑影正快速朝他们这边移过来。陷阱上面的人除了黄艳暗中得意外，其他人都非常震惊。尤其是唐秋红，既担心那伙人是日本鬼子，又担心陷阱里缺少氧气，或者有着无数不可预测的暗器，让雷霆身陷危险，甚至已经死于非命。

顾不上多想，她立即叫负责拉放绳子的警员猛摇绳子向雷霆发出紧急信号。雷霆得知上面发生意外后，感到十分震惊，突然想到黄艳来巫岭的路上不断地折断树枝，黄爱国的枪也意外走火，不禁倒吸了一口凉气。

想到这里，雷霆暗自庆幸自己没有把发现的宝藏告诉马树民等人。他之所以要将那个圆球用铁锤砸碎，目的就是想等离开巫岭后，再将藏宝的位置画成图纸，然后想办法送给为老百姓打江山的共产党军队。

得到信号后，雷霆紧紧抓着绳子，也分三次猛摇了九下，向上面发出拉自己上去的信号。紧张而焦急的唐秋红一直守在陷阱边，目不转睛地盯着那根绳子。见他们手中的绳子突然轻轻地动了九下，她高兴得什么似地，急忙伸手把绳子紧握在手中，和那三名警员一起扎稳马步使劲往回拉，好不容易才把雷霆拉离了危险地带。

香汗淋淋的唐秋红见雷霆安然无恙，心里感到特别高兴，随即又不安起来："雷探长，那些人离我们不到几十米了，你说怎么办?"累得够呛的雷霆抬头望了一眼不远处密密麻麻的黑影，果断地说："秋红，千万别急躁，等看清他们是谁再做决定。"

这时，一旁的黄艳问道："雷探长，下面有没有宝物?"黄艳的表现让雷霆疑窦丛生，心想，都大祸临头了，怎么她一点也不惊慌，却总是关心宝藏的事?

想到这，雷霆故作神秘地回答："哪有什么宝物！下面全是尖刀！当然，或许有宝物也不一定，因为我发现下面还有洞口通往别处。"

闻言，黄艳惊喜不已，忍不住再度问道："果真如此? 说不定宝物就在下面的洞里。"一旁的唐秋红再也忍不住了，不满地说："黄艳，你到底是何居心? 现在已经有很多人朝我们这边来了，你竟然还只关心宝物!"

黄艳终于装不下去了，冷笑一声说道："实话告诉你们吧，是我一路留下记号让他们赶来的!"黄艳的话音刚落，立即传来副局长李勇的声音。很快，几十个人已经齐刷刷地来到雷霆等人面前。

在几十把手电筒的照射下，雷霆赫然发现站在李勇身边的竟然是林振松。天啊，林振松居然没有死！这到底是怎么回事? 几名来巫岭寻宝的人你望着我、我瞧着你，半天都回不过神来。

值得一提的是，黄艳吃惊的并不是林振松的突然出现，而是李勇怎么会与林振松、肖顺阳以及赵德贵等人在一起。

见每一双疑惑的眼睛都瞪着自己，李勇只好解释说，自己在林公馆的次日上午，林振松和肖顺阳就突然回来了。当时他也吓了一跳，还以为遇上鬼了。确认林振松还活着后，他也是越想越觉得奇怪。后来，林振松说自己已经得知雷霆等人得到藏宝图，并且在头一天赶往巫岭的事。随后，林振松便和赵德贵及几十个青帮弟子，带着他一起按照黄艳留下的记号赶到巫岭来了。

听了李勇的话，雷霆和唐秋红半信半疑。马树民也不信，还怀疑李勇吃里爬外，和林振松早就是一伙了。但林振松的死而复活，却是他始料不及的。不仅他，所有办案人员都是吃惊不已。

就在大家大惑不解之时，林振松突然上前两步，指着马树民的鼻子喝道："你这个警察局长是怎么当的？想不到前天半夜我有事刚离开家，夫人就被杀害了，下人也跑光了。妈的，你们是怎么办案的？"

马树民当场就愣住了，不知该如何作答。林振松还不解气，继续说道："你们这些人，居心险恶，竟然从我夫人嘴里拿走夜明珠，又得知我祖上藏宝地点，更加厚颜无耻的是，居然还来盗宝了。要不是黄艳暗中派人通知我，我还蒙在鼓里呢。你们知法犯法，知道会有什么后果吗？"

"林老板，我们以为你家的人都……都被杀害了，所以才……"马树民又恢复了以往的大智若愚，显出惊慌失措的样子。

林振松见了，越发振振有词："你们这些人见钱眼开、欲壑难填，哪里是办案？分明是想占有我老祖宗留下的宝物。"

马树民见林振松越说越激动，赶紧接口："林老板，你误会了，我们……"林振松却不理会，得理不饶人地说："我误会？难道你们不是来巫岭寻找宝物的吗？难道你们不想发财吗？请问你们有多少人不沾那'贪婪'二字？不管是达官显贵，还是露宿街头的穷苦百姓，又有几个不为财富所动呢？"

一旁的雷霆一直在观察林振松，觉得他变化很大，与自己第一次见到的林振松判若两人。于是，他急忙解释道："林老板，你别误会，其实那张图纸是一个陷阱，里面根本没有什么宝藏。""没有宝藏？"林振松、肖顺阳和赵德贵都大吃一惊，直用怀疑的目光盯着雷霆。

雷霆转身指了指阴森森的陷阱，说："我们挖掘了半天，除了挖到一堆死人骨头之外，剩下的就是这个令人毛骨悚然的陷阱了。那堆死人骨头我们另外挖坑埋了，就在那边。"

林振松和赵德贵看了看彼此，分别叫肖顺阳和青帮的几个人走到雷霆指的地方，准备用锄头将那堆新土挖开。黄艳急忙上前阻止："你们不用挖了，雷探长不会骗你们的！但我认为，林老板的祖辈肯定将宝物藏在这个陷阱下面的溶洞里。雷探长已经下去看过了，他发现陷阱的右边有个洞口。"

黄艳的话音刚落，林振松和赵德贵就像发现新大陆一样，各自在兴奋中怀着鬼胎。于是，肖顺阳回到林振松身边，与他互相对视着露出神秘的微笑。这一幕正好被雷霆看在眼里，让他倍感蹊跷，于是试探地问："林老板，前天晚上你不是在家吗？怎么突然有事离开了？"

林振松想了想，说："雷探长，事情到了这一步，我也不想瞒你了。距港城近一百海里的极乐岛是我买下来的，而我就是火焰堂的大堂主。年轻时我从法国留学回来，发现局势动荡，便用祖辈留下来的一大笔钱请肖总管暗中帮我招兵买马，秘密成立了火焰堂，然后买下那座极乐岛，成立了岛上乐园。当然，知道我是火焰堂大堂主的人屈指可数。我这人喜欢神秘，岛上乐园很少有人看到过我的真面目。"

"平时，我将岛上乐园的一切事务交给肖总管、两大护法和二堂主洪万山处理，其他的火焰堂弟子也不知道我是谁。前天凌晨两点，我的一个亲信突然秘密来到家里，说火焰堂内部发生了意外。我听了，便将那个亲信留在家里护卫，然后和肖总管连夜赶往极乐岛。意想不到的是，待我处理完火焰堂的事乘船回家后，却发现那个亲信和夫人惨死在房间里。望着屠宰场一样的卧室，我无论如何也不敢相信自己的眼睛。"

林振松的话，并没有解除办案人员心头的疑惑，众人愈发糊涂了。停顿片刻，马树民问道："林老板，我还是有点迷糊。为什么你的那个亲信会死在你夫人卧室的床上？凶手又为什么要割走他的首级？"

"妈的，竟然这样问我！你是警察局长，我还想问你是怎么回事呢！"闻言，林振松激动起来，愤怒地吼道，"马树民，我警告你，如果你不会办案，这个警察局长也不用当了。从明天起，你们不要再管我家的事，包括雷探长，因为我不相信你们！幸好你们还没有盗走祖宗留给我的宝物，否则，我要你们死无葬身之地。"

他的话音刚落，高大壮实的肖顺阳就带头拔出手枪，将枪口抵在马树民的脑门上。其他人也迅速拔出枪来对准雷霆和唐秋红等人。这时，肖顺阳开口了，对林振松说："大哥，你说话吧，只要你一声令下，我们立即开枪，将这些盗宝的家伙送上西天。"

林振松似乎有些犹豫，转头去看赵德贵。赵德贵眯缝着一双小眼睛，仔细打量着雷霆和唐秋红。此人是个笑面虎，功夫相当高深，只有在攻击敌人时才会露出狞笑，而且毫不留情。他见肖顺阳过于放肆，忍不住闪到他身边，瞬间便将他的枪夺在手上，然后噼里啪啦地赏给了肖顺阳一顿巴掌，随即又嘿嘿冷笑道：“肖顺阳，你爷爷的充什么老大！这里还轮不到你发号施令！”

肖顺阳猝不及防，想不到赵德贵竟敢教训自己，而且出手如此之快。他正想还手，林振松已经拦在他面前，劝他千万不要冲动，一切以大局为重。肖顺阳发现赵德贵的门徒都把枪口转过来对准了自己，只好沉默下来，内心却是万般不服气。

随即，林振松毕恭毕敬地凑到赵德贵跟前悄悄地说：“大哥，你也看见了，这些人不用心破案，竟然想占有我的宝物。为了解除心头之恨，还是将他们全部杀死算了。大哥，你认为呢？”

赵德贵的小眼睛里露出两道精光，冷哼一声说：“林振松，你是火焰堂的大堂主？怎么一直瞒着我呢？你到底在搞什么名堂？听说火焰堂的人个个身手不凡，去年罗大炮那小混混将你打得半死，你怎么不还手，还要我替你出气？”

听了这话，林振松连忙解释道：“大哥，刚才我说过，我这个人喜欢神秘，不想让别人知道我的真面目。至于去年被罗大炮痛打的事，那是因为我对不起他，当时我只有一个人，又不会武功，怎么敢还手？要说我们火焰堂的人个个身手不凡，那是你看得起我，其实也不是谁都懂得武功的，就算懂得，也是半桶水，跟大哥比起来还是太嫩了。”

赵德贵一向心高气傲，自然对林振松的故意隐瞒感到不满，直恨他不把自己这个青帮帮主放在眼里。本来他就为妹妹被人杀害而不能尽快破案而十分恼火，但想到马树民也很着急，还请上海滩赫赫有名的大侦探雷霆来协助破案，还是体谅了他的一片苦心。谁知这个林振松为了解除心头怒气，竟然要将所有办案人员干掉。

这让赵德贵十分不满，因此他不高兴地说：“林振松，我妹妹嫁给你不到一年就被人杀害了，你不去寻找凶手，还想杀这些办案人员，到底安的什么心？我警告你，若是你敢伤害他们一根汗毛，我会让你下不了台的。”

听了这话，林振松只得嘶哑着声音说：“大哥，你说怎样就怎样吧，我听你的。”赵德贵的气消了一些，由于记挂着巫岭的宝物，想从中得到好处，他又转向马树民冷冷地说：“马局长，这里没你们的事了，你们还是多费点心思，尽快将凶手缉拿归案。我再给你半个月时间，如果你还查不出谁是凶手，我就把你的脑袋割下来当皮球踢！”

这番话让马树民心里窝着一股怒火，可为了顾全大局，他没有吱声。雷霆一直没有开口，却觉得林振松嘶哑的说话声音和以前不太一样，可想了想，又认为他是由于悲伤过度嗓子才变音的。

唐秋红是个心细的特工，对眼前的一切感到非常迷惑。她想和林振松交谈，谁知肖顺阳却总是暗示林振松尽量少说话。林振松却不吃那一套，指着唐秋红又咆哮起来：“唐小姐，想不到你和他们一样令我失望，竟敢来巫岭寻找我的宝物。看在我大哥的面子上，你马上和他们一起滚蛋。”

雷霆实在按捺不住了，他想不到林振松竟然这么蛮横无理，正想开口指责，唐秋红急忙用手捅了他一下，暗示他不要冲动。

就在这时，赵德贵的门徒李大牛和马云峰见唐秋红长得丰满动人，顿时色心大起，嘿嘿怪笑着就围了过来。望着这架势，唐秋红强忍着心头的怒火，拉着雷霆快步离开。李勇也急忙跟在雷霆和唐秋红后面。马树民和其他警员见事情变得越来越复杂，也只好扔下手中的工具，跟着李勇迅速追上雷霆和唐秋红。

一行人刚刚离开巫岭的乱坟岗，林振松就凑到黄艳耳边悄悄嘀咕起来。黄艳听了，气得柳眉倒竖，趁着他人不注意时伸手使劲掐了林振松的大腿一把，随后不声不响地跟踪在雷霆一行人后面。

雷霆一行人回到巫岭的山脚下时，李勇发现没有周安和王小明的身影，便问马树民是怎么回事。马树民叹了一口气，神情落寞地告知两人已死于非命。李勇听后震惊不已，难过地摇了摇头说：“林振松动用了港城青帮，看来警察局以后没有好日子过了。我已经决定辞职，还是另谋生路的好。”

闻言，马树民大吃一惊，李勇根本不是个胆小怕事的人，怎么会因为害怕港城青帮而辞职呢？难道他已经成了叛徒？马树民心里这么想着，表面上却劝李勇再考虑考虑。李勇摇了摇头，说自己已经考虑好了。

跟在后面的雷霆和唐秋红听了两人的对话，一直用怀疑的目光盯着李勇的背影，都觉得他的举动很反常，甚至开始认为他是个危险人物。还有林振松，他怎么会突然出现在巫岭呢？

这一切让唐秋红心里布满了疑团，忍不住说："我怀疑这个林振松有问题。"话音刚落，雷霆就瞪大了眼睛，马树民也停下脚步，转回头来不解地看着唐秋红，问道："唐小姐，林振松有什么问题？"

唐秋红想了想，说："难道你们没有发觉他的声音和以前不一样了吗？而且，肖顺阳一直在一旁暗示他尽量少讲话。"雷霆点了点头，说："秋红，我和你一样怀疑他有问题。但是我除了觉得他说话声音有些变调外，却没有看出别的破绽。还有，那个被凶手割走首级的男人，难道真像林振松所说的，是他的亲信？既然是亲信，为什么会和陆小慧死在一张床上？"

唐秋红接口："目前我只是怀疑突然出现在巫岭的林振松而已。至于那个男人为什么会和陆小慧死在一张床上，我也弄不明白。"

走在前面的杨军突然说："会不会是林振松的那位亲信和陆小慧有什么秘密？"马树民从杨军的话里得到启发，边走边说："若果真如此，那个被割走首级的男人和陆小慧是不是林振松杀的？"

听了这话，李勇问道："局长，你为何有这种想法？"马树民说："可以这样推理——林振松发现那个亲信与陆小慧的关系暧昧后，愤怒之下，便和肖顺阳一起将他和陆小慧杀死，然后连夜离开家，故意造成自己不在现场的假象。"

雷霆从身上掏出香烟，一边走一边点燃，深深地吸了一口才说："你们说到哪里去了！前天晚上林振松在家，那个亲信还敢和陆小慧睡在一张床上？从那天林振松亲自给陆小慧喂药来看，他很爱这位夫人，更何况前天晚上肖顺阳也在，那个亲信就算有十个胆，也不敢当着林振松的面和陆小慧一起睡吧！还有，假如是林振松杀了这两人，为什么还要将那颗假夜明珠放进陆小慧嘴里？"经雷霆这么一说，马树民才发现自己又犯了一个低级错误。

即将进入黑风林时，唐秋红扯了扯雷霆的衣角，暗示他停下来，等前面的人走远了，她才悄悄地说："霆哥，林公馆连环凶杀案很蹊跷，假如在巫岭出现的林振松没有问题，他为什么对我们恨之入骨？难道真的只是痛恨我们去巫岭找他祖辈的宝物吗？"

雷霆也觉得事情很不对劲。唐秋红接着说："霆哥，林振松不是喜欢兰婷吗？回港城后，我们马上去娱红苑找兰婷了解情况。"

提到兰婷，雷霆两眼一亮，说："秋红，既然林振松常常与婷儿幽会，就说明婷儿知道他的一些秘密。我突然想到了一个绝妙的方法……"说着，雷霆凑在唐秋红耳边嘀咕起来。

等唐秋红听明白后，他又悄悄地说："回到港城后，我画一张藏宝的图纸给你，你带着它迅速离开港城，赶到上海亲自交给我们的首长！去娱红苑找婷儿的事由我来负责。"

唐秋红睁大了眼睛，心砰砰狂跳，惊喜地问："霆哥，你已经找到……"雷霆急忙伸手捂住唐秋红的樱桃小嘴，暗示她不要继续往下说，小心被别人听见了。唐秋红会意地点点头。

就在这时，熟悉路线的杨军大声招呼大家："进入黑风林后，我带着大家走捷径，希望大家不要分散、不要喧哗，只管跟着我走，要不然，嘿嘿……"闻言，大家立刻沉默下来，小心翼翼地赶路。直到午夜时分，一行人才在各种怪兽的嚎叫声中走出了令人毛骨悚然的黑风林。

进入岔河村时，雷霆突然发现后面有个黑影晃动了一下，瞬间就消失在黑暗中。他愣了愣，赶紧暗示大家躲到一间茅屋后面去，然后故意大声说道："这里处处充满杀机，我们还是继续赶路吧！"

大家依计而行，假装继续往前走，然后绕过那间茅屋，迅速躲在它后面。过了几分钟，那个黑影幽灵似地飘过来了，路过茅屋时，雷霆迅猛地扑向对方，令对方措手不及，刚想反抗就被雷霆点了穴位，软绵绵地倒在地上。

大家用手电筒一照，发现居然是黄艳，无不气愤至极。黄艳没想到雷霆一招就将自己制服了，颤抖着声音说道："我痛死了，痛得快死了。"雷霆不予理睬，逼问她："黄小姐，你不是林振松的人吗？你不跟他在一起，怎么来跟踪我们？"

黄艳撇撇嘴，委屈地说："林老爷担心你们埋伏在半路，等他们找到宝物后，你们再打他个措手不及，将宝物抢走，就叫我跟踪你们。"

听了这话，马树民气得手舞足蹈，忍不住骂道："妈的，想不到林振松这么疑神疑鬼，算什么好汉！妈的，我们辛辛苦苦为他查找凶手，还死了三位弟兄，他竟然这样对待我们，林公馆凶杀案老子不查了。”

雷霆却很理智，严肃地对马树民说：“老同学，你就这么沉不住气吗?”谢明辉也说：“局长，林振松的很多朋友都在催我们尽快破案，假如我们不帮他查出凶手，性命同样保不住的。”

马树民沉默了，想了想，又把怒火转移到黄艳身上，骂她为虎作伥，还掏出手枪对准她。黄艳吓得战战兢兢的，颤抖着说：“别，别，别，我已经痛得快死了。”

雷霆看看黄艳，又看看大家，慢条斯理地开口了：“我点了她的穴，确实很痛呢，各位希望我给她解开吗?”李勇有些心软了：“雷探长，你还是给她解开吧!”马树民也说：“老同学，给她解开吧，你给她解开后，我再开枪!”

李勇急忙制止：“局长，千万不能开枪。”谁知马树民根本不予理会，雷霆刚给黄艳解开穴位，他就将枪口抵在她太阳穴上。出于大家意料的是，黄艳竟然不害怕了，平静地说：“马局长，自从我爹娘被日本人杀害后，我无亲无故、四处漂泊，要不是肖顺阳救我一命，说不定我早就被骗子卖给妓院了。我也不想活了，你开枪吧。”

李勇见状，急忙过来把抵在黄艳太阳穴上的枪口推开，劝说：“局长，你千万不要冲动，还是留着她吧。”马树民狠狠地瞪了李勇一眼，说：“李副局长，你如果不怕惹来更多麻烦，就留着她吧。不过我得事先警告你，假如她哪天把你给杀了，你后悔都来不及。瞧她那样子，说不定是一条美女蛇呢！你可得小心，别我们还没有回到警察局，你就被她吃掉了。”

李勇却冷笑着说：“局长，多谢你的提醒。我回去后，立即打辞职报告，这窝囊警察我不干了!”一旁的雷霆和唐秋红都没有吭声，默默地看着李勇，分析着他话里的意思。李勇可不管这些，伸手轻轻拍了拍黄艳的肩膀，安慰道：“黄小姐，别担心，我不会让人杀你的，不会让这个世界再多一个冤魂的。”

黄艳感动得热泪盈眶，说：“李副局长，我相信你，可我不相信他们。尤其是站在你背后的人。”李勇回头，发现马树民仍然用枪指着黄艳，再度请求他把枪收起来，又回头对黄艳说：“黄小姐，马局长只是一时冲动。你应该相信他，也许他比我更值得信任。你回去告诉林振松，叫他放心，我们都是血性汉子，不会做昧良心的事。”

黄艳点了点头，转身消失在黑暗之中。雷霆和唐秋红对视了一眼，都觉得黄艳是个非常危险的人物。还有这个李勇，为什么要极力护着黄艳呢？而且，港城警察局的人也很善于伪装。在巫岭，黄爱国的枪走火，这一会李勇又要辞职，这一切都说明了什么问题？难道这一切都跟林公馆连环凶杀案有关？雷霆和唐秋红都觉得事情变得越来越复杂了。

离开岔河村，再经过那片面积不大的原始森林后，雷霆一行人找到了事先藏在岔道边密林里的两辆轿车，迅速地往港城方向驶去。

回到港城警察局时已经凌晨三点多了，雷霆担心夜长梦多，立即掏出纸笔，打算将巫岭宝物的具体位置画在纸上，但转念一想，又觉得这样不安全，只好用一串特殊符号和数字来代替。这种特殊符号和数字，只有我党的专业情报人员才能破解。写好后，雷霆立刻将图纸交给了唐秋红。

由于事情非常重要，唐秋红不敢怠慢，找了个借口匆匆离开警察局，立即赶往上海。雷霆本想动身去娱红苑找兰婷，但想到兰婷是港城的红牌舞女，对她想入非非的男人肯定很多，这时候去根本见不到她。想到这，雷霆改变了主意，叫马树民召集大家连夜对林公馆连环凶杀案进行研究分析。

李勇没有参加，而是伏在办公桌上“唰唰唰”地写了一份辞职报告，然后连同证件、枪支一起丢给马树民，二话不说就走了。他的举动令在场的人震惊不已。

李勇回到家后，没有做片刻停留，简单地收拾了一下行李，带上自己精心喂养的猫和狗就赶往林公馆等林振松从巫岭回来。因为林振松已经答应他，只要他愿意加入火焰堂，就让他当火焰堂的三堂主，专门负责收取那些租住在岛上乐园的妓女们的房租。

此时，警察局里灯火通明、烟雾弥漫。尽管林振松信不过警察，不想让他们再插手林公馆连环凶杀案，雷霆等人却不愿意放弃。

正当他们挖空心思地对案情作出种种推理时，负责放哨的谢明辉突然紧张地跑进来对大家喊道：“不得了啦，鬼子已经将警察局的前门堵住了。”一席话让大家惊慌失措。

雷霆却临危不乱，迅速拔出手枪，朝半空中挥了挥。其他人也回过神来，纷纷拔出手枪。马树民转身打开保险柜，从里面抱出手榴弹分发给大家。

这时，日本鬼子已经把带来的几挺机枪架在外面，打算给负责林公馆凶杀案的办案人员来个下马威。他们先是“哒哒哒”地一通扫射，又向里面喊话，叫里面的人出来投降，否则只有死路一条。

奇怪，日本鬼子怎么会来得这么快？他们为什么要对警察局下手？按理说，林振松和赵德贵那伙人应该还在巫岭寻找宝物，不可能这么快就给鬼子通风报信。难道是……想到这，雷霆大吃一惊，不敢再想下去。

马树民也猜到了，恍然大悟地对雷霆说：“老同学，日本鬼子来得这么快，我怀疑李勇有问题！”其他警员也认为问题出在李勇身上，都骂他人面兽心，成了令人痛恨的叛徒！

宋志平见日本鬼子来势凶猛，便有些动摇。雷霆瞪大眼睛逼视着他，威严地说：“谁要是敢出去当日本人的走狗，我就把他一枪给灭了，以免失了咱中国爷们儿的骨气！”“对呀，咱中国爷们儿都是大山，还怕日本鬼子不成！跟他们拼了！”马树民布满血丝的双眼越发通红。

雷霆点点头，肯定地说：“日本鬼子来得这么迅速，而且想把我们一网打尽，更说明林公馆连环凶杀案跟他们有关。大家给我记住，无论如何也不能投降，凶手的狐狸尾巴就要露出来了，我们要坚定信心，林公馆凶杀案一定很快就会真相大白。”

第五章

坚强不屈

原来，松田得到一个可靠情报，得知雷霆和马树民等办案人员从巫岭回到港城警察局后，立即派一个连的兵力朝港城警察局悄悄赶来，井上美子也参加了这次秘密行动。此前，她将朱明帆强行留在梅花山庄的日军营地两天两夜，想用自己的肉体来诱惑朱明帆，只要他被自己迷得神魂颠倒，她就可以利用他来为日军做事。

见朱明帆已经被折磨得筋疲力尽，精力充沛的井上美子无处发泄，只好爬起来将自己化装成英俊的男子，穿上军装，亲自带队气势汹汹地朝港城警察局摸来。

当时四处雾色蒙蒙，遮蔽了站岗放哨的警员谢明辉的视野，直到百多名日本鬼子迅速将港城警察局前门堵住时，谢明辉才发现了他们。日军的这次行动非常突然，就连潜伏在日军内部的生死特工“雄鹰”也是在半小时后才发觉的。

之前，“雄鹰”通过秘密联络员得知，组织上已经委派代号“白狼”的生死特工雷霆来港城侦查林公馆凶杀案，还得到了局长马树民办公室的电话号码。

发觉松田派出兵力赶往警察局后，“雄鹰”在情急之下，只好冒着生命危险，用日军内部的电话机给港城警察局打电话，想通知雷霆和马树民等办案人员尽快离开警察局。

但还是晚了一步，雷霆和马树民等已经冲出办公室，与日本鬼子展开了激烈的战斗。经过几分钟的激战，雷霆一行人发现鬼子人多势众，只好绕道离开警察局办公大楼，进入其后面的一片果园。

紧接着，荷枪实弹的日本鬼子出现在马树民的办公室门外。听见屋里的电话铃声响个不停，女扮男装的井上美子急忙进屋，迅速拿起马树民办公桌上的电话筒。那头立即传来一个急促的声音："请问雷探长在不在你们警察局？"井上美子尽量装成男人说话的声音，用标准的中国话问道："我就是雷霆，你是谁？"

对方则急火火地说道："雷探长，我是'雄鹰'，我是'雄鹰'。请你马上离开警察局，请你马上离开警察局！""雄鹰？"井上美子十分惊讶，急忙问对方是谁，对方立即警觉起来，马上挂断了电话。

井上美子朝话筒"喂喂"了几声，发觉对方已将电话挂断了，气得"啪"地一声将话筒丢在办公桌上，带领其他日本鬼子往办公大楼后面的果园追去。

当时正是黎明前的黑暗，天空阴沉沉的，黑得就像锅底，仿佛暴风雨即将来临。果园里的杂草和枝叶被掠过的风摇得歪歪斜斜，犹如鬼影重重。雷霆和马树民等人摸黑找到一个有利地形潜伏下来。

日本鬼子步步逼近，眼见时机已到，雷霆一声令下，顿时枪声大作。训练有素的鬼子虽然遭到雷霆等人的突然袭击，却没有乱了阵脚，而是勇往直前，像疯狗一样拼死组织抵抗。

由于日本鬼子所处的位置非常不利，雷霆等人射出去的子弹很快就将日本鬼子放倒了一片。尽管如此，作战经验丰富的日本鬼子仍然蜂拥而上，子弹呼啸而来，四处火花飞溅，警员黄爱国已经光荣牺牲。

雷霆气得双眼发红，想到马树民在办公室分发给大家的手榴弹，立即从身上掏出几枚来放在面前的土堆上，瞅着日本鬼子密集的队形，先后将几枚手榴弹扔了出去。

其他办案人员也不甘落后，眼见雷霆扔出去的手榴弹把日本鬼子炸得鬼哭狼嚎，也将自己身上的手榴弹扔向鬼子。随着一片爆炸声，二三十个鬼子倒在了地上。

雷霆大声喊道："同志们，为了找出林公馆凶杀案的凶手，揭开背后的阴谋，咱们头可断、血可流，千万不能让日本鬼子得逞。”雷霆的话音刚落，马树民等就继续向日本鬼子发起猛烈的攻击。

日本鬼子领教了他们的厉害，眼看着死伤了不少人，井上美子随即带领鬼子从两边进攻，形成夹击之势。雷霆识破了他们的阴谋，决定和马树民带领大家迅速撤退。

一行人即将走出果园接近公路时，天已经蒙蒙亮，公路上已有早起的行人。雷霆考虑到，如果退到公路上，无辜的行人难免会被日本鬼子的子弹打中，只好叫大家潜伏下来。

雷霆自幼练武，身手不凡，参加特工训练时，射击比赛还拿过第一名，枪法百发百中。只听“砰”的一声，他的子弹飞射出去，正中一个日本鬼子的眉心；再一枪，另一个日本鬼子也被打爆了头。

尽管如此，鬼子的火力仍然密集得像铺天盖地的蝗虫，子弹在空中四处飞舞，除了雷霆、马树民和杨军，其他警员都中弹牺牲了。

不久子弹也打光了，雷霆只好伸手折断身边的一根树枝，“嘿”的一声使劲往前掷去。树枝脱手而出，顿时刺穿一个跑在前面的日本鬼子的胸膛。紧接着，雷霆使出绝招，迅速滚到一个日本鬼子身边，双手抓住他的脑袋转了个九十度，“咔”的一下便要了他的狗命。

见此情景，气得两眼发红的马树民和杨军也分别折断身边的树枝脱手甩去，树枝就像两条呼呼生风的青龙直奔日本鬼子的胸膛，瞬间打得两人眼珠凸鼓，直挺挺地倒在地上。

与此同时，杨军也被日本鬼子射来的一串子弹击中而英勇牺牲了。井上美子见雷霆和马树民损兵折将，身上也没有子弹了，越发嚣张起来，回身命令手下抓活的。

眼见日本鬼子步步逼近，雷霆低声对马树民说：“老同学，林公馆凶杀案背后肯定有更大的阴谋。你快走，我掩护你。假如能够安全离开，你就不要回警察局了。据唐秋红说，娱红苑的兰婷与林振松的关系暧昧，你尽快找到她，向她了解关于林振松的情况，必要时就说服她去接近在巫岭突然出现的林振松。”

马树民却摇了摇头，说：“老同学，娱红苑是赵德贵暗中指使沈秀梅开的，假如林公馆凶杀案牵连到赵德贵，我去娱红苑恐怕也见不到兰婷。

再说，兰婷是你的同学，她更信任你，还是你去见比较合适。你赶紧走，我来掩护你。”

雷霆见马树民如此固执，急了，瞪大眼睛说：“老同学，这次你得听我的，说服兰婷接近林振松的任务就交给你了。你放心，唐秋红就是军统里代号‘红玫瑰’的美女特工，关键时刻她会助你一臂之力的。”

说着，雷霆迅猛地将马树民推进树丛中，然后站起来，用没有子弹的枪瞄准冲在前面的鬼子。鬼子见了，急忙停住脚步。就在这短短的时间里，马树民已经灵活地蹿出果园。

此时，刚好有一辆奥斯汀轿车驶过来，他连忙跳到公路中间将车拦住。说来也巧，开车的竟然是朱明帆。原来，井上美子突然有事离开后，朱明帆趁机溜了出来，以摆脱她的纠缠。

发现拦车的是马树民，朱明帆急忙刹车，随后就载着他绝尘而去。雷霆估计马树民已经安全离开，脸上露出胜利的微笑。待日本鬼子离近了，他突然将手上的枪脱手扔去，瞬间便将一个鬼子的脑袋砸得脑浆飞溅。

见状，其他日本鬼子吓了一跳，可是一想到井上美子命令他们抓活的，谁都不敢轻举妄动，只能气得呱呱乱叫。

井上美子也很生气，抬手一枪就打中了雷霆的肩膀。雷霆却一脸刚毅，顺手从地上捡起几颗小石头，迅猛地往鬼子身上扔去，迎面而来的几个鬼子还来不及哼一声，就倒在了地上。

肩膀上的血已越流越多，雷霆坚持着，最终还是两眼一黑，顿时感到天旋地转。这时，他本能地抓住外衣上的第二颗扣子，拼尽最后一口力气把它抓了下来。这其实不是普通的扣子，而是苏联克格勃 F21 纽扣相机，里面记录了大量日本鬼子残害中国人的罪证。

雷霆咬着牙将相机丢进旁边的草丛里，随后便跌倒在草丛中昏迷了过去。井上美子狂喜，立刻用日语叽哩咕噜地对身边的鬼子吩咐了几句，鬼子会意，纷纷围上来七手八脚地将昏迷的雷霆抬走了……

雷霆醒来时，发现自己已被关在一间四面封闭的屋子里，肩膀里的子弹已经被取了出来，伤口也处理好了。

躺在霉臭难闻的潮湿地板上，雷霆回想着那一场战斗，觉得一切都来得太突然了，一定是在某个环节上出了问题——大家计划去巫岭时，李勇突然喊肚子痛，然后留在林公馆，是不是他有问题？到了巫岭，黄爱国的手枪走火，究竟是巧合还是在向外面报信？还有黄艳，原来只是肖顺阳带来林公馆当丫环的，林振松怎么会对她如此信任？李勇又为什么会突然带着林振松出现在巫岭的乱坟岗？

一切的一切，让雷霆觉得林公馆的连环凶杀案越来越扑朔迷离。再想到刚去林公馆调查赵玉莲被杀案时，林振松显然对黄艳十分不满，可令人费解的是，为什么才过了两天，又把黄艳当成心腹了呢？难道是林振松在演戏给别人看？更可疑的是，李勇为什么回到港城警察局立即写辞职报告？而他离开不久，日本鬼子就赶到了港城警察局，这一切难道都是巧合？

雷霆慢慢梳理着各种疑点，愈发担心起来，不知马树民脱险没有，唐秋红能不能将藏宝图顺利带到上海，亲自交给首长。就在雷霆忧心忡忡之时，铁门突然打开，两个强悍的日本鬼子走进来，不由分说地就用枪托狠砸他麻木的臀部，把他从黑屋里押出来，推进一间毛骨悚然的审讯室。

审讯室的中央有一张木椅，木椅上方有一盏罩灯直射下来，将木椅照得白花花的。雷霆刚刚被鬼子按在上面，黑暗中便有个冷冷的声音传来。从声音里，雷霆无法判断对方是男还是女，只感觉对方的中国话讲得很标准。

其实，审问雷霆的人不是别人，正是井上美子。日本间谍里，她是个高手中的高手，不仅擅长易容术，还能说出几种不同的声音。更绝的是，当她模仿男人说话时，只要只闻其声不见其人，根本就不知道她是个女的。审讯雷霆时，她用的就是这种男人的声音。

井上美子在暗处仔细打量着雷霆，见他浓眉大眼、表情刚毅，上扬的嘴角显示出男人粗犷豪放和精明强悍，便暗猜此人不好对付。

雷霆虽然看不见井上美子，但已敢肯定自己落到了日本人的手里。此时，那个声音不断重复地传来："雷探长，你老实交待，是谁给马树民办公室打的电话？"

雷霆愣住了，当时他和马树民等办案人员已经离开了办公室，根本不知道"雄鹰"给马树民办公室打电话报警的事，于是忍不住问道："电话里说了什么？""说什么你应该比我更清楚。"井上美子的声音变得又阴又冷，想了想又说："雷探长，你还是老实交待。我问你，那位打电话通知你离开警察局的'雄鹰'到底是谁？快说，说了我包你有享不尽的荣华富贵，否则你会生不如死的。"

"雄鹰?"雷霆暗中兴奋，"雄鹰终于露面了。"但是他也不知道"雄鹰"是谁，由于生死特工组织纪律严明，不该知道的绝对不会让你多知道一个字。黑暗中，井上美子还在不厌其烦地问着。

他压抑中内心的兴奋，突然瞪起眼睛，盯着黑暗中看不见的井上美子说："你呢？你是谁？怎么和老鼠一样躲在阴暗角落里？为什么不敢光明正大地走出来让我看见?"井上美子早已料到雷霆很强硬，不置可否地冷笑一声，下了与他打持久战的决心。

这时，她默默回想起陆军情报部以前获取的一个情报，大致内容是：港城林公馆的林振松年轻时去法国留学回到中国，发现局势动荡，便用祖辈留下来的一大笔钱请结拜兄弟肖顺阳暗中帮助自己招兵买马秘密成立火焰堂，还买下极乐岛建成岛上乐园，开设妓院、赌场以及各种娱乐场所。由于林振松为人低调，知道他是火焰堂大堂主的人屈指可数……

获取这个情报之后，井上美子即刻潜入港城，想尽办法拿到了林振松的资料和照片，然后回到日本。港城第一次沦陷时，井上美子曾经到过港城，用美色帮助松田"制服"了大学毕业后参加抗日救亡运动被抓入狱的朱明帆。港城第二次沦陷后，井上美子又带着野村吉次郎再次潜入港城，几个月来便取得了理想的进展。

井上美子虽然不是一般的角色，但一想到雷霆在1939年破获日本间谍勾结上海滩帮会头目以及贪官污吏套取种种情报的要案时，心里仍然不寒而栗。为了寻机报复，得知雷霆正在港城警察局和马树民等人研究案情后，她立即请求松田派兵将警察局摧毁。

可令井上美子震惊的是，她居然在马树民的办公室接到了一个自称"雄鹰"的神秘人物打给雷霆的通风报信的电话，而且是用日军内部的电话机打出去的。一想到日军内部居然潜伏着中国特工，井上美子的怒火就再也压抑不住了，冰冷的目光直射向雷霆，问他想清楚没有。

雷霆拒绝回答，落在日本鬼子手里，他早已将生死置之度外。坐在黑暗中的井上美子失去了耐心，伸手按动了身边的一个暗钮，一束强光顿时从侧面的黑暗中直射过来，刺激着雷霆的眼睛。井上美子还在不断追问着雷霆，不给他喘息的机会，更不让他睡觉。雷霆是个硬汉，绝不会出卖同一战线的兄弟姐妹，更不会出卖组织。对他而言，死算不了什么，自从干上这一行，他已作好随时牺牲的准备。虽然他不知黑暗中问话的人是谁，但他可以判断出对方肯定是个不达目的不罢休的角色。井上美子问得多了，他索性闭着眼睛沉默不语。

这时，有人悄悄走进审讯室，凑近井上美子的耳边悄悄耳语，告诉她林振松与赵德贵一伙在巫岭没有找到宝藏，还有不少人死于非命。林振松和赵德贵一伙在失望之余，只好离开巫岭。途中，赵德贵想到自己损兵折将，十分恼火，威胁林振松如果不将此事摆平，他就带领手下将火焰堂捣毁。林振松想到赵德贵与日本人暗中勾结，为了安抚他，只得答应给赵德贵一笔丰厚的补偿。

井上美子听了，不声不响地从黑暗中消失了。原来，为了使雷霆像两年前的朱明帆一样俯首称臣，井上美子决定使用美人计，她就不信雷霆见了妩媚的女人会不动心。盘算好之后，井上美子精心打扮一番后重新回到审讯室。

井上美子有一副魔鬼身材，从外表来看，确实是个少见的美人。只见她亭亭袅袅地从黑暗中走出来，试图用自己的美色来试探雷霆的反应。雷霆盯着井上美子的瓜子脸，总觉得自己在哪儿见过这个女子，可一时间又想不起来。

所以，当井上美子再次问他谁是“雄鹰”时，他反而瞪着她问道：“那你呢？你是谁？”井上美子媚笑起来，娇声说道：“雷探长，现在你是我的俘虏，没有权利问我是谁。我喜欢说话直接的人，你告诉我，那位打电话给你的‘雄鹰’是谁？只要你说出来，我既能给你荣华富贵，又能让你有享不尽的艳福。”

“嘿嘿，你的狐狸尾巴终于露出来了。”雷霆目光如炬地瞪着井上美子，突然大声吼道，“想用美色来诱惑我？做梦去吧。”井上美子气得花枝乱颤，突然伸出手来“啪啪”给了雷霆两个巴掌，声嘶力竭地警告：“你这个不知好歹的家伙，再不好好配合，我会叫你吃枪托、坐老虎凳，让你求生不得求死不能。”

雷霆毫不畏惧，轻蔑地说："谁不知道你们日本鬼子灭绝人性！全世界都知道你们是天下第一号刽子手。我早就有思想准备了，就算下油锅，我也不怕。知道中国爷们儿是什么吗？是一座山，还怕你们不成。"井上美子见雷霆就是不屈服，气得浑身颤抖，禁不住骂道："你这个顽固不化的中国猪，明天我就派人把你押到战俘营去，让你尝尝坐老虎凳的滋味，看看你还敢不敢嘴硬。"

说完，井上美子就叫人将雷霆拖出了审讯室。两个鬼子再次把雷霆关进了牢房，用枪托猛砸他的后脑，随即便狂笑着锁好铁门大摇大摆地离去。雷霆的脑海里一阵嗡嗡作响，再度浮现出警察局的那场战斗，总觉得有什么地方不对劲。突然，他想到了一个人，心里不由得打了一个冷颤。

呆在暗无天日的黑屋里，想着林公馆的连环凶杀案，嗅着散发着霉臭味和死老鼠味的难闻空气，雷霆慢慢梳理着心里的各种疑点。大约过了两个小时，日伪保安队队长刘大龙和两个日本鬼子出现在铁门外。

刘大龙表情麻木地说："雷探长，皇军发现'雄鹰'隐藏在他们内部，为了从你嘴里挖出谁是'雄鹰'，你现在走狗屎运了。皇军准备带你去享艳福呢。日本美女就像水里的鱼，滑溜溜的，保证你心跳加速。"

刘大龙的话音刚落，站在他旁边的日本鬼子就"咣当"一声打开牢门，用刺刀架着雷霆的脖子往外走。路过日军营地的操练场时，雷霆惊讶得瞪大了眼睛，他发现了一个人——马树民，他被日本鬼子绑吊在木桩上轮番用枪托、竹鞭和铁棍暴打。

原来，马树民被朱明帆救走后，第二天晚上便冒险去娱红苑找兰婷了解情况，谁知刚走到半路就遇上了一股日本鬼子。仇人相见，分外眼红。一想到自己牺牲的同事，马树民一时间忘了自己还有更重要的任务，掏出手枪就与那股鬼子展开了激烈的战斗，结果却寡不敌众，在昏迷中被日本鬼子抓到了梅花山庄的营地。

马树民清醒后，松田亲自出马，严刑逼他讲出谁是"雄鹰"。马树民只是军统特工，确实不知"雄鹰"是谁，但是却从松田的频繁逼问中得知"雄鹰"曾打电话给港城警察局通风报信，只可惜晚了一步，顿时对"雄鹰"充满了敬意。为了不让日本鬼子得逞，马树民索性承认自己就是"雄鹰"。

松田当然不傻，想到突然袭击港城警察局时马树民就在警察局里，而“雄鹰”是用日军营地的电话机通风报信的，立刻发现马树民是在玩弄自己，震怒之下便命令刽子手将他押到操练场上吊起来毒打，还故意让雷霆看见，试图逼他供出“雄鹰”。

雷霆见马树民被打得皮开肉绽，愤怒不已，突然一头撞向一个押着自己的日本鬼子，那个鬼子不曾提防，被撞得仰面倒在地上，双脚顿时就动弹不得。

见状，另一个押解的鬼子脸色大变，正用刺刀朝雷霆的咽喉刺来，刘大龙急忙阻拦：“太君，千万不要冲动！松田大佐和美子小姐还有话问他，若是将他杀了，松田大佐和美子小姐不会原谅你的。”那个日本鬼子立即醒悟，无奈叫刘大龙在前面带路，自己则呱呱嚎叫着用枪托不停地撞击雷霆的背部，催促他快走。

雷霆拖着沉重的镣铐再度被押到一间宽大的屋子里，刘大龙离开时，突然凑到雷霆耳边暗示千万不要再冲动，否则对己不利，还是先保护性命要紧。雷霆双眼冒火，刚想破口大骂刘大龙汉奸，旋即又觉得自己沉不住气，毕竟组织上交待的任务要紧啊。想到这，他暗自压下了心头的怒火。

这时，有人给雷霆拿来一套笔挺的西服，还带他到浴室去洗澡。洗澡时，浴池两旁的日本鬼子仍不放心，不停地拉动着枪栓，用枪口对着雷霆，还让他戴着脚镣洗。洗完后，雷霆被带进了一间有着淡淡香水味的卧室。

此时，井上美子正穿着薄薄的衣裙站在卧室中央，她打算用自己的美色将雷霆制服。看着井上美子薄薄衣裙里裹着的丰满胴体，雷霆不禁在心里轻蔑地笑了笑：日本鬼子有什么本事？只懂得用美人计。这种做法，只有那些软骨头才会鬼迷心窍。

井上美子睁着火辣辣的凤眼，不断扭动着魔鬼身材来诱惑雷霆。雷霆冷冷地盯着她看了一眼，便把目光转向了一边去。戴着假面皮的井上美子不罢休，暗想：不出三分钟，我就会让你像狗一样爬着舐吻我的脚趾。

想到这，她一边伸出葱嫩的双手搂住雷霆的脖颈，一边秋波流转地说：“雷探长，中国有句古话叫人生得意须尽欢。还有句话是，过了这个村就没这个店了。你又何必呢？只要你说出‘雄鹰’是谁，便会葡萄美酒夜光杯，醉时抱得美人归。”

雷霆将头扭过一边，不理会井上美子。井上美子见雷霆不说话，以为他开始动摇了，于是放开雷霆，退到两米之外，美女蛇般地舞动起来。她脸上布满红晕，目如秋水怯雨羞云，尽情在卧室里摇晃起来，时而万般风情绕眉梢，时而杨柳细腰轻摆动。

见井上美子卖力地表演，雷霆暗中冷笑，突然瞪大眼说道：“想用美色诱惑我，做梦去吧你！”井上美子不介意雷霆的冷漠，依旧花枝乱颤地扭到他面前，娇喘吁吁地将一口热气喷到他的脸。

雷霆终于忍无可忍，一头朝井上美子撞了过去。尽管有所提防，她还被雷霆撞得后退了几步，而且连连发出惊恐的尖叫声。听到井上美子的叫声，松田知道目的没有达到，立刻派人把井上美子叫了出去，一边贪婪地盯着她，一边用日语安抚道：“亲爱的，别着急，为了我们大日本帝国，为了我们的天皇陛下，雷霆也是男人，只要你不断地色诱他，他迟早会投降的。”

井上美子点了点头，她是个不服输的女魔头，绝不相信自己制服不了雷霆。想到这，井上美子重新返回屋里，挥手让看守的出去。旋即，她关好门后，立刻像变了一个人似的，显出无比的娇媚，笑盈盈地走近雷霆。

雷霆轻蔑地看着眼前这个装腔作势的女人，想看看她究竟想要什么花招。井上美子微笑着凑到雷霆跟前，魅惑地说道：“雷探长，我们不用绕圈子了，还是打开天窗说亮话吧！只要你好好配合，我会尽量满足你的需求。”

雷霆在心里冷哼了一声，不知可否地看着她。井上美子终于被雷霆激怒了，突然一把将雷霆推倒在地，厚着脸皮撕扯起自己的衣服来，不一会就将自己脱得一丝不挂，显然她准备使最后一招了——强行色诱雷霆。

雷霆一把拉住井上美子撕扯自己扣子的手，讥讽道：“我劝你还是给自己留点脸面吧，别在我身上浪费时间了！实话告诉你，就算你是天仙下凡，我也不会动摇的。”说完，雷霆狂笑起来，滚过身子背对着她。

看着雷霆结实的背部，阵阵挫败感顿时袭上井上美子的心头，蹿入她的脑髓，胀得她浑身疼痛。恼怒之下，她突然起身抓起一根木棍狠狠击打雷霆的背部，直到雷霆不再狂笑，她才像只斗败的狐狸精，丢掉木棍，一屁股坐在地上。雷霆侧卧着身子，瞪着眼睛静静地研究着这个井上美子，心里忍不住幽幽叹息着。

见雷霆安静下来了，井上美子的态度突然来了个一百八十度的大转弯，吐气如兰地说：“雷探长，对不起，我不该强迫你。但请你相信，我确实很喜欢你，所以才情不自禁。”井上美子的声音很甜，不知道她底细的人，肯定会被她的温言细语感动的。

雷霆也暗暗吃惊着，这个井上美子，居然如此善变，凶起来像个母老虎，温柔起来又像个小绵羊。雷霆正在想着，心波激荡的井上美子突然伸手在他脸上拧了一把，嬉笑道：“雷探长，如果你想离开这儿，就得告诉我实话，你究竟在为谁工作，那位‘雄鹰’到底是谁。你先考虑考虑吧。”说完，井上美子穿好衣服，叫人进来监视雷霆，便气冲冲地走出去了。

房间里终于恢复了平静，雷霆顿时觉得身上袭来阵阵疼痛，甚至连呼吸都困难起来，喉咙也干得不行，几乎要冒烟了，心想有点水润润就好了。就在他觉得自己即将渴死时，井上美子又姗姗而来，心有灵犀似地给他送来一瓶水和一包香烟。

雷霆没有多想，咕嘟咕嘟喝着井上美子递到嘴边的水，顿时觉得有一股甘泉叮叮咚咚地流过一块干硬的坝子，然后飞流直下，洒落在一个干得见底的池塘里。紧接着，池塘里恢复了原有的生气，显出一汪清凉。

待雷霆喝完水，井上美子又点燃一支香烟送到他嘴上。雷霆张嘴狠狠地吸了一口，烟雾弥漫中，井上美子开口了：“雷探长，你考虑得怎么样了？”雷霆笑而不答。井上美子媚笑着，伸出凝脂一般的手在他身上轻轻地来回抚摸着。

这次他没有拒绝，因为他打定主意了，准备伺机将井上美子干掉。于是，雷霆佯装温柔地开口：“我考虑好了，其实我也喜欢你的。你把我镣铐打开，要不然我怎么和你……”

“雷探长，你以为我那么笨吗？只要你好好表现，想打开镣铐并不困难。”井上美子说完，便亲吻着雷霆的脸。嗅着她身躯上散发出来的香味，雷霆没有一丝兴奋，整个身体酸楚得就像一根发酵的木头。

井上美子试图用舌头撬开雷霆的牙齿，谁知他将嘴巴闭得紧紧的。见雷霆仍然拒绝，井上美子恼羞成怒，伸手拿起木棍再度猛击雷霆的后脑，直到雷霆昏迷，她才丢掉木棍，继续着自己贪婪的游戏。

处于昏迷状态的雷霆恍恍惚惚中觉得脑袋十分沉重，仿佛已经撞开地狱之门，一股浓浓的血河正从大门汹涌而出，瞬间就将自己淹没了。

感觉着雷霆僵硬的舌头，井上美子的心里越来越不是滋味，重新整理了一遍思路，暗暗算计，打算改变方法。于是，她装着羞羞答答的样子坐在雷霆身边，用爱意绵绵的目光瞅着他轻轻说："雷探长，我很喜欢你的个性，也不会再逼问你'雄鹰'是谁，我们谈谈感情吧。说真的，你英俊高大，既温柔又善解人意，是我喜欢的类型。"

雷霆渐渐醒了，斜睨着井上美子，嘿嘿冷笑着说道："你这种不知羞耻的女人，也配和我谈感情?"说完，一头将井上美子撞飞出去两三米，然后轻蔑地看着四脚朝天的井上美子丑态百出，禁不住发出胜利的微笑。

井上美子趴在地上，怪怪地审视着雷霆，见对方目光中正透出咄咄逼人的冷光，一种难言的恐慌和伤痛随之而来，井上美子顿时觉得一股冰凉的东西刺进了内心。

领教了雷霆的厉害，井上美子终于明白自己诱惑不了眼前这个男人。无奈之下，她只好叫人先把雷霆押回去关起来。其实，雷霆被关押的牢房与马树民的牢房紧紧相连，但因每一间牢房都十分坚固，而且漆黑一团，他们根本无法与对方取得联系。

马树民在被日本鬼子痛打后，也遭到了井上美子金钱和美色的引诱，希望他能说出谁是隐藏在日军内部的"雄鹰"。没想到，这个平日里大智若愚、脸上常常冒出虚汗的男人，关键时刻的骨头与居然雷霆的一样硬，不但只字不露，还故意说自己就是"雄鹰"，大大戏弄了井上与松田一番。

井上美子万万没有想到，自己一向得心应手的美人计，居然在马树民和雷霆面前丝毫不起作用，每次色诱都无功而返。松田听后，更是气得呱呱乱叫，却也暗自佩服雷霆和马树民意志坚强。

井上美子是个不服输的女人，既然用美色诱惑不了雷霆和马树民，她还有更残虐的手段。于是，她继续采取各种卑鄙无耻的手段对二人软磨硬泡了半个月，愣是没有从他们嘴里得到半点有价值的东西，终于彻底败下阵来。

她担心把雷霆和马树民关在梅花山庄的日军营地久了会不安全，便请示松田派兵秘密将两人押送到距离港城近百里的战俘营去。松田想到，自从二人尤其是雷霆被抓后，日军炮楼三天两头被八路军小分队和敌后武工队袭扰，弄得他顾得了这头顾不了那头，麻烦连连，于是毫不犹豫地答应了井上，并打算派出一个连的兵力负责这次押送行动。

而令松田和井上美子措手不及的是，押运行动还没有开始，情况就发生了急转直下的变化。原来，活跃在港城周边山上的八路军再度接到"雄鹰"秘密送出的情报，得知雷霆正身陷敌营。

经过分析研究，他们最后决定采用声东击西的作战方案，派出一个排的兵力秘密潜入港城西部突击日军炮楼，同时派出一个连的兵力突击日军驻扎在港城的海防部队，以此制造假象，让驻扎在梅花山庄的日军以为我军已经对港城的日军进行了较大规模的进攻。只要松田派出大批兵力赶往炮楼和海防部队支援，敌后武工队就可以乘虚而入，与"雄鹰"里应外合营救雷霆和马树民，得手之后再趁着夜色迅速撤离。

就在押送的当晚，刘大龙和两个日本鬼子来到关押雷霆的牢房门外，喂野狗般扔进去两个干巴巴的黑馒头。刘大龙表情复杂地看着雷霆："雷探长，赶紧吃吧，虽然是黑馒头，也要把它消灭掉，否则连走路的力气都没有。"

雷霆两眼一瞪，愤怒地说："你小子良心被狗吃了？卖国求荣的混帐东西！我不吃。"谁知刘大龙不愠也不恼，慢条斯理地说："雷探长，想骂就骂吧。不过我还是奉劝你赶紧吃，要不然饿得头晕眼花，没有力气，可别怪我没提醒你。马局长就非常听话，你应该像他一样。"

雷霆冷哼一声，说："我宁愿饿死，也不会吃的。你记住，二十年后老子又是一条好汉。""哈哈……"刘大龙朗声大笑起来，深深地看了雷霆一眼："雷探长，还是把那两个馒头消灭掉吧。日军不会轻易让你死的，估计过两天，他们就会把你和马局长押送到战俘营去，养好精神吧。"说完，眼睛里似乎闪烁着别样的光芒。两个日本鬼子见刘大龙一个劲地啰嗦，终于忍不住了，用日语骂了起来。刘大龙急忙闭嘴，赔着笑脸跟随着他们匆匆走了。雷霆看着他们的背影，陷入了沉思中，随即拿起了馒头……

当天凌晨时分，一个黑影蒙着黑色面纱，幽灵一般摸到关押雷霆和马树民的牢房外，不声不响地逐一干掉了负责看守的鬼子，迅速从其中一个身上搜出钥匙，打开了关押雷霆和马树民牢房的铁门，解开他们身上的镣铐，随后将干掉的鬼子拖进牢房，暗示雷霆和马树民换上日军的衣服。

做完这一切，黑影立刻凑近二人，压低声音瓮声瓮气地说道："五分钟后，日军炮楼和海防部队会遭到我军的突然袭击，松田应该会派大批兵力前往支援。你们马上赶到操练场右侧，找到最后一排的第三辆军车，记住是从左到右的第三辆，然后藏在那辆军车下面，等日军前往支援，车子开到第二个岗亭时，你们就跳下车，再滚进路边的杂草丛里，敌后武工队的人会在那里接应你们。现在就走，我来掩护你们。"

面对突如其来的营救，雷霆内心一阵惊喜，急忙抓住来人的手："你是'雄鹰'对吗？你到底是谁？"黑影轻笑一声，摇摇头说："我是谁并不重要，你们赶紧走，再不走就来不及了。"

雷霆郑重地点了点头，想到生死攸关的时刻组织居然不惜一切代价来营救他们，尽管感动得热泪盈眶，却也不敢有片刻耽搁。紧紧握了一下来人的手，雷霆和马树民就在他的掩护下，穿着日军的军装大摇大摆地来到操练场右侧，趁放哨的日本鬼子不注意之际，爬进那辆军车的底部。

接下来不久，刚进入梦乡的松田就接到日军炮楼和海防部队的电话，说他们遭到了八路军的突然袭击，对方具体有多少兵力还不清楚，但从火力来看，估计是大部队，因此请求松田派兵火速赶往支援。

松田大吃一惊，顾不上多想，立即发出紧急通知，梅花山庄的日军营地顿时响起鬼子嘶哑的吼叫声和杂乱无章的脚步声。

随后，松田只留下一个营的兵力守护营地，其余兵力和日伪保安队一部分火速赶往距离营地不远的炮楼支援，一部分人赶往海防部队。

由于炮楼距离梅花山庄的营地很近，负责支援的鬼子及日伪保安队便跑步出发，而负责支援海防部队的日军则乘坐几十辆军车，气势汹汹地出发了。

"雄鹰"不愧是我党的生死特工，真是料事如神。日军的最后一辆军车驶离第二个岗亭时，藏在军车下的雷霆和马树民果然如约跳到了公路上，很快就趁着夜色被方亮带领的敌后武工队接走了。一伙人借着夜色的掩护，慢慢摸到日军的第二个岗亭，以迅雷不及掩耳之势将那里的鬼子全部干掉，随后便消失在茫茫的夜色之中……

第六章

意 外 发 现

趁着营救雷霆和马树民的机会，我军给驻扎在港城的日军来了个防不胜防的突击，竟然取得了意想不到的效果，致使港城的日军元气大伤。

尽管如此，顽固不化的日本鬼子仍然将港城作为其总体战略中的重要一环，不断强化对港城周边的占领，从未有过放弃的念头。同时，他们继续用金钱和美色来收买卖国求荣的汉奸，利用他们获取情报、暗杀爱国人士，而且一直企图逐个占领港城沿海岸线的军事和经济要地，以实施海上封锁。

一想到组织交给自己的任务还没有完成，休息了还不到一天，雷霆就坐不住了，顾不得养伤，一个劲地吵着要离开敌后武工队的驻扎地，回港城继续调查林公馆连环凶杀案。

方亮极力阻拦，并将此事向上级做了汇报。上级也不敢怠慢，又立即电告更高层领导。

高层领导非常重视，迅速委派上海情报站站长和唐秋红火速赶到敌后武工队营地与雷霆会面。

站长和唐秋红的出现，令马树民感到十分意外。雷霆自然心知肚明，笑着对马树民说："老同学，你也看见了，当我们被鬼子折磨得死去活来时，关心我们的还是共产党啊。我和秋红决定请共产党帮忙，无论如何也要将林公馆连环凶杀案查个水落石出。"

一席话令刚刚死里逃生的马树民热血沸腾，顿时心头一热，立刻请求方亮让自己加入敌后武工队。

方亮哈哈大笑起来，拍着马树民的肩膀说：“马局长，我很高兴你的明智选择，但此事还得请示上级领导。现在，我希望你继续和雷探长联手侦查林公馆连环凶杀案，等到时机成熟后，你一定可以加入敌后武工队，我们也很欢迎你。”“好好好。”马树民激动地点了点头。

随即，方亮安排了一间秘密的地下室。除了站长、雷霆和唐秋红之外，任何人不得进入。站长对雷霆的工作很满意，尤其是那张藏宝图，非常重要。

而且，首长也意识到林公馆连环凶杀案背后隐藏着更大的阴谋，所以委托站长给雷霆带来了一封信，嘱咐他：在核实清楚突然出现在巫岭的林振松的真实身份之前，任何人不得侵吞巫岭的宝物。只有查清林公馆连环凶杀案的真相，证实林振松已经被害，而且其已没有亲人，才能将那批宝物取出来献给国家。信末，首长一再强调知情者保密此事，千万不能透露半点风声，假如宝物落在日本人手中，后果将不堪设想。

看完信后，雷霆内心激动万分，立刻谨慎地将信件烧毁了。“根据‘山猫’送出的情报，林振松与赵德贵在巫岭没有找到宝藏。赵德贵便威胁林振松如果不将此事摆平，他就带领手下将火焰堂捣毁。林振松很清楚赵德贵暗中与日本人勾结，于是答应给他一笔丰厚的补偿。赵德贵却趁机敲诈了五十万两，还妄图从火焰堂的收入里再敲一笔竹杠。而且，赵德贵对林振松产生了怀疑，觉得他和以前判若两人，尤其是说话声音。林振松解释自己是悲伤过度所致。赵德贵无奈，便放过了他。打发了赵德贵后，林振松就放出话来，说去年一位白发老先生曾经告诉过自己林公馆是凶宅，不出一年便会有血光之灾，且极力建议他另选地方建公馆。他当时不信，还认为老先生是为了骗取钱财。林公馆发生连环凶杀案后，林振松很后悔自己没有听那位老先生的话，后来便以凶宅为由将公馆低价卖给了日本人，转眼之间林公馆就变成了日本人的商社。卖掉林公馆后，林振松便带着李勇回到极乐岛，李勇从此成为火焰堂的三堂主。”一旁的站长看着他，沉声说道。

站长的话音刚落，雷霆和唐秋红不禁面面相觑，万万没有想到事情竟然变得如此复杂。唐秋红想了想，问道："头，这个赵德贵狮子大开口，林公馆连环凶杀案会不会与他有关呢？"站长没有回答，转头问雷霆有什么看法。

雷霆略一沉吟，说："不能说明他与林公馆连环凶杀案有关，毕竟被害人之一是他的亲妹妹，他还不至于这么残忍。再说，林振松在巫岭试图杀害办案人员时，赵德贵还上前阻止。从他的举动来看，他也是希望我们尽快查出凶手的。"

听了雷霆的话，站长点了点头，理智地说道："林公馆连环凶杀案特别蹊跷，谁是凶手，目前还不能匆忙下结论。"

"头，我也是觉得突然出现在巫岭的林振松有问题。前后的变化很大。更值得怀疑的是，他为什么会突然说林公馆是凶宅？难道一年前真有个白发老先生去过林公馆吗？"唐秋红接口。

站长看了看唐秋红，说道："你提到的问题，'山猫'已经找到林公馆的丫环黄艳和其他在林公馆当差的人了解过情况，他们都证实去年确实有位老先生去过林公馆。"

"尽管如此，也不能证明林振松就没有问题。除非凶手就是那位神秘的老先生。"唐秋红分析道。"何以见得？"站长有些不解。

"这不是明摆着吗？那位老先生又不是神仙，怎能预知林公馆不出一年就有血光之灾？除非他有什么目的，譬如他想将林公馆占为己有，于是编造谎言来蒙蔽林振松，结果林振松没有中计，他只好作案。"唐秋红继续分析道。

听了唐秋红的话，站长沉默不语，半晌才问雷霆："你认为呢？"雷霆掏出香烟点燃，狠狠地吸了两口说道："秋红分析得也有道理，我甚至怀疑那位神秘的老先生是精心化装过的日本人。否则，林振松怎么会将林公馆卖给日本人。由此可以看出，林公馆连环凶杀案跟日本人有关。"

站长十分赞赏地望着雷霆，点点头说道："你分析得很好。林公馆凶杀案的主要侦破工作仍然由你负责。"雷霆点了点头。一旁的唐秋红急了，追问站长："头，那我呢？"

站长笑了，说："由于你是双重特工，表面上为军统效力，实际上为我们工作。为了不引起戴老板的怀疑，你只能在暗中配合雷探长。你不是已经向戴老板保证过你会尽快将女魔头井上美子铲除吗？那就不能将全部精力投入在侦破林公馆凶杀案上，更何况那个日本女间谍正是我们想要除掉的人。因此，凶杀案主要还是由雷探长来负责。”

“头，戴老板不仅要我尽快将井上美子铲除，还要我尽快破获林公馆凶杀案，因为林振松曾经给过军统一大笔钱。”唐秋红不甘心，匆忙解释道。

站长微笑着站起来，看着她说道：“你说的这些，我早已经知道了。但林公馆连环凶杀案非常复杂，还是由我们的雷大侦探来负责侦破比较好，你暗中协助他就可以了。”言尽于此，唐秋红只得无奈地看了雷霆一眼，雷霆见了，朗声大笑起来。

这时，站长拍了拍雷霆结实的肩膀，说：“去吧，去找兰婷吧，必要时刻可以把她赎出来。而且，根据‘雄鹰’提供的情报，日本鬼子曾经用金钱和美色诱惑你，你都没有动摇，很好，说明我们没有看错你。”

面对夸奖，雷霆满不在乎地笑了笑，略一沉吟，禁不住问道：“头，现在只有我们三人，你能不能告诉我谁是‘雄鹰’和‘山猫’?”

话一出口，站长就不高兴了，语气立刻严肃起来：“又来了，我不是说过嘛，为了每一位生死特工的安全，组织上决定，不到关键时刻，不会让你们互相认识的，哪怕是亲兄弟也一样。”

雷霆无奈地耸了耸肩，与唐秋红相视一笑，改变了话题：“李勇看上去为人不错，怎么突然间就投靠了林振松呢？想不到这家伙是个最危险的人物。”

“在事情没有弄清楚之前，不要匆忙下结论，否则你这位上海滩有名的大侦探会被人笑话的。”站长的表情愈发严肃起来，思考了一会儿又说道：“林公馆凶杀案扑朔迷离，你这次去港城，顺便将你的老同学马树民带去。我们事先安排好了，关键时刻除了秋红，‘山猫’和‘雄鹰’也会助你一臂之力的。”

“请组织放心，保证完成任务。”雷霆充满信心。唐秋红却不无担心地说：“娱红苑是赵德贵暗中指使沈秀梅开的，兰婷又是娱红苑的一颗摇钱树，我担心赵德贵不会轻易同意赎人的。既然赵德贵与日本人暗中勾结，我们就不必和他讲什么道理了。兰婷是一个爱憎分明的人，暗中给我和丁笑同志送过情报。头，我认为，还是让我先女扮男装去找兰婷了解情况，假如从她那儿得不到关于林振松的有用线索，雷探长和马树民他们再冒充土匪去港城，哪怕抢也要把兰婷救出来，再带她一起去极乐岛找林振松。”

站长掂量了一会儿，点点头说：“秋红，你提的建议不错。据‘雄鹰’送出的情报，井上美子正潜伏在梅花山庄日军营地。她这次来港城，已经和朱明帆见过面，还威胁朱为她做事。根据‘雄鹰’的观察，井上美子喜欢跳舞，更喜欢欣赏别的女人跳脱衣舞。秋红，朱明帆不是一直暗恋你吗？当务之急，你还是想办法利用你和朱明帆的关系把井上美子引出来，再将她铲除。有可能的话，你还可以通过朱明帆与赵德贵的关系，让朱想办法将兰婷请到夜巴黎歌舞厅跳舞，同时将井上美子也请到那。如此一来，我们不仅有机会将井上美子铲除，还能趁乱将兰婷救出来。当然，这样做无疑很冒险，为了安全起见，我已经请示过上级领导，让敌后武工队配合你们化装潜入港城，直到将兰婷救出来为止。”

得知井上美子的下落，唐秋红顿时两眼放光，恨不得立即行动。站长见雷霆和唐秋红都充满信心，很是欣慰，再度开口：“还有一个好消息告诉你们，敌后武工队安插在港城的秘密联络员孙德文有个儿子叫孙兵，恰好在火焰堂里做事。据方亮说，孙兵深得林振松的器重，是两大护法之一。你们这次去港城，就食宿在孙德文开的港泰客栈。你们救出兰婷去极乐岛时，方亮会说服孙德文，让孙兵在暗中助你们一臂之力。”

站长的话音刚落，雷霆和唐秋红均面露喜色，心情越发激动起来。站长则不动声色地说：“瞧你们高兴的，好戏还在后头呢。雷探长，去把方亮叫来。你们听了他的话，肯定会大吃一惊的。”

不一会儿，方亮也来到了地下室，站长看了看他，说道：“把你了解到的情况跟雷探长和唐小姐简单讲一下吧。”

方亮点点头，清了清嗓子说：“不知是谁走漏了风声，雷探长侦查林公馆连环凶杀案的事，在港城已成为公开的秘密。尤其是他得到那张藏宝图的消息，更是传得沸沸扬扬。幸好林振松和赵德贵去巫岭没有找到宝藏，港城的人才认为那不过是一个陷阱。对于此事，我们敌后武工队的联络员孙德文却很感兴趣。不久前我化装潜入港城，他向我透露有个儿子叫孙兵，身怀绝技，已被他派去极乐岛当卧底。当时我觉得很奇怪，这个孙德文怎么如此用心良苦呢。后来，他基于对我的信任，告诉我一个惊天秘密。原来，孙德文的父亲孙强和林振松的父亲林森涛曾经是师兄弟。孙强的父亲生前曾经留给他一颗蛋黄般大的夜明珠。孙强抑制不住内心的激动，便将此事告诉了林森涛。不久，那颗夜明珠就被人偷了。孙强直到临死都不相信是林森涛偷的。孙德文却对林森涛充满怀疑，只可惜他父亲死后不到半个月，林森涛也莫名其妙地死了。后来，孙德文发现林振松家钱财堆积如山，更加怀疑林振松已经从林森涛手里得到了那颗夜明珠。为了揭开这件事，孙德文生下儿子孙兵后，便偷偷离开港城，带着他到处拜师学艺。十几年后，孙德文带着夫人和儿子重新回到港城，买地皮建房开客栈。时机成熟后，孙德文便派孙兵去林振松的极乐岛当卧底。他这么做的目的，就是想让孙兵查出当年的那颗夜明珠到底在不在林振松手上。林公馆发生凶杀案后，雷探长发现的那颗假夜明珠引起了孙德文的怀疑……”

方亮一股脑将自己了解到的情况说了出来，雷霆和唐秋红听了，真是既兴奋又震惊。唐秋红更是忍不住分析开了：“既然孙德文怀疑那颗夜明珠是林振松的父亲偷的，那林公馆凶杀案会不会与孙德文和孙兵有关呢?”

方亮摇了摇头，说：“我想不会，假如是他们父子作案，孙德文不会将这么重要的事告诉给我的，况且他还是我们安插在港城的秘密联络员呢。我们武工队每次潜入港城执行任务，他都帮了不少忙，怎么可能是凶手呢?”

站长转脸看着雷霆，问他对此事怎么看。雷霆深深吸了口气，说道：“我也觉得孙德文和孙兵不可能作案，否则孙德文绝不会将丢夜明珠的事讲给方队长。从方队长提供的情况来分析，说不定我们从死者陆小慧嘴里得到的那颗夜明珠，真的就是孙德文爷爷留给他父亲的那颗夜明珠。因此，我更加觉得突然在巫岭出现的林振松有问题。”

唐秋红眼前一亮，接过雷霆的话说：“根据孙德文提供给方队长的情况，我们可以这样推理——林振松从他父亲林森涛手里得到那颗夜明珠后，赵玉莲、林志安和陆小慧无意中知道了这件不光彩的事，林振松为避免事情外露，便炮制了令人费解的林公馆连环凶杀案。”

雷霆狠狠地吸了两口香烟，摇摇头说道：“秋红，你的推理尽管符合情理，可还有疑点，或许你误解了我刚才话里的意思。虽然我怀疑那颗夜明珠就是孙德文爷爷的，但我并没有说林公馆连环凶杀案是林振松一手炮制的。我刚才说的是——突然出现在巫岭的林振松有问题，而不是林振松有问题。你也发现了，突然出现在巫岭的林振松的变化很大，随后日军就突袭了港城警察局。从这两方面情况来看，我敢肯定林公馆连环凶杀案跟日本人有关。在查案过程中，当我发现凶手使用膏药和迷魂散时，就想到自己以前侦破的案子中也出现过类似情况，而凶手就是日本间谍。可是李勇告诉大家他也侦破过几起采花案子，作案人是赵德贵的门徒李大牛和马云峰，因此他认为凶杀案跟赵德贵有关。现在听了方队长提供的线索，假设林公馆凶杀案跟赵德贵有关，那么只有一个可能，孙德文被赵德贵买通，然后故意在方队长面前编造谎言，以此转移我们的视线，将目标对准林振松。要是果真如此，赵德贵这么做的目的又是什么呢？”

方亮禁不住开口了：“听了雷探长的分析，我真是茅塞顿开。赵德贵不是暗中与日本人勾结吗？我也认为他有作案嫌疑，或者说他伙同日本人一起作的案。”

雷霆却再度摇了摇头，说：“如果是赵德贵伙同日本人一起作的案，那么为什么第一个被害的人不是其他人，而是他的妹妹赵玉莲呢？”

雷霆的话让方亮愣住了，立刻意识到自己的分析充满了矛盾。站长见大家都沉默下来，严肃地说道：“当务之急，还是去港城设法将兰婷救出来，带她一起去极乐岛，再请孙兵帮忙让兰婷见到林振松，看林振松会对兰婷有什么反应。方队长，你负责做孙德文的工作，要他说服自己的儿子协助我们查案。”方亮点了点头。

站长看了看大家，问道：“你们还有什么问题需要讨论吗？”雷霆、唐秋红和方亮异口同声地回答：“没有了。”“那好，这事就这么定下来，大家分头行动。”站长大手一挥，下令道。一切似乎都比较顺利，孙德文很干脆，方亮刚将想法说出来，他便答应想办法通知孙兵回来一趟。

如今，兰婷已是港城的红牌舞女，想花钱包她的人每天都排着长队，想见她一面可绝非易事。雷霆一行人已在娱红苑附近秘密观察了几天，发现每天莅临娱红苑的人几乎是纷至沓来，都争着要兰婷陪他们喝酒。雷霆一行人想见到兰婷，除非提前出高价让老鸨沈秀梅给安排时间，否则比登天还难。于是，大家一致决定回去想好办法再说。

回到港泰客栈，唐秋红提出还是去找朱明帆帮忙。由于时间紧迫，大家只好同意了她的建议。这天晚上夜空碧蓝、月光如水，直到凌晨时分，雷霆也没有入睡。由于第一天晚上唐秋红没有找见朱明帆，雷霆担心这天晚上仍然找不到。辗转反侧间，窗外突然传来一声低低的呻吟，他敏锐地将目光移向声音来源处，发现窗外正立着个白色的幽灵。

雷霆睁大了眼睛，迅速掏出手枪，缩到了床角月光照不到的地方，想看看那个白色幽灵究竟想搞什么名堂。顿时，客房里一片死寂，只听见壁虎游墙和蚊子飞舞的声音。几分钟过去了，白色幽灵依然纹丝不动地站在窗外。

雷霆按捺不住了，突然从床上飞身跃起，稳稳地落在窗前，正准备推开窗户，谁知那个白色幽灵早已消失，竟然未留下一丝痕迹。雷霆大惊，心想，难道是我产生了幻觉？

想到这，雷霆摇了摇头，正打算回到床上，殊不知那个白色幽灵再度出现在窗外。这一次，雷霆不再轻举妄动，死死地盯着那个白色的影子。仿佛经过了一个世纪的思考，白影终于动了，用手轻轻地敲击着玻璃，示意雷霆打开窗户。

雷霆瞪大了眼睛，隔着玻璃窗一字一句地问道："你到底是人是鬼？"对方回答："这兵荒马乱的年代，我也讲不清楚自己是人还是鬼。听我爹说，你就是上海滩赫赫有名的大侦探雷霆，所以我想来和你聊聊天。"

雷霆暗吃一惊，急忙问道："你爹是谁？"对方却口气强硬："我爹就是我爹，还能是谁。"雷霆越发感到奇怪，正思忖间，天啊，来人居然再度不见了。雷霆倒吸了一口凉气，同时感觉身后有个影子正朝自己逼近。

雷霆大惊，想不到对方的动作竟如此神速，正欲转身，谁知那人竟腾空而起，落到电灯开关处，熟练地将灯打开了，眼前一亮，一个强悍的男人出现在雷霆面前。与此同时，客房外响起孙德文小心翼翼的问话声："雷探长，我儿子孙兵是不是在你的房间里？"

雷霆恍然大悟，原来眼前这个男人就是孙德文的儿子孙兵。孙兵走过去将房门打开，孙德文抱怨的声音就进来了："孙兵，你想见雷探长，光明正大的不好吗？竟然跟雷探长开起玩笑来了。"

雷霆却暗中吃惊，想不到孙兵竟有如此惊人的本领。孙德文歉意地对雷霆说："雷探长，别见怪，孙兵喜欢跟人开玩笑，其实他的心好着呢。方队长说你要去极乐岛找林振松，我特意通知孙兵回来见你。"

雷霆连忙摆手："哪里，哪里，孙兵功夫如此神勇，佩服，佩服啊。"孙德文不置可否地笑了笑，暗示孙兵去客房门外放哨，然后将房门关紧，走到雷霆的身边坐下，悄悄地说道："雷探长，听说你在陆小慧嘴里发现了一颗蛋黄般大的假夜明珠，然后里面发现了一张藏宝图，有这么回事吗？"

雷霆暗中吃惊，心想孙德文果然对这事感兴趣，于是不动声色地说："确有此事。为了尽快侦破林公馆连环凶杀案，我们按照图纸去巫岭寻找林振松祖辈藏在那儿的宝物，结果发现是一个陷阱。"孙德文听了，终于证实了传言是真的，于是下定决心似地把曾经对方亮说过的话又对雷霆重复了一遍。

雷霆紧紧地盯着孙德文的眼睛，发现他眼里没有一丝慌乱，再次肯定了他说的是真话。于是，他进一步问道："老孙，你爷爷留给你父亲的那颗夜明珠除了有蛋黄般大，还有什么特点吗？"孙德文想了想，回答："我爹临死前说，那颗夜明珠上有一条比头发丝还细小的纹路。"

雷霆眼前一亮，想到从陆小慧嘴里的那颗夜明珠上也有一条比头发丝还细小的纹路，心里顿时明白了八九分。想了想，雷霆又问："老孙，你对我讲的这些，除了方队长，还对其他人讲过吗？"孙德文摇摇头："我只对方队长讲过。雷探长，你别见怪，要不是方队长说你值得信赖，我绝不会告诉你这些事的。"

"老孙，谢谢你信得过我。但我还是奉劝你一句，这件事，你和孙兵千万不要再告诉别人了，否则会惹来杀身之祸的。实不相瞒，林公馆连环凶杀案很有可能与你家祖辈留下来的那颗夜明珠有关。"雷霆交待道。

孙德文点点头。雷霆走过去，把孙兵叫进客房，开门见山地问道："孙兵，既然你深得林振松的器重，就应该知道他的活动情况，有没有发现他近来有什么变化？"孙兵想了想，一本正经地回答："自从林公馆发生连环凶杀案后，我就很少见到林振松了。有时候见到他，他也只是匆匆交待给我任务就走了。但我很奇怪，林振松好像变了一个人，说话声音总是很沙哑，没有以前那么清脆。雷探长，你可能不知道，林振松这人很神秘，平时除了总管肖顺阳和我，以及另一个护法，其他人想见他简直比登天还难，他们甚至都不知道火焰堂的大堂主是谁，叫什么名字。林振松的脾气很古怪，火焰堂的一切事务都不亲自出面指挥，而是在幕后操纵。”

“想不到林振松如此神秘。孙兵，火焰堂不是还有其他堂主吗？难道那些堂主也见不到林振松的真面目？”雷霆托着下巴问道。“火焰堂除了林振松是大堂主外，原来还有二堂主洪万山。自从李勇被封为三堂主后，火焰堂才有了三个堂主。虽然洪万山和李勇是火焰堂的二堂主和三堂主，但他们的职位没有总管和护法高，所以他们想见林振松，也只能等到火焰堂一年一度的擂台赛。”

“擂台赛？林振松为什么要举行擂台赛？”雷霆心头的疑点越来越多了。“趁机收买各路高手。林振松不想得罪任何党派，而且善于协调黑社会各派势力之间的关系。正因为这样，他每年都要在极乐岛秘密组织一场擂台赛，目的就是笼络社会上的各武林门派，并从擂台赛上收买前来比赛的高手。尽管如此，林振松在举办擂台那天仍然不露出其本来面目，也不让二堂主以下的人知道自己的名字，总是精心化装后才出现在众人面前。大家只有通过他手上的镇堂之宝，才能证实出现在众人眼前的人就是火焰堂的大堂主。”

林振松竟然如此怪异，这实在是出乎雷霆的意料。雷霆想了想，继续问道：“那么，火焰堂一年一度的擂台赛什么时候举办？林振松的镇堂之宝究竟是什么东西？”

孙兵望了一眼客房门外，孙德文会意，急忙出去放哨。于是，孙兵凑近雷霆悄悄说道：“今年的擂台赛距今还有十二天！至于火焰堂的镇堂之宝，只有林振松才知道它是什么宝贝。每年举办擂台赛，他都从身上掏出一块巴掌般大的、圆圆的宝贝，只要用手在上面轻轻一擦，那块宝贝立即金光闪闪，接着便有一团火焰在上面燃烧。大家见了，便立即跪在地上高唱火焰堂的颂歌。”

“是吗？”雷霆觉得更加不可思议，急忙问道：“听说加入火焰堂的人，左臂上都有一个火焰图案的纹身，是不是真的？”“是真的！这是林振松定下来的规矩，包括林振松本人也不例外！我被提拔为火焰堂的护法时，就曾经发现他左臂上也有火焰图案的纹身。”“那你知道林振松喜欢港城娱红苑红牌舞女兰婷的事吗？”

孙兵想了想，摇摇头说：“林振松做事小心谨慎，除了他的结拜兄弟肖顺阳，其他人根本不知道他的具体行踪。对了，近来不知怎么回事，他身边多了个叫黄艳的漂亮女人。我问过肖顺阳，肖说黄艳原来在林公馆当丫环，林振松将林公馆卖给日本人后，见黄艳可怜，便将她带去极乐岛服侍自己了。”

“那你认为肖顺阳的话可信吗？”孙兵略一沉吟，回答道：“肖顺阳既是林振松的结拜兄弟，又是火焰堂的总管，平时火焰堂的大小事务基本上都由他来处理，他说的话无论是真是假，我们都得相信。不过我还是觉得肖顺阳和林振松的变化都很大，就拿黄艳来说，我感觉她身怀绝技，而且林振松以前在极乐岛从来不让女人服侍，怎么突然间又要黄艳服侍了呢？”

雷霆觉得这个线索非常重要，不动声色地继续问道：“假如我将兰婷从娱红苑救出来，带她去极乐岛，你能够想办法让她见到林振松吗？”

孙兵认真地想了想，说：“这事很难办到。除非在擂台赛那天你将所有武林高手打败，因为林振松每年都要亲自宴请获得第一的高手，就算他化装易容，你与他同桌喝酒，说不定他一高兴，便会露出庐山真面目。”

“孙兵，谢谢你告诉我这些。只要林振松愿意与我见面，我就会有办法让他露出庐山真面目的。我尽量争取在火焰堂举办擂台赛时带着兰婷赶到极乐岛，到时候希望你暗中协助我们。”雷霆按捺住内心的激动，说道。

孙兵微笑道：“雷探长，你放心，火焰堂每年举办擂台赛，都是我和郭护法、二堂主洪万山负责邀请各方好汉，而且火焰堂近一半弟子都是我的心腹。到时候只要你前往极乐岛，一定能打败所有高手，我会配合你把戏演好的。”

“孙兵，谢谢你！对了，你这次回家，林振松知道吗？”雷霆突然有些不放心。“他暂时还不知道。我这次是带人来港城购物的。雷探长，我不能在家里停太久，否则会引起林振松的怀疑。我得尽快赶到码头去，火焰堂的几艘轮船都装满了货物，马虎不得。”

“既然如此，你赶紧走吧。相信我们很快就会见面的。”雷霆拍了拍他的肩膀。孙兵点了点头，转身打开窗户跃了出去，瞬间就消失在夜幕中。

孙兵离开还不到两分钟，唐秋红就从夜巴黎歌舞厅回来了。雷霆急忙迎上去问事情办得如何。唐秋红平缓了一下情绪，点点头说道："朱明帆将近凌晨时分才从外面回到夜巴黎歌舞厅，还算顺利，他毕竟参加过抗日救亡运动，答应帮我们尽快将事情办好。"

第七章

血溅舞池

事隔两天，朱明帆果然与赵德贵谈成了交易。于是，他派人在港城的大街小巷都张贴出“红牌舞女兰婷亲临夜巴黎歌舞厅跳舞”的海报。雷霆等人经过仔细研究，决定在兰婷去夜巴黎歌舞厅跳舞的当晚，化装潜入歌舞厅见机行事。

为了以防万一，唐秋红提前去了夜巴黎歌舞厅。剩下的同志待夜幕降临才悄悄离开港泰客栈，找了个酒店匆匆填饱肚子，这才西装革履地来到夜巴黎歌舞厅买票入场，打算寻找适当的机会下手。

雷霆和同志们夹杂在珠光宝气的人流中，尽量不引起别人的注意。不一会儿，雷霆和方亮就发现赵德贵正坐在贵宾席上，背后站着李大牛和马云峰。他左边坐着郭公馆的大公子郭四海，右边坐着日伪保安队队长刘大龙和娱红苑老鸨沈秀梅。挨着沈秀梅的便是夜巴黎歌舞厅的老板朱明帆。

那天，答应了唐秋红的请求后，朱明帆便找到赵德贵，送上了一份十分珍贵的礼物，希望他同意兰婷来自己的夜巴黎歌舞厅跳舞，至于卖门票所得的收入，则全部交给赵德贵。

赵德贵见朱明帆送的古董价值连城，而且还另有好处，自然乐见其成。就这样，朱明帆顺利地帮助了心爱的女人，将兰婷请到夜巴黎歌舞厅，同时又邀请井上美子前来观看，目的就是给唐秋红创造机会。因此，朱明帆的海报一张贴，便引得黑道和白道不少颇为显赫的人物慕名而来。

艳舞即将开始，赵德贵发现松田和井上美子没有应邀而来，便眯缝起小眼睛问刘大龙："不是说松田和美子小姐收到朱老板的请柬了吗？他们怎么不来？""松田和美子小姐说了，今天晚上这里的气氛不对，鱼龙混杂很不安全，所以就不来了。"刘大龙毕恭毕敬地答道，然后转过头去凑在沈秀梅耳边悄悄耳语道："沈妈咪，松田托我为他办一件事，你跟我到一边谈去。"

等刘大龙和沈秀梅走后，赵德贵不屑地对旁边的郭四海说："松田和美子小姐也太多虑了，就算夜巴黎鱼龙混杂，有我赵德贵在，谁敢放肆？"郭四海点点头，也狂妄地说："在港城这片繁华之地，有谁敢不给你老爷子和我郭四海几分面子？"

赵德贵面露愠色，心想：你郭四海要没有我赵德贵引路，能与日本人拉上关系？竟敢与我平起平坐，真是自不量力。待会儿我不找机会让你出一回丑，我就不是港城青帮的赵胖子。

朱明帆正默默地坐在赵德贵的对面，听了刘大龙刚才的话，不由得大失所望。此时，赵德贵已有些不耐烦了，频频问朱明帆兰婷什么时候出场。朱明帆连忙敷衍快了快了，然后起身走上二楼，将井上美子不来夜巴黎歌舞厅的情况告诉了女扮男装的唐秋红。

唐秋红顿时气得柳眉倒竖，暗骂道："这个井上美子，果然够狡猾，总有一天我要让你死无葬身之地。"朱明帆也很气愤，赶忙安慰唐秋红："你放心，迟早我会约到她的。"

暗杀井上美子的计划落空，唐秋红想到雷霆一行人已经化装进入了一楼大舞厅，只得对朱明帆说："既然井上美子不来，我还有其他重要的事情要办，得马上离开这儿。"

朱明帆却依依不舍，冲动地将唐秋红一把搂进怀里："你这一走，我们什么时候才能再见面？"唐秋红一愣，随即美目一转，安抚道："放心吧，我这次不会走远的，说不定晚一些就会回来见你。"说着，轻轻推开朱明帆，语气坚决地说："明帆，别这样，等到抗战胜利后，我一定会实现我们共同许下的诺言。"

就在唐秋红走向门后时，朱明帆又追问道："秋红，既然计划落空，还让不让兰小姐出场呢？""今晚黑白两道来的人物不少，她不出场恐怕不行。为了顾全大局，只好委屈她了。”唐秋红说罢，匆匆走下楼去，找到了化了装的雷霆，两人心照不宣地一笑，随即就隐进了昏暗的角落。

唐秋红离开一会儿，朱明帆便转身来到楼下的化妆间。见沈秀梅派来监视和保护兰婷的保镖许六七正默默地站在一角，目不转睛地盯着兰婷化妆，朱明帆不予理会，径直走到兰婷身旁，问道：“兰小姐，可以了吗？”

兰婷此时已换上一套红色舞衣，娇美无比，两条细眉斜插入鬓，一双杏眼黑白分明，清亮的眼白透出太多的蓝晕，看人时妩媚中透出一些狂野。正是这双秋波流盼而又充满野性的杏眼，引得多少拈花惹草的官僚、豪绅、巨贾之流为之神魂颠倒、挥金如土。由此，兰婷在港城得了一个红牌舞女的称号。

当年，林振松娶了赵玉莲后，仍不满足，蜜月还没有度完就背着人偷偷和兰婷幽会，在他看来，没有一个女人比得上才色双绝的兰婷。由于对兰婷情有独钟，林振松也想过花重金将她赎出来做自己的三姨太，却怕得罪了势力更强大的赵德贵，毕竟娱红苑是赵德贵的，林振松只得花一笔钱封住了沈秀梅的口，然后和兰婷偷偷幽会。

此时，兰婷抬起头来对朱明帆微笑着点了点头，说：“朱老板先出去吧，我一定会按时出场的。”朱明帆走后，兰婷禁不住轻轻地叹息起来，想起了自己的不幸遭遇。自从堕入风尘，她一直在出卖色相中苟活着，内心充满了难言的屈辱，直到认识敌后武工队队员丁笑，她接触了不少爱国思想并学会了不少获取情报的技巧，这才感觉内心又有了寄托，自己仿佛又活了过来。

1943年初，她又与女扮男装进入娱红苑的老同学唐秋红意外相逢，由此成了丁笑和唐秋红的秘密情报员。当时，唐秋红接到组织要她暗杀大汉奸苗向日的命令。得知苗向日喜欢到妓院嫖娼后，她便女扮男装到娱红苑找到兰婷，吩咐兰婷在暗中帮自己留意苗的行踪。

事隔不久，兰婷就发现卖国求荣的苗向日独自一人到娱红苑嫖宿，立刻将此事通过一位装成花花公子的联络员转告给唐秋红。接到情报后，唐秋红没有丝毫耽搁，立即化装前往娱红苑将苗向日一举铲除。

此时，朱明帆在外面宣布舞会即将开始的声音传来。早已化妆完毕的兰婷轻轻地叹了一口气，站起身来，正准备走出化妆室，沈秀梅和刘大龙却先后走了进来。刘大龙瞟了兰婷一眼，发现这个女人无论怎么打扮都很美，清纯中带着妩媚，仿佛一团燃烧的火焰，充满活力。

只见刘大龙从身上掏出一张军票递给沈秀梅，表情复杂地说：“沈妈咪，兰小姐简直太美了，难怪很多男人都被她迷得神魂颠倒。你先收下这张军票，哪天松田点名要她时，请你立即派人把她送到日军驻地，要是拖延一天，就休怪松田砍了你的头。”

收了刘大龙的军票，沈秀梅的心尖一颤一颤的，转身就对兰婷说：“我的小心肝，你也听见了，咱谁也惹不起日本人。刘大龙只是奉命办事，若是哪天松田真叫你去陪他，你就得给我把他伺候得舒舒服服的。”

听了妈咪的话，兰婷的内心非常愤怒，表面却莺声燕语地在沈秀梅面前撒着娇：“妈咪，假如真有那么一天，你还不如杀死我好了。”沈秀梅听了，慌忙摇手：“小心肝，使不得，使不得呀。你是妈咪的摇钱树，妈咪怎么会让你死呢？再说了，妈咪已经收了刘大龙的订金，到时候你不去陪松田，他怎么会放过我们？放心吧，妈咪眼观六路、耳听八方，早就知道这些日本人多数是‘银样蜡枪头’，凭你一个红牌舞女，还不三下两下就把那老不死的松田弄得晕头转向。”

兰婷还想开口，沈秀梅却不容她争辩，转向站在一旁的保镖许六七，抢在兰婷的前面说：“六七，妈咪先回娱红苑招呼其他客人，兰小姐就交给你了。记得舞会一结束，你就马上带她回娱红苑去。”

沈秀梅离开夜巴黎歌舞厅后，收到朱明帆请柬的井上美子和松田已经派出以船引小队长为首的日本鬼子不声不响地潜伏在夜巴黎歌舞厅附近，同时命令刘大龙带领的日伪保安队提高警惕，只要夜巴黎歌舞厅出现不明人物或者发生异样情况，他们就可以一网打尽。

松田和井上美子都是非常狡猾的老狐狸，总是疑神疑鬼的，朱明帆突然请他们到夜巴黎歌舞厅看脱衣舞，引起了他们的怀疑，毕竟不久前日军突袭了港城警察局，致使一部分警察因为害怕而跑得无影无踪，港城警察局不得不重新组建。松田和井上美子担心朱明帆会暗中给共产党通风报信，所以不敢轻易到夜巴黎歌舞厅来。

尤其是井上美子，发现朱明帆表面上对自己言听计从，实际上早已心怀不满。为了以防万一，他们决定来个“将计就计”，于是派出一支小分队潜伏在歌舞厅附近，同时命令一个日本鬼子化装进入夜巴黎歌舞厅观察动静。

沈秀梅离开后，一直默不作声的许六七将目光转向兰婷，盯着她美丽的面孔兀自陶醉在自己的想象之中。兰婷也转脸望着许六七，心里暗暗期望他就是丁笑。丁笑很同情兰婷的遭遇，还曾经救过她的命。港城第一次沦陷时，丁笑是港城赫赫有名的一流剑客，日本人试图招安他，引诱他杀掉武工队队长方亮。丁笑不从，刺死了几个日本鬼子毅然投奔方亮，参加了敌后武工队。

想到这，兰婷轻叹了一口气，要是知道自己日思夜想的雷霆此时已经乔装来到了夜巴黎歌舞厅，正准备伺机救她脱离苦海，兰婷肯定会喜出望外的。

这时，朱明帆已在门外不停地催促，兰婷回过神来，起身走出化妆室。灯光师连忙将光线聚焦在她身上，照着她轻移莲步走向舞池，全场顿时响起雷鸣般的掌声。

此时，隐藏在人群中的雷霆看着台上比当年更加迷人的兰婷，真是既激动又心疼，却不敢露出一丝情绪。马树民和方亮等人则一直不声不响地远远站在后面昏暗的角落里，静静地观察着周围的一切。方亮担任敌后武工队队长后，几次出手已令日本鬼子闻风丧胆。他和雷霆一样善于化装易容，自从进入歌舞厅后，他的目光一直投向坐在贵宾席上的赵德贵和郭四海身上，直到朱明帆宣布舞会正式开始时，他才把目光移到兰婷身上。

在甜美的歌声中，兰婷翩翩起舞，身体柔软得就像一只美丽的蝴蝶，风情万种地飘着、舞着。随着节奏的加快，她的身体从柔到刚，变得坚实有力、热情奔放，仿佛一团燃烧的火焰。在场的好色之徒哪里受得了这个，纷纷燥动不安，头上也沁出细密的汗珠。

一曲未完，坐在赵德贵旁边的郭四海已对兰婷神魂颠倒、倾慕不已，不无感慨地对赵德贵说："兰小姐不仅身段修长，而且皮肤细腻光滑，在灯光的映照下简直就是一个下落凡尘的仙子。"

赵德贵眯缝起眼睛斜睨郭四海，呵呵笑道："既然你对她动心，何不花重金把她包下来呢?"郭四海咽了口口水，不无艳羡地说："老爷子，这样的可人儿我也想包呀，只是娱红苑是你的场子，而老爷子你又特别喜欢兰小姐，我若是把她包了，担心老爷子你不高兴呀。”

赵德贵可是个笑面虎，只见他不露声色地继续笑道：“我赵胖子虽然喜欢兰婷，但是对钱财更感兴趣！兰婷不就是个舞女吗？你花重金把她包下来，我也有好处，怎么会不高兴呢？”

郭四海一听，顿时心花怒放，投在兰婷身上的目光更加放肆。就在二人谈兴正浓之际，坐在附近的新任警察局局长朱明智突然发现舞池边的人群有些失控，纷纷大喊大叫地嚷着要兰婷来点更刺激的节目。朱明智是朱明帆的堂兄，就在雷霆和马树民被捕之际，朱明帆的父亲朱文才趁着港城重新组建的当头，花大钱打点各方，让自己的侄儿朱明智当了新一届的港城警察局局长。

此时，台上兰婷的表演已经接近尾声，随着歌声戛然而止，她微弯着绝妙的身体做了个优美的谢幕动作。眼看着兰婷即将离开舞池，想玩弄郭四海的赵德贵突然心生一计，于是不怀好意地对他说：“你敢当众去抱兰婷吗？”

“有什么不敢的？既然老爷子成全，晚辈就不客气了。”面对台上风情万种的兰婷，郭四海早已是按捺不住，此时见赵德贵有所暗示，立刻毫不犹豫地快步挤进人群，跑到舞台上一把就紧紧搂住兰婷的纤腰……

见此情景，观众一片哗然。女扮男装的唐秋红一直隐藏在暗处静静地观察着这一切，眼前的情景令她愤怒不已，正思忖着自己该不该出手。与此同时，默默站在舞池幕后的许六七见事情不妙，正想跃出来替兰婷解围，谁知有人比他还快，只听见斜面的昏暗角落里“砰”地响了一枪，搂抱着兰婷的郭四海还没闹清是怎么回事，人已经重重地倒在地上，鲜血染了兰婷一身。

枪响过后，夜巴黎歌舞厅一片混乱，胆小的人纷纷往门外逃跑。混在人群里的日本鬼子也趁机跑出歌舞厅，火速将情况报告给船引小队长。歌舞厅发生枪杀案，警察局长朱明智责无旁贷，立刻走进舞池检查郭四海的尸体，却被眼前的情景惊呆了，原来郭四海除了被子弹贯穿双耳之外，竟然还有一颗小铁珠深深地嵌入他的太阳穴里。显然此人的武功高深莫测。会是谁呢？这一意外的发现令朱明智顿时脸色大变，突然意识到当晚的歌舞厅藏龙卧虎，居然藏着多路人马。

凶手究竟是谁呢？朱明智暗暗地在脑海里筛选着可能的人选。究竟是谁，功力如此深厚，竟然能在几米甚至十几米外将一颗铁珠射入郭四海的脑袋。朱明智想不通。至于那位开枪的人，在他的印象里，如此精准的枪法，除了敌后武工队的队长方亮，恐怕再没有第二个人了。

这一点朱明智分析得不错，那一枪的确是方亮开的。通过侦察，方亮他们发现郭四海早已暗中与日本人勾结，从军事、政治的投机和黄金、棉纱、外币等炒买炒卖的罪恶活动。上级早就命令方亮将郭四海这个卖国贼尽快铲除。这次既然有机可乘，方亮自然不会放过，甩手一枪就将这个罪大恶极的卖国贼送上了西天。

至于那颗钢珠，除了雷霆，还有谁能做得到。看着心爱的女人备受欺辱，雷霆哪里还按捺得住，伸手悄悄一抖，一颗小铁珠立即飞射出去，直奔郭四海的太阳穴而去，瞬间便取了这家伙的狗命。方亮和雷霆的表现，自然都逃不过唐秋红的眼睛。唐秋红在暗自钦佩之余，对雷霆的好感愈发高涨，几乎就要找回恋爱的感觉。

朱明智简单地处理完郭四海的尸体，便叫警员抬走了。随后，他望了四周一眼，发现赵德贵不知何时已经离开夜巴黎歌舞厅，心中充满了不屑。随后，朱明智走到满身鲜血的兰婷面前，佯装关心地问道：“不知兰小姐吓着没有，需不需要在下送你回娱红苑去呢?”

兰婷摇了摇头，说：“朱局长，你的好意我心领了。”见兰婷一副气定神闲的样子，朱明智不由得暗暗佩服眼前这个女子的胆量，居然没有被这么血腥的场面吓倒，还显得很是沉稳。

就在这时，朱明帆一脸歉意地凑了上来：“兰小姐，抱歉，抱歉，让你受惊了，不知可否陪你共舞一曲，给你压压惊呢?”兰婷看着眼前的这个男人，强压着心中的不满，默不作声地伸出了手。朱明帆受宠若惊，一把擒住兰婷的玉手，两人滑进了舞池。

兰婷内心一直无法平静，想了想，突然把嘴巴凑近朱明帆的耳边喃喃燕语：“朱先生，近来可见过唐秋红小姐?”朱明帆早已陶醉，搂着兰婷腰肢的手不由得加了加力度，微笑着说：“兰小姐，真不巧，唐小姐今晚来过‘夜巴黎’，只可惜她已经走了。这样吧，等我再见到她，一定转告她，请她想办法去娱红苑见你。”

“什么？来过了？”兰婷狂跳的心顿时揪得紧紧的，毕竟在港城她只信得过丁笑和唐秋红。“看来，她正在想办法救自己。”想到这，她不由得朝朱明帆投去感激的一瞥，朱明帆不明就里，再度陶醉在兰婷迷人的眼神里。

一曲散尽，两人刚刚分开，乔装的雷霆就涌入舞池向兰婷献花。接花时，兰婷禁不住呆住了，总觉得眼前的这个身影很熟悉，却一时又想不起在哪儿见过。雷霆看了看四周，正打算悄悄交待兰婷几句。殊不知这时，船引小队长得知郭四海被人枪杀后，为了拉拢人心，已经带着一伙人赶到夜巴黎歌舞厅。同时，刘大龙也带领日伪保安队迅速封锁了夜巴黎歌舞厅。

见荷枪实弹的日本鬼子和日伪保安队气势汹汹地撞进歌舞厅，雷霆知道势头已不对，这时候稍微不慎，都会引起一场恶战，使很多无辜的人死于非命。就在他盘算着该如何出手之际，许六七已经走进舞池，一把拉住兰婷，试图将她带走。

见状，女扮男装的唐秋红赶紧从暗处跳出来，想阻止许六七带走兰婷。雷霆急忙伸手去将唐秋红搂进怀里，一边跳舞一边凑在她耳边悄悄说：“让婷儿走吧，日军和日伪保安队已经封锁了‘夜巴黎’，我们只能取消这次行动，回头再想办法去娱红苑见她。否则，强行救她，与对方展开激战，只会造成很多无辜伤亡。”

唐秋红知道雷霆说得入情入理，只得眼巴巴地看着许六七拉着兰婷往大门方向走去。就在这时，船引小队长突然霸道地堵在许六七和兰婷面前，指着兰婷说：“别走，外面都是我们大日本帝国的军人，你们出去一定吃子弹。你——花姑娘，大大的，我舍不得杀。”说着就命令身边的鬼子将兰婷带走。

鬼子正想动手，刘大龙急忙赶来，小心翼翼地对船引小队长说：“太君，让他们走吧！兰小姐是赵德贵赵老爷的心肝宝贝，而且已经被松田太君包下了。太君命令沈妈咪明天就派人送她去梅花山庄，还是让她回娱红苑去休息吧。”

船引小队长愣了一下，想了想，看着刘大龙说：“今天晚上不安全，既然她被松田长官包下了，你就亲自送她回娱红苑吧！”刘大龙赶紧毕恭毕敬地朝船引小队长点头，随后带着许六七和兰婷走出夜巴黎，钻进一辆黑色别克小汽车，迅速往娱红苑的方向驶去。

途中，许六七忍不住了："兰小姐，我总觉得今天晚上很不平常。以前你也去其他歌舞厅跳过舞，为什么不会出事？今晚郭四海竟敢当着众人的面非礼你，接着又被人开枪打死了呢？真是太奇怪了。"

兰婷点点头，也大惑不解地说："我也觉得非常奇怪，眼皮老跳，心也慌得紧，还有种很不好的预感。"许六七见兰婷愁眉不展，生怕影响了她的情绪，忙止住了话题，一个劲安慰她没事的。

这时，车子来到一个十字路口，刘大龙扭转方向盘，驶入右边的巷子，打算抄近路送兰婷回娱红苑。坐在后座的兰婷望着车外黑漆漆的巷子，想到自己明天就要去陪松田，内心充满了无奈与愤怒，对刘大龙更是恨之入骨，一双愤怒的眼睛狠狠地盯着刘大龙的背影。

这一幕都被一旁的许六七看在眼里，他终于忍不住了，冲着刘大龙后脑勺说："刘队长，日本鬼子都不是好东西！松田要兰小姐明天去陪他，你忍心吗？""去陪日本鬼子，不知要遭到多少侮辱！假如明天沈妈咪强迫我去，我就自杀！还有你刘大龙，一个大老爷们儿，居然去替日本鬼子卖命，你还有骨气吗？"兰婷压抑着怒火说道。

刘大龙没有作声，沉吟了一会儿才开口："兰小姐，实话告诉你吧，松田根本就没有要你去陪他。""什么？"一言既出，兰婷和许六七都愣住了，默默地看着刘大龙的背影。刘大龙继续开车，轻轻地说道："再怎么讲，我也是中国人，还是赵老爷子的朋友，怎么忍心把兰小姐这么美丽的女子送给日本人侮辱呢？"

兰婷越发不解了，赶紧追问："既然你不忍心，为什么还给沈妈咪军票，还提前帮松田把我定下来？还有，刚才在夜巴黎，你为什么对那个领头的日本鬼子说我明天就要去陪松田呢？"

"兰小姐，因为我早就知道船引今晚会去夜巴黎，你可能不知道船引小队长这个人是什么东西——他一看见美女，是无论如何也不会放过的。如果我不提前给沈妈咪一张军票，假装说松田看中了你，你以为你今天还能逃得掉吗？"刘大龙没有回头平静地解释道。

一席话说得兰婷恍然大悟，不禁对刘大龙生出一丝好感，随即又担心起来："可是，刘队长，你拿松田作挡箭牌，要是他知道了，怎么会放过你呢?"刘大龙呵呵一笑，安慰道："兰小姐，放心吧，松田要是知道我帮他找女人，不仅不会惩罚我，还会夸赞我的。""可是如果那位船引小队长发现你在骗他呢？他会放过你吗?"兰婷还是不放心。

刘大龙摇了摇头，轻蔑地说："知道了又怎样？只要我在松田面前花言巧语一番，他还敢得罪松田吗?"

见刘大龙如此有把握，兰婷长长地舒了一口气，终于放下心来。此时，车子已经穿过灰蒙蒙的巷子，又经过了一条林荫大道，娱红苑顿时出现在眼前。刘大龙将车子停稳，随即招呼兰婷和许六七下车，转身就飞车回到了夜巴黎歌舞厅。这么一来回，已经过去了将近十分钟。

刘大龙刚回到夜巴黎，就见船引正指着朱明智的鼻子，凶神恶煞地喝道："朱局长，你们警察局负责舞会的安全，有人居然开枪打死我的朋友郭四海，你这个警察局长是怎么当的?"

朱明智见船引如此盛气凌人，根本不把他这个警察局长放在眼里，心里非常不满，但碍于日本人的势力，只得赔着笑脸说："太君，我已经尽力了。你也知道，兰小姐是港城的红牌舞女，为她疯狂的大有人在，谁叫郭四海去非礼她呢？他这么做，难免会引起众怒，有人开枪也是很正常的。"

船引小队长可不听解释，凶巴巴地瞪了朱明智一眼，随即用日语对刘大龙说："你们东亚病夫都是饭桶，朱明智这种人怎么当得了警察局长？我们自己抓凶手好了。如果抓不到，我就把这个朱明智的心剜出来祭奠郭四海。"

见船引一副凶悍的样子，刘大龙不敢再说什么，赶紧唯唯诺诺地把他的话一字不漏地翻译给朱明智听。面对日本人的嚣张，朱明智真是敢怒而不敢言，而且碍于凶手可能还混杂在人群里，他自知双方都得罪不起，只得故作委屈地哈了哈腰，对船引说："太君，你应该明白，凶手不会这么笨的，开枪杀死郭四海后肯定早就趁乱逃之夭夭了。"

说完，朱明智暗暗朝警员们使了个眼色，随即一脚踢在一个警员身上，借故骂道："都是一群废物，还不赶紧给我调查去。"警员们会意，纷纷点头，赶忙跟在他后面屁颠屁颠地离开了夜巴黎歌舞厅。

一行人刚走，狡猾阴险的船引就命令手下将夜巴黎歌舞厅的门堵死，随后又吩咐刘大龙在歌舞厅里四处搜索，缉查凶手。见状，雷霆等人相互递了一个眼色，混在窃窃私语的人群中，作好了随时战斗的准备。

刘大龙和船引小队长在人群里转来转去，眼睛不时地扫过被吓呆了的人群，手枪则不时地往这个脑袋上敲一敲，又往那个胸脯上指一指，不少人都被吓得战战兢兢的，甚至还有人尿了裤子。

就在这时，刘大龙和船引的目光移向了马树民、方亮和雷霆站着的方向，两人顿了顿，随即向他们走去。马树民和方亮暗暗吸了口气，将手伸进衣服里，雷霆的手中也多了几颗小铁珠。

就在刘大龙盯着化过装的雷霆等人愣神之际，朱明帆眼见情势不对，悄悄来到他面前，小心翼翼地说："刘兄，想不到今天晚上发生了意外，若是再有人伤亡，我的'夜巴黎'以后也就别想开了。给行个方便吧。"说着，偷偷将一沓银票塞进刘大龙手里。

刘大龙捏了捏银票，怪怪地笑了两声，回头对船引小队长说："太君，我们已经封锁了'夜巴黎'，如果凶手还在歌舞厅，谅他插翅也难飞。"朱明帆也算个聪明人，赶紧接口："是啊，是啊，依我看，凶手早被你们吓得无影无踪了。"

"我谅他也不敢继续在这里停留，除非吃了熊心豹子胆。"刘大龙把银票揣进了怀里。朱明帆见情势对自己越发有利，更加赔着笑脸说："今天晚上，多亏刘兄和船引小队长帮忙。要不是你们及时赶来，我的歌舞厅说不定就被人给砸了。"

"哈哈哈，朱老弟，这就叫有钱能使鬼推磨嘛。对了，还有船引小队长……"刘大龙收住笑声，对朱明帆使了个眼色。朱明帆是何等精明之人，立刻奉上几根金条，满脸堆笑地看着船引："我和家父都是你们大日本帝国的朋友，为了不影响做生意，你就给行个方便吧。"

船引小队长得了好处，却并不领情，仍然命人守在歌舞厅里继续寻找可疑人物。雷霆等人只得站在原地静观其变，决定不到关键时刻绝不出手，以免伤及无辜。

朱明帆却十分着急，生怕唐秋红等人落到日本人手里，到时候自己也脱不了干系。想到这，他暗暗咬了咬牙，趁船引和刘大龙不注意之际，悄悄蹭到唐秋红身边，飞快地说道：“化妆室左边的衣柜后面有一条地道，只要卸下墙壁上的木板，就可以通过地道安全离开这里，快去。”

唐秋红一听，来不及致谢，默默地看了朱明帆一眼，立即挨近雷霆、马树民和方亮，悄悄地告知他们夜巴黎有后门。方亮听了，立刻用眼光暗示队员，大家均心领神会。雷霆将手里的小铁珠收好，又从怀里掏出了手枪，唐秋红也快速地掏出手枪来。

见大家都准备就绪，雷霆暗暗点了点头，突然甩手一枪，“砰”的一声，船引小队长随即倒地，当场就被击毙了。唐秋红一见，立刻“砰砰”连射两枪，射落了舞池里的莲花吊灯。随着吊灯从半空中碎落下来，歌舞厅一团漆黑，舞池里也一片慌乱。那些来夜巴黎歌舞厅寻欢作乐的男女立刻四处逃窜，哭的哭，喊的喊，乱成了一锅粥。

趁着这个大好机会，雷霆等人迅速挤出人群，跑向化妆室，按照朱明帆的交待将左边的衣柜搬开，卸下墙壁上的一块大木板，连忙低头钻了进去。朱明帆见状，立刻跟着众人跑进化妆室，慌忙将那块大木板恢复原来的样子，又将那口衣柜搬回来放在原处。

做完这一切，朱明帆长长地舒了一口气，若无其事地走出了化妆室。雷霆等人进入地道后，发现里面黑沉沉的，见不到一丝光，只能用手摸索着两边的墙壁慢慢前进。地道大概两百多米长，是朱明帆的父亲朱文才以前请人挖的，想不到在关键时刻还真派上了用场。

地道的出口在一条大街拐角处一个被人废弃的枯井里，雷霆一行人经过几十分钟的摸索，好不容易找到了出口。抓住钉在枯井四壁的钢钉，他们忍着地道里的恶臭，终于爬出了枯井，来到了大街上，远远望去，夜巴黎歌舞厅的招牌依然灯光闪烁……

第八章

红 牌 舞 女

随后，雷霆一行人不敢稍作停留，立刻回到了港泰客栈，一边派人站岗放哨，一边讨论下一步的工作计划。

由于日本鬼子已有警觉，大家一致认为在港城停留久了，难免会节外生枝，还是越早行动越好。因此，雷霆决定第二天化装后亲自去娱红苑，唐秋红和马树民却不同意，认为雷霆单独行动太冒险。

方亮也认为不妥："雷探长，还是我们配合你行动吧。你如果担心目标太大，我们可以潜伏在娱红苑附近，假如出现什么意外，彼此之间还有个接应。"雷霆想了想，终于点了点头，说："好，就按你说的办，大家休息去吧。"

与此同时，松田那边却炸开了锅，船引的死大大地震怒了这个狂妄的日本人，他怎么也不敢相信，有人竟敢在他的眼皮底下大开杀戒。想到这，他再也控制不住了，立刻派出大队人马，像疯狗一样在港城的大街小巷搜查凶手，连刘大龙的日伪保安队也不能幸免于难。

一时间，港城的大街小巷响起一片混乱的枪声，流光四处飞舞。直到凌晨两点，一无所获的日本鬼子才狼狈而疲惫地撤回营地。刚回到日军营地，刘大龙就遭到了松田的辱骂。松田是个典型的日本军人，暴戾而狂妄，满脑子征服世界的欲望，身材肥胖，人却十分狡猾。

之前松田听了手下的汇报，得知郭四海和船引都是被子弹贯穿双耳而死的，立刻判定是敌后武工队队长方亮的杰作。此时，他暴跳如雷地抽出军刀指着刘大龙，火冒三丈地吼道："巴格！你的，说，今天晚上是怎么回事？"

刘大龙正欲解释，松田却毫无耐心，一把将军刀架在他的脖子上，气冲冲地喝道："你的，说，是不是八路方亮干的？"刘大龙听了，表情麻木地摇了摇头。松田怒极，抬腿狠狠地踢了刘大龙一脚。刘大龙趁机仰面跌倒，假装很疼地轻喊起来，不敢看松田的眼睛。

这时，一直在旁边冷眼旁观的井上美子走了上来，凑在松田耳边轻轻嘀咕了几句。松田听了，眼中的怒气越发浓烈，用军刀指着躺在地上的刘大龙怒吼道："巴格！肯定是八路方亮干的！你的，还不快快去找，否则，死了死了的。"

刘大龙不敢有丝毫怠慢，急忙从地上爬起来，迅速带着一群小特务离开了日军驻地，虚张声势地在港城的大街小巷瞎转开了，还不时地朝天上放上一两枪。这一夜，整个港城没有片刻的安宁。

第二天上午，雷霆等人便按照计划分头行动。雷霆已化装易容，相信没有人能认出他的真面目。此刻，他正迈着悠闲的步伐，独自一人朝娱红苑的大门走去。娱红苑是港城的头等妓院，里面装修得富丽堂皇不说，大多数姑娘也是才艺双全、貌美如花，一部分调教得好的更是身价不菲。

见了老鸨沈秀梅后，雷霆自称是杭州来港城做绸缎生意的黄老板，还掏出比别人多三倍的钱来通融这个见钱眼开的家伙，并暗中给了掌柜一笔小费。沈秀梅见雷霆俨然一副富家公子的模样，出手大方，以为有肥鱼入网，立刻眉开眼笑地把雷霆当成上宾，叮嘱他第二天晚上再来娱红苑，自己一定会尽量安排他与兰婷见面。

第二天晚上，雷霆准时而至，并花高价包了兰婷一个星期。沈秀梅见雷霆不仅一表人才，更是一副有钱人的派头，真是不知该怎么招待才好，立刻大呼小叫地走进卧室里去叫兰婷。

兰婷听说一位从杭州来做绸缎生意的老板将自己包了一个星期，顿时脸露愠色，只是碍于沈秀梅，她不敢发火，只得稍稍打扮一番便轻移莲步来到了会客厅。

此刻的雷霆正压抑着内心的激动，在会客厅里慢慢踱着步子。随着珠帘一启，一个楚楚动人的可人儿已款款来到他面前。“没错，是兰婷，正是自己日思夜想的兰婷。”雷霆目不转睛地盯着眼前的美女，几乎忘了呼吸。

眼前的兰婷比那晚在夜巴黎歌舞厅时还要美丽迷人，那温柔中带着淡淡忧伤的目光对上雷霆那双睿智的眼睛，两人都禁不住颤抖了一下，一缕绯红飞上了兰婷的脸庞。兰婷立刻稳了稳心神，彬彬有礼地跟雷霆打招呼，那声音恰如汩汩琴声、潺潺流水，令雷霆再度失神了。

为了不引起沈秀梅的怀疑，雷霆不敢流露出更多的情绪，如其他客人一般，嬉笑着走上前去和兰婷调笑一番，一边喝着花酒一边打情骂俏。尽管如此，狡猾的沈秀梅仍不放心，时不时鬼鬼祟祟地佯装路过门口，借机窥视一番。但见兰婷时而闭月羞花怀抱琵琶，时而作诗为雷霆吟诵作对，与往常没什么两样。几次试探之后，沈秀梅放下心来，转身招呼别的客人去了。

确定沈秀梅不会再来之后，雷霆立刻起身关紧房门，转身撕下脸上的假面皮，然后定定地看着眼前的兰婷。兰婷被眼前的一幕惊呆了，睁大眼睛呆呆地看着那张再熟悉不过的面孔，万般滋味顿时涌上心头。她以为自己是在做梦，使劲地摇了摇头，再仔细打量，没错，站在自己面前的正是日思夜想的初恋情人雷霆。“霆哥哥!”顿时，兰婷喜极而泣，激动的泪珠滚滚而落，一把扑进雷霆的怀里。

雷霆抱着怀中的初恋情人，内心也是激动万分，但是他不敢怠慢，理智地重新戴上假面皮，凑在兰婷的耳边悄悄说道：“婷儿，千万冷静，最好装得和平时一样。你受的委屈，我都知道，我就是来救你的。”

兰婷激动得说不出话来，一个劲地点头，泪珠越发疯狂地掉落，一双美目定定地注视着面前的男子。雷霆轻轻地拍着她的肩膀，温柔地安慰道：“婷儿，我一直没有忘记你，当年你写给我的信，我都一直保留着。你的事我都听秋红说了。你放心，无论如何，你都是我心中的白雪公主。”

一席话让兰婷感动得泪如雨下，扬起梨花带雨的面庞，抽泣着问道：“霆哥，你见到秋红了?”雷霆点了点头，轻轻地拭去兰婷脸上的泪珠，说：“婷儿，你放心，我已经预付了一个星期的银两给沈秀梅。明天晚上还来，并叫秋红女扮男装来娱红苑赎你，看看沈秀梅会有什么反应。如果她不同意，我们再想其他办法救你，一定要救你出苦海。”

兰婷听了，真是忽喜忽忧，毫不隐瞒地说：“霆哥，你也知道娱红苑是赵德贵暗中叫沈秀梅开的。赵德贵这个人面兽心的家伙，既把我当成他的摇钱树，又把我当成发泄的工具。他曾经说过，无论别人给多少钱，他都不会让我离开娱红苑的。”

想到兰婷竟然受了这么多苦，雷霆内心一阵阵的抽痛，可此时不是感情用事的时候，他只得强压着怒火安慰道：“婷儿，你放心，我会有办法的。”兰婷笑了，轻声说道：“霆哥，我早就从那些客人嘴里得知，马树民从上海滩请来一位赫赫有名的侦探雷霆协助他破案，当时我就怀疑那位侦探是你，想不到还真的是你啊。霆哥，你们这次来救我，是不是跟林公馆连环凶杀案有关？”

雷霆不禁暗暗佩服眼前这个女子的蕙质兰心，他点点头，直言不讳地说：“婷儿，听说林振松对你十分爱慕，常常来娱红苑与你幽会，到底有没有这回事？”“是的，林振松是个脾气古怪的男人，他害怕赵德贵，于是花一笔钱堵住了沈秀梅的嘴。每个月的中旬，他都要偷偷来娱红苑，叫他的结拜兄弟肖顺阳放哨，然后到沈秀梅特意安排的房间看我给他跳脱衣舞，可他从来不碰我的身子，每次都一样，看完丢下几张银票不声不响地就走了。”说到这，兰婷低下头，眼中满是伤感。

雷霆了解她的感受，默默搂着她的肩膀，希望能给她一些安慰。半晌，他开口了：“那你有没有在他身上发现什么异样的地方？”兰婷咬着下唇想了想，点了点头，说：“有。有一次，林振松觉得房间闷热，终于忍不住了，在沈秀梅安排给我们幽会的房间里洗了个澡。他脱掉衣服时，我发现他左边臂膀上有火焰图案的纹身。后来，我还发现他有一块既像镜子又不是镜子的东西。当时我还好奇地问他是什么，他随口说了声是令牌，就不再理我了。”

“哦。”雷霆眼前浮现出那晚和孙兵谈话的情景。那天，孙兵也提到了一块令牌，看来，这个东西对于林振松有非同寻常的意义。见雷霆兀自陷入沉思，兰婷轻轻地叹了一口气，问道：“霆哥，你为什么会问起这件事呢？”

雷霆没有作答，迅速起身走到门边拉开房门往两边看了看，没有发现什么异样，这才关好门，重新回到兰婷身边，悄悄地将林公馆连环凶杀案的诸多可疑之处告诉了兰婷。

兰婷听了，大眼睛里满是疑惑："霆哥，你说得我都有些糊涂了，那个林振松虽然脾气古怪，但我看得出他不是个坏人。他怎么会将自己的太太和夫人……"

"嘘。"雷霆急忙打断兰婷的话，四周看了看，说："至于林振松是好人还是坏人，目前我也只是怀疑而已，我只是觉得突然出现在巫岭的林振松与我在林公馆看到的林振松判若两人，所以才来找你帮忙。我们计划将你从娱红苑救出去后，然后带你一起去极乐岛找林振松，让你证实一下，他是不是以前来娱红苑看你跳舞的那个林振松。"

兰婷顿时恍然大悟，内心真是既激动又矛盾，禁不住问道："霆哥，你真的还把我当成以前的兰婷吗？可我……""婷儿，别说了。"雷霆打断了她的话，诚恳地说："婷儿，我一直都没有忘记你，一直把你当成我心中的白雪公主。秋红和丁笑同志也告诉我了，你是他们安插在娱红苑里的秘密情报员，也就是说，你已经是我们当中的一员了，你应该对自己有信心，更应该对我有信心。"

兰婷定定地看着雷霆，看着自己心中的白马王子，内心不禁涨满了幸福。想到自己身陷红尘、苟且偷生，从来不敢奢求什么，今日竟然能重获爱情，真是觉得一切都在梦中。顿时，她暗下决心，只要雷霆要自己去做对党、对人民有意义的事，自己一定全力配合，万死不辞。

雷霆看着沉默不语的兰婷，知道她内心的挣扎与苦痛。为了让她安下心来，雷霆轻轻地扳过她的身子，用充满爱意的目光注视着她美丽的面孔，认认真真、一字一句地说道："婷儿，我知道你受了很大的委屈，身心正承受痛苦的煎熬。你放心，我是个敢爱敢恨的男人，也是个负责任的男人。我现在就告诉你，我不在乎你现在的身份，只要你愿意，等到抗战胜利的那一天，我们就结婚，这辈子再也不分开了。"

兰婷激动得泪如泉涌，情不自禁扑进雷霆怀里，不停地亲吻着雷霆的脸、雷霆的眼，融进了自己无尽的感激与爱意。雷霆内心猛然一震，稳了稳情绪，轻轻推开兰婷，柔声说道："婷儿，我不想在娱红苑与你肌肤相亲，这样对你不公平，对我也不公平。我们不能在这种肮脏的地方相亲，还是等我和秋红把你赎出去后，我们再轰轰烈烈地相爱。”

兰婷感动万分，深情地注视着眼前这个高贵的男人。一时间，所有的不幸、所有的折磨、所有的坎坷、所有的颠沛流离、所有的凄凉孤独，仿佛都不存在了，内心深处充满了对上苍的感激，感谢上苍听到了她这个苦命女子的心声，为她送来了迟到的幸福。

雷霆也默默地看着眼前这个出淤泥而不染的女子，感受着她骨子里蕴藏着的高贵、天真与隐忍。就这样，两人相对而坐，静静地对视着，直到有人送来宵夜，他们才故意打情骂俏一番。为了不引起沈秀梅的猜疑，吃完宵夜，雷霆并没有急着离开娱红苑，而是和兰婷一边下棋，一边交待她提前作好准备。

第二天天一亮，沈秀梅就亲自给雷霆和兰婷送来早点，还眉开眼笑地问雷霆对兰婷的感觉如何。雷霆仰头哈哈大笑，一把将兰婷搂进怀里，佯装玩世不恭地说道：“沈妈妈，谢谢你！兰小姐太迷人了，我已经被她迷得神魂颠倒了。”说着，从身上掏出一百两银票塞给沈秀梅。

沈秀梅得了额外的好处，对雷霆仅剩的一点怀疑顿时烟消云散，立刻恬不知耻地凑到雷霆耳边娇滴滴地说：“阿弥陀佛，难得客官有如此高的眼光。既然喜欢婷儿，就经常来和她宽衣解带吧。我看得出来，我们兰婷对你也是情有独钟，可别让她对你害相思病哟。”

雷霆又是一阵哈哈大笑，还斜着眼睛看了兰婷一眼。兰婷是何等聪明的女子，顿时会意，立刻朝雷霆抛了个媚眼儿。见此情景，沈秀梅心里真是乐开了花。

眼见戏演得差不多了，雷霆嘿嘿笑了两声，真真假假地对沈秀梅说：“好了，我还得赶去谈笔绸缎生意。沈妈妈，你可得帮我看紧兰小姐，要是今天晚上我发现兰小姐少了一根汗毛，就找你算账。”说完，就头也不回地离开了娱红苑，心里暗骂了一句：“要不是有任务在身，老子立即取了你和赵德贵的狗命。”

在大街上转了几圈，雷霆确定没有人跟踪后，转身便拐进了一条巷子，再度回到了港泰客栈。随后，一行人陆陆续续回到客栈。碰头后，雷霆立即把自己的想法对大家讲了。唐秋红觉得不妥，摇摇头说：“赵德贵与日本人暗中勾结，不知做了多少丧尽天良的事，一定不会轻易放过兰婷的，我觉得还是直接冒充山上的土匪去娱红苑把兰婷抢出来比较有把握。”

一言既出，一旁的马树民立刻反对：“不行，这样做太冒险了，还是雷霆的想法比较可靠。”“嗯，我也同意先让秋红女扮男装去娱红苑试探沈秀梅的口气，假如沈秀梅不同意，我们再来硬的。”一旁的方亮也开口了。见大家都同意雷霆的想法，唐秋红也不再固执，默默地点了点头。

夜幕降临后，大家依照计划行动。雷霆再度衣冠楚楚地来到娱红苑，与兰婷缩坐一隅，喃喃燕语，直到云鬓花颜的兰婷展开乐器为雷霆弹唱，沈秀梅才吃吃笑着离开两人，下楼去招呼其他客人。

不一会儿，女扮男装的唐秋红按计划来到娱红苑，开口就说要找老鸨谈谈。沈秀梅见来人气宇不凡，不敢怠慢，立刻迎上前来。唐秋红决定不绕弯子，开门见山地说道：“沈妈咪，在下对兰婷小姐倾慕已久，今日想为她赎身，你开个价吧，要多少钱肯给兰小姐自由。沈秀梅见来客口气不小，心中暗自吃惊，却不动生色地说道：“客官，想必你也知道，婷儿可是娱红苑的招牌，就算我开口要价，怕你也赎不起吧。”

唐秋红见沈秀梅如此嚣张，满心怒火，为了不坏大事，只得强忍着，再度开口：“你说吧，究竟要多少银两。”见来客纠缠不休，沈秀梅不耐烦了，索性一挥帕子，说道：“客官，想赎婷儿的人多得很呢，你就别费心，出再高的价我们也不赎，死心吧。”

“你，别不识好歹。”唐秋红气得猛然站起来，怒视着沈秀梅。谁知沈秀梅丝毫不买她的账，转身叫来保镖许六七将唐秋红赶了出去。唐秋红知道再纠缠下去也无济于事，只得假装遗憾地摇了摇头，转身匆匆离去。

同一时间，雷霆已经得知赎人失败，立刻安慰兰婷稍安勿躁，他们一定会想办法把她救出去的。

第三天晚上，雷霆又来到了娱红苑，手里还提着一只装有银票和手枪的大皮箱，俨然一副有钱人的派头。当着沈秀梅的面，雷霆与兰婷眉来眼去，好似已分离了一千年，眼里尽是相思与渴望，唬得沈秀梅没有一丝怀疑，转身就下了楼。

看着沈秀梅的背影，雷霆悄悄在兰婷耳边交待：“婷儿，快做好准备，马树民和方亮带着敌后武工队已经各就各位，等到夜深人静就动手，把你救出去，你千万别紧张。”

“嗯，嗯……”想着自己马上就可以脱离苦海，兰婷的心里真是又激动又紧张，禁不住砰砰狂跳起来。她拼命点着头，泪珠随即滚滚落下。雷霆看着激动万分的兰婷，体味着她内心的凄楚，不禁溢满了怜惜与爱意，轻轻地拍着她的后背，帮助她平静下来。

唐秋红没有参加这次行动，由于港城警察局是军统的一个秘密情报站，军统局戴老板得知日军突袭警察局的事情后，立即派出一名化名韦国民的特工秘密来港城了解情况。唐秋红为了不引起戴老板的怀疑，只好临时改变主意，赶往军统秘密建在港城的另一个情报站与韦国民见面。

那一夜月光如水，半夜时分，娱红苑的客人和姑娘都进入了梦乡，万籁俱寂。就在这时，雷霆轻轻推开窗户，悄悄向外面发出了行动的信号。兰婷压抑着激动的心情，和雷霆并排站在窗前朝楼下观望着。

只见，银白色的月光下，九个黑影突然跃上围墙，轻轻落在院内。尽管万分小心，与不明物碰撞发出的轻微响声，还是惊动了院内护卫的打手。一时间，院内人影纷飞，几个打手分别从不同的角落飞射出来，二话不说就与马树民他们交上了手。

这些护院打手都是赵德贵的得意门徒，包括许六七在内，共有九个人，个个都身手不错，平时遇上自不量力的人来娱红苑闹事，他们从不手软，频频放出狠招，几下就将对方干掉了，即使侥幸逃脱，也难免落下残疾。

这时见有人从院墙上飘落，他们已知是来者不善，也不问缘由，九个人同时出手，招招致命。其中一人将剑高举过头顶，随即狠狠地划出一道亮亮的弧线，“嗖”的一声直奔马树民的咽喉而去。

见状，马树民冷笑一声，头往后一仰，躲过剑锋，随即飞身一脚就踢向对方的裆部，同时左手一抖，一道白光直射对方面门，精准地劈向对方的额头。对方来不及躲闪，被一刀致命，还不待吭一声就“扑通”一声摔倒在地，昏死过去。

与此同时，方亮和他带领的武工队员也个个出手不凡，几招下来，就不声不响地摆平了其余护卫，随即迅速点了他们的哑穴，几个人顿时就变成了哑葫芦，只能干瞪着眼睛看着眼前的高手。

收拾妥当后，方亮没有片刻耽误，立刻朝窗前的雷霆发出得手的信号，随即一行人轻声跃上围墙，瞬间就消失在黑暗中。见状，雷霆诡秘地笑了笑，转身带着兰婷离开房间，不声不响地来到一楼的大厅。

沈秀梅还没有睡，正低着头在大厅里和大掌柜兴致勃勃地商量着什么。雷霆将手提箱递给兰婷，正想从腰间拔出手枪，转念间又改变了主意，悠闲地从上衣口袋掏出香烟点燃，深深地吸了两口，这才大摇大摆地走到大掌柜身边，凑近他悄悄耳语："怎么还不睡呀，在商量什么呢？"

大掌柜知道雷霆是来娱红苑包夜的大客户，尽管心有不满，却不敢表现出来。随后，他的目光移向兰婷手里提着的手提箱，顿时亮了许多，嘴巴也动了动，可最后还是强忍住了，没有开口，打算看看兰婷和雷霆这究竟演的是哪一出。

娱红苑以前有过先例，只要客人是娱红苑的熟人，又肯花钱，沈秀梅便会同意客人将包下的姑娘带到外面去过夜，只要次日客人再将姑娘送回来就行。这时，沈秀梅正在低头沉思，专注中压根没有注意到雷霆与大掌柜的对话。

见沈秀梅没反应，大掌柜故意咳嗽了一声，并轻轻地碰了一下她的胳膊。沈秀梅猛地回过神来，抬头看见雷霆和兰婷，表情中有一丝慌乱，但她很快就调整过来，随即堆起笑脸看着雷霆，娇滴滴地问道："客官，有事吗？是不是婷儿惹您生气了？"

雷霆不作声，只是冷冷地注视着沈秀梅。沈秀梅被看得有些心慌，急忙将目光转移到兰婷脸上，换了一幅面孔，恶狠狠地问道："婷儿，怎么惹客官不高兴了，说，这到底是怎么回事？"

兰婷还未及开口，雷霆已抢先一步来到沈秀梅跟前，慢条斯理地开口了："妈咪，我想把兰婷赎出去，你说吧，到底需要多少赎金？"沈秀梅始料不及，迅速地想了想，目光在雷霆脸上扫来扫去，试图看出点什么，好一会儿才开口："客官想赎婷儿？难怪来娱红苑将她包下，原来你早有目的。客官说自己姓黄，是从杭州来上海做绸缎生意的，这回我真要怀疑你了。请问客官究竟是谁？你可晓得，我娱红苑是什么地方？晓得它是谁开的？想赎人，实话告诉你，婷儿可是娱红苑的招牌，无论如何我也不会答应的，客官还是死了这条心吧。"说完，一双充满怀疑的眸子死死地盯着雷霆。

雷霆不理会沈秀梅的嚣张，嘴角轻轻扯了扯，低沉着声音说道："沈秀梅，我劝你还是说个数吧，只要公平合理，我马上给钱，然后你把兰小姐的卖身契交出来，咱们谁也不欠谁的。"

沈秀梅没想到雷霆来真格的了，顿时气得柳眉倒竖，立即直着嗓子朝门外大喊起来。谁知，事情的发展却完全出乎她的意料，那些本该立即出现的护院打手仿佛都睡死过去，一个也没出现，整个院子静悄悄的，一点动静也没有。

大掌柜眼见不妙，刚想跑出去报信，却被雷霆一掌劈中后脑，"扑通"一声就栽倒在地，昏死过去。

随后，雷霆一口吐掉嘴里的香烟，一步踏过去拧着沈秀梅的胳膊，把她提了起来，威胁道："姓沈的，我就知道你会来这一套。我问你，想吃敬酒还是想吃罚酒？想吃敬酒就赶紧说个数，想吃罚酒也赶紧吱一声。"

沈秀梅是何等狡猾之人，加上有赵德贵给她撑腰，尽管心里发憷得紧，嘴上却不肯认输，在痛得咝咝有声之余，仍然拼足力气大叫雷霆松手。

见雷霆不买自己的账，她随即又换了一副面孔，拿出看家本领，搔首弄姿地对雷霆说："哎哟，哎哟哟，客官别动怒，有什么事好商量嘛。哎哟哟，我的财神大老爷哎，你想赎婷儿可以，只是赵德贵事先交待过我，你总得让我和他商量商量再决定吧？客官晓得赵德贵是青帮的人吧？"

雷霆嘿嘿冷笑一声，默不作声，就想看她接下来怎么演。善于观颜察色的沈秀梅见雷霆笑而不答，以为被"青帮"两个字镇住了，心里着实得意，仿佛吃了颗定心丸，转而底气十足地说："好啦，好啦，春宵一刻值千金。客官还是和婷儿上楼去风流快活吧。有什么事，咱们明天再谈好不好？"

"姓沈的，实话告诉你，我是天不怕地不怕的土匪，娱红苑已经被我们包围了，你还是识相点好。既然你是这儿的妈妈，就有权作主。我今天不管你同不同意，都会带兰小姐走。识相的话，你就说个数，免得到头来人财两空。"雷霆斜睨着沈秀梅，冷冷地说道。

沈秀梅万万没有想到竟然有土匪敢到娱红苑来抢人，突然心生一计，半欺骗半恐吓地对雷霆说："我的老祖宗哟，真是难为我了，婷儿的卖身契不在娱红苑，一时半会儿我找不出来。再说，赵德贵才是娱红苑的老板，我若是自作主张让你将婷儿赎走了，岂不是死路一条？还有你，就算是土匪，也不敢得罪青帮吧？我倒是劝你好好想一想后果吧。"

眼见沈秀梅演得差不多了，雷霆懒得再跟她废话，一把从腰间抽出匣子枪，在她脑门前晃了晃，模仿土匪的口气说道："你这个天底下最狠毒的娘们儿，竟敢跟我耍心眼，再不把兰小姐的卖身契拿出来，我的枪说不定马上就会走火。"

说完，雷霆示意兰婷将手提箱打开，指着箱子里的银票对沈秀梅说："匪有匪道，我并不是不讲理的人。姓沈的，你给我看清楚，就算兰小姐是娱红苑的招牌，这些钱也绰绰有余了。若再不知足，就休怪我一枪打爆你的脑袋。"

盯着箱子里的厚厚的一沓银票，沈秀梅的两只眼睛不禁射出贪婪的光芒，可旋即又摇了摇头说："客官，看得出你很大方，给的钱也不少，可我不能擅自作主呀。你可能不晓得，赵德贵可是黄金荣的得意门生，你就算不认识赵德贵，也该知道上海滩的大亨黄金荣吧？在港城，很多人都不敢得罪赵德贵，只要他放一个屁，想死想活都由不得你。客官，今天你若是将婷儿带走了，别说我活不成，连你也会没命的。"

雷霆不耐烦了，一把用枪管堵住沈秀梅喋喋不休的嘴，嘿嘿冷笑道："沈秀梅，我已经没有耐心听你讲废话了，钱也不给你了。既然你那么怕死，我今天就成全你。"说着，枪在沈秀梅嘴里暗暗使了使劲。

这回，沈秀梅是真的害怕了，双腿不停地颤抖，双手也胡乱地舞蹈着，示意雷霆千万冷静，她还有话说。

雷霆却不容她再说什么，押着她立刻去找兰婷的卖身契。为了保全性命，沈秀梅只得哆哆嗦嗦地带着雷霆来到她的睡房，又哆哆嗦嗦地打开一个特制的铜箱子，从里面抱出一个精致的小铜盒子，磨蹭了半天，好不容易才把小铜盒子打开。

还未等沈秀梅找出兰婷的卖身契，雷霆已忍不住了，一把抢过小铜盒，押着沈秀梅又回到大厅，然后当着兰婷的面，把她的卖身契找出来烧毁了。

看着眼前渐渐化为灰烬的卖身契，兰婷激动地泪流满面，再也控制不住自己的情绪，一把抢过雷霆手中的小铜盒，把里面近百张的卖身契全部翻倒出来，一把火都给烧毁了。

看着眼前的一幕，沈秀梅吓得当场昏死过去，倒在地上不省人事。“想不到你比我还大胆。沈秀梅的话并非危言耸听，青帮的人的确都是杀人不眨眼的刽子手。你竟然把这些卖身契全部都烧了，这回咱们可是惹祸上身了。”雷霆在耳边悄悄提醒兰婷。

一席话让兀自沉浸在喜悦中的兰婷猛地醒悟过来，当场就愣住了，不知该如何是好。“婷儿，话又说回来了，要不是考虑到林公馆的凶杀案还没有破，我早就将赵德贵和沈秀梅铲除了。你这么做我能理解，还愣着干嘛？赶紧去通知那些受苦受难的姐妹吧，告诉她们已经自由了。”雷霆不忍心破坏兰婷的好心情，微笑着催促她。

兰婷激动不已，转身就想上楼，谁知这时沈秀梅已经悠悠转醒，知道兰婷今天要拆了她的娱红苑，眼看自己无法交代，她一把冲上去拉住兰婷，死活不让她上楼。

兰婷见事到如今，沈秀梅仍顽固不化，脑海里顿时涌上平日里受辱的一幕幕，再也控制不住，突然劈手夺过雷霆手里已经打开了保险的枪，对准沈秀梅的脑袋就“砰砰砰”地射出一串子弹，瞬间就要了她的小命。

眼前的一幕真是令雷霆始料未及，心中大叫不好，他知道枪声一响，立即就会惊动青帮的人，毕竟这娱红苑附近地区全是港城的地盘。

想到这，雷霆顾不得许多，一把拉起兰婷就往外跑：“婷儿，小不忍则乱大谋，你把沈秀梅给杀了，青帮很快就会缠上我们。”

兰婷显然还没有从刚才的情绪里走出来，脚下跑着，目光中却透出了一抹少有的坚定：“这些年，沈秀梅不知害死了多少无辜的姐妹，杀了她，就等于为民除害。”

“你以为我不想为民除害吗？我只是想侦破林公馆凶杀案后，再来收拾他们，否则被青帮缠住了，我们再想去极乐岛找林振松就没那么容易了。”雷霆毕竟要理智得多，一边监视着四周，一边解释。听了这话，兰婷突然意识到自己真是操之过急了，便不再作声。

谁知两人刚走出大门，马树民等人就迎了上来：“老同学，前面的街道和左边的巷子入口已堵了很多车子，估计是赵德贵的手下。”

雷霆没想到青帮的动作竟然如此之快，急忙看向马树民：“师兄，我们从右边走如何？”“右边是一条死胡同，尽头处的围墙有两米多高。翻过围墙有一片香蕉林，穿过香蕉林便到了十字路口——那儿有日本鬼子的炮楼。”马树民思忖着，快速回答。

“好，我们往右边的死胡同撤。”雷霆果断地下令。马树民则显得有些担忧：“老同学，自从船引被我们干掉后，日本鬼子已经戒严，港城的主要交通要道都被他们封锁了。我们要是经过鬼子的炮楼，被他们发现了怎么办？”

“还能怎么办？鬼子才是我们真正的敌人，若是被他们发现，就血战到底。”说完，雷霆不再犹豫，拉着兰婷就带头往右边的死胡同跑去。半个小时后，他们终于来到胡同尽头，先后翻出围墙，隐没在那片香蕉林中……

第九章

危 机 四 伏

雷霆一行人走出香蕉林后，十字路口的日军炮楼立刻出现在眼前。如何避开炮楼的探照灯已经是个难题，偏偏这时，通往梅花山庄的公路上又驶来十几辆载着鬼子的军车。情况紧急，熟悉地形的马树民带头穿过公路，一行人赶到了炮楼右侧面不远处的小山堡上。

“马局长说得不错，鬼子已经对港城的各条交通要道都加强了戒严。”方亮看着前方的炮楼，悄悄对雷霆说。

看着鬼子的车子徐徐开到炮楼前，雷霆等人计划，待鬼子进入港城市中心后，再想办法避开他们的炮楼，然后绕道进入炮楼正对面的那片密林中。

令大家始料不及的是，正当鬼子的车即将驶离十字路口时，赵德贵的二十几个门徒已经蹿出那片香蕉林，见到了前方的鬼子，急忙朝夜空开枪警示，打算利用这批鬼子来堵截雷霆一行人。

果不其然，坐在军用吉普车里的松田和井上美子听到枪声，立即命令后面的十几辆军用卡车停下来。赵德贵的人见了，心中大喜，立刻跑过去与松田的部队汇合。

听了青帮的汇报，松田气得哇哇大叫，立即抽出军刀，命令手下在炮楼附近进行地毯似搜索。

眼看处境越来越危险，雷霆和马树民等人真是叫苦不迭，幸好他们四周杂草遍布，遮掩了一些身形，否则立刻就会暴露在鬼子的眼皮底下。

事不宜迟，大家迅速商量了一下，方亮主张让敌后武工队绕过炮楼，偷偷摸到公路边的树林里去突击炮楼里的鬼子，以此来转移他们的目标，然后借机让雷霆和马树民带着兰婷跑回市中心。

情况危急，雷霆暂时也想不出更好的办法，只能同意敌后武工队去冒险为自己引开日本鬼子，心中顿时盛满了千言万语。

只可惜天不遂人愿，敌后武工队还没有绕过炮楼，就被日本鬼子发现了。迫于无奈，方亮和其他同志一边朝鬼子开枪，一边绕过炮楼，转眼间就闪进了炮楼对面公路旁的树林里。

见目标暴露，松田命令一部分鬼子开车赶往距梅花山庄一公里处，以堵住敌后武工队的退路，他和井上美子则带着其他鬼子从炮楼正面进入树林，试图对武工队形成前后夹击之势。

赵德贵的人也狡猾至极，很快就猜出敌后武工队使的是“调虎离山”之计，于是继续在香蕉林对面公路旁的杂草丛中搜索。

见此情景，雷霆和马树民只好带着兰婷往后撤退，一直退到了悬崖绝壁的脚下。三人刚躲到一尊大石头后面，背后立即传来阵阵阴风。

三人纳闷，转身一看，随即被眼前的一幕吓得倒吸了一口凉气——一个黑沉沉的天坑赫然在目，三人要是再后退几步，后果将不堪设想。

雷霆暗暗稳了稳心神，躲在大石后面抬头朝炮楼的方向观看，发现炮楼附近已是枪声大作、浓烟滚滚，流光飞舞中满是黑压压的人头。

此时的雷霆真是焦急万分，既要顾虑兰婷的安全，又担心武工队的安危。想到兰婷对于破获林公馆连环凶杀案具有至关重要的作用，想到组织交代的任务，雷霆只得咬着牙，压抑着冲出去火拼的冲动。

情势的发展却越来越紧迫，正在市中心巡逻的刘大龙也接到了松田的命令，正带着日伪保安队的一群小特务乘车匆匆赶往十字路口，刚赶到炮楼，松田和井上就叫嚣着，命令他们赶往炮楼的左侧面，势必将武工队包围在那片树林里。

这边，赵德贵的人已经越发逼近雷霆他们藏身的大石头，眼看三个人就要暴露了，雷霆和马树民互相对视了一眼，暗暗朝彼此点了点头，随即暗示兰婷躲着不要出来，两人却一个闪身从大石头后面窜出来，与赵德贵的人遭遇了……

由于早有防备，雷霆和马树民出手神速，不声不响地就送几个人上了西天，随后立刻带着兰婷潜回先前的那个小山堡，打算以最快的速度冲到公路对面，再利用香蕉林的掩护，重新返回市中心。

但是转念一想，雷霆又改变了主意。想着腹背受敌的敌后武工队，他实在不忍心一走了之，于是定定地看着兰婷的眼睛，说："武工队太危险了，我和马局长打算突击炮楼，把追赶武工队的大批日本鬼子引回来，你怕不怕？"

"霆哥，我不怕，给我一支枪吧，我和你们一起去突击鬼子的炮楼。"多年的苦难和残酷的现实已经让这个柔弱的女人变得无比坚强，妩媚的双眸顿时射出坚定的光芒，直直地看着雷霆的眼睛。

雷霆不禁暗暗佩服兰婷的勇气，但是考虑到她没有受过专门训练，浪费子弹不说，还可能伤着自己，于是拍着她的肩膀说："只要你不害怕就行，婷儿，紧紧跟在我们后面，保护好自己，打鬼子的事交给我和马局长。"兰婷知道雷霆这是在保护自己，便不再坚持，默默地点了点头，握紧拳头跟在两人身后。

此时，炮楼正前方突然传来震耳欲聋的枪声，意识到武工队的处境已经越发危险，三人不再耽搁。雷霆和马树民急忙从身上抽出匣子枪，带着兰婷避开探照灯划过的地方，悄悄地摸到炮楼右侧。

就在三人准备跃过铁丝网外的一道壕沟时，炮楼正对面的树林里突然传来刘大龙的声音："报告太君，武工队已经被我们包围在树林里，要不要抓活的？"

"吆西，吆西，八路的，死的不要，要活的。"松田哈哈大笑着下令。见太君有令，刘大龙连忙回身命令小特务不要开枪。

可是已经晚了，武工队已经有两个队员中弹牺牲了，子弹也快打光了。看着四周密密麻麻的鬼子和日伪保安队员，被逼上绝路的武工队员早已将生死置之度外，这会听到松田要活捉自己，更是无所畏惧了，朝着追上来的一个鬼子就开了最后一枪。

眼看着已经弹尽粮绝，方亮回身大手一挥："我们宁可与鬼子同归于尽，也不能被他们活捉，弟兄们，给我上！"

正当队员们准备冲出去与鬼子展开肉搏之际，雷霆和马树民已经带着兰婷跃过壕沟，迅速绕到炮楼正面，举起双枪“砰砰啪啪”地就对着鬼子扫射，打了对方一个措手不及。

将炮楼前的鬼子撂倒后，雷霆一面叫马树民攻进炮楼，一边抓起一挺机枪就朝追赶武工队的鬼子背后开火。

见有人占领了炮楼，鬼子大骇，以为中了调虎离山之计，便紧急回防，纷纷朝炮楼跑来，结果个个撞上雷霆的枪口，顿时倒下去一大片。

眼见情势越来越紧张，兰婷再也忍不住了，一把从鬼子的死尸堆里抽出一杆长枪，却不知怎么使用，只得端起来对着前方，摸索着扣到了扳机，食指使劲一勾，枪居然响了，飞出的子弹不偏不倚地射入一个鬼子的胸膛，她自己也被震得连连倒退几步，随即发出兴奋的笑声：“霆哥，我打死鬼子了，打死鬼子了。”

望着兴奋不已的兰婷，雷霆内心充满了感动，一边扫射着迎面而来的鬼子，一边嘿嘿笑着说：“婷儿，好样的。”随即把目光转向密密麻麻朝炮楼扑过来的鬼子，大声喝道：“龟孙们，不怕脑袋开花就来吧，来吧！老子送你们上西天。”

“雷霆？他怎么在这?" 站在炮楼左侧近百米处观战的井上美子和松田突然听到雷霆的吼声，不由得吃惊得对望了一眼。

井上美子凑到松田耳边嘀咕了几句，随后拔出手枪，带领几个鬼子气势汹汹地朝炮楼猛扑过来。

这边，雷霆已和鬼子激战了几个回合。眼看机枪里没子弹了，鬼子也逼得越来越近，再看看马树民已经把炮楼里的鬼子全部消灭了，雷霆决定不再恋战，随即暗示马树民赶紧下来，两人带着兰婷一边开火一边撤退。

途中，紧追而来的鬼子的火力越来越猛，犹如暴风骤雨一般朝他们紧紧迫来。跑到距离炮楼大约半里处，雷霆和马树民身上的子弹已经全部打光了，两人暗暗叫苦不迭，心想保护兰婷的安全要紧，无论如何也要突围。

想到这，雷霆一边推着兰婷快跑，一边用身体挡住可能飞向她的子弹。就在鬼子即将追上他们之际，黑暗中突然驶来一辆奥斯汀轿车停在三人面前，朱明帆伸出头来招呼他们赶紧上车，随后加大马力绝尘而去。

然而，他们朝港口码头的公路行驶了还不到五分钟，就与赵德贵带领的青帮遭遇了。对方有六辆轿车，每辆里面都坐满了人，且个个手中有枪。

朱明帆大吃一惊，迅速调转车头，打算再度回到炮楼附近躲藏。

鬼子见了，企图放下栏杆堵截，朱明帆已顾不得许多，突然加大了油门，撞倒了几个鬼子后直朝梅花山庄的方向驶去。

见状，赵德贵岂肯善罢甘休，带领手下在后面紧追不舍。想到敌后武工队还困在那片树林里面，雷霆坐不住了，敲着椅背叫朱明帆停车。

"不行，现在停车非常危险。"朱明帆没有理会雷霆，继续全速行驶着。

想到朱明帆与井上美子来往甚密，雷霆实在对他放心不下，便迂回着说："朱老板，你现在不停车更危险。后面有那么多车在追我们，你如果再不停，我们很快就会落到敌人手里。快，停车让我们躲到公路边的树林里去，你再继续往前开，一直开到梅花山庄的日军营地，就算他们追上你，你也可以借口说发现我还在港城活动，正准备去向井上美子汇报呢。"

"雷探长，我的安危倒没什么，只是你和马局长、兰小姐……"没想到雷霆在如此危急的时刻还能想得这么周全，朱明帆顿时对他充满了敬意。

雷霆急忙打断朱明帆的话："朱老板，你放心，我们躲进公路边的树林后，自有办法对付鬼子和日伪保安队。"

事不宜迟，眼见后面的车辆已经越来越近，朱明帆只好按照雷霆的吩咐把轿车停在路边让三人下去，想了想，随即又从身上掏出一支勃朗宁手枪递给兰婷。

兰婷感激地对他点点头，跟在雷霆身后就钻进了公路旁的密林中。马树民也不敢怠慢，几个跳跃也窜进了密林里。

暗暗嘘了口气，朱明帆不敢耽误片刻，踩下油门就继续往前行驶。大约过了十来分钟，朱明帆估计雷霆他们已经安全了，这才减速，让赵德贵一伙超在前面将自己堵住了。

他停下轿车，把头伸出窗外，装作一无所知的样子问赵德贵到底发生了什么事。赵德贵皮笑肉不笑地走到他跟前，反问道："我还想问你呢，为什么见到我们调转车头就跑了？”

“哎呀，赵老爷子，我看你是误会了。事情是这样的，我正准备去港口码头见一位朋友，突然听到十字路口的炮楼传来枪声，想来是武工队在袭击炮楼，这才调转车头，正打算去梅花山庄向松田和美子小姐汇报呢。”朱明帆故意说得一惊一乍的。

赵德贵却不相信朱明帆的话，挥手叫人过来检查，确定他车里没有其他人后，他才眯缝起小眼睛假惺惺地说：“朱老板，松田和美子小姐正在十字路口的炮楼，你去梅花山庄有什么用。你以为我赵胖子是三岁小孩吗？那么好糊弄？实话告诉你吧，我对武工队不感兴趣，假如你发现了雷探长，麻烦转告他赵胖子有事情请他帮忙，让他主动点来找我。”

说完，赵德贵嘿嘿冷笑着挥了挥手，在手下的前呼后拥下钻回车里，调转车头朝市中心扬长而去。朱明帆实在弄不明白这个赵胖子葫芦里究竟卖的是什么药。

就在朱明帆与赵德贵等人周旋之际，雷霆和马树民已经带着兰婷在树林里仔细地搜寻了一遍，除了发现几名光荣牺牲的武工队员之外，其他武工队员已经消失得无影无踪。

不忍心看着自己的战友暴尸荒野，雷霆和马树民忍着悲痛，简单地把他们几个掩埋了。谁知，刚刚埋好起身，就听到前面不远处的树林里传来鬼子说话的声音。

意识到危险再度出现，雷霆已顾不得许多，一把将兰婷横抱在怀中，和马树民一起在密林里绕道而行，试图避开搜索的鬼子。

就这样一路躲躲闪闪的，他们终于来到了炮楼正面的小树林里。由于四周不时地响起枪声，雷霆和马树民不敢轻举妄动，只好拉着兰婷潜伏下来，静静地观察着周围的一切。

半小时后，枪声终于停了下来，随即传来刘大龙声音：“走，跟我去炮楼附近的树林。”小特务们哪敢怠慢，纷纷跟在他身后朝雷霆等人隐藏的地方走来。

眼见刘大龙等人越逼越近，兰婷恨得咬牙切齿，禁不住凑到雷霆耳边悄悄说道：“这个刘大龙，真不是个东西，竟然帮着鬼子打自己人。”

“人有人路，鬼有鬼道，刘大龙选择当汉奸，就休怪将来没有好下场。”雷霆冷冷地说道。

这时，一旁的马树民迅速地拍了他的肩膀一下，悄悄说：“老同学，先别管这个刘大龙的下场了，我们赶紧撤。”随后三人绕到一株大树后面，窥视着炮楼门的动静。

日伪保安队刚回到炮楼前，刘大龙就立即跑上前去向松田汇报战况。兰婷远远地望着松田，气得咬牙切齿，忍不住掏出朱明帆给她的勃朗宁手枪，瞄准了松田的脑袋。

还未及开枪，一旁的雷霆就劈手夺下，压低声音威严地说道：“日本鬼子已经戒严，我们四周都有人头晃动，只要你一开枪，我想看你跳舞就只能到天国去了。再说这么远，你能取松田的狗命吗？”

兰婷愣住了，悄悄地问：“霆哥，松田身边那个女人是谁？”雷霆冷笑一声，压抑着内心的愤怒，撂下一句：“日本间谍。”

此时的炮楼前已是灯火通明，松田趾高气昂地问刘大龙战绩如何。刘大龙哈着腰，毕恭毕敬地说：“报告太君，武工队太狡猾了，我们全力以赴，竟然没有抓到一个活的。”

听刘大龙这么说，兰婷和雷霆提到嗓子眼的心终于放下了，再看到松田听了汇报后气得挥着军刀在空中胡乱比划、嘴里叽哩咕噜骂着的样子，两人心里有说不出的痛快。

松田显然不满意刘大龙的表现，手里的军刀一挥，几个鬼子立刻扑上去用枪托把刘大龙打翻在地，又五花大绑地把他捆在炮楼前的电线杆上。

这时，松田收好军刀，拔出枪来指着刘大龙的脑袋怒骂道：“你的，饭桶。八路的方亮哪里去了？”

望着架在脑门上的手枪，刘大龙表情麻木地摇了摇头。他的无声回答再度激怒了松田，他后退几步，举起枪来指着刘大龙，嘴里“巴嘎”一声就叩动了扳机。

随着“砰”的一声枪响，子弹贴着刘大龙的头皮擦过，顿时把日军赏给他的那顶高帽打了一个枪眼，击打在背后的电线杆溅起了火花。

松田的六亲不认让刘大龙很是窝了一肚子怒火，虽然不曾表现出来，却在心里把这个狗日的骂了千遍万遍。

眼见刘大龙被松田这样羞辱，兰婷觉得非常解恨，悄声骂道：“打得好，打得好，叫你当汉奸。”一旁的雷霆见了，轻轻地扯了扯她的衣袖，提醒道：“好了，婷儿，没什么好看的，既然武工队已经转移了，我们也想办法离开这儿吧，否则迟了，说不定松田也会请我们去玩游戏的。”

随后，雷霆和马树民观察了一下周围的形势，带着兰婷躲躲闪闪地开始撤退。不远处，几个鬼子正在搜索武工队留下的尸体和伤员，兰婷显得有些慌乱，呆呆地看着雷霆，雷霆握了握她的手，暗示她不要害怕，呆在原地等着。

随后，他趁鬼子不注意，飞身而起，扑过去一把扼住一个鬼子的脖子，迅速地往旁边一拧，那个鬼子还没来得及哼一声就断气了。

不待其他鬼子反应过来，雷霆已经两手一抖，衣袖里滑出来的小铁珠顿时就朝往他们的脑门飞掷而去，“扑扑扑扑”几声传来，几个鬼子同时倒地，当场就上了西天。

就在雷霆全心对付几个鬼子的当口，两个不知从何处冒出来的鬼子已经围住了兰婷，其中一个把她重重地摔倒在地，另一个把刺刀抵在她的脖子上。刺刀的刀尖锋利无比，兰婷的脖子已经依稀出现了血痕。

就在这时，马树民从树林深处闪身出来，拳脚并用，瞬间便将那两个鬼子打翻在地，将吓傻了的兰婷扶起身来。

忍着脖子上的疼痛，兰婷在愤怒之余却顾不得许多，一心只想解决了眼前的鬼子，举起手里的勃朗宁手枪就对准了打翻在地的鬼子。

“婷儿，不要啊。”刚刚回身的雷霆见了，慌忙上前阻止，可是已经来不及了。“砰砰”两声过后，地上的鬼子已经倒在血泊中。

雷霆大叫不妙，几步跃到兰婷跟前，一把拉住她，招呼马树民小心避开树林中搜索的鬼子，随即磕磕碰碰地往树林密集的地方跑去。

果然，这两声枪响引起了松田和井上美子的警觉，两人大吃一惊，带领着一队人马循声冲进了炮楼对面的树林。

刘大龙不敢怠慢，也吆喝手下的小特务给自己松绑，随后屁颠屁颠地跟在鬼子后面进了树林。

不一会儿，雷霆和马树民他们就发现树林里四处都有人影在晃动，还时不时地有子弹呼啸着掠过他们的头皮。无奈之下，他们只好跑往大山脚下，再度摸到了那尊大石头的后面。

鬼子的嗅觉竟然如此灵敏，不一会儿，一部分鬼子就朝山脚下蜂拥而来，慢慢地逼近了雷霆他们藏身的大石头。

眼看着鬼子越来越近，雷霆回头望了望身后那个阴森森的天坑，又转过头来看着兰婷，问道："婷儿，你怕死吗?""霆哥，我明白你的意思，我不怕。"兰婷也回身看了一眼天坑，压抑着内心的恐惧，坚定地点了点头。

"好，那我们三个一起跳进去。宁可赌一把运气，也不能落在日本鬼子手里。"雷霆又看向马树民。"老同学，别犹豫了，跳吧。"马树民自然同意，催促道。

"等等，别慌，再看看。"雷霆按住了马树民的身子。"怎么……"见雷霆迟迟不动，马树民急了。"这么黑灯瞎火的硬往下跳，哪是赌运气，分明送死嘛。瞧见没有，那些鬼子有手电筒，等他们靠近了，我们干掉几个，抢到手电筒再跳也不迟呀。"马树民恍然大悟，暗暗佩服雷霆心思缜密。

几分钟后，几个鬼子果然慢慢地摸到了三人藏身的大石头前。雷霆和马树民见时机已到，互相使了一个眼色，同时从石头后闪身出来，同时出手，几招就结果了那几个不明就里的小喽罗。

抢到手电筒后，二人来到天坑边，伸手往下一照，发现里面不如想象的那么深，又往四周照了照，竟然有个洞口正通向别处。

雷霆暗喜，自己带头跳进了天坑，回身用手电筒照着兰婷，招呼她也赶紧跳下来。兰婷心里发憷，却不敢耽搁，只好闭着眼睛往天坑里跳。雷霆料到她心里怕得要死，一把将她接住，伸手拍了拍她的后背，示意她放松。

待马树民也跳进天坑后，雷霆拉起兰婷一起走向那个不知通往何处的洞口，很快就发现里面有许多条岔道正四处延伸着，暗幽幽的，显得十分诡秘。

雷霆心下思忖着，果断地选择了一条通道，毫不犹豫地招呼大家前行。身后的马树民忍不住了，说："老同学，从深处传出的阴风来判断，这个深洞里肯定有地下河，说不定它通往海边呢。"

"就算有地下河，我们也游不出去，还是寻找其他出口吧。"雷霆冷静地说。

三人摸索着往溶洞深处走去，大约走了二十几米，突然传来阵阵阴风，嗖嗖有声，整个洞厅顿时笼罩在一股让人望而生畏的神秘氛围中，周围的钟乳石仿佛一个个黑色的幽灵，隐没在一层薄薄的水雾中，令人毛骨悚然，兰婷惊恐不安地看着眼前的一切，死死地攥着雷霆的手不放。

突然，兰婷发现几个小黑点在手电光的照射范围内划出一条条弧线，瞬间又消失在黑暗中，脸色大变，右手本能地握紧了腰间的手枪，惊恐地问道："霆哥，那些是什么?"

"游魂野鬼。"雷霆有心逗一逗兰婷，故意一本正经地答道。"不要啊，别吓我啊，啊。"兰婷显然吓得不清，一把攥住雷霆的衣袖，把脸孔埋了进去。

"哈哈哈哈。"见兰婷当真了，雷霆和马树民再也忍不住了，哈哈大笑起来。

随即，雷霆从地上抓起一颗小石子，往漆黑的斜上方使劲扔去，只听见黑暗中传来"噗"一声，一个黑影顿时落在他们前面几米远处。

"别怕，婷儿，逗你的，是蝙蝠。"雷霆见兰婷依然紧闭着眼睛，知道自己把她吓着了，赶紧走过去捡起那只被打死的蝙蝠，在兰婷眼前晃着："看见了吧？那些四处飞蹿的东西就是蝙蝠，只要我们继续往前走，就没有了。"

"霆哥，你……"看着雷霆手中晃来荡去的死蝙蝠，兰婷一时气结，"都什么节骨眼了，还有心思开玩笑。"

"哈哈哈哈。"看着兰婷气嘟嘟的样子，雷霆和马树民再度大笑起来，一把拉着兰婷继续朝前走去。

没走几步，溶洞里又出现好几条岔道，雷霆想了想，选择了中间的通道继续前行。

摸索中，三人来到一个宽大的洞厅，雷霆用手电筒在洞厅里四处搜寻了一番，在地上发现一些模糊的鞋印。

顾不得多想，雷霆拉着兰婷继续朝最大的一条通道走去，通道内一会儿宽一会儿窄，漆黑且延伸得似乎毫无尽头，三人只得挨着洞壁小心翼翼地前行。

好不容易走到一个空旷处，雷霆四处照着，发现这里高十来米，宽二十丈有余，地上堆着大量烧剩的火把，上面布满了尘土。这才明白那些脚印是很久很久以前留下来的。

突然，一阵鬼哭狼嚎般的声音从他们身后飘来，阴阳怪气地在洞里回荡着，听得人毛骨悚然。

兰婷害怕极了，一把从后面紧紧地抱住了雷霆的腰，突然又想起还有第三个人在，忙满脸绯红地迅速松开。见她这样，雷霆直想笑，最终还是忍住了。

听到身后传来的声音，马树民看向雷霆，问道："老同学，会不会是鬼子和日伪保安队也进洞了，正在追我们？"

"这还用问吗？那个天坑还不到十米深，他们不追上来才怪呢。但愿我们能够尽快找到出口。"雷霆表情复杂地说道。

想到这，三人不由自主地加快了步伐。兰婷磕磕碰碰地跟在两人后面，累得气喘吁吁的。一旁的马树民不忍心了，说："兰小姐，要不我背你一程吧。""马局长，你的好意我心领了，我能行。"兰婷不服输地说，急迫的情势已让这个柔弱的女孩变得愈发坚强。

雷霆赞赏地看着她，说："婷儿，好样的。"兰婷伸手在雷霆身上轻轻地擂了一下，轻笑道："霆哥，别取笑我了，鬼子和日伪保安队就要追来了，我们还是赶紧找出口吧。"

三人不再调侃，立刻变得严肃起来。大约过了半个小时，他们终于摸索着来到了通道尽头。

雷霆打着手电筒仔细搜索着，没有看见出口，三人只好在失望之余回头，却意外地发现洞里有另一条缓缓向下的通道。雷霆以为这条通道末端就是出口，赶紧招呼二人朝这条通道小心翼翼地走去。

不久，他们听到了流水的声音，随即一条暗河挡住了去路。兰婷看着眼前的暗河，若有所思地说："霆哥，看来马局长估计得不错，洞里果然有暗河，说不定它的出口真的通向海边呢。"

"通向海边又怎样？暗河流过的地方时宽时窄、地势险要，我们不可能游得出去的，还是回头另找一条通道吧。"雷霆摇着头说。

"我们走回头路，碰上追来的鬼子和日伪保安队怎么办？"马树民不无担心地说。

“怎么办？和他们拼了。”雷霆不再犹豫，拉着兰婷就往回走，拐进一个阴森森的洞口，果然发现了一条从未走过的通道。兰婷紧紧抓住雷霆的一只手，跟在他后面踉踉跄跄地走着。

不一会儿，三人又来到一个宽大的洞厅，雷霆一边走着一边用手电筒在洞里仔细搜索着，发现四周都是奇形怪状的乳白色石头，而且类似的大厅接二连三、深坑潭水比比皆是、莲池星罗棋布……

来到一个气势磅礴的洞厅，三人不禁惊讶地张大了嘴巴，只见这里的钟乳石形象逼真、错落有致，天然彩石光彩熠熠，各种各样的石柱矗立其间，上面的花纹也是多种多样，似高粱、葡萄、荷花、鱼鳞……造型优美、栩栩如生，令人感觉就像进了一个童话的世界。

十来分钟后，他们又来到另一个洞厅，这里的钟乳石更是让人眼花缭乱：有的像金山银山，有的似金鸡报晓，有的像孔雀开屏，有的似千年古塔，有的像皇宫玉柱。洞厅内流水涓涓，更有流水沿石壁而降，滴入天然石窖中，叮咚有声，悦耳动听，让人如同置身仙境一般。

看着眼前的一切，雷霆不禁暗暗称奇，赞叹起钟灵毓秀之鬼斧，天工造化之神功。

继续往前走了一会儿，洞里又出现好多岔道，这次雷霆没有盲目，细细观察了好一会儿，指着其中一条依稀有脚印的暗道说：“我们走这条。”马树民和兰婷自然没有反对，默默跟了上去。

没过多久，三人来到一个很干净的地方，在手电筒的照射中，一张石桌上一个碗口大的笑面金佛出现在大家眼前，微微地透着亮光。

三人暗暗吃惊，都以为遇到了宝贝，立刻围了上去，伸手一摸，这才发现根本不是什么金佛，而是一个由岩浆滴成的石佛，由于年代久远，变成了金黄色。

三人不禁吃吃笑着看着彼此，眼里尽是自我解嘲的意味。就在这时，不远处隐约传来脚步声，三人心里一紧，赶紧顺着通道继续往前走，谁知眼前再度突然出现三条通道。

天公竟然如此不作美，三人无奈地对望了一眼。雷霆只好再赌上一把，拉着兰婷就朝那条最大通道走去，谁知再度磕磕碰碰地前进了几分钟，又来到了溶洞尽头——还是死路一条。

马树民摇了摇头，叹着气说："也许除了那个天坑，这个溶洞根本就没有别的出口。""老同学，别丧气好不好？寻找出口就像我们办案一样，总有山穷水尽的时候，但也一定有柳暗花明的时刻。"雷霆给大家鼓劲。

说完，他拉起兰婷再回到岔道口，又走进了左边的暗道。十分钟左右，他们眼前突然出现两道石门。

犹豫了一下，雷霆拉着兰婷走进了右边的那道石门，马树民也跟着走了进去。

他们刚走了几步，脚下的地面突然裂开，三人还未来得及做出反应，整个身子已急速下落，猛地落在另一层天然溶洞里。

兰婷惊魂未定，频频拍着胸口。雷霆和马树民也吃惊不小，站起身来四处观察。

突然，兰婷感觉脚下正踩着什么东西，感觉十分怪异，雷霆和马树民也感觉到了，急忙把手电筒往地上一照，赫然发现到处都是白骨，正在手电光照射下透着逼人的寒气。

"啊……"兰婷顿时吓得双脚打颤，差点一屁股坐在地上。

雷霆赶紧走过去，轻抚着她的后背，若有所思地说："这些骨架绝对不是人类的，说不定是什么动物的化石。既然它们在这儿出现，就说明我们没有走错路，附近肯定有出口，我们仔细找一找吧。"

一听有出口，兰婷顿时鼓起了勇气，紧紧地抓住雷霆的衣角，随着两人四周转悠开了。手电筒的光已越来越弱、越来越弱，几乎就要耗尽了，就在这时，他们终于发现不远处有微弱的光线射过来。

三人心里不禁一阵惊喜，赶忙艰难地朝光亮处靠近，终于一个宽约三米、高约五米的洞口出现在他们面前。

"啊，终于找到出口了。"三人惊喜莫名，立刻顺着出口向外走去，走到外面才发现洞口居然在半山腰上，山脚下是一片墨绿色的原始森林，森林的一头连着一片蔚蓝色的大海。

此时天已大亮，一阵晨风吹来，死里逃生的三个人顿时觉得神清气爽，禁不住紧紧地拥抱在一起。

就这样彼此安慰了一会儿，三个人不敢再耽搁下去，立刻下山钻进了那片原始森林。

刚进森林，他们发现一条小河从大山脚下的石洞中汩汩流出，立刻明白这就是那条连接大海和溶洞的暗河。

听到远处隐隐传来的涛声，感受着大海的潮起潮落，他们沿着那条暗河一直朝海边走去。这一带生态保护完好，清澈见底的小河流水淙淙，到处是参天大树和五彩缤纷的花朵，两岸还不时传来鸟鸣蛙语。头顶是碧蓝如洗的天空，和煦的清风拂面而过。

虽然是炎炎夏季，这里俨然成了另一个世界，三人忘情地享受着大自然赐予的美好感受，一时间竟然忘了前路不明、后有追兵的状况。

走着走着，突然，一座刀削斧劈般的石壁突兀而出、横亘河谷，小河的入口从石壁底部穿透而过，就此挡住了三人的去路。

尽管石壁不是很高，却十分险要，三人只得改变方向，转身进入了茂密的阔叶林区。前进了两三百米，一片视野开阔、铺着一层绿油油小草的平地出现在大家眼前。

望着方圆几十米的天然绿毯，雷霆、兰婷和马树民不约而同地在草坪中央坐了下来，打算休息一会儿再前进。

刚刚坐下，兰婷突然内急，羞怯地看了两个大男人一眼，轻笑着转身朝一片茂密的丛林跑去。

转瞬间，丛林里却传来她惊恐不已的尖叫声。雷霆和马树民顿感不妙，立即飞身跃去，奋不顾身地冲进兰婷藏身的那片丛林。

只见兰婷正泪流满面地跌坐在地上，摇晃着脑袋紧盯着面前两三米处一条颈部两侧鼓胀、咝咝吐着红信子的眼镜蛇。

看着眼前的一幕，雷霆不由得打了一个激灵，冲过去一把抓住兰婷，拖着她连连倒退了几步。就在这时，眼镜蛇脖子一伸，猛地喷出一团腥臭的黏液，恰好洒落在兰婷刚刚跌倒的地方。

“好险啊。"雷霆低吼一声，一把将兰婷搂进怀里，二话不说就去解她的衣扣。“霆哥，你想干嘛?”兰婷还以为雷霆想非礼自己，吓得花容失色，一边挣扎一边气喘吁吁地说：“放开我，不然我就翻脸了。”

“别叫，想把鬼子引来吗?”雷霆不理会兰婷的反抗，三下两下扯下她的外衣，一把朝那条眼镜蛇扔了过去。

尽管如此，还是晚了，闻到血腥味的蛇突然间就增加了几十条，正从四面八方向朝他们迅速围拢过来。

“婷儿，你往四周看看，就知道我为什么脱你衣服了。”雷霆腾出手来，从袖口里抖出十几颗小铁珠，附在兰婷耳边悄悄说道。

兰婷朝四周扫了一圈，看见弯弯扭扭朝他们爬来的蛇群，顿时惊恐地睁大了眼睛，一声凄厉的尖叫声就要出口。

见状，雷霆一把捂住兰婷的嘴巴，右手一发力，几颗钢珠准确地朝那些离得较近的眼镜蛇射去，转眼间便取了它们的性命。其他蛇见同伴被射杀，纷纷停止了动作，不约而同地把头高高昂起，呼呼有声。

兰婷紧紧地贴在雷霆怀里，颤抖着声音问：“霆哥，它们，他们为什么要攻击我们?”

“兰小姐，因为你衣服上沾了鬼子的血，这些蛇闻到血腥味就来了。”马树民抢先一步回答，然后拉着二人慢慢后退。

兰婷恍然大悟，拍着胸口说：“想不到这些家伙也痛恨鬼子，也跑来喝他们的血了。”“呵呵，婷儿，在溶洞里你一生都不敢吭，这会儿大难临头了，你反而有心思开玩笑，还真有幽默感呀。”雷霆禁不住打趣道。

“有你和马局长在身边，我怕什么。”兰婷满脸绯红，撅起了小嘴。

这时，四围的蛇越聚越多，在三人五米开外里三层外三层地围了个结实，个个高昂着头，咝咝有声地吐着红信子，散发出十分难闻的腥臭味儿。

“大敌”当前，雷霆和马树民不敢轻举妄动，集中精力与蛇群僵持着。突然，前方的丛林里传出一阵窸窸窣窣的声音，一条金黄色的巨蛇赫然出现在大家眼前。

只见巨蛇爬过的地方，杂草从两边分开，由绿变黄，瞬间枯萎。三人同时倒吸了一口凉气，眼中彼此交换着同一个讯息——蛇王来了。

就在三人不知所措之际，丛林深处又传来叽叽咕咕说话的声音，不好，是鬼子。雷霆迅速地看了马树民一眼，说：“老同学，看来鬼子良心不错，替我们来送死了。”“你说什么?”马树民显然不知道雷霆葫芦里卖的是什么药，担忧地看看蛇群，又看看远处的丛林。

说来也巧，这些蛇是从不远处一个养蛇场逃出来的。鬼子追赶敌后武工队时，养蛇人听到声音后跑出蛇场张望，不料被鬼子当成活靶子打成了血葫芦。临死前，养蛇人拼尽最后一口气放出了所有的蛇，让它们去为自己报仇。

这时，鬼子和日伪保安队已经听见了雷霆他们这边的响动，前进的速度不断加快。雷霆和马树民迅速作好了战斗准备，眼睛死死地盯着距自己只有二三十米的鬼子。

就在这时，奇迹出现了。蛇群听到响声，突然掉转目标，争先恐后地朝鬼子和日伪保安队潜来的方向蹿去。不一会儿，丛林里便传来此起彼伏的惨叫声。

趁着这个大好时机，雷霆和马树民哪敢耽搁，拉起兰婷就拼命地奔跑。一个小时后，他们终于跑出了丛林，来到了海边。

这时，一间木瓦结构的破旧小屋出现在三人眼前。雷霆暗示兰婷和马树民不要出声，他四处转了转，随后轻手轻脚地来到旧屋门前，推开了门。

谁知他刚进屋，就脚下一软，感觉踩在了什么软绵绵的东西上，赶紧蹲下身来一看，猛地吃了一惊——一个健壮的男人倒在血泊中，手里还握着枪，已经昏死过去。

第十章

绝 处 逢 生

见状，雷霆跑出小屋，对马树民和兰婷喊道："快进来，我发现方队长了。"闻言，兰婷和马树民大惊，赶紧冲进屋内，也被眼前的一幕吓得不轻。

雷霆扫视着这间废弃的旧屋，里面除了一张铺着草席的破竹床、床边的两块大石头和一只木桶外，没有其他东西。

"方队长是不是牺牲了？"兰婷不敢靠近，轻轻摇着雷霆的胳膊。"别急。"雷霆示意兰婷安静下来，蹲下身子仔细检查了一番，随即长长地舒了一口气，抬起头说道："方队长还有气，好在子弹偏离了心脏，否则他当场就没命了。"

"老同学，那方队长还有救吗？"马树民焦急地看着地上不省人事的方亮。"他流血过多，现在情况很不乐观。"雷霆摇了摇头。

"霆哥，我们得想办法救救方队长呀，要不是为了救我，方队长也不会中枪的。你快想想办法吧。"兰婷已是泪流满面，声音颤抖着说。

"兰小姐，别急，哪怕有一线生机，我们也会救他的。"马树民轻轻拍了拍兰婷的肩膀，安慰道。

这时，雷霆一把将方亮抱到竹床上，快速地检查了一下他的伤口，回头说道："老同学，你带兰小姐出去，我要取子弹了。"

"不，我不出去，我要留下来帮忙。"兰婷固执地站在原地。雷霆见了，不再坚持，麻利地撕开方亮胸前的上衣，一个深深的血洞赫然出现在三人眼前。

兰婷吓得赶紧闭上眼睛。雷霆轻轻叹了口气，从方亮身上找出一把匕首，十分内行地划开伤口附近的肌肤，随即一狠心，把匕首刺进伤口，硬生生地把方亮胸膛里的子弹挖了出来。

接着，他脱下自己的衬衫，撕成碎片把方亮的伤口包扎起来。几分钟后，方亮的脸上渐渐冒出细密的汗粒，呼吸也平稳了下来。

“霆哥，方队长总算没事了吧。”兰婷高兴地看着雷霆。“别高兴得太早。子弹虽然取出来了，但伤口已经受到严重感染，如果不马上消毒，性命同样不保。”雷霆依然愁眉不展，转身叫马树民去找些干柴来。

柴禾点燃后，雷霆重新扫视了一遍小屋，居然连一把钳子也没有，还好有一只木桶，又叫马树民去海边提一桶水来，自己则再次拿起了那把匕首。匕首是纯钢造的，连手柄也不例外。

火越烧越旺，雷霆把匕首丢进灰堆里烧着，不一会便烧得通红通红的。随即，他看了身后的马树民和兰婷一眼，眼中迅速闪过一丝刚毅的神情。

雷霆把右手伸进木桶里泡了一下海水，一把将烧得通红的匕首抓在手中，滚烫的手柄在他的右掌心里烙得嗞嗞直响，一丝钻心的疼痛随即传来。

他皱了一下眉头，起身来到破竹床边，左手快速解开包扎在方亮胸膛上的衫布，随即把烧得通红的匕首烙到他的伤口上进行消毒。

兰婷和马树民都吓傻了，雷霆的举动让他们在感动之余，更是升起由衷的敬意。

为了消毒得更彻底，雷霆不顾自己右掌心的剧痛，咬牙坚持了两三分钟，直到方亮从疼痛中清醒过来，他才汗流满面丢掉匕首，对兰婷说：“放心，你的救命恩人没事了。”

兰婷大喜过望，情不自禁扑过去抓起雷霆的右手，热泪盈眶地轻抚着上面的伤痕，柔声问他痛不痛。

“婷儿，我没事，方队长也死不了，只是身体很虚弱罢了，若能调养个十天八天的，一定会重新变成勇猛的雄狮。”雷霆不顾手上的烫伤，轻轻调侃道。

兰婷长长地舒了一口气，扭头去看方亮。方亮正好睁开眼睛，他看了看兰婷，又看了看雷霆和马树民，显然有些搞不清楚状况，正想开口，雷霆已抢先一步制止了他："你尽量少开口说话，以免大伤元气。"

方亮点了点头，还是虚弱地开口了："雷探长，是你救了我吗？""呵呵，不是我救了你，而是你命不该绝。"雷霆轻轻按住了想起身的方亮，想了想，又问，"方队长，到底发生了什么事？其他人呢？你怎么会一个人在这里？"

方亮刚想回答，屋后树林里突然传来窸窸窣窣的响声。以为鬼子又找到这儿来了，雷霆一把将方亮的双枪抓在手上，小声对兰婷说："你呆在屋里照看方队长，别出声，我和马局长出去跟鬼子过过招。"

就在雷霆和马树民即将飞身出屋之际，方亮急忙喊道："雷探长，我的枪只剩下最后一颗子弹了，在你左手那支里。"雷霆暗暗叫苦不迭，立刻把枪还给方亮，转头便和马树民飞身弹了出去。

刚一出屋，他们发现树丛里有两个人影晃了一下，瞬间即逝，一看就知道是练过武的。雷霆和马树民对视了一眼，同时想到来人或许是青帮的人。

雷霆暗中冷笑了一下，紧紧地盯着面前的树林。只见树林里的人互相比划了一下，一个威武的汉子暗示一个精瘦汉子从小屋后面突击，自己却一个腾空稳稳地落到小屋门前，站到了距雷霆和马树民四五米处。

与此同时，精瘦汉子则灵活得像只猴子一样，三下两下就蹿上树去，飞身而起，瞬间便落在屋顶的瓦片上，双脚轻轻一点，弹落到小屋背后。

"丁笑。"看着眼前翻飞的身影，雷霆和马树民不由自主地轻呼了一声，随即朝威武汉子迎了过去。

丁笑也发现了来人是雷霆和马树民，这才明白是虚惊一场，大大地舒了一口气，急忙把手中的软剑收好，旋即又想起闪到屋后的龙卫国，赶紧朝小屋奔去。

这时，龙卫国已经一掌拍断屋后的木板闪进了屋内，趁兰婷还没有完全反应之际已一把锁住了她的喉咙。

兰婷感到一阵窒息，呼吸随即困难起来。"卫国，住手，是自己人。"

这时，丁笑已经大步踏进小屋，身后跟着雷霆和马树民。

龙卫国一愣，发现抓错人了，急忙松手，转身一眼看到躺在破竹床上的方亮，终于明白这是一场误会。

意外重逢，大家都有说不出的兴奋。龙卫国抓着方亮的手说：“队长，昨天晚上我们被鬼子和日伪保安队打散后，我的眼皮总是跳个不停，就预感你出事了，好在老天保佑，现在没事了。”

方亮的脸色依然苍白，眼中却有了一丝神采，说：“是雷探长他们救了我。”“方队长，不是我救了你，而是你命大。鬼子还没打跑呢，你怎么能死。”雷霆耸了耸肩，轻轻调侃道。

“雷探长，你就别谦虚了，昨天晚上要不是你和马局长在关键时刻把鬼子的炮楼捣毁，把鬼子引回去，武工队的人恐怕早就完了。”一旁的丁笑接口。

说到这，方亮有些不解了：“当时还真是奇怪，一个鬼子朝我开了一枪，可黑暗中马上就有人从背后将那个鬼子击毙了，还让开一条路让我过去。”

经方亮这么一提醒，丁笑和龙卫国也想起了令他们不解的一幕：当时敌后武工队的三个方向都被鬼子和日伪保安队包围了，另一个方向又是炮楼，按理是很难冲出去的，可他们却撤退得格外顺利，竟然没人阻拦。

他们哪里会想到，方亮提到的这位替他解危的神秘人物，正是我党打入港城日军内部的生死特工“雄鹰”。要不是“雄鹰”在暗中帮助，武工队说不定真的会全军覆没。

就在大家讨论得热火朝天之际，兰婷的内心却充满了不安，似乎预感到鬼子和日伪保安队已经追到海边来了，于是担忧地说：“霆哥，不能再停留了，我感觉有危险，我们还是赶紧背着方队长离开这儿吧。”

果不其然，兰婷的话音刚落，屋后的树林里便传来刘大龙的喊话声：“屋里的人给我听着，你们已经被包围了，赶快出来投降吧，否则只有死路一条。”

“想不到鬼子和保安队居然来得这么快，大家注意安全，来不及撤就拼了。”雷霆吃惊不小，随即理智地招呼大家。

就在这时，屋外响起了枪声，屋顶随即被穿了一个洞，几块瓦片哗啦啦地直朝兰婷站立的地方掉落下来。雷霆眼疾手快，一把将兰婷拉进怀里。

丁笑和龙卫国赶紧将方亮从竹床上扶下来，藏在两块大石头中间，以防被子弹击中。“兰小姐，你也藏到石头中间去，好照顾方队长。”马树民焦急地催促道。

随后，雷霆和马树民、丁笑、龙卫国四人分别守住了小屋的四个方向，做好了随时战斗的准备。

屋外，刘大龙还在不停地喊话。见屋里始终没有动静，松田不耐烦了，叽里呱啦地吼了几句，命令埋伏在树林里的鬼子和保安队冲出去朝小屋疯狂地扫射。

转眼间，屋顶的瓦片就被子弹打得噼哩啪啦地四处乱飞，屋内很快就望得见头上的蓝天。见敌人来势凶猛，雷霆等四人只好与兰婷和方亮一起紧紧地挤在两块大石头中间，躲避子弹的扫射。

此时，密密麻麻的子弹无情地扫射过来，击得两块大石火星四溅，一颗子弹弹跳起来，差点就打到了雷霆的左臂。

见状，雷霆怒从心头起，正想纵身跃出，却被丁笑一把按住，在他耳边悄声说道：“雷探长，别着急，再等一等。”

这时，鬼子和日伪保安队料想屋内的人早该被子弹打成筛子了，便停止了射击，慢慢朝小屋包抄过来。

见时机已到，丁笑对龙卫国眨了眨眼。龙卫国会意，立即从地上抓起几颗小石头，飞身跃上屋顶，“嗖嗖嗖”几下，便将三个接近小屋的鬼子打得哇哇乱跳。

随后，他趁机飞身一跃，落在一棵树上。面对突然出现的空中飞人，鬼子慌了，急忙举枪往树上射击。

谁知龙卫国灵活得就像只猴子，又飞身跃向另一棵大树，鬼子刚把枪口转移方向对准他，他又跳到另一棵大树上，就这么飞来跳去，鬼子和日伪保安队被搅得晕头转向，只得胡乱地朝天空开枪。

见龙卫国与鬼子玩得差不多了，丁笑笑着看向雷霆和马树民：“好了，差不多了，你和马局长在这儿保护我们队长，我先去送鬼子上西天。”说着从怀里掏出一枚手榴弹。

想不到丁笑还藏着这么个宝贝，雷霆刚想伸手摸摸，丁笑已经把引线拉开，冲天而起，瞅准人多的地方就飞掷出去。

随着“轰”的一声巨响，几个鬼子在一阵鬼哭狼嚎中血肉横飞。见状，丁笑痛快地拍了拍巴掌，也像龙卫国一样飞身跃进树林，与敌人一边捉迷藏，一边打起了游击。

听着外面鬼子咿咿呀呀的鬼叫和“砰砰啪啪”的枪声，雷霆再也坐不住了，一把抓住马树民说：“老同学，你在这儿保护方队长和婷儿，我出去把鬼子的脑袋提来给你们当凳子。”

“你千万小心啊。”兰婷拉住就要起身的雷霆，急忙把身上的勃朗宁手枪递给他。“雷探长，不要管我了，林公馆连环凶杀案还没破呢，你和马局长还有更重要的任务，还是带着兰小姐赶紧走吧，我出去把敌人引开。”方亮接着说。

“不，我们不会扔下你不管的。”雷霆把手枪递还给兰婷，随手抓起一把石砂，正打算冲出去，屋外却传来一阵乱枪的扫射。原来，有了经验的鬼子担心再有人从屋顶飞出来突击他们，已经改变了战术，一个劲地朝屋顶的方向射击。

雷霆冷笑一声：“龟儿子，以为我那么笨吗?”说完运足力气，采取滚地龙的招式迅速朝门口滚去，眨眼间就滚到了门外，突然弹跳而起，手中的石砂随即冲小屋旁的敌人飞去，瞬间就打得几个鬼子嗷嗷直叫。

见此情景，后面潮水般涌来的敌人又潮水般地后退，顿时乱作一团。几个胆大的鬼子还是反应过来了，见雷霆只是只身一人，纷纷举起枪对准了他。

“霆哥，接枪!”屋内的兰婷已是焦急万分，下意识地将手中勃朗宁枪朝屋外掷去。雷霆一个旋转，飞身躲过了鬼子的子弹，伸手一把接住了手枪，兴奋地喊了一声：“婷儿，谢了。”

随即，雷霆举枪与鬼子对射，仅仅是快了十分之一秒，鬼子中弹倒下，他却一个闪身进了屋，正好躲过了鬼子的子弹。

站在远处的松田和井上美子把这一幕看得清清楚楚，顿时惊得目瞪口呆，手中的军刀更是“霍霍”作响。

突然，井上美子凑到松田耳边嘀咕了几句。松田得意地点了点头，转身命令刘大龙带领日伪保安队冲在前面，打算来一次强攻。随即，刘大龙虚张声势地带着一群小特务朝小屋逼近。

狡猾的松田见丁笑和龙卫国在树林里飞来跃去，却不曾开一枪，便猜出二人身上已没有子弹，但是考虑到他们身怀绝技，松田还是下令那些被耍得团团乱转的部下回防，集中力量先将屋里还有子弹的人干掉。

这个松田哪里会想到，屋里的人除了方亮的手枪里还有一颗子弹外，其他人已经弹尽粮绝。

眼见鬼子越来越近，方亮突然做出一个惊人的举动——举起手枪抵在自己的太阳穴上。见状，眼疾手快的雷霆闪电般伸手一抓，一把将方亮手中的枪抢了过来，生气地吼道："方队长，你疯了?"见状，一旁的兰婷和马树民都吃惊地睁大了眼睛。

"别管我，快把枪给我。"方亮扯着嗓子吼道，却因胸口传来的剧痛而冒出了冷汗。"我可不是你们武工队的人，凭什么听你的，好不容易把你救活了，岂能让你想死就死?"雷霆不依，挡住方亮伸过来的胳膊。

"雷探长，听我说，我知道很多八路军的内部机密，还有武工队的全部绝密文件，我不能、不能落在鬼子手里。"无奈之下，方亮道出了实情。

"我理解你，但你不能这么悲观，有种就不要浪费这最后一颗子弹，留着它多送一个鬼子上路。"雷霆逼视着方亮，眼中尽是不屈的神情。

听了这话，方亮安静下来，不再固执。"我相信霆哥一定会有办法的，方队长你要挺住。"兰婷默默地看着雷霆，眼中的柔情与敬意不言而喻。

屋内的对话一字不漏地传到了潜在屋外的刘大龙的耳朵里，他急忙跑回松田身边，兴奋地汇报屋里的人已经没有子弹了，而且方亮也在里面。

松田听了，高兴地一个劲叫"呦西"，随即命令刘大龙："大大的好，八路方亮的，死的不要，要活的。"

领命后，刘大龙一挥手，命令小特务们往小屋里冲。雷霆甩手一枪，将冲在最前面的一个小特务打翻在地。见状，本以为里面已经弹尽粮绝的小特务顿时乱成一锅粥，纷纷向后退去。

松田一愣，旋即恶狠狠地踢了刘大龙一脚，暴跳着吼道："巴格，你的，不是说他们的，没有子弹了吗?"刘大龙沉默不语，呆呆地看着眼前的一幕，似乎吓傻了。

正是这一脚救了松田的狗命，当时丁笑已经跃到松田后面的一棵树上，只见一道白光闪电般朝松田的脑袋飞来，谁知他一脚踢向刘大龙时，脑袋一偏，丁笑的龙泉软剑“嗖”的一下从他耳边划过，吓得他倒吸了一口凉气，急忙转回身去查看，丁笑已经飞身往树林深处一跃，瞬间便消失得无影无踪。

松田顿时气得火冒三丈，挥起手里的军刀指着小屋怒吼道：“巴格。活的不要，统统给我死了死了的。”

就在松田下令朝小屋集中火力、赶尽杀绝之际，小屋右前方的海边突然传来汽笛的长鸣声。鬼子和日伪保安队都不明就里，不约而同地伸长脖子朝海面张望。

转眼间，一艘轮船从拐弯处冒出来，停在距小屋门前二三十米远的地方，随即架在船头的机枪“哒哒哒哒”地朝小屋的左右两边直扫过来。

不少鬼子猝不及防，当场就被击毙。松田更是始料未及，一时间不知所措。见状，刘大龙一骨碌起身，悄悄在他身边耳语道：“太君，可能是八路的部队赶来支援了。说不定后面还有更多船呢，我们撤吧。”

“哟西，哟西。”松田已是吓得不轻，连忙点头。“慢着，先将屋里的人干掉再撤。”一旁的井上美子却满腹狐疑，一把按住了松田。

此时的松田哪里肯听，只担心会来更多的八路，到时候想脱身就来不及了，所以压根不理会井上美子，急忙下令往后撤退。

这时，一个戴鸭舌帽的白净青年从轮船上飞身跃下，手握双枪一边朝撤退的鬼子疯狂射击，一边快速冲向小屋。此人身手敏捷，枪法也是百发百中，几乎颗颗都击中鬼子的眉心。

进屋后，白净青年一眼看到藏在石头间的雷霆等人，立刻催促他们快走。兰婷满脸疑惑地看着从天而降的援兵，担心他是赵德贵派来的高手，迟迟不肯挪动步子。

那青年一眼看穿兰婷的心思，上前一步，一把撕下脸上的假面皮，脱下帽子，将头一甩，在长发飘散开来的同时，露出了自己的庐山真面目。

“秋红，原来是你呀！”兰婷喜出望外，兴奋地喊道。其他人却来不及惊呼，雷霆立刻叫马树民背起方亮，自己却从唐秋红手中夺过双枪，说了声“我来掩护”，便把大家挡在了身后。

一行人匆匆忙忙奔出小屋，挡在众人前面的雷霆手持双枪，灵活地与敌人交火。唐秋红则掩护着马树民、兰婷和方亮快速地上了船。

见屋内的险情已经解除，丁笑和龙卫国也从树林里飞奔而出，几个跳跃便上了船。雷霆连着打出一连串扫射，放倒了几个鬼子，随即往后一个空翻，稳稳地落在了甲板上。

事不宜迟，轮船即刻启动，调头预备朝大海深处驶去。

已经退到安全地带的松田举起望远镜一望，气得当场差点吐血，原来轮船上根本没有什么八路军的大部队来增援，只不过寥寥数人而已。

眼睁睁地看着到手的肥肉又飞走了，不服输的井上美子更是气得花枝乱颤，盯着甲板上气宇轩昂的雷霆，竟然失去了理智，不要命地直朝海边冲去。

眼见井上美子越来越近，在船上负责射击的英俊男子急忙回头看着唐秋红：“唐小姐，她就是东洋女魔头井上美子。”

“什么?”唐秋红和雷霆不约而同地大吃了一惊。原来，眼前这个疯狂追来的女人就是用美色和酷刑来折磨雷霆的赫赫有名的东洋女魔头。

“看来是天助我们也，秋红，让我们一起送这个女魔头进地狱吧。”雷霆内心一阵激动，把手里的一支枪递给唐秋红。

看着自己苦苦找寻的目标人物就在眼前，唐秋红更是双目喷火，毫不犹豫地一把接过雷霆手里的枪。

随即，二人双双举枪、瞄准，两颗带着复仇火焰的子弹飞啸而去，转眼间便射入井上美子的眉心和左胸，顿时血花飞溅，这个曾经不可一世的女人摇摇晃晃地挺了几下，“轰”的一声倒在地上。

见此情景，松田大嚎一声，像一只发怒的疯狗一般，咆哮着命令刘大龙带领保安队朝海边冲去。可是已经迟了，当刘大龙他们赶到海边时，轮船已经掉转船头，平稳地向港城的旧码头驶去。刘大龙胡乱地开了几枪，就带着小特务复命去了。

此时，松田正抱着井上美子，疯狂地用日语喊着：“井上慧子！井上慧子……”怀中的女人却毫无反应，显然已经咽气了。

松田压抑着内心的痛苦，想到井上曾经对自己说过的话，颤抖着双手将她脸上的假面皮撕开，让她露出真面目去看一眼蓝天白云。

“慧子，看看吧，否则你会死不瞑目的。你和你的双胞胎姐姐美子都是我们大日本帝国的骄傲，你已经为天皇陛下尽忠了，安息吧。”松田兀自沉浸在失去战友的痛苦中。

这时刘大龙已经来到松田身边，听了他的话，不由地朝着被松田称为井上慧子的“井上美子”看了一眼，顿时愣住了。

见了刘大龙，松田惊觉自己的情绪有些失控，急忙站起身来，狠狠地踢了刘大龙一脚，骂道：“八格，你的瞎眼，船上根本没有八路。”说完，不再理会刘大龙，挥手命令部队沿着海边追赶，还派通讯兵通知其海防部队加强戒严。

轮船驶了一段路程，雷霆才静下心来好好看看船上的人。除了唐秋红和“老船长”以及几名船员之外，最引人注目的就是那个端着机枪向敌人扫射的英俊男子了。

雷霆盯着他，总觉得有些面熟，却想不起来在哪里见过，直到男子撕下脸上的假面皮，露出庐山真面目，他才惊呼起来：“朱明帆！是你?”

“雷探长，久违了。”朱明帆朝雷霆一抱拳，笑道。看着笑容满面的朱明帆，想到他在关键时刻几次出手相助，雷霆不禁暗暗猜测：难道他就是我党的生死特工“山猫”?

正揣测间，唐秋红已经来到他跟前，他回过神来，盯着她脸上的美人痣问道：“秋红，你是怎么知道我们被鬼子困住的?”

“昨天晚上，我见完从重庆来的‘韦老板’刚回到港泰客栈，就有一位自称是‘雄鹰’朋友的女人找我，说你们救出婷儿后被赵德贵追杀，又与鬼子和保安队激战。当时我半信半疑的，直到明帆跑来找我，我才确信无疑，于是连夜和他请‘老船长’和手下开着轮船到距离炮楼不远的海边寻找。今早听见这边发生枪战，就匆忙赶过来了。”

听了她的讲述，雷霆刚想道谢，兰婷已抢先一步走到唐秋红身边，兴奋地说：“秋红，你们来得真及时，如果再晚一步，我们就死在鬼子的枪口下了。”

“婷儿，其实我比你还开心。井上美子被铲除了，我终于可以舒一口气了，可以放心地和雷探长带你去极乐岛找林振松了。”唐秋红也是一脸的兴奋。

只是她万万没有想到，自己和雷霆千辛万苦除掉的井上美子并不是真正的井上美子，而是她的双胞胎妹妹井上慧子。这个井上慧子跟井上美子长得一模一样，也是人面桃花，但是做事狠辣，平时像个端庄的贵妇，只有在杀人时才会露出狰狞的面孔。

半年前，日本陆军情报部获取可靠情报，得知军统已经派人去暗杀对日军贡献很大的女间谍井上美子，因井上美子还有更重要的任务，为了掩人耳目，他们想出一个绝妙的方法，让井上美子的双胞胎妹妹井上慧子冒充其姐姐从日本赶来中国。

这个井上慧子和井上美子一样妩媚动人，而且为了完成任务，同样甘愿牺牲一切。关于这件事情，驻扎在港城的日军里，除了松田之外，其他人都被蒙在鼓里，以为井上慧子就是井上美子。那么，真正的东洋女魔头井上美子又隐藏在什么地方呢？

轮船驶到旧码头时，唐秋红拿出事先准备好的衣服叫大家换上。一切准备就绪，雷霆禁不住问道：“秋红，我们现在要去哪里？是去极乐岛吗？”

“目前去极乐岛要经过日军海防部队的关卡，很危险。再说，把婷儿救出来后，武工队已经完成了任务，我们还是先回港泰客栈再从长计议吧。”唐秋红摇了摇头说。

雷霆点了点头。随即，大家告别“老船长”和几名船员，走上旧码头，钻进朱明帆他们事先停在那儿的两辆轿车，穿过几条街道，转来转去地兜了几个圈子，确定没有人跟踪之后才突然调转车头，往港泰客栈驶去。

既然兰婷已经被解救出来，方亮不想在港城逗留太久，决定尽快带着剩下的武工队员回到驻地去与其他队员会合。雷霆和唐秋红也认为他们不宜久留，吃完午饭就由朱明帆负责将他们秘密送出了港城。

接下来，为了不引起戴老板的怀疑，唐秋红又要准时赶去与“韦国民”会面。离开时，她对雷霆说：“铲除了井上美子，我就可以全面配合你侦查林公馆连环凶杀案了。你在客栈等我，我先去见那位韦老板，向他汇报井上美子的事，然后再回来跟你们一起去极乐岛。”

雷霆突然想起孙兵说过，谁要是能在火焰堂的擂台赛中获得第一，林振松便会亲自宴请该人，于是赶紧算了一下日子，距离擂台赛还有六天，便说："秋红，时间紧迫，你快去快回。"

唐秋红点了点头，匆匆离去。她离开客栈还不到五分钟，孙德文便匆匆忙忙赶回客栈，对雷霆、兰婷和马树民说："不好了，外面已经响起了防空警报，我得带你们离开这里，去附近的防空洞躲避。"

但是已经来不及了，孙德文的话音刚落，十几架日机便从东方低飞而来，在港城的上空盘旋着，不断投下颗颗炸弹，其中一枚正好击中了港泰客栈。

随着"轰隆"一声巨响，浓烟冲天而起，港泰客栈瞬间倒塌，孙德文、雷霆、兰婷、马树民以及其他客人顿时被掩埋在一片废墟之中……

不知过了多久，雷霆渐渐从昏迷中醒过来，发现自己被卡在巨大的水泥板和砖块之间，四周一片漆黑，分不清东南西北。

摇了摇脑袋，他依稀记起了当时的情景，急忙用眼睛去搜寻兰婷等人，映入眼帘的却是一片狼藉。

他连忙动了动身子，却传来一阵阵疼痛，想来是受伤了。这时，一股浓浓的血腥味钻进他的鼻孔，下身也感觉湿湿的、黏黏的。"啊，有人流血了。"雷霆惊呼，而且感觉那些血液是从身后流过来的。

雷霆心中一阵紧张，吃力地转过身去往黑暗中一摸，终于摸到了一具全身血肉模糊的躯体，随即摸到了一副残破不全的眼镜。天啊，是孙德文，雷霆吃惊不已地到处摸索着，却发现他的耳朵、鼻孔、嘴巴甚至下腹处都在流血。

"老孙，你醒一醒，醒一醒，醒一醒啊……"雷霆心头涌起一种不祥的预感，使劲摇晃着孙德文的身体。但是，坚硬无比的水泥板紧紧地压住了孙德文，在倒下来的那一瞬间就夺去了他的生命。

雷霆压抑着内心的痛苦，大声呼喊起来："婷儿，你在哪里？你在哪里？"没有回音，雷霆心里默默祷告着，希望兰婷和马树民都能幸免于难。

他不甘心，继续在黑暗而狭小的空间里摸索着，到处都是粘稠的血液，到处都是血肉模糊的尸体。

不一会儿，他终于摸到了一具熟悉的躯体，是兰婷，温暖的体温告诉他人还活着。他内心一阵狂喜，迅速把兰婷抱在怀里，轻轻地在她身上摸索着，证实她没有受伤后，终于长长地舒了一口气。

兰婷显然被吓得不轻，一直昏迷不醒，雷霆担心不已，只得抱着她轻轻摇晃着……四周一片宁静，空气沉闷得几乎令人窒息，在充满恐惧的黑暗里，雷霆感觉不到外面的阳光，只有日本鬼子的惨无人道在咬噬着他的内心。

突然，前方不远处传来窸窸窣窣的声音，像是老鼠在爬动，随即又传来一声轻得几乎听不见的叹息声。谢天谢地，正是这声叹息把雷霆的心再度荡得高高的，几乎要大呼“苍天”了——原来，马树民也活着。

雷霆正想开口呼唤马树民，前方不远处却传来“砰”的一声闷响，随即一股裹挟着浓浓烟尘的沉闷气流朝他扑面而来，狠狠拍击着他几乎承受不住的心脏。

雷霆紧张地盯着漆黑一团的前方，抱着兰婷试着站起来，刚站到一半，就碰到了头顶坚硬的楼板，只好蹲下身子慢慢地向前移动，希望能侥幸找到出口。

可是挪了还不到三四米，就被巨大的水泥板挡住了去路。他只得掉转方向，一手搂着兰婷，一手在黑暗中摸索，结果又摸到了孙德文的尸体。

嗅着空气中无处不在的血腥气味，雷霆不敢再盲目移动了，担心那些没有落到实处的楼板会突然砸下来，伤着自己和昏迷中的兰婷。

就这样，他抱着兰婷坐在孙德文的尸体旁痛苦地煎熬着。也不知过了多久，一只手突然伸了过来，一把抓住他的大腿，仿佛阴间厉鬼伸出的魔爪，惊得雷霆头皮一阵发麻，一把抓住了那只黑暗中的手。

“啊!”对方也惊叫起来，一把抓住了雷霆。“老同学，是你？你怎么来了?”雷霆这才明白清醒过来的马树民已经爬到了自己身边，心里一阵高兴，急忙说，“快过来，快过来。”

“老同学，是你吗？是你吗?”马树民惊喜的声音立刻传了过来。“是我，是我。嘿嘿，林公馆连环凶杀案不破，老天爷是不会让我死的。”雷霆笑着说。

“老同学，你虽说得有理，可我的一条腿被砸断了，疼痛得要命啊。”马树民吃力地坐了起来。“什么?”雷霆吃惊地将兰婷放下，十分熟练地脱掉衬衣，在黑暗中摸索着将马树民的伤腿小心翼翼地包扎起来。

尽管如此，鲜血仍然不停地往外渗，瞬间就浸湿了雪白的衬衣，马树民的声音也越发虚弱："老同学，我恐怕等不到林公馆凶杀案真相大白的那一天了。"

"老同学，千万别说丧气话。咱俩连小日本的老虎凳都不怕，还能怕砸断腿吗？再说，鬼子一次次想把负责办案的人赶尽杀绝，你不觉得有问题吗？更说明这背后藏着不可告人的阴谋。你难道不想和我一起侦破这个案子，亲眼看看谁是凶手吗？好了，尽量少说话，也不要乱动，一定要保持体力，等待外面的救援。"

说完，雷霆重新把兰婷抱在怀里。"可是，这个战乱年代，谁还会想到我们？谁又会来救我们呢？"马树民显然失去了信心，叹息起来。

"老同学，难道你忘了？上次我们被鬼子'请'去'吃'枪托和'坐'老虎凳，是谁把我们救出来的？只要我们坚持下去，就一定会看到希望的。"雷霆坚定地说道，双眼在黑暗中熠熠生辉。

"那兰婷和老孙呢？他们是不是光荣了？"马树民显然从个人的情绪中走了出来，禁不住问道。"放心，婷儿没事，只是受到惊吓睡熟了。至于老孙，他就算光荣了，也不会放过鬼子的。"雷霆轻轻地拂着兰婷的发丝，幽幽地说。

"愿老孙能够安息。"马树民的声音越来越低，由于伤腿无法及时处理，他失血越来越多，已浑身无力、眼冒金星，呼吸也越来越弱。为了不让雷霆担心，他强忍着剧痛，嘴里偶尔发出一阵"嗯嗯啊啊"的声音。

黑暗中的空气越来越沉闷，雷霆的焦虑真是无以复加，一方面担心兰婷一直昏迷不醒，会因缺氧而永远醒不过来；一方面担心马树民会失血过多、体力不支，就此放弃求生的欲望。

想到这，他一边将兰婷紧紧地抱在怀里，用宽大的胸膛温暖着她，同时不停地搓着她的掌心和后背，一边看着马树民，安慰道："老同学，你一定要坚持住！只有坚持，我们才有希望，才会等到救援。想想我们的案子吧，再想想我们的国家吧。"

马树民很感动，心情却越来越复杂，想到不能亲自侦破林公馆凶杀案的遗憾，想到生死难卜的前景，他渐渐放弃了求生的欲望，在漆黑一团的狭窄空间里默默煎熬了几分钟，终于失去了呼吸……死了。

“老同学，老同学，你醒醒，你醒醒啊。”雷霆强忍着悲痛大声呼喊着，可是回答他的只有空洞洞的墙壁和越发沉闷、混浊的空气。

为了保存体力，雷霆不敢再呼喊，也不敢移动，只能紧紧地抱着兰婷，心中默默地祝老同学一路走好。

由于天气炎热，四处开始散发出一股难闻的气味，刺激得雷霆的大脑越发胀痛，并袭来一阵阵恶心，想吐，却又吐不出来。

他心里十分清楚，这个时候若不坚持下去，自己很快就会走向死亡。于是，他打起精神，闭上双眼调理气息，就这样坚持着，坚持着，坚持着……

就在雷霆和兰婷命悬一线之际，唐秋红和朱明帆正在外面拼命地挖掘，一具具尸体不断被刨出来，他们一次次失望又庆幸，却一刻也没有放弃。

终于，在日机轰炸港城的第二天上午，唐秋红和朱明帆发现了奄奄一息的雷霆和兰婷，两人欣喜若狂，急忙把他们送到了医院……

雷霆身体素质过人，在医院住了不到一天，身体就恢复如初。兰婷毕竟是女性，身体要虚弱得多，直到距火焰堂举办的擂台赛还有三天时，她才康复出院。

当天中午，雷霆突然接到我党高层特工组织送来的密电码。他不敢迟疑，立刻将其破译，上面写着：“据‘雄鹰’送来的情报，日本女间谍井上美子并没有死，你们铲除的只是她的双胞胎妹妹井上慧子，也就是她的替身。井上美子已经潜入极乐岛，望尽快查清其潜入极乐岛的目的。”

看完后，雷霆立刻将密电码烧毁，随即将此事告诉了唐秋红。“什么？井上美子没有死？死的是她的妹妹？”唐秋红愣住了，难以置信地看着雷霆。

事不宜迟，当天下午，唐秋红就决定和雷霆、兰婷一起赶往极乐岛，却突然接到韦国民的电话，得知戴老板获悉井上美子被铲除的消息后，已经从重庆出发，乘专机飞往港城，韦国民希望她和自己一起去机场等候戴老板。

唐秋红叫苦不迭，一时间不知该如何是好。“秋红，时间已经很紧迫了，我和婷儿先走一步。为了不引起戴老板的怀疑，你还是先去机场接他，等他离开后再去极乐岛吧。”雷霆建议。

唐秋红只得无奈地点了点头，遗憾地看着朱明帆的轿车载着雷霆和兰婷驶向港口码头。

来到码头，朱明帆正打算去找“老船长”帮忙将雷霆和兰婷送去极乐岛。就在这时，赵德贵突然带着手下出现在雷霆和兰婷面前，用枪指着两人。

在几十支手枪的威逼下，朱明帆只能眼巴巴地看着赵德贵把雷霆和兰婷“请”到了青帮的一艘豪华客轮上。

刚上客轮，雷霆就指着赵德贵的鼻子愤怒地吼道：“抢人算什么，有种你就一枪把我打死，否则我不会放过你的。”

“呵呵，呵呵。”赵德贵却不生气，笑眯眯地看着两人说：“雷探长，别把我的好心当成驴肝肺。实话告诉你吧，除了我这艘客轮，其他船上都有穿便衣的日本人和日伪保安队的人，怎么？想送死吗？”

听了这话，雷霆愣住了，急忙朝四周的船只扫视了一番，果然发现刘大龙正站在“老船长”那艘轮船的甲板上，身后还站了不少特务。再看向其他船只，确实有不少鬼鬼祟祟的身影在来回晃动，一看就知道是日本人乔装的。

雷霆暗中吸了一口凉气，将目光收回，停在赵德贵的胖脸上研究着，心想：这个赵德贵，我抢了他的人，又杀了他不少手下，这会儿他为什么要帮助我们，这葫芦里究竟卖的是什么药？

赵德贵是一只非常狡猾的老狐狸，当然不会随便出手帮助雷霆。那天晚上没有在朱明帆车上发现雷霆和兰婷时，他立刻意识到二人在中途下了车，躲进了公路旁的密林。

想到当时鬼子和保安队正与敌后武工队在密林里激战，赵德贵知道自己如果贸然进入，难保不会被乱枪打死，于是命令手下调转车头驶回市中心。

次日中午，赵德贵越想越不对劲，便吩咐李大牛和马云峰暗中跟踪朱明帆。结果，朱明帆的一举一动都没有逃过两人的眼睛。

后来，得知朱明帆和唐秋红把雷霆和兰婷送进了医院，赵德贵更是严防死守，就这样一直盯到了港口码头。加上事先已发现鬼子和日伪保安队埋伏在港口码头各条船只上，赵德贵便迅速出手，将二人“请”到自家的豪华客轮上。

看着眼前怒不可遏的雷霆和兰婷，赵德贵仍然一副乐呵呵的样子，随即将两人带到了客舱里，又招呼人端上了三杯咖啡。

二人没有拒绝，只是死死地盯着赵德贵，尤其是兰婷，生怕自己又落入赵德贵的魔掌，心里十分害怕，不由自主地攥紧了雷霆的胳膊，碰也不敢去碰桌上的咖啡。

雷霆的心里不断地揣摩着，终于明白了赵德贵为什么会出手相助，于是不动声色地喝着咖啡，等待他开口。

果然，赵德贵再度眯缝起小眼，呵呵笑道：“雷探长，想不到你本领过人，鬼子把港泰客栈都炸成了废墟，也没有把你炸死。我赵胖子不得不对你刮目相看。”

“这就叫大难不死、必有后福。”雷霆冷笑着说道。

“哦？这话怎么讲？你都被我抓了，怎么还会认为自己大难不死、必有后福呢？”赵德贵的兴致上来了。

“很简单，你需要我找到杀害你妹妹赵玉莲的凶手。”雷霆直言不讳地说。

“哈哈哈，雷探长果然名不虚传，不愧为上海滩赫赫有名的大侦探啊。”赵德贵禁不住赞赏道，随即话锋一转：“可是，雷探长，你也真不够朋友，竟敢去我的娱红苑抢人。幸好你猜中了我的心思，否则我早就把你和兰婷丢到海里喂鱼去了。”

雷霆不为所动，嘿嘿冷笑一声，道：“赵老板，假如你把我们丢进海里喂鱼，你也会活不成的。”

听了这话，赵德贵心里颤抖了一下，勉强撑着微笑说道：“雷探长，我们不谈这些，还是谈正事吧！你请武工队协助去娱红苑抢人后，我就猜出这事与林公馆连环凶杀案有关，而且跟林振松和日本人都有关，否则像你这么有名的大侦探，犯不着为一个舞女费这么大的心思。不瞒你说，我只有玉莲这么一个妹妹，她被杀害，而我又是港城响当当的人物，要是查不出凶手，你说我这张老脸往哪儿放？”

见赵德贵也谈到了日本人，雷霆心里一惊，从身上掏出香烟点燃，深深地吸了几口，问道："赵老板，你怎么会怀疑到林振松和日本人身上呢？"

"自从林公馆发生凶杀案后，我就发现林振松好像变了一个人。说话声音沙哑不说，还突然对一个叫黄艳的丫环很好，两人显得很暧昧。于是，我把自己的怀疑告诉了沈秀梅，她也把林振松与兰婷常常幽会的事告诉了我。更奇怪的是，我和林振松从巫岭回来后，居然听说日军要在天亮之前突袭港城警察局，打算把所有办案人员都干掉，由此就怀疑这个案子一定与林振松和日本人有关。雷探长，你们把兰婷抢出来，是不是想带她去极乐岛找林振松？"赵德贵慢条斯理地分析道。

听了赵德贵的话，雷霆不由得暗暗佩服这只狡猾的老狐狸，于是点了点头："正是这样，因为我也怀疑突然出现在巫岭的林振松有问题，而且怀疑林公馆连环凶杀案与日本人有关。"

"雷探长，什么叫突然出现在巫岭的林振松？"赵德贵有些不解。

"赵老板，其实我和你判断的一样，感觉突然出现在巫岭的林振松与我刚到林公馆时见到的那个林振松判若两人。当我了解到林振松曾经对兰小姐心生爱慕时，本来打算去找你商量，希望你能同意我带兰小姐去极乐岛找林振松试探一下，看看他对兰小姐有什么反应。可一想到你把兰小姐当成摇钱树，便担心你不答应，只好亲自去娱红苑赎她。谁知沈秀梅死活不同意我赎人，无奈之下，我们只好把兰小姐抢出来了。"雷霆看着赵德贵说道。

话音刚落，赵德贵就板起了面孔，不高兴地说："雷探长，你想尽快破案，这是好事，毕竟我也想知道是谁杀害了我的妹妹。你把兰婷抢出来，我也可以不计较，但你不该把那些卖身契都烧毁！你这么做，知道我的损失有多大吗？"

雷霆还未及回答，一直默不作声的兰婷就抢先一步说道："赵老爷，这事你不能怪雷探长，那些卖身契是我烧的。你和沈秀梅不知害死了多少姐妹，我把那些卖身契烧毁，是在替天行道。"

"妈的，你以为你是谁呀，不就是一个舞女吗？竟敢来教训我，我……"兰婷的话显然激怒了赵德贵，他一把拔出身上的枪就对准了兰婷。

“赵德贵，你放下枪，欺负一个女人算什么本事?”雷霆的火气也上来了，一把抓住赵德贵举枪的手，暗中加大了力道。

想到自己的妹妹莫名惨死，破案还要仰仗眼前的二位，赵德贵突然小眼一转，呵呵一笑，说：“雷探长，别生气，别生气，我会亲自送你和兰婷去极乐岛的，如果你能在十天之内抓到杀害我妹妹的凶手，我还会给你一笔丰厚的报酬，并且把兰婷小姐送给你。”说着，淫邪地扫了兰婷一眼。

想到组织上交给自己的任务还没有完成，雷霆强压住心里的怒火，冷冷地说道：“赵老板，破案是我分内的事，我不会要你的报酬的。至于兰小姐，她已是自由之身，就不劳您费心了。”

听了这话，赵德贵皮笑肉不笑地点了点头，命令手下将客轮驶离港口码头。

经过日军海防部队设立的海上关卡时，早已得到通知的鬼子见客轮是赵德贵的，看都没看就放行了。顺利通过关卡后，客轮在颤抖而凄厉的汽笛声中徐徐驶入海洋的心脏。

突然，雷霆发现赵德贵的得意门徒李大牛和马云峰失去了踪影，一种不祥的预感涌上心头，总觉得有什么事情即将发生。

傍晚时分，海上流动的空气中带着浓浓的咸味，夕阳在水平线的尽头就像一只熟透的大桔子，将整个海面照得暗红如血。西北方的天空有一朵蘑菇状的孤云正在跳舞，随着夕阳西沉，迅速地朝东西两边扩展，在水天交接处形成无数动植物的图案，柔柔地摇摆扭动着。几分钟后，那些云团又变成一条烟带，宛若海岸边的一缕浅滩。

见此情景，赵德贵的手下无不睁大了眼睛，认为自己碰见了传说中的海市蜃楼。他们谁也没有想到，在沉闷而又酷热难耐的咸湿空气中，一场灾难已经悄悄地朝他们逼近。

晚膳的钟鸣奏响之后，餐厅里到处是津津有味的咀嚼声。灯红酒绿中，赵德贵和手下的高脚酒杯碰得格外清脆，谁也没有想到死神已经降临。

正当他们沉醉在香槟和葡萄酒的美妙滋味中时，天空已不时有流星像爆开的烟花一样划过，再瞬间消逝。空气很反常，热浪一阵阵袭来，海面上没有一丝被风吹皱的痕迹。

雷霆心头的不祥预感越来越强烈，赶紧和兰婷来到甲板上。赵德贵不敢大意，急忙带着十来个门徒紧紧地跟在两人后面。

就在这时，日机的轰鸣声已经越来越近，在每个人的耳边越来越响，所有的人都开始觉得有些不对劲儿了。

“赵老板，作恶多端的小日本已经开着害人的‘蝗虫’来了，他们该不是来为你保驾护航的吧？”见状，雷霆转头看向赵德贵，讥讽道。

赵德贵浑身一颤，但尽量装成没事人一样：“雷探长，你放心，我是日本人的朋友，日机绝不会轰炸我的客轮的。”

“赵老板，听说极乐岛有很多美女，你手下的李大牛和马云峰又是采花大盗，他们这次为什么没有跟你一起去呢？”雷霆冷不丁地问道。

“他们是一对不争气的家伙，两个人都病了，去不了了。”赵德贵斜睨着雷霆。

话音刚落，日机已经飞到客轮上空盘旋着，不由分说地投下一颗颗炸弹。转眼间，客轮四周的海面上就被炸得波浪滔天、浓烟四起。站在甲板上的人都惊恐地睁大了眼睛，纷纷躲避。

赵德贵万万没有想到，自己暗中与日本人勾结，出卖了不少情报给他们，到头来竟然落得个这样的下场。

为了躲避日机，船长下令改变航道，所有船员都严阵以待，紧紧地盯着前面的海域。

随即，一枚炸弹准确地落在客轮前面，随着一声沉闷的爆炸声，被掀起的狂浪扑面而来，撞击得整个客轮犹如浮萍一般在海上左摇右晃，终于脱离了轨道，轰隆一声撞在暗礁上，船头顿时撞出一个大洞。

紧接着，又有一枚炸弹落下来，巨大的冲击力几乎将客轮打了个底朝天，客轮终于承受不住了，在剧烈的震动中开始下沉。

所有船员都吓得争先恐后地冲向甲板，人人大脑里都混杂着恐惧和死亡的阴影，极度绝望地对日本鬼子咒骂着，掀起异乎寻常的繁乱和嘈杂。

随之而来的是更加令人绝望的恐怖，船梁崩塌、管道损毁、吊灯撞碎、火花四溅，客轮顿时陷入一片漆黑和混乱之中。

面对突如其来的灾难，雷霆尽量保持着镇定，一直紧紧地抓着兰婷的手。随着船舱不断地下陷、海水大量涌入，客轮眼见就要沉没了。

与其坐以待毙不如主动出击，赵德贵和他的手下都愿意赌一把，惊恐万状地各自寻找着出路。天空是灰暗的，大海是灰暗的，赵德贵的心也是灰暗的，他终于明白自己之前一直赖以信任的日本鬼子原来是比他更加无恶不作的恶魔。

要么在黑夜的大海和破碎的残骸中侥幸逃脱，要么成为海神的祭品，眼看着客轮即将沉没，雷霆不再犹豫了，拉着兰婷就跳进了大海。

一道道凶猛的巨浪滚滚而来，朝二人劈头盖脸地砸了下来，雷霆和兰婷瞬间就被卷入了恐怖幽暗的漩涡之中。

随着浪头的翻动，两人也不断翻滚着，大脑一片空白，胃里也一阵阵的翻江倒海。不一会儿，两人又莫名其妙地在一个浪头助推下，猛地浮出海面。

无数的黑影像他们一样从暗幽幽的水底挣扎着露出水面，在排山倒海的浪花中时沉时浮，挣扎了一会儿，最终还是沉了下去。

不知过了多久，作恶的日机终于离去，海面已是浓烟四起，到处都漂浮着残骸和尸体，紧紧拉着兰婷的雷霆被风浪推涌着，一路漂移，终于靠近了一个飘浮物。

雷霆心中一阵惊喜，咬着牙，一手拉着兰婷，一把扑过去抓住那个漂浮物，先竭尽全力将兰婷推上去，随后自己也爬了上去，紧紧地压着兰婷趴在飘浮物上，随着风浪漫无目的地漂行着。

两个惊魂未定的人啊，奇迹般地再次死里逃生。不知过了多久，风暴终于平息下来，狰狞的大海又恢复了昔日的温柔与宁静。

雷霆提到嗓子眼的心慢慢落回原处，他大胆地坐了起来，双手仍然紧紧地搂着兰婷纤细的腰肢。

到处都是令人窒息的冥冥黑暗，一切生物都陷入了前所未有的死寂。流泪的月亮颤抖个不停，刚从一个黑压压的云兜兜里跳出来，又跳进另一个黑压压的云兜兜里去。

兰婷惊魂未定地抬起头来看着雷霆，神情没落地说："霆哥，我们是不是见不到光明了，这次我们是不是没救了?"说着，一种绝望孤独的情绪在她身上蔓延开来，几乎使她丧失了信心，失去了求生的欲望。

"霆哥，我死不足惜，遗憾的是，你们不惜一切把我救出来，我却一点儿也帮不上你们的忙。"还未等雷霆开口，兰婷又幽幽地说。

"婷儿，别灰心，我还需要你的帮助呢。干我们侦探这行的，就好比在时光隧道里穿越，穿越成功就是光明，穿越失败就是黑暗。只要我们坚持下去，一定会看到曙光的。"雷霆握着兰婷的手说，给她鼓劲。

听了这话，兰婷抬起头仰望着夜空，眼睛里闪烁着迷人的光芒。渐渐地，她从绝望中看到了希望，想到自己身陷红尘却能得到人间至爱，与相爱的人不离不弃，身上顿时充满了力量，不由自主地偎进雷霆宽大的胸膛，轻轻地说："霆哥，你说得对，我们正在冲破黎明前的黑暗，很快就会迎来光明的。"

"婷儿，别灰心，我们一定会没事的。我们还要去极乐岛找林振松呢，林公馆的凶杀案非破不可。"雷霆默默地看着兰婷，两人的目光痴缠着，一瞬间已仿佛交换了千言万语。

就这样，雷霆抱着兰婷在海上漂着，直到天蒙蒙亮才发现一艘轮船出现在前方不远处。与此同时，站在那艘轮船上观望的唐秋红和"老船长"也发现了他们。

原来，雷霆和兰婷被赵德贵押上青帮的客轮后，朱明帆急得犹如热锅上的蚂蚁，偏偏当时唐秋红又在机场等候戴老板，朱明帆无法与她取得联系，直到"老船长"赶到歌舞厅告诉他赵德贵的客轮被炸，在港口码头监视的鬼子也已经撤离时，朱明帆才松了一口气，随即又想到雷霆和兰婷还在那艘客轮上，再度吓得脸色大变。

幸好戴老板听说井上美子还没有被铲除，而是已经潜入极乐岛后，当时就命令唐秋红急速赶往极乐岛将之铲除。

领命后，唐秋红暗中高兴，立即去码头找"老船长"，得知"老船长"已经去找朱明帆，她又赶到夜巴黎歌舞厅。殊不知三人刚一碰面，她就得知雷霆和兰婷生死未卜，当时就吓了一大跳，急忙和"老船长"回到港口码头，冒险在附近海域搜索，终于在天蒙蒙亮时发现了雷霆和兰婷。

获救后，雷霆掐指一算，距火焰堂举办的擂台赛只剩两天时间了。于是，他顾不上休息，急忙催促"老船长"火速赶往极乐岛。

站在甲板上，望着一望无际的大海，雷霆心潮起伏，禁不住想：鬼子一直想把负责林公馆连环凶杀案的办案人员赶尽杀绝，还不顾交情地将港泰客栈和港城青帮的客轮炸毁，他们这么做，究竟有什么不可告人的目的呢？

第十一章

岛 上 乐 园

轮船即将到达极乐岛时，唐秋红突然建议她自己和兰婷女扮男装，雷霆急忙制止，解释道："秋红，既然我们带婷儿来岛上乐园找林振松，就应该让他看见我们的真面目，知道我们是为林公馆连环凶杀案来的。假如出现在巫岭的林振松没有问题，他一定会希望我们尽快查出凶手，甚至会主动约我们见面的。"

听了雷霆的话，唐秋红恍然大悟，默默地点了点头。轮船靠近码头后，雷霆一行人刚下船，便有个美人儿站在岸边扭着花腰对雷霆含情注目、微笑相迎。

见状，唐秋红和兰婷都用怪异的眼光盯着雷霆，想看看他对那位美人儿会有什么反应。雷霆不禁哈哈大笑起来，戏谑道："小姐，你没瞧见我身边有两位极品美女吗？你向我抛媚弄眼，难道不怕她们吃醋吗？"

闻言，唐秋红愣住了，实在想不到雷霆会这么说。兰婷却弯着腰咯咯地笑个不停。

听了雷霆的话，美人儿有些扫兴，急忙转移目标对旁边一位倜傥俊逸、气度非凡的公子暗送秋波，诱惑得公子两眼直勾勾地盯着她，失魂落魄一般，恨不得立即与她坠入温柔乡。

美人儿见有肥鱼上钩，故意将手中的香巾失落，转身扭着猫步离去，还不时地回过头来朝公子抛个媚眼。公子心领神会，急忙拾起香巾，跟着美人儿走向码头的船只集中处，踏上了一条莺歌燕舞的船。

自从将极乐岛买下来，林振松花了很大功夫将这里建成别有洞天的岛上乐园。无论是岛上还是码头，都有美女扭着花腰招蜂引蝶。

尽管如此，林振松却很神秘，很少有人见到过他的真面目，就连赵德贵原先也不知道他这位妹夫就是岛上乐园火焰堂的大堂主，要不是在巫岭出现的林振松当着他的面对雷霆讲出那番话，赵德贵仍然被蒙在鼓里。

由此可见，林振松是何等的聪明狡猾。在极乐岛，只有他的结拜兄弟肖顺阳和火焰堂的两大护法知道他就是火焰堂的大堂主，并且可以得到他的接见。

一直以来，林振松都把岛上乐园的一切事务交给总管肖顺阳、两大护法以及二堂主洪万山、三堂主李勇负责，自己却在幕后操纵，无形中给岛上乐园增加了一层神秘色彩。

至于三堂主李勇，其实就是港城警察局原副局长。他从警察局辞职后便投靠了林振松，成了岛上乐园火焰堂的三堂主。

说起这岛上乐园，实际上分为岛上和船上两个部分。岛上建有小洋房，几乎都为两层，由火焰堂租给妓女单独营业，每日收取高租。岛上有房住的妓女能歌善舞，琴棋书画无所不通，身价比船上的妓女要高出十几倍。

此类妓女专门接待上层人物，黑白两道皆是，她们的特点是外表好看，只需轻妆淡抹即令客人失魂落魄。至于船上的妓女，也不含糊，长得非常耐看，所接客人多为中流社会人士。

话说回来，雷霆和唐秋红带着兰婷上岛后，立刻打听到了孙兵的住处。孙兵是火焰堂的两大护法之一，连日来都忙着接待那些被邀请来参加擂台赛的各路武林高手，根本不知道自己家几天前已在轰炸中变成了废墟，更不知父亲孙德文已死于非命，直到雷霆将实情告知，他才觉得肝胆俱裂，对日本鬼子更是恨之入骨。

平稳了情绪后，他强忍着悲痛对雷霆说："鬼子不放过负责林公馆凶杀案的办案人员和我爹，说不定跟我爷爷丢失的那颗夜明珠有关。眼见擂台赛就要开始了，可林振松一直没有露面，我越来越怀疑那颗夜明珠就是林振松他爹林森涛偷走的。雷探长，假如林公馆凶杀案真的与我家丢失的夜明珠有关，而林振松又从他爹手里得到了那颗夜明珠或者什么宝藏，你侦破凶杀案后，请一定把夜明珠或宝藏献给抗日部队，好让他们早日将日本鬼子赶出中国。”

听了这话，雷霆内心一阵激动，点了点头。突然，他想起孙德文对自己说过的话，当年孙强丢失的那颗夜明珠上有一条比头发丝还细小的纹路，而他从陆小慧嘴里发现的那颗假夜明珠上也有一条比头发丝还细小的纹路，看来当年孙强丢失的那颗夜明珠就是林森涛偷走的。

想到这，雷霆紧紧地握住孙兵的手，感激地说：“孙兵，谢谢你。有你的大力帮助，我们一定会尽快侦破凶杀案的。当务之急，还是请你帮我安排一下，我想参加火焰堂明天举办的擂台赛。”

孙兵点了点头，说：“雷探长，由于这次被邀请来的武林高手很多，鱼龙混杂，为了避免不必要的麻烦，我想安排你们去鬼屋住宿，不知你意下如何？”

听了这话，雷霆、唐秋红和兰婷面面相觑，你看看我、我看看你，都不知孙兵葫芦里卖的是什么药。

孙兵笑了笑，解释道：“你们放心吧，鬼屋虽然很诡异，但有我们在暗中保护，不会有事的。”

“那鬼屋是什么样子的？它为什么很诡异呢？”一旁的唐秋红禁不住问道。

“鬼屋其实就是一幢小洋房，说它是鬼屋，是因为那里死了不少妓女，所以没有人愿意租。至于那些妓女是怎么死的，我也弄不清楚。值得一提的是，那幢小洋房的斜对面不足两百米处有一片坟墓，坟墓四周用铁丝网围着，每隔十米就有一块写着‘火焰堂严禁外人入内’的牌子。之所以这么做，是因为那片墓地下面有火焰堂的许多秘密，其中就包括火焰堂用来处死叛徒的香堂和军火库。”孙兵回答。

军火库？天啊，火焰堂竟然还有军火库！这一意外的发现让雷霆和唐秋红既震惊又兴奋，立刻催促着孙兵带他们去鬼屋。

其实，鬼屋富丽堂皇，有法式建筑的味道，而且家具齐全、吃喝不愁。孙兵安排唐秋红和兰婷住在楼上，雷霆住在楼下。

孙兵离开后，雷霆看向唐秋红：“秋红，婷儿的安全就交给你了。我们将她从娱红苑救出来后，她还没有好好休息过，等她洗完澡，你就陪她在这休息吧。”“那你呢？”“我出去走走，看能不能发现林振松的踪影。”

唐秋红见雷霆如此雷厉风行，心中默默敬佩，不禁关心地说道：“你要多加小心。”雷霆点了点头，便离开了鬼屋。

没走多远，雷霆发现不远处有个年轻女子正摇摇晃晃地走着，没走几步便一个趔趄倒在地上。雷霆一惊，几步奔过去蹲下仔细打量着那女子，发现她身材高挑、肤色雪白，一件大方得体的衣裙包裹着丰满的身子，显得十分妩媚性感。

雷霆不知年轻女子怎么了，赶紧伸手摸了摸她的身体，已经冰冷了，嘴角还挂着白沫，整个人软绵绵地毫无反应。

雷霆心中一惊，急忙把手伸到她的鼻端，见还有呼吸，这才略微稳了稳心神。迅速想了想，雷霆果断地将年轻女子抱在怀里，打算找人打听岛上有没有医生。

谁知他刚准备迈步，年轻女子便缓缓地睁开眼睛，吐气如兰地说：“先生，我家有药，麻烦你送我回去好吗？”

雷霆见女子醒了，急忙问她家在哪里。女子有气无力地伸手指了指不远处的一幢小洋房。雷霆二话不说，抱着她撒丫子就跑。一路上，雷霆嗅着年轻女子身上散发出来的香味，居然感觉不到她的沉重。

来到年轻女子说的小洋房后，雷霆把她放在卧室的床上。刚放下，她便指着床边的梳妆台对雷霆说：“先生，麻烦你帮我把那只袋子拿过来。”雷霆顺手拿过袋子一看，里面有一些棕色的小丸状颗粒，表面光滑柔软，摸上去还有种油腻腻的感觉，并发出一股强烈的香甜气味。

雷霆以前办案时见过这种东西，不由得大吃一惊，原来这个年轻女子正在吸食鸦片。

此时，她颤抖着双手点亮了床头柜上的一盏煤油灯，又气喘吁吁地从枕下抽出一杆烟枪，然后一把抢过雷霆手中的塑料袋，熟练地从里面掏出一丸凑近煤油灯烤软后，抖抖地将之塞进烟枪的烟锅里，又用扦子在鸦片膏子上扎了个眼儿，再将烟锅倒过来对准火苗贪婪地吸着。

看着眼前的一幕，雷霆惊得目瞪口呆，心里突然涌上一阵恶心，愤怒地站起来，一把打掉年轻女子的烟枪，强压着怒气劝道：“小姐，看样子你刚吸不久，还有得救，如果长期下去会没命的。我劝你还是趁早把它戒掉，以免将来追悔莫及。”

年轻女子不理会他，兀自猛吸一阵，顿时飘飘欲仙起来，然后用充满感激的目光瞅着雷霆说：“先生，我叫林玲，你可以叫我名字，也可以叫我林小姐。你有火热的心肠，我的命是你捡回来的。为了报答你，今天我破例为你服务，只要你喜欢，想做什么我都可以满足你。”

雷霆猛然一惊，才知道这个女子不仅吸毒，还是个妓女。突然，一个念头在雷霆的大脑里一闪，他急忙问道：“林小姐，你认识林振松吗？”

林玲睁大眼睛摇了摇头。雷霆又问：“那你认识李勇吗？”林玲想了想，说：“你提到的李勇，是不是原来在港城警察局当副局长的李勇？”

雷霆赶紧点了点头，林玲也点了点，说：“我认识他，他加入火焰堂不久，是火焰堂的三堂主，专门负责收取姐妹们的房租。先生，请问你贵姓，怎么会对李勇感兴趣呢？”

“我姓雷，你可以叫我雷先生，也可以叫我雷探长。林小姐，看得出你读过书，而且文化很高。”雷霆盯着眼前的女子，轻声说道。

林玲苦笑了一下，说：“雷先生，你真有眼光。我确实读过不少书，还去日本留过学。可恨的是，我留学回来就发生了‘七七事变’。1940年，我父母死在佐佐木的枪下。为了报仇雪恨，我扬言谁能为我报仇，我就为他当牛做马，结果遇到了火焰堂的总管肖顺阳。他果然找机会把佐佐木杀了。我以为他是个好人，便跟随他来到了极乐岛，谁知他将我玩腻后，就威胁我做妓女。他武功高深莫测，我不敢违抗，只好听从摆布，结果他又让港城郭公馆的郭四海把我包下，所得的钱财几乎都落入了他的腰包里。”

雷霆万万没有想到眼前这个柔弱的女子竟然有如此凄惨的遭遇，心中充满了同情，轻声问道：“林小姐，那肖顺阳与你还有来往吗？”

“郭四海不来极乐岛时，他会时不时地来找我，把我当成发泄的工具。”林玲默默地低下了头。

听了林玲的话，雷霆眼里冒出了怒火，想了想，又问：“林小姐，你会说日语吗？”林玲点了点头。

雷霆喜出望外，急忙说：“林小姐，不瞒你说，我也十分痛恨日本鬼子。如果我请你帮个忙，你愿意吗？”

林玲见眼前的这个男人充满了正义感，也没有贪恋自己的美色，毫不犹豫地答应了：“雷先生，我的命是你捡回来的，有什么事你就说吧。”

雷霆正想开口，楼下突然传来一阵急促的脚步声。他愣了一下，急忙凑到林玲耳边嘀咕起来。

林玲一惊，刚点了点头，几个凶神恶煞的莽汉便撞进屋来，其中一个汉子的肩膀上还蹲着一只两眼冒着萤光的大猫。它朝雷霆翘了翘胡子，“喵”地长叫了一声。

“李勇！”“雷霆！”雷霆和李勇几乎同时一愣，互相打量起对方来。一直以来，雷霆就对李勇充满怀疑，此时见当了火焰堂三堂主的他突然出现，内心的怀疑更是增加了几分。

在林玲的房间里意外发现雷霆后，李勇先是一愣，旋即明白过来。于是，他装出一副不认识他的样子，还瞪着眼睛上下打量他，冷冷地说：“朋友，不认识你李三爷吗？你李三爷是来收房租的。”

雷霆恍然大悟，这才明白李勇的突然出现不是冲自己来的。李勇自称李三爷，是火焰堂定下的规矩，凡是当上堂主的都称爷。总堂主林振松很谦虚，给自己定名为大堂主，剩下的还有一个二堂主洪万山。李勇来后，便多了一个三堂主。

李勇加入火焰堂后，林振松很看重他，封他为三堂主不说，还让他专门负责收岛上妓女们的房租费，天天如此。

按照火焰堂的规矩，只要妓女们延时不交，房租费就可以翻番，或者狠狠地毒打她们一顿。

雷霆见李勇装成不认识自己的样子，心里虽然感到迷惑，可一见他们那副来者不善的架势，便打算多停留一会，看看他们到底打算对林玲玩什么花招。

李勇可不管雷霆是怎么想的，火焰堂的规矩是到岛上乐园来玩的人都是上帝，只要有钱赚又不对他们构成威胁，他们就会比较客气。很显然，他们把雷霆也看成客人了。只不过见到雷霆和林玲在一起，李勇多少还是有些意外，同时也猜出他来岛上乐园的目的了。

于是，他表情复杂地看着雷霆，想说什么，可话到嘴边又咽了回去，然后把目光移到林玲脸上："林玲小姐，你今天怎么不按时去交房租?"

"李三爷，刚才我在去给你们送钱的路上，烟瘾发作晕倒，要不是这位先生救我，恐怕早见阎罗王去了。"林玲急忙解释。

来人当中有个名叫冉小二的三角眼，此人早已得知郭四海命丧夜巴黎歌舞厅的消息。大汉奸郭四海在肖顺阳的撮合下，经常到岛上乐园来吃喝嫖赌，还将林玲包下，给火焰堂送了不少钱财，他这一死，火焰堂便少了一条财路。

正因如此，冉小二见到林玲就火冒三丈，突然冲上去抽了她几个嘴巴："抽抽，抽你个大头鬼。这回郭公馆的大公子死了，我看你去哪儿找钱来买大烟抽。"

雷霆见冉小二这般虐待一个弱女子，正想教训他，殊不知林玲却幸灾乐祸地大笑起来："哈哈，郭四海真的死了？怎么死的？好啊，谁叫他花言巧语地骗我抽大烟，死得好啊!"

冉小二见林玲如此不识好歹，一巴掌再度横扫过去："你这个扫帚星，财路都断了还说好，小心老子把你卖给那些下等妓院，看你还敢不敢猖狂。"

雷霆终于忍无可忍了，正想出手，李勇急忙碰了他一下，弄得他莫名其妙，却也按捺住了。

这时，冉小二的一双魔爪再度伸向林玲，林玲转头猛盯着他，双眼突然射出一缕极端怨恨的光芒，接着从枕头下掏出一沓银票摔了出去，气愤地说："全拿去吧。多出来的，替我去买鞭炮庆祝郭四海四脚朝天好了。"

冉小二抓过银票数了数，发现多出了好几倍，冷笑着说："林玲小姐，多出来的用不着买鞭炮了，就算你超时罚的利息吧。"

"小二，把多出来的钱给林小姐退回去。"一直在旁边默不作声的李勇开口了。

冉小二眯起三角眼不解地望着李勇，却迟迟未动。"林小姐不是说了吗？她已经主动去交房租了，只是在路上出了点问题，这次就放过她吧。"李勇耐着性子劝道。

李勇好歹是火焰堂的三堂主，冉小二就算有一千一万个不情愿，也不敢当面顶撞他，只得无奈地抽出四分之一银票丢回林玲的床上："臭娘们儿，还不快谢谢李三爷？这次便宜你了。”

随后，冉小二毕恭毕敬地将银票递到三堂主李勇面前，却趁机用右手的中指将最下面的那张银票轻轻一勾，那张银票便乖乖地滑进了他宽大的衣袖里。

这一切都没有逃过雷霆的眼睛，他突然灵机一动，打算让这个火焰堂来一次窝里斗，出一出心头的气。

想到这，他趁冉小二一个不防备，一把上前抓住他的右手，用力往上一翻，用两根手指“嗖”地钻进他的衣袖，快速夹住那张银票就举到李勇面前。

李勇在震惊之余一把抓过那张银票，转过脸去，久久地盯着冉小二，突然目露精光，爆发出一阵令人心惊胆战的怪笑声。

没想到自己私藏银票的事情这么快就暴露了，冉小二吓得两腿一颤，“咚”的一声跪在地上直磕头求饶。

见状，李勇瓮声瓮气地说：“瞧你那熊样，是要我亲自动手呢？还是你自己按照火焰堂的堂规解决呢？”

深知火焰堂规矩的冉小二眼中闪过一丝绝望，知道自己今天是逃不过了，索性硬着头皮站了起来，摇了摇头说：“李三爷，我自己种下的祸根，还是自己了结吧。”

说完，他从身上掏出一把刻着火焰图案的匕首，口中念念有词：“火焰万丈神鬼惊，谁犯家法谁自焚；明知故犯更当罚，下次再犯火烧身。”说完，前额已冒出细密的冷汗。

就在这时，他斜着一双怨毒的眼睛盯着雷霆看了半晌，咬牙切齿地说道：“好汉，谢谢了。没有你，我还不知自己犯了堂规。我记住你的‘大恩大德’了。”

雷霆当然听得出冉小二是在正话反说，心中掠过一丝轻蔑，一字一句地说道：“小子，睁开你的狗眼好好看看，我不仅是调查林公馆凶杀案的探长，还是孙护法请来参加擂台赛的。想威胁我，真是瞎了你的狗眼。”

一席话让冉小二愣住了，他当然知道孙兵是何许人也，更知道他喜怒无常、武功高深莫测，心头不禁一阵紧张，不再开口，而是咬紧牙关把右手握成拳状，慢慢将中指伸出来，突然手起刀落，瞬间他的中指便飞了出去，血淋淋地掉落在林玲的床上。

随着冉小二的一声惨叫，雷霆见戏已落幕，便意味深长地看了林玲一眼，转身离开了。

刚走到门口，李勇便叫住了他，故意问他尊姓大名。雷霆疑惑地望着李勇，想了想，试探性地问道："我叫雷霆。李堂主，我想见林振松，你能不能带我去见他？"

李勇摇了摇头，冷冷地说："我来到岛上乐园后，也很少见到他。别说是你，就是我们二堂主以下的人物，都不可能随便见到他。你想见他，很难。"

从李勇的话里证实了自己的判断之后，雷霆突然诡秘地一笑，头也不回地离开了林玲住的小洋房。

刚回到鬼屋，兰婷和唐秋红就款款地走下楼来。雷霆仰头看着两人，问道："你们没有休息吗？"

"婷儿睡不着，我们想出去走走。"唐秋红看看兰婷，又看看雷霆。兰婷来到雷霆面前，脸上漾着两个迷人的酒窝，咯咯笑道："霆哥，秋红想带我去碰碰运气，兴许我们会发现林振松。"

雷霆觉得有道理，说不定兰婷突然出现在岛上乐园，会引起林振松的注意，于是说道："也好，如果我们发现了林振松，他仍然对我们避而不见，那么就可以肯定他有问题了。我有些饿了，我们去找一家餐厅用餐吧，顺便打听一些情况。"

经雷霆这么一提醒，唐秋红和兰婷才发觉肚子咕咕叫了，立即赞同他的想法，三人随即出了门。

离开鬼屋后，雷霆并不急着去找餐馆，而是带着唐秋红和兰婷在岛上慢慢逛着。岛上乐园果真名不虚传，到处都是红男绿女、热闹非凡。

走到海岛码头附近时，一个从一艘轮船上下来的年轻女子突然引起了雷霆的注意，觉得她眼熟得很。

待年轻女子走近了，雷霆不禁脱口而出："黄艳，那个曾经在林公馆当丫环的黄艳。"

唐秋红也看见了黄艳，只见她一身华丽的穿着，跟当初在林公馆当丫环时已经判若两人了。

三人急忙追赶过去，谁知黄艳突然钻进人群，转眼就不见了。寻找了好一会儿，仍然不见黄艳的踪影，雷霆等人只好进了码头附近的乐乐酒家。

这间酒楼不是很气派，却整齐有序、无比温馨。服务生拿着菜单走过来，雷霆接过一看，上面各种食物都有，甚至还有日本的寿司、黄酱汤、烤鱼和腌菜。

见有日本料理，雷霆心里很不高兴，正打算翻到第二页，却发现一胖一瘦两个日本武士走了进来。

两人见了兰婷和唐秋红，顿时两眼放光、赞叹不已，大摇大摆地走了过来，淫邪的目光在两人身上扫来扫去，根本不把雷霆放在眼里。

瘦武士更加霸道，操着一口流利的中国话说："花姑娘，你们真是仙女下凡。今天你们走运了，陪我们大日本帝国的最高武士喝酒，军票大大的有。"

胖武士却一言不发，突然伸手一把拉起兰婷，往瘦武士怀里一推，打算让他来个软玉温香抱满怀。

就在兰婷即将落入瘦武士怀中之际，雷霆猛地弹跳起来，飞起一脚直踢瘦武士的面门，同时一招"双风贯耳"迅速朝胖武士拍去。

瘦武士猝不及防，被雷霆踢得"噔噔噔"地直往后倒退，一个跟头摔倒在地，半天爬不起来。好在瘦武士懂些武功，换成是一般人，早就被雷霆踢得飞出门去，当场七窍流血而死。

胖武士倒是眼疾手快，见雷霆的双掌拍向自己的两耳，掌还没到，无形中就有一股绵绵不断的强力逼来，急忙缩头晃了一晃，借着逼向他的强力往后翻滚出去，重重地撞在一张客人用餐的桌上，顿时打翻了一桌酒菜，吓得客人喊爹骂娘地纷纷避让。

雷霆迅速将兰婷拉过来用身体护住，冷笑着对两个日本武士说："天堂有路你们不走，地狱无门你们偏来。很好，我今天就送你们过奈何桥去。"

见状，两个武士一怔，同时从身上抽出剑来。瘦武士首先来个敲山震虎，举剑朝一张桌子迅猛地一劈一扫，"哗啦啦"一阵响，桌椅板凳顿时变成一堆废柴。

胖武士也不甘示弱，两手握剑举过头顶，一招“大漠孤烟直”将剑竖起，突然摇手一转，翻翻滚滚地将剑舞出无数剑影，气势汹汹地朝雷霆身上罩来。

雷霆反手搂住兰婷的腰，侧身一转，后脚跟将一张板凳猛然勾起，直射入翻飞的剑影，一阵“噼哩啪啦”响声过后，胖武士的剑顿时便停住了。

见有机可乘，雷霆急忙把兰婷交给唐秋红，顺手抓起旁边桌上的一只空酒瓶，另一只手拿起一双筷子，怒骂道：“死胖子，我今天就送你回东洋的狗窝。”说完，将空酒瓶挥舞得龙吟虎啸，冷不丁朝胖武士掷去。

胖武士不知是计，急忙举剑一挡，空酒瓶在半空中炸开了花。趁着玻璃碎片四处飞溅未落之际，雷霆左手的筷子脱手而出，穿过玻璃花瓣直射入胖武士的双眼。

胖武士顿时捂着血流不止的双眼，痛得杀猪一般嚎叫，手松剑落，人也跌倒在地滚了几滚，昏死过去。

见状，瘦武士气得呱呱大叫，正想挥剑朝雷霆横扫过来，谁知才扫到一半，一个满脸络腮胡子的男子突然出现在几米远处，“砰”地开了一枪，子弹不偏不倚地射入他的眉心。

瘦武士睁着惊恐而又不解的眼睛，指着络腮胡子“你，你，你……”了半天，随即慢慢仰倒在地，一根血柱喷射而出，当场就见了阎王。

络腮胡子一不做二不休，哼了一声，走到昏死在地的胖武士面前，“砰”地一枪又将他送上了路。

眼前的一幕，把用餐的顾客吓得魂飞魄散，惊恐万状地朝门口涌去。

络腮胡子漫不经心地吹着还在冒烟的枪口，招呼几个手下过来，冷笑着命令：“把这两个不知天高地厚的鬼子拖出去埋了，不准声张，谁要是走漏风声，我就要谁好看。”

“是。”

“且慢。”雷霆突然感觉有什么地方不对劲，急忙伸手朝胖武士的肩膀一抓，络腮胡子来不及阻止，胖武士左边臂膀的衣服已被雷霆抓破了。

雷霆迅速地看了一眼，不由得倒吸了一口凉气，立刻把胖武士的左臂翻压在下面，站起来冷冷地说：“这两个日本人确实该死。没事了，你们抬走吧!”

打手们不解地盯着雷霆，又把目光移到络腮胡子脸上，见后者正翻着白眼狠瞪着他们，赶紧唯唯诺诺地将两具尸体抬走了。

络腮胡子对雷霆的举动有些不解，凶神恶煞般瞪着他吼道：“你们都活腻了吗？竟敢到岛上乐园来撒野，难道不怕吃枪子儿吗?”

雷霆不知此人就是火焰堂专门负责岛上乐园治安的二堂主洪万山，见其来势汹汹，忍不住向前大踏一步，挺起胸膛说：“兄弟，你总得分个青红皂白吧?”

洪万山不屑地瞟了雷霆一眼，用衣襟擦了擦枪口，慢慢举起来瞄准雷霆威胁道：“你难道不怕死吗?”

见状，雷霆的火气一下子蹿了起来，冷笑着说：“你看我像怕死的人吗？有种你就开枪。”

话音刚落，孙兵就从门外冲了进来，对洪万山一抱拳：“洪二爷，你误会了，他们是我请来参加擂台赛的朋友。”

对此，洪万山早已心中有数，他从冉小二嘴里已经知道雷霆去过林玲出租屋的事了。但是他十分敬重孙兵，知道他是个极难缠的人物，自己得罪不起，便板起一副面孔对雷霆冷冷地说道：“既然你们是孙护法请来参加擂台赛的朋友，那么看在孙护法的面子上，我就不追究了，失陪了。”说完，表情复杂地看了孙兵一眼，转身走了。

望着洪万山的背影，孙兵悄悄告诉雷霆他们来岛上乐园的事已经引起了林振松的注意。“真的?”雷霆心中一喜。

“为了把林振松引出来，我会尽量配合你演好明天的戏。你们吃完饭后，可以到处走一走、看一看，尽量熟悉岛上的情况，我会派人在暗中保护你们。”说完，孙兵身子一晃，人已到了门外。雷霆不禁暗暗佩服。

吃完饭，雷霆和唐秋红带着兰婷离开乐乐酒家，也不管后面是否有人跟踪，不动声色地穿梭于那些卿卿我我的痴男怨女中间。

不知不觉，三人来到了“梦之岛”赌场的门口，不少小混混、保镖和船夫正聚在路边赌得浑然忘我，呼五喝六的，好不热闹。

雷霆提议进去看一看，唐秋红和兰婷对视一眼，没有反对，三人便进入了一楼的大厅。

大厅里真是人声鼎沸、人山人海，有赌麻将的、赌牌九的、赌骰子的、赌扑克牌的……不管是达官贵人还是帮会流氓，是商人还是土匪，是中国人还是外国人，来此下注的，钱少者几十几百两银票，钱多者一甩手就是成千上万两银票。

当然，人分三六九等，身份不同赌注自然也就不一样，待遇也不一样。不过，来此者皆以赌为乐，十赌九输，最终的赢家还是火焰堂。

雷霆、唐秋红和兰婷刚刚走到大厅中央，便发现被称为“梦之岛”四大天王之一的赌场总监欧阳鸿飞正穿得像个富绅巨贾一般，昂首阔步从楼上走下来，游走在宝官、楂牌、银台之间，还不时高高在上地朝快手、跑腿、望风和传递者小声警告几句，显得派头十足，威严而不可侵犯。

突然，一位壮实汉子从身上掏出一把寒光闪闪的菜刀，飞身跃上一张大赌桌高声说道：“谁是这儿的局头，给老子滚出来，乖乖地把‘梦之岛’让给俺管个十天八天，否则，俺就把这砸成个烂摊子。”显然是有不怕死的来搅赌局了。

他话音刚落，立即引来一阵骚乱，随即是一阵窃窃私语，不少赌徒纷纷停止下注，围过来看热闹。

欧阳鸿飞大吃一惊，心想，有人胆敢单枪匹马地闯进“梦之岛”争行夺市，这还了得。

于是，他快步走到壮实汉子跟前，喝道：“朋友，你叫什么名字？哪条道上的？”“俺叫熊振南，是你们火焰堂的郭护法请来参加擂台赛的。”壮实汉子显得底气十足。

欧阳鸿飞有些不解了：“既然你是我们郭护法请来的，为何还要来搅我们的赌局？”“因为俺发现开的赌场有猫腻，害得俺身上所有的银两都输光了，今天要是不给俺个说法，就休怪俺不客气。”熊振南愤怒地盯着欧阳鸿飞。

“你说我们的赌场有猫腻，有什么证据吗？”欧阳鸿飞岂是这么好对付的，一句话就把熊振南给问住了，他只好甩甩头，说：“反正俺就觉得你们的赌场有猫腻。”

“你既然拿不出证据，就得愿赌服输。知道这儿是什么地方吗？莫非你活得不耐烦了，还不快走？否则我一句话，就算你有十个脑袋也不够用。”欧阳鸿飞突然板起一副严肃的面孔喝道。

这个熊振南虽然大字不识几个，但武功高深莫测，步入江湖以来鲜有对手，欧阳鸿飞这几句话根本吓唬不了他，随即天不怕地不怕地破口大骂起来。

欧阳鸿飞碍于熊振南是火焰堂两大护法之一郭玄请来参加擂台赛的，不想动手，只好连哄带吓地劝告。

谁知熊振南根本不把欧阳鸿飞放在眼里，挥舞着菜刀在赌桌上转了两圈，跳下桌来，走到赌场门口，“咣咚”一声把菜刀扔在地上，两手叉腰，扬言局头如果不让他分一杯羹的话，他就天天来搅赌局，让“梦之岛”永无宁日。

见此情景，兰婷不解地看向雷霆：“那个人是不是疯了?”“不，他不但没疯，还很精明。”雷霆不动声色地看着眼前的一幕。

就在这时，几十个手持刀枪棍棒的打手已经分开人群，一步一步朝熊振南逼近。

眼看一场大战在即，兰婷又忍不住问道：“霆哥，你说他精明，可已经有这么多人逼近他了，他怎么还没有反应?”

雷霆未及回答，唐秋红就抢先开口了：“搅赌局的人最希望局头一声令下，让打手把自己打得遍体鳞伤，只要他打不还手，还不停地破口大骂，一副死猪不怕开水烫的样子，他的目的就达到了。”

“什么?”兰婷一知半解。就在唐秋红想继续解释的时候，欧阳鸿飞已经把手举了起来，只要他一声令下，所有打手便会刀棍齐下，雨点般砸向熊振南。

“且慢!”突然，一个声音炸雷般在一楼的大厅响起。紧接着，郭玄和李勇昂首阔步地从楼上走下来，李勇肩膀上依然蹲着那只目露萤光的大猫。

走到熊振南面前，郭玄表情复杂地问道：“熊兄，怎么是你?”

“郭兄，是你请俺来参加擂台赛的，难道能眼睁睁地看着包里的银票输光吗？俺算明白了，什么举办擂台赛，真正目的就是引诱大伙来极乐岛给你们送钱。俺咽不下这口气。你是不是这儿的局头？是的话，赶紧把‘梦之岛’让出来给俺日进斗金几天，要不然俺天天来砸场子。”熊振南怒睁着眼睛骂道。

听了这话，郭玄不愠也不恼，心里却想，好你个熊振南，猪脑子，只要你打赢明天的比赛，到时候火焰堂为了收买你，你还愁没钱花吗？

想到这，郭玄为了息事宁人，从身上掏出一些银票递到他跟前，说：“熊兄，明天的擂台赛我最看好的人就是你！今天我不与你计较，别在这儿影响我们做生意。你要还想赌，这点钱先过过瘾，不论输赢，尽兴后赶快回去休息，明天好参加比赛。”

熊振南不达目的岂肯罢休，眼见对方不动手，他只好走了一步险棋，不但不接郭玄递过来的银票，还从地上捡起扔掉的菜刀，走到一张大赌桌前，抬起脚来刷地就从腿上割下一块巴掌大的皮肉，“扑”的一声丢在赌桌上当作赌注。

围观的人见了，无不睁大眼睛发出阵阵惊呼，目光齐刷刷地盯着那块皮肉，身上激起层层鸡皮疙瘩。

唐秋红和兰婷更是震惊不已，慌忙闭上眼睛，不敢去看那块血淋淋的皮肉。一旁的雷霆尽管见怪不怪，却也不得不佩服这个熊振南的勇气和胆识。

到了这个份上，若按赌场押一赔四的规矩，宝官应从自己身上割下四倍以上的肉来作为赔注，否则赌场一方就得认输。

熊振南割下来的皮肉足有巴掌大，宝官顿时吓傻了眼，假如他奉陪到底，就得从身上割下四块巴掌大的皮肉，如此一来腿废了不说，没准还会赔上身家性命。

想到这，宝官满脸直冒虚汗，只好苦笑着摇了摇头，甘拜下风。

“朋友，何必呢？这只是误会一场。”这时，李勇走到熊振南身边，想了想，又转脸对冉小二吼道：“还愣着干嘛？还不赶紧去拿药来给熊爷敷伤口。”

这个冉小二是个气量狭窄之人，很快便拿来一包生盐，一把一把敷在熊振南的伤口上使劲揉搓起来，脸上尽是得意的神色。

熊振南真不愧是个铁打的硬汉，尽管冉小二借机在他伤口上用力揉搓，疼得他早已是锥心透骨，却装出一副没事人的样子哈哈大笑起来。

按照赌场的规矩，熊振南搅赌局成功后，“梦之岛”就得派人送他回到火焰堂安排的住处疗伤，每天还得给他一定的津贴。

眼见目的达到，熊振南不由得咧嘴大笑起来，雷霆也对他刮目相看起来。

突然，赌场门外传来一阵怒骂声，紧接着，洪万山和孙兵走了进来。

原来，冉小二刚才出去取盐时，正好遇见洪万山和孙兵路过赌场，急忙把熊振南搅赌局的事汇报给二人。

洪万山听了，顿时怒不可遏，闯进大厅就冲到那位宝官面前凶巴巴地吼道："平时是怎么教你们的？统统是废物！姓熊的割下一块肉就把你们吓着了？你们怎么不把一条腿切下来赔给他呢？"

望着气势汹汹的洪万山，郭玄忍不住了，走上前去冷冷地说道："洪二爷，你眼里还有没有我这个护法？这里轮得到你来发号施令吗？"

洪万山平日里是不敢得罪郭玄的，可这回不一样了，只见他掏出肖顺阳给的令牌，得意地说道："郭护法，看见令牌了吗？这是肖总管亲自给我的。在擂台赛没有开始之前，不管是谁，只要胆敢在极乐岛闹事，我都可以先斩后奏。"

见状，郭玄冷哼一声，也掏出令牌在洪万山面前晃了晃，骂道："洪万山，你睁大眼睛仔细看看，老子的令牌可是大堂主给的。"

望着郭玄手上的令牌，洪万山吓了一大跳，旋即赔上一副笑脸："郭护法，不好意思，不好意思！"说完头也不回地离开了大厅。

随后，郭玄命令几个打手去找门板，打算抬熊振南回去养伤。不料，熊振南却得意洋洋地说："郭护法，还是省了吧，这点小伤算什么？就当俺给大伙表演一个小节目。只要你们把俺的银票退回来，俺不仅不为难你们，明天还会继续参加擂台。"

见熊振南腿上的伤血流不止，竟然还撑得住，郭玄心里不得不暗暗佩服此人是条好汉。为了收买熊振南，郭玄挥了挥手，叫人将他输掉的三万两银票拿来，亲自交到他手上，说："熊兄，如果我把钱退给你，便破了赌场的规矩。这是万万不可的，所以这些银票不是你赌输的，而是我送给你的。"

熊振南见郭玄如此善待自己，心里不由得一阵感激，当下收好银票说："郭兄，你真够朋友，以后有什么事，请尽管吩咐！"

就在这时，一直不声不响的孙兵一把拎起赌桌上的皮肉，递给熊振南，喜怒不形于色地说："这是你的赌本，拿回去吧。"

熊振南也不客气，接过那块皮肉哈哈大笑道："孙护法，谢谢你！你不提醒，俺倒忘了。既然是赌本，俺就带回去了。"

雷霆意外地发现郭玄身上有林振松的令牌，突然萌生出跟踪郭玄的念头，想通过他找到林振松的住处。于是，他和唐秋红心照不宣地对视了一眼，便带着兰婷悄悄地跟在郭玄后面。

就这样盯了几分钟，孙兵突然从后面追了上来，悄悄地对雷霆说："不用跟踪郭护法了，他早已发现你们的动机了，你们还是先回鬼屋耐心等待，吃晚饭的时候我会去找你们，讨论下一步的工作。"

雷霆思忖着孙兵的话，觉得很有道理，再想想穿着普通却处事老到的郭玄那副不显山不露水的样子，点了点头，随即带着唐秋红和兰婷回到了鬼屋。

第十二章

惩恶除奸

晚上，孙兵果然带着食物来到鬼屋与雷霆他们共进晚餐。刚吃过晚饭，孙兵的心腹杨小毛就跑来告诉他，赵德贵的门徒李大牛和马云峰突然出现在岛上乐园的船上歌舞厅。

孙兵很吃惊，看向雷霆：“你不是说赵德贵的客轮昨天晚上被日机炸沉了吗?”

“哦，我忘了告诉你了，李大牛和马云峰昨天晚上根本不在那艘客轮上。当时我也很奇怪，还问过赵德贵。他说李大牛和马云峰都病倒了。这两个家伙，不可能好得这么快，更不可能这么快就来到极乐岛，一定是早就来了。从这件事来看，这两个采花大盗已经被日本人收买了，还出卖了他们的主子。”雷霆分析道。

“可是，李大牛和马云峰为什么要出卖赵德贵呢?”唐秋红有些不解。

雷霆略一沉吟，说：“可以这样推理——李大牛和马云峰发现我和婷儿被赵德贵一伙带上客轮后，立即通知了日本人。而且，从我们乘坐的客轮能够顺利通过日军的海上关卡来看，更能说明两人已与日本人狼狈为奸。”

听了这话，唐秋红眼前一亮，禁不住说：“雷探长，照你这么说，林公馆连环凶杀案会不会和李勇当初说的一样，跟赵德贵有关?”

“李勇当初的推断已经被我推翻了。他说李大牛和马云峰善于使用膏药和迷魂散作案，认为林公馆的案子跟他们有关。可我仍然认为，他们不是凶手，只是两个采花大盗。在没有被日本人收买之前，他们不敢出卖赵德贵，毕竟赵是青帮的头，也和日本人暗中勾结。林公馆发生凶杀案后，赵德贵开始对林振松产生怀疑，日本人担心他会从中查出林公馆凶杀案的真相，便收买了他手下的李大牛和马云峰为自己提供情报。由此来看，我进一步认为林公馆的案子与日本间谍有关。我以前侦破过一件案子，作案手法几乎和林公馆凶杀案一模一样，凶手正是日本间谍。”雷霆进一步分析道。

听了这话，唐秋红恍然大悟，禁不住兴奋地说：“现在我明白了，李大牛和马云峰假装同时病倒，不愿与赵德贵坐同一艘客轮来极乐岛，就是想把雷探长和婷儿被赵德贵带上船的情报卖给日本人。”

“你分析得很正确。鬼子得到情报后，担心在港城除掉赵德贵和我们难免会惹祸上身，便故意放客轮通过他们的关卡，待我们离开港城后，他们才派飞机来轰炸我们，以此达到杀人灭口的目的。”雷霆赞许地看着唐秋红，说道。

这一下，唐秋红对雷霆更是佩服得很，旋即又有些疑惑：“可这个李大牛和马云峰来极乐岛做什么呢？”

“十分明显，收买李大牛和马云峰的日本人就在极乐鸟上，更确切地说，这个日本人还是个间谍。两人为了得到赏金，才来极乐岛找这个间谍的。”雷霆的话让唐秋红和兰婷不禁大吃一惊。

孙兵也禁不住问：“雷探长，那我们是不是马上去跟踪李大牛和马云峰，通过他们找到那个日本间谍？”

雷霆想了想，摇摇头说：“晚了，他们已经从那个日本间谍手里拿到赏金了，否则不会去歌舞厅寻找刺激的。”

“那现在我们该怎么办呢？”孙兵进一步问道。

雷霆从身上掏出香烟点燃，吸了两口说到：“既然这两个恶棍喜欢女人，他们在巫岭见到秋红时便想调戏，我觉得有必要带秋红和婷儿去歌舞厅试探他们一番，倘若两人动心，一定会跟踪秋红和婷儿来到鬼屋。到时候，我们就来个守株待兔，然后逼他们说出真相。”

“好，就这么办。”大家都觉得雷霆的主意不错，一致决定让孙兵的心腹杨小毛带着唐秋红和兰婷走在前面，雷霆和孙兵跟在后面，到了歌舞厅再见机行事。

这是一个充满着诱惑的夜晚，天气出奇的好，碧蓝的夜空在星星的辉映下，显得格外洁净而明朗。

一路上，海风带着一丝凉爽亲吻着唐秋红和兰婷的面颊，拂动着她们的头发。杨小毛带着唐秋红和兰婷走在前面，雷霆和孙兵跟在后面保持着一定的距离。

很快一行人便来到码头的船只集中处，只见中间用大船连接成一条通路，两边靠着不少客船，到处灯火通明，不时传来打麻将、打扑克和推牌九的声音，甚至有人在船里打情骂俏、饮酒猜拳，显得十分热闹。

杨小毛带着兰婷和唐秋红走进一艘大型客船，下层是陈设华丽的客厅，有几十张大桌，可供近千人用餐，往里还有供客人休息的房间。

三人径直走上二层，这里相当豪华，四周的吊灯充满法式的浪漫情调，中央还配有一个圆形舞池，舞池一边有个月牙形的歌台，上面放着不少乐器。

杨小毛带着兰婷和唐秋红走向一张显眼的桌子。雷霆和孙兵选了个光线比较暗的角落坐下后，大厅立刻响起轻音乐。

雷霆仔细打量着四周，没有发现李大牛和马云峰的身影，便凑到孙兵耳边小声问道："怎么不见那两个混蛋？"

"别着急，他们肯定在某个房间寻欢作乐呢。你放心，我的心腹正在盯着他们，他们跑不掉的。"孙兵悄悄地说。

雷霆点了点头，突然发现另一张桌子上正坐着一个高贵优雅的年轻女子，那秋波流转的目光正痴痴地落在自己身上。雷霆心头猛然一惊，这不是今天在路上遇到的那个林玲吗？她怎么也在这？

正思忖间，林玲已经友好地朝雷霆微笑着点了点头。林玲本来打算过去与雷霆说话的，一眼看到孙兵坐在他身旁，只好遗憾地叹了口气。

雷霆觉察出林玲的心思，就主动过去请她过来一起喝一杯。林玲受宠若惊，趁机来到雷霆这桌，微弯着身子与孙兵打招呼后，款款而坐。

雷霆又将目光移到坐在显眼处的唐秋红和兰婷那边，发现杨小毛已经离开，两人正在漫不经心地品尝着饮料。

雷霆将目光收回来，却发现林玲正在看着自己，似乎有话要说。雷霆会意，急忙凑近她问道："林小姐，有事吗？"

林玲看了孙兵一眼，这才凑到雷霆耳边悄悄说："雷先生，你交待的事，我下午就去办了，想不到竟然十分顺利。我找个借口去见他时，意外发现那个女人在他房间里，我当时在门外还偷听到了他们的谈话。"

"他们都谈了什么？"雷霆惊喜地看着林玲。林玲又望了孙兵一眼，想了想，靠近雷霆耳语了一番，说了几句令雷霆吃惊不已的话。

林玲确实给雷霆提供了非常有利的线索，使得他越来越觉得林公馆连环凶杀案的凶手就要浮出水面了。

为了彻底揭开凶杀案背后的阴谋，雷霆并不急于求成，仍然打算按照原来的计划行动。于是，他给林玲布置新的任务，林玲想到雷霆是自己的救命恩人，自然乐意效劳，转身就忙去了。

船上的人越来越多，不到凌晨已经挤满了来此泡香的客人。头顶悬挂的吊灯不停地闪烁着，形形色色的痴男怨女在狂欢中将手里的高脚杯碰得格外脆响。

这时，杨小毛突然来到孙兵身边，悄悄说道："李大牛与马云峰完事后，已经到船上歌舞厅来了。"说着用手指了指不远处的角落。

雷霆和孙兵顺着小毛手指的方向看去，那儿正坐着一个脸宽鼻阔的大汉，他旁边则坐着一个又高又瘦、贼头贼脑的家伙。

随即，杨小毛按照孙兵的吩咐过去提醒唐秋红和兰婷，两人听后，立即转头望了望不远处的李大牛和马云峰。

两人正和身边的船妓行着酒令，兰婷以为他们没有注意到这边，便小声问唐秋红怎么办。办事老练的唐秋红四处看了看，说："婷儿，这两个恶棍早就发现我们了。"

兰婷一听，多少有些紧张。唐秋红连忙安慰她："别担心，不就是两个采花贼吗？况且雷探长和孙护法还在暗中保护我们呢。"

这时，一位歌女袅袅亭亭地走上舞台，在音乐的伴奏下唱起柔情的歌曲。整条船都被这魅惑的音乐笼罩着，人们纷纷走进舞池，轻轻地摇摆着身子。

眼见时机已到，唐秋红看向兰婷说:"婷儿，我们也去跳一曲吧。"

“秋红，我们都是女人，有什么好跳的?”兰婷有些不解。

“这还不明白吗?我们不跳舞，怎么用美色勾引那两个恶棍呀。”唐秋红一语点醒了兰婷。她恍然大悟，慢慢地站起身来，轻移莲步地和唐秋红走向舞池，转来转去便来到了李大牛和马云峰身边。

发现她俩后，李大牛和马云峰先是一愣，随即眼中射出贪婪的目光。两人迅速地商量了一下，一把推开身边的船妓，站起来走到唐秋红和兰婷的面前，分别邀请她们与自己共舞。

兰婷很紧张，正不知所措间，唐秋红已经主动搂着李大牛卷进了舞池，她这才鼓起勇气接受了马云峰的邀请。

音乐变得越发轻柔浪漫，马云峰搂着兰婷一边曼身旋转，一边试探着说：“兰小姐，想不到会在这儿遇见你，简直是太意外了。”

兰婷尽量稳住心神，随机应变道：“我被雷探长救出娱红苑后，你们青帮的人到处找我。昨天下午，我和雷探长又被赵德贵抓到了你们青帮的一艘豪华客轮上!”

“哦?后来呢?”马云峰忍不住问道。“后来那艘客轮遭日机轰炸，沉入海底了!”“既然如此，你又怎么会在岛上乐园呢?”马云峰追问。

兰婷顿了顿，巧妙地回答：“客轮被炸沉后，我大难不死，遇到了一个漂浮物，是它救了我。今天早晨，我又被一艘来岛上乐园的船救了。”

马云峰仍然有些不解：“兰小姐，我还是觉得奇怪，你怎么又会和唐小姐在一起呢?”“我是今天下午在岛上乐园碰见她的，她说在港城看过我跳的舞，我们聊着聊着就熟悉了。”马云峰听了，嘿嘿直笑，不再作声。

与此同时，李大牛也在不断地试探唐秋红。唐秋红毕竟是军统的美女特工，又是我党的生死特工“夜莺”，对李大牛的提问自然对答如流。

望着光怪陆离的舞池，雷霆和孙兵对视一眼，孙兵说：“这两位小姐太出众了，难怪李大牛和马云峰会上当。”雷霆冷笑道：“今天晚上我们就送这两个采花大盗回老家。”

舞池里，唐秋红感觉两个好色之徒已经进入状态，便搂着李大牛旋转到兰婷身边，用手腕轻轻碰了她一下。

兰婷会意，等到舒缓的舞曲戛然而止时，她与唐秋红分别朝马云峰和李大牛抛了个媚眼，转身亭亭袅袅地离开船上歌舞厅，匆匆往鬼屋走去。

她们刚走，李大牛和马云峰便下船跟了上去。

正所谓螳螂捕蝉，黄雀在后。李大牛和马云峰万万没有想到，他们身后正悄悄跟着雷霆和孙兵。

一路上，李大牛和马云峰尽量避开路灯，借着树影的掩护，一直跟踪唐秋红和兰婷来到鬼屋附近，找到隐秘处潜伏下来。

雷霆和孙兵也藏在暗处耐心等待，只要李大牛和马云峰潜进鬼屋，他们就立即来个瓮中捉鳖。

凌晨两点，李大牛和马云峰估计时机已到，便窜到一楼卧室的窗外竖起耳朵细听，听到屋里传出均匀的呼吸声，两人窃喜，迅速作出判断，一致认为唐秋红和兰婷都睡在这间屋里。

于是，他们一个掏出事先准备好的膏药涂在窗户玻璃上，待玻璃被腐蚀出一个小洞后，另一个掏出装有迷魂散的微型喷筒，穿过圆洞朝卧室里吹迷魂散。

大约过了两分钟，他们转到鬼屋正门，设法把门弄开，推门闪进屋去。

雷霆和孙兵在鬼屋外面悄悄地注视着这一切，发现二楼的窗户已经打开，唐秋红和兰婷向他们挥手发出信号，两人禁不住露出会心的微笑。

进屋后，两人轻手轻脚地来到床边，兴奋地伸手在床上四处寻找，却发现床上空空如也，顿时吓得脸色大变。

李大牛禁不住说："真他妈怪了，刚才明明听到里面有呼吸声，怎么一下子就没人了？"马云峰想了想说："是不是我们听错了？说不定她们在二楼呢。"

李大牛觉得有道理，急忙和马云峰转身走出一楼的卧室，兴奋地朝二楼跑去。与此同时，雷霆和孙兵已不声不响地飘进鬼屋，跟在了两个采花大盗的后面。

马云峰和李大牛用刀拨开二楼卧室的房门，刚蹑手蹑脚地走进去，走在后面的马云峰就被雷霆轻轻拍了一下。

马云峰一惊，急转身子将手中的刀猛地刺向身后的人影，不料却刺在了黑暗沉闷的空气中。闪到一边的雷霆又在他背后轻轻拍了一下，他又一个急转身，正想一刀刺去，雷霆突然闪身到了他的背后，发力推出一掌，他猝不及防，向前飞奔出去，重重地撞在李大牛的身上，两人同时跌倒。

就在这时，雷霆一拉床头的开关，卧室里顿时亮如白昼。兰婷和唐秋红正靠在窗边，手里都握着手枪，神态自若。

李大牛和马云峰狼狈地从地上爬起来，惊恐而又不解地望着四人。马云峰更是吃惊，结结巴巴地问唐秋红和兰婷："你们，你们到底是人还是鬼?"

唐秋红冷冷地看着两人，说："你们那套老把戏，早就过时了。你们往屋里吹迷魂散时，我们早就溜出房间了。"

雷霆接过唐秋红的话："龟儿子，还不赶紧把你们与日本人勾结的事如实招来，否则我让你们生不如死。"

赫然发现雷霆还活着，两人本是震惊不已，这会儿发现雷霆和孙兵的手上都没有枪，又壮了几分胆气，随即对视一眼，分别飘向雷霆和孙兵。

李大牛突然一个弓步冲上前，挥刀就往雷霆脖子上刺去。雷霆胆识过人，根本就不躲避，索性忽地矮下身来，张嘴紧紧咬住李大牛刺来的尖刀，同时一记勾拳直击他的小腹。李大牛"嗷"的一声弯腰嚎叫，雷霆迅速起身，一脚将他踢飞到兰婷和唐秋红的脚边。

与此同时，马云峰手中的尖刀舞出一个个耀眼的光环，闪电般朝孙兵划去。他这一手快刀斩乱麻的功夫实在是怪异之极，所幸是孙兵，换作是他人早就被拦腰砍断了。

孙兵不敢大意，当马云峰步步紧逼，手中的尖刀从下往上挑他的腹部时，他侧身闪过，两手却快速抓住马云峰持刀的手腕，"嘿"的一声扭翻过来。随着"咔嚓"一声，马云峰的手腕顿时骨折，手中的刀也"咣当"一声掉落在地，痛得他杀猪一般嚎叫起来。

孙兵随即飞起一脚踢向他的屁股，马云峰不曾防备，一头撞向墙壁，软绵绵地倒在地上动弹不得。

做完这一切，孙兵转头望向雷霆，后者早已把咬在嘴上的尖刀吐掉，接过兰婷手中的勃朗宁手枪抵在李大牛太阳穴上，喝道："说，是不是你们俩把情报卖给日本人的?"

李大牛不回答，一双牛眼狠狠地瞪着雷霆。雷霆冷哼一声，手上暗暗加重了力道："再不从实招来，我就要替天行道了。"

“没有，我们没有。”李大牛还想最后一搏，不但嘴上死撑着，还悄悄地把手伸进了怀里。

这一幕怎么逃得过雷霆的眼睛，他顿时怒目圆睁，伸手一把抓住李大牛的衣领把他提了起来，随后当胸一拳再度把他打翻在地，又在他屁股上补了一脚，气愤地喝道：“不说是吧，不要紧，我来替你们说。你们两个为了金钱和美色，不但背叛了你们的主子，还甘愿当小日本的走狗，把情报卖给他们，害得你们的主子葬身鱼腹，对不对？”

“雷探长，你，你，你是怎么知道的？”一旁的马云峰睁大了眼睛。雷霆嘿嘿冷笑道：“连你们这点把戏都看不出来，我就不用当侦探了。”

眼见大势已去，李大牛叹了口气，一字一句地说：“雷探长，既然你已经知道了，我们也就不瞒你了。可是、可是我们也不是故意的，我们中了鬼子的美人计，被逼无奈才出卖了赵德贵。”

果然不出所料，雷霆看了孙兵一眼，步步紧逼，瞪着李大牛说道：“李大牛，如果你想将功折罪的话，就赶紧把你们中美人计的事都招了吧，免得我们动手。”

李大牛刚想开口，可一想到井上美子警告过自己和马云峰的话，知道自己说出来也不会有什么好下场，随即脸色大变，索性硬着头皮说：“雷探长，我不会告诉你的，你还是一枪把我打死吧。”

“李大牛，你以为死了就能一了百了了吗？我劝你不要执迷不悟了，识相的话，赶紧抓住机会戴罪立功，把你们的罪行都交待了。”雷霆耐着性子继续逼问。

李大牛却再度沉默了。这时，马云峰趁大家都把注意力放在李大牛身上，慢慢转过身来，悄悄从怀里掏出手枪瞄准了雷霆的后脑勺。

随着“砰”的一声枪响，一个人猝然向后仰去，猛地吐出一口血，头一歪，死了。然而，被打死的不是雷霆，而是罪大恶极的马云峰。

原来，马云峰的小动作早已被唐秋红看着眼里，她比他还快，甩手一枪，马云峰的脑袋就被子弹穿了一个窟窿，脑浆四溅，命丧当场。

见状，雷霆的火气更大了，看着眼前的两个败类，突然怒从心头起，索性一把提起地上的李大牛，两手钢箍铁铸般紧卡着他的粗腰，突然发力，“嘿”的一声将他举过头顶，“嗖”的一声就抛出了窗外，重重地跌落在地上。

屋外的黑夜中，李大牛当场七窍流血，和马云峰一起到阴曹地府报到去了。

这时，孙兵看了看表，发现已是凌晨三点，想到晌午时分雷霆还要参加擂台赛，说道："剩下的时间不多了，你们赶紧去休息吧，尤其是雷霆，要保持体力参加比赛。剩下的事情就交给我吧。"

"好的。天亮以后，麻烦你在岛上乐园散布消息，就说我已经侦破了林公馆连环凶杀案，凶手是赵德贵和他手下的李大牛、马云峰。而且你还要告诉大家，就说李大牛和马云峰半夜潜入鬼屋想暗杀我们，结果被我们除掉了，尸体就埋在火焰堂严禁外人入内的墓地里。"雷霆对孙兵交待。

"雷探长，你这葫芦里究竟卖的是什么药啊?"孙兵有些不解。雷霆诡秘地笑了笑，说："不管我葫芦里卖的是什么药，你先按照我说的去做，最好让林振松也知道。如果我猜得不错的话，林振松听到这个消息后，肯定会很感兴趣的。"

第十三章

斗 智 斗 勇

1944年是抗日战争达到白热化的一年，这一年火焰堂请来极乐岛参加擂台赛的武林高手很多，比武地点就选在码头附近宽大的沙滩上，

这一天，极乐岛上人山人海，里三层外三层地围满了看热闹的人。场地中央搭起了一个比武擂台，四周插满了火焰图案的大旗。

晌午时分，耀眼的太阳光洒落在擂台上，四周的气温越来越高。总管肖顺阳走向一排座椅，座椅后面站着一排黑衣黑裤打扮的彪形大汉。

他得意地坐在正中间那把虎皮交椅的右边。至于那把空着的虎皮交椅，一看就知道是留给大堂主林振松的。肖顺阳旁边放着一张与他那张一模一样的椅子，这张椅子是留给黄艳坐的。

空着的虎皮交椅左边依次坐着孙兵、郭玄、洪万山和李勇。李勇的旁边还坐着赌场总监欧阳鸿飞。他们都是火焰堂顶尖的高手，深受林振松的器重。

比武即将开始，林振松终于带着黄艳露面了。当他稳稳地坐在那把虎皮交椅上时，众人的目光立刻被吸引了过去，接着就是一片窃窃私语。

火焰堂的人都明白，尽管林振松坐在象征着大堂主的虎皮交椅上，但也不能证明他就是大堂主，按照惯例，除非他拿出火焰堂的镇堂之宝，只有这样火焰堂的徒子徒孙才会心服口服。

林振松一眼就看穿了大家的心思，于是起身离开那把虎皮交椅，飞身

一跃，轻轻地飘落在擂台上。

众人的目光齐刷刷地看向擂台，沉默地看着台上的林振松。只见他从身上掏出一块刻有火焰图案的物件，用手在上面摩擦着，突然使劲一吹，上面立即燃起一团金光闪闪的火焰。

随后，林振松将手中的宝贝高高举起。见此情景，火焰堂的徒子徒孙惊得目瞪口呆，急忙跪地磕头，异口同声地高呼："火焰万丈神鬼惊，主人现身百安灵；四海之内皆兄弟，十大堂规永记心。"

众人行礼完毕站起来后，孙兵和郭玄已是惊得大眼瞪小眼。他们都是火焰堂的护法，自然见过林振松的真面目，只是想不通今年林振松为什么会一改以往的惯例，竟然没有化装易容，以真面目出现在众人眼前。

雷霆、唐秋红和兰婷站在人群中，望着擂台上的林振松，心中各有所想。这时，林玲突然来到雷霆身边，悄悄地对他耳语了几句。

雷霆听了，心想果然不出所料，随即满怀感激地看着林玲，迅速想了一下，也凑到她耳边悄悄说了几句。

林玲离开后，感到莫名其妙的唐秋红和兰婷一直盯着雷霆，眼中盛满了问号。见状，雷霆只好悄悄告诉二人："刚才那位是爱国人士，她已经发现井上美子了。"

"什么？"唐秋红和兰婷不约而同地睁大了眼睛，心头掠过一阵惊喜。唐秋红忍不住了，悄悄地问雷霆井上美子在哪里。

雷霆诡秘地一笑，指着擂台上说："你别着急，我们还是先听听林振松的演讲吧。"

无奈，唐秋红只得朝台上望去，只见林振松已经沙哑着嗓子宣读完欢迎词，之后又讲了比赛规则。

末了，他强调："各位来宾，各位朋友，各位兄弟，承蒙多年来对火焰堂的关照，我在这里先谢谢大家了。今天我们火焰堂举办擂台赛，目的就是给大家创造一个切磋武艺的机会，希望大家遵守比赛规则，不管谁输谁赢都在情理之中。若是有人愿意加入火焰堂，我代表火焰堂欢迎大家。按照以往的惯例，无论是谁，只要获得冠军，我都会亲自设宴款待他。现在，我更是直言不讳地告诉大家，今年无论是谁，只要获得冠军，都会得到我亲自颁发的五万两银票，若愿意加入火焰堂，我还将封他为护法，另奖十万两银票。”

众人哗然，旋即响起雷鸣般的掌声。林振松脸上显出得意之色，朝肖顺阳身边的黄艳招了招手。黄艳会意，立即站起来，纵身而起，姿势优美地跳落在林振松身边。

这时，林振松清了清嗓子，继续高声说道：“由于火焰堂的人越来越多，武器装备充足，我计划组建自己的海上自卫队，需要有本事的人来协助我。站在我身边的美人叫黄艳，从现在起，她就是火焰堂的副总管，等火焰堂有了自己的海上自卫队，她便身兼两职，既是副总管，又是海上自卫队的大队长。这次擂台赛结束后，我会亲自挑选精明强干的人才，凡是加入海上自卫队的，都会加薪，并且有升官的机会。因此，我希望这次的高手不要错过机会。至于组建海上自卫队的具体工作，由黄副总管和肖总管全权负责。”

林振松的话令所有的人都始料不及，这分明是笼络人心嘛。孙兵、郭玄和洪万山更是想不通林振松为何会将一个弱女子封为副总管，还要组建什么海上自卫队。不过话又说回来了，他是火焰堂的大当家，爱怎样就怎样吧，别人无权干涉。

林振松等众人安静下来，又大声说道：“现在我宣布，比武正式开始。”

林振松和黄艳落座后，孙兵跃上擂台宣读参加这次擂台赛的武士名单。当读到雷霆的名字时，林振松、黄艳和肖顺阳都脸色一凛，想不到这位赫赫有名的雷探长也会有兴趣来参加擂台赛。

宣布结束，精彩的打斗随即开始。然而，不到三个小时，除了郭玄邀请来的熊振南还威风凛凛地站在台上之外，很多高手纷纷败下阵来，最后只剩下五位高手还没有出场。

本来，孙兵想安排雷霆最后出场，又担心会引起林振松的怀疑，于是将他安排在倒数第五位。

听到喊自己的名字，雷霆冷冷地看了站在台上的熊振南一眼，突然飞身跃起，稳稳地落在擂台中间。干净利落的身手令观众眼前一亮，立即拍手叫好。

雷霆很有礼貌地向熊振南行抱拳礼。熊振南也挺着粗壮的腰板哈哈大笑，朝雷霆一抱拳，说道："俺熊振南是个粗人，不会讲话，讲错了你可别见怪。俺看得出你有两下子，但未必赢得了俺，承让了。"

雷霆心里冷笑一声，表面淡淡地说："朋友，请吧！假如我不小心伤了你，还请见谅。"

见雷霆的口气不小，熊振南二话不说就将绕在腰间的一条金黄色长鞭解下来，长鞭的尾端是一把闪着红光的梭镖。

他握着长鞭一抖手，顿时搅起一阵阴风，在半空中挥舞出大圈小圈，形同一个个耀眼的光环，瞬间又变成一条吐着火舌的怪蛇直朝雷霆的面门飞去。

雷霆不敢大意，迅速向后一个腾空翻，谁知他刚落地，熊振南的鞭子已如影随形，忽上忽下地往他的腰部扫来。

见长鞭来势凶猛，雷霆急忙冲天而起，翻落到他背后，趁他来不及转身，凶狠凌厉的双掌猛地击打他的后背，直拍得他往前飞出几米，一屁股坐在地上。

熊振南的身子晃了两晃，仍然气血翻涌，顿知这个雷霆不同凡响。随即，熊振南重新跃起，再次将长鞭挥舞得呼呼有声。

一旁的孙兵已经看出熊振南不是雷霆的对手，心中暗喜。不仅孙兵，其实林振松、黄艳、肖顺阳以及郭玄、李勇等人都看出来了，熊振南虽然武功过人，毕竟大腿有伤，要想打败雷霆谈何容易。

当天上午，林振松和黄艳就听说雷霆已经侦破林公馆连环凶杀案，还打死了李大牛和马云峰，心中不禁大喜，以为所有的威胁都解除了。不料这会又看到雷霆来参加擂台赛，还出手不凡，心里又不安起来，隐隐地觉得有什么事要发生。

想到这，林振松的脸色越来越难看，悄悄问肖顺阳该怎么办。肖顺阳不以为然，凑到林振松耳边悄悄说："你放心，还有四位高手没有出场，假若他们也败下阵来，我就亲自出马对付雷霆。"

林振松当然知道肖顺阳身手了得，立即转忧为喜。黄艳却忍不住对肖顺阳说："肖总管，这个姓雷的不好好查案，竟然伙同唐秋红等人去巫岭寻找宝藏，想到这些我就来气。如果你有机会上场，我希望你趁机把姓雷的干掉。"肖顺阳贪婪地盯着黄艳丰满的胸脯，点了点头。

随即，他重新把目光移到擂台上，却见熊振南摇了摇头，苦笑着对雷霆说："朋友，俺小瞧你了，你才是真正的英雄，俺输得心服口服。"

熊振南的话音刚落，全场立即响起雷鸣般的掌声，其中拍得最响的莫过于兰婷和唐秋红。接下来的四场比武，雷霆沉着应战，简直是出乎肖顺阳的意料，几招就将那四个顶尖高手打得败下阵来。

望着力挫群雄的雷霆威风凛凛地站在擂台上，很多人都以为他当仁不让地获得了这次比赛的冠军，谁知肖顺阳大喊一声"比武还没有结束"就飞身离开椅子，转身夺下一个弟子的砍刀，朝自己坐的椅子迅速砍了下去，瞬间便将那张椅子从中间劈了开来。

肖顺阳这一手敲山震虎的功夫，确实让雷霆和唐秋红吃惊不已。这时，他丢下砍刀，纵身跃上擂台，当众宣布自己将和雷霆比试最后一场。

围观的人群突然骚动起来，很多人指责这次擂台赛不公平，那些被邀请来的武林高手也不解地盯着肖顺阳。见状，他只好大声解释道："我们火焰堂举办擂台赛，并没有规定不能让火焰堂的人参加，我们大堂主说得很清楚，无论是谁，只要在比武中获得冠军，就可以得到五万两银票……"

"肖总管，虽然你说得在理，可孙护法公布的比武名单里，并没有你的名字啊。这个你怎么解释？"肖顺阳的话还没有说完，人群中就有人大声提出质疑。

肖顺阳的脸上有些挂不住了，仍然硬挺着："对不起，可能是孙护法忘记念我的名字了。"众人一听，尽管有些不愉快，却也无可奈何，只好沉默下来。

肖顺阳见大家不再提出异议，便转身看问雷霆："怎么样，雷探长敢不敢比试比试呢？"雷霆泰然自若，朗声答道："肖总管，听说你以前杀过鬼子，本来我敬佩你是一条好汉，谁知你后来却变得心术不正，还打死过一位洪拳高手，但今天想打赢我绝非易事。"

肖顺阳想不到雷霆竟然当众公布他的底细，心头一阵恼怒，嘿嘿一声冷笑："大家听好了，今天我和雷探长的这场龙虎争斗，难保没有伤亡，希望大家给我们作个证，死伤概由自己负责。"

肖顺阳的话引得擂台下又是一阵骚动，兰婷更是紧张万分。

比武开始后，肖顺阳轻蔑地看着雷霆，抖着身上的肌肉疙瘩，慢慢地挪动着脚步。雷霆稳稳地站在擂台中间，目光如炬地盯着肖顺阳，见他不急不躁、身手灵活，便猜出其确实是高手中的高手，心里顿时有了底，也随之开始移动脚步，并不急于出手。

肖顺阳以为雷霆胆怯了，突然一个右冲拳向雷霆击去，左手的上勾拳也击向雷霆的下巴。雷霆灵活地向后躲闪，随即伸出双手用力将肖顺阳的两拳挡开。

肖顺阳见一下子击不中雷霆，改变了策略，使出绝技迅速地朝雷霆的下三路猛攻。雷霆早已明了，侧身一闪，让他扑了个空，紧接着一个空翻，从他的头顶飘了过去。

观众一片哗然，那些把赌注押在雷霆这边的男人更是疯狂叫好，都希望雷霆能够打败肖顺阳，让他们赌赢对方。

肖顺阳见雷霆不还手，显然有小瞧自己的意思，愤怒得急转身子扑向雷霆，一招“黑虎掏心”直朝他的胸部捣去。

雷霆往后一仰，避过肖顺阳的魔爪，趁机抬起右脚朝他的下三处一踢，好在肖顺阳收身收得快，虽然被雷霆踢中，却没有受伤。

见状，肖顺阳再也不敢大意，就在雷霆以一招“大鹏展翅”扑向他时，他竟然不避不让，举起双手迎着半空中的雷霆向上一托。

双手触到雷霆的双掌时，雷霆正想以一招“倒撞金钟”朝他头顶猛砸下来，谁知肖顺阳突然以手变爪，坚硬有力的手指头瞬时掐住雷霆的手关节，发力扭身一摔，将雷霆摔出几米之外，重重地倒在擂台上。

见此情景，观众瞪大了眼睛，唐秋红紧张万分，兰婷更是惊得不能呼吸，林振松和黄艳却带头高声为肖顺阳叫好。

就在众人担忧不已之际，雷霆突然一个“鲤鱼打挺”跃起来，在一片喝彩声中围着台上的肖顺阳不停地打转，想找个最佳机会下手。

肖顺阳见雷霆迟迟不敢出手，心里已有了七八分胜算，得意地“嘿嘿”笑了两声。就在这时，雷霆突然向他暴风骤雨般扫出一阵连环腿，逼得肖顺阳节节后退。

肖顺阳沉着老练，不断地移形换位，躲避着雷霆的进攻。见近不了肖顺阳的身，雷霆只好改变招数，改用霹雳拳雨点般朝肖顺阳身上砸去。

肖顺阳冷笑一声，一闪身躲到雷霆背后，运力推出一掌，一下子就将雷霆拍飞出去三四米，又紧跟着过去飞起一脚踹在雷霆背上。雷霆猝不及防，重重地跌倒在擂台上。

望着雷霆再一次被肖顺阳打倒，兰婷吓得用手蒙住了眼睛，那些赌雷霆赢的爷们儿更是懊恼万分。最高兴的就要数林振松和黄艳了，两人都以为肖顺阳胜利在握，满脸得意之色。

当兰婷再次望向擂台时，雷霆已经摇摇晃晃地站了起来。肖顺阳挺着粗壮的腰板站在擂台中央，牙齿磕得咯咯直响，脸上的胡须根根倒竖，冷冷地说："雷探长，虽然你打败了其他武林高手，但是论武功，你比我差远了，还是认输吧。"

雷霆死死地盯着眼前狂妄自大的肖顺阳，突然抬起双手，甩得就像两条吐着信子的蛇，弯来转去、时伸时缩，在半空中挥舞出大圈小圈，搅起一阵阵阴风，随即直射向肖顺阳的面门和心窝。

肖顺阳倒吸了一口凉气，急忙往后退去，谁知他刚站稳脚根，雷霆的双手已犹如毒蛇一般如影随形，一上一下地朝他的上三路射去。

见雷霆来势凶猛，肖顺阳躲闪不及之际只好挥出一个摆拳，同时一个直拳朝雷霆的面门击去，只要雷霆不避开，他们就会两败俱伤。

雷霆知道硬碰硬自己根本讨不到好处，急忙转身闪到肖顺阳侧面，趁着他双拳落空之际，改为凶狠凌厉的双掌猛地拍向肖顺阳的腰部。

肖顺阳吃了雷霆的双掌，铁塔一般的身子晃了两晃，很快就恢复过来。随着四周一片叫好声，孙兵终于露出了微笑。林振松见了，却沙哑着声音不屑地说："孙护法，你未免高兴得太早了吧。"

孙兵暗中冷笑，将目光移到唐秋红和兰婷身上，见两人目不转睛地盯着擂台，脸上表情复杂，便知她们非常紧张。

肖顺阳被雷霆击中两掌后，顿时凶相毕露，突然发力将一个碗口大的拳头迅猛地砸向雷霆，打算来个速战速决。

雷霆惊觉不妙，急忙闪到一边，肖顺阳的拳头重重地砸在了擂台一角的立柱上，随着"咔嚓"一声，立柱从中折断。

肖顺阳这一拳力大无穷、特别阴狠，见他痛下杀手，超出了友谊赛的范畴，想要置雷霆于死地，众人吃惊不已，台下已是嘘声一片。

那些被邀请来的高手见肖顺阳如此阴险，违反了比武规则，个个更是愤怒不已，大声为雷霆加起油来，希望他能给肖顺阳点颜色看看。

见肖顺阳一步一步逼向自己，雷霆暗暗运足力气，突然一个翻滚，迅速躲过了肖顺阳阴狠的一脚，弹跳起来，爆发出前所未有的力量，施展拳脚“噼噼啪啪”地连连攻击肖顺阳的要害部位。

肖顺阳始料未及，只好连连躲闪，不敢轻易出手。尽管如此，他毕竟不是个好惹的角色，吃了雷霆的几招拳脚后，很快就调整过来，突然改拳为掌翻滚着拍向雷霆。

雷霆发觉肖顺阳拍过来的双掌灼热无比，呼呼有声中带着阴寒之气，就知道他使出的招数极为狠毒，不敢有丝毫大意，急忙往侧面一闪，让他的双掌拍空。

眼见肖顺阳招招致命、毫不留情，雷霆的火气终于上来了，快速转到他背后，正打算以牙还牙，同样用双掌猛拍肖顺阳的背部。谁知他早已察觉，在将拍空的双掌收回来的同时，胳膊肘儿顺势往后直奔雷霆的腹部。雷霆迅速往后退去，这才躲过肖顺阳的阴招。

就这样，雷霆不断吸取教训，围着肖顺阳跃过来、跳过去，让他急得就像热锅上的蚂蚁团团乱转。

为了彻底激怒肖顺阳，让他在心浮气躁间露出破绽，雷霆待肖顺阳转身挥拳击向自己时，一边躲闪，一边戏弄起肖顺阳来，招数虚虚实实，弄得他晕头转向。

肖顺阳刚找准目标，雷霆立即闪过一边，冷不丁一拳头朝肖顺阳脸上打去，待他慌忙闪身避开时，他又双手迅猛地朝肖顺阳的腰间夹击，这招却是实的，防不胜防拍得肖顺阳身子前倾，晃了几下才站住。

肖顺阳还未反应过来，雷霆又蹲身以拳变爪直朝他的下身抓去。肖顺阳收腹后退，还未站稳脚跟，雷霆忽而站起来，飞起一脚猛地将他踢得“噔噔噔”直往后退。

紧接着，雷霆趁势朝肖顺阳的下腹处连踢几脚，等他痛得弯下腰时，雷霆又一个上勾拳狠狠地击中他的下巴。随着脸上的汗水飞洒而出，肖顺阳被雷霆打得仰倒在围绳上，随即又被弹了回来，“咚”的一声扑倒在擂台上。

见此情景，台下顿时掌声雷动，大家不约而同地高声叫好。林振松和黄艳则大声呼叫肖顺阳，希望他尽快爬起来，无奈肖顺阳已是动弹不得，半天都没有起来。

见雷霆终于把肖顺阳打倒了，孙兵面露喜色，唐秋红激动万分，兰婷更是激动得流下了幸福的眼泪。那些把赌注押在雷霆身上的爷们儿个个眉开眼笑，觉得雷霆比他们的亲爹还亲。

过了两三分钟，倒在擂台上的肖顺阳还爬不起来，雷霆走过去问他伤得重不重。肖顺阳不回答，喘息了好一会儿才痛苦地爬起来说了一句人话："雷探长，谢谢你手下留情。"

就在这时，气得柳眉倒竖的黄艳突然走上擂台，强压住心头的怒火大声质问肖顺阳还能不能打，肖顺阳吃力地摇了摇头。黄艳不服气，便当众宣布："比武还没有结束，我要和雷探长比枪法！"

她的话立刻引来了台下人的不满，个个都认为火焰堂不讲信用，自己上当受骗了，不少人甚至大骂着把果皮和臭袜子扔到黄艳身上。

就在现场一片混乱之际，雷霆突然高声说道："大家听我讲几句，我这次来极乐岛，并不是专门来参加擂台赛的，而是来办案的。想来大家都听说了林公馆的凶杀案。但是你们只知其一不知其二，其实林公馆的主人不是别人，就是火焰堂的林大堂主。只是林大堂主非常神秘，连火焰堂的很多人都没有见过他的真面目，为了将林大堂主引出来，我只好参加了这次擂台赛！幸好林大堂主这次出现了，也没有化装易容，而是以真面目来见大家。因此我认为，林大堂主是出于一番好意，否则他也不会请各位英雄豪杰来参加擂台的。黄小姐不就是想和我比枪法吗？我和她比就是了。"

众人一听，都为雷霆的宽宏大量拍手叫好。黄艳心里也暗暗高兴，雷霆的功夫比她高出许多，她根本就不是对手，所以打算避难就易，提出和他比枪法。

本以为会遭致众人的不满和雷霆的拒绝，殊不知雷霆不但爽快地答应了她的条件，还巧妙地为火焰堂说了不少好话，让她不得不佩服雷霆的足智多谋。

于是，她跳下擂台，命人在沙滩二十米远的地方吊起二十个空酒瓶，看向雷霆说道："雷探长，看见了吗？我们以空酒瓶为目标，谁在五秒钟之内将十个空酒瓶击落，谁就是赢家。”

雷霆点点头，叫黄艳先射击。黄艳也不客气，迅速从身上掏出双枪，也不朝那些空酒瓶细看，甩手就砰砰叭叭地射击，十个空酒瓶瞬间就被飞啸而去的子弹击碎。

枪口冒着一缕青烟，黄艳露出娇艳的笑容，故意歪起头来吹了一口。她显露的这一手，估计用时还不到四秒，令在场的人顿时瞠目结舌。

见状，黄艳得意地转向雷霆："雷探长，献丑了，您请。"雷霆不动声色地从腰间抽出两把匣子枪，想都不想就朝剩下的十个空酒瓶射击。

只见那些吊在半空中的酒瓶均没有被子弹击碎，而吊着它们的细小绳索却被根根射断，随即十个空酒瓶几乎同时落地，在地上碎成一片，估计用时不过三秒。

如此神奇的枪法，围观的人真是见所未见，顿时被惊得面面相觑，半天才响起雷鸣般的掌声。

黄艳也大为震惊，暗暗打了个寒颤，真恨不得一枪把雷霆打死，但一想到火焰堂里还有很多人没有被制服，只好无奈地对雷霆一抱拳，说："好枪法！我甘拜下风。"

雷霆终于战胜了所有的对手，获得了冠军。除了个别人之外，人人都在为他高兴。唐秋红和兰婷更是激动地跑到雷霆面前，围着他又蹦又跳。

见状，孙兵故意当着林振松的面对雷霆说："雷探长，既然你获得了冠军，就会得到我们火焰堂的尊敬。我们大堂主向来说一不二，你不仅可以获得五万两银票，今晚还能与我们大堂主共进晚餐。"

雷霆不禁暗暗佩服孙兵演技一流，当众高声说道："虽然我今天侥幸获胜，但参加这次擂台赛只为和大家交个朋友。至于那五万两银票，我一文不要，就用它来宴请来参加这次擂台赛的各位武林豪杰。"

雷霆的表态，令不少人震惊万分，许多人都对他佩服得五体投地。熊振南禁不住问："雷探长，俺非常敬佩你的慷慨大方。可是五万两银票啊，你咋就舍得拿出来请客呢？"

雷霆耸了耸肩，朗声回答："熊兄，钱财乃身外之物，可有可无。但是对于朋友，我却很珍惜！再说，我来极乐岛的目的只是想和林大堂主见上一面，告诉他林公馆连环凶杀案的凶手我已经查出来了。"

"哦？雷探长，你查出凶手了？他是谁呢？"林振松急忙哑着嗓子问道。"林老板，这里不方便谈话，我们还是另找地方吧。"雷霆故意卖了个关子。

急于知道答案的林振松终于露出了笑脸，想了想说："好呀，好呀，你能查出凶手，我简直高兴得不得了。以前是我不对，竟然误解了你。希望你能给我个面子，和我一起共进晚餐，告诉我你是如何查出凶手的。"

"这样再好不过了。只是，林老板，我有一个请求，希望你能同意让唐小姐和兰小姐一起与我们共进晚餐，因为破获林公馆连环凶杀案也有她们的一份功劳。"雷霆说。

林振松望了望站在雷霆身边的兰婷，又望了望唐秋红，犹豫了一下，说："当然，当然，你们三人都是功臣！你们能够帮我查出凶手，我感激不尽。只要你们告诉我凶手是谁，我就砍下他的头来祭奠我死去的夫人。"

"林老板，你放心，恶人终会有恶报的！"雷霆一脸正气地看着林振松。林振松神色一凛，点了点头："那是，那是，夕阳西下了，正好是吃晚饭的时间，我们走吧。"

一路上，林振松时不时地回过头来望着兰婷。兰婷与他对视时，心里突然感到惶恐不安，担心吃完晚饭后林振松会像以前一样要自己为他跳舞。

然而，想到雷霆事先交待过的话，她不得不逢场作戏，故意对林振松眉目传情。林振松见兰婷天生丽质、妩媚动人，顿时垂涎三尺，早已忘了身边的黄艳。

林振松以及火焰堂有分量的人物带着雷霆、唐秋红和兰婷一起来到一艘豪华客轮上。走进富有浪漫色彩的餐厅，林振松只留下了肖顺阳、黄艳、孙兵和郭玄，其他人物都被派去陪其他被邀请来的高手。

席间，林振松说："雷探长，既然你是为调查我家那几宗凶杀案来极乐岛的，就应该趁早对孙护法说明，让他带你们来见我嘛。"

见状，雷霆不动声色地说："林老板，不是我们不想见你，而是你过于神秘，根本就找不到你。再说，你在巫岭还差点要了我们的命，又不让我们插手林公馆的凶杀案，我们在没有查出凶手之前去找你岂不是自讨苦吃？"

“既然你们害怕自讨苦吃，为什么还要去查那几宗凶杀案呢？”林振松的目光在雷霆脸上巡视着。

“我是侦探，办案是我的本职工作啊。”雷霆回答得好干脆。

林振松点了点头，旋即又问道：“雷探长，我很奇怪，你们把兰小姐带到极乐岛来，这又是出于什么原因呢？”

“林老板，实不相瞒，兰小姐和我，和唐小姐都是中山大学的同学，后来兰小姐被卖给了娱红苑老鸨沈秀梅。我来调查林公馆凶杀案时，无意中得知了兰小姐的事。林老板，听说你是个精明的人，既不想得罪国共两党，又不想得罪日本人。我不一样，谁愿意帮我，我都会对他充满敬意的。为了救出兰小姐，我打死了赵德贵的不少门徒，从而惹下了祸根，导致青帮追杀我们。兰小姐在迫不得已的情况下，将你和她的关系告诉给我和唐小姐。想到赵德贵是青帮头目，门徒众多，我们走投无路，只好和兰小姐来岛上乐园找你。殊不知前天我们赶到港口码头时，被赵德贵一伙抓到了他们的豪华客轮上。随后，我发现李大牛和马云峰不在那艘客轮上，便起了疑心，尤其是当天晚上，那艘客轮突然遭到日机轰炸，我就更加怀疑这两个家伙与日本人互相勾结，暗中出卖情报。”雷霆见机行事，机灵地答道。

黄艳禁不住问：“雷探长，既然你们也在那艘客轮上，怎么会安然无恙地来到极乐岛呢？”“我们命大，侥幸抓到了一个漂浮物，昨天早晨又遇到了一艘轮船把我们救了。那艘轮船正好顺路，我们便来到了极乐岛，还赶上了擂台赛，终于如愿以偿地见到了林老板。”雷霆说。

听了这话，黄艳目光中充满了怀疑，看看雷霆，又看看兰婷和唐秋红。见时机差不多了，雷霆也不管黄艳在场，直接问林振松：“林老板，恕我冒昧，黄小姐原来不是你请来的丫环吗？怎么突然将她封为火焰堂的副总管，而且还要组建海上自卫队，让她兼任大队长？”

雷霆的问话显然有些突然，林振松愣了一下，随即说道：“雷探长，我知道你很好奇，既然赵德贵已经死了，我就没有必要再隐瞒真相了。其实，黄艳是我表妹。我娶了赵玉莲不久，便发现了赵德贵的动机，担心赵玉莲会伙同她大哥对陆小慧下手，就叫黄艳装成肖总管介绍来的丫环，把她安排在我夫人身边。想不到赵德贵阴险狡猾，令我们防不胜防，我夫人还是被他杀害了。至于为什么要组建海上自卫队，你应该猜得出来，我虽然贵为火焰堂大堂主，竟然保护不了自己的夫人，岂不是闹笑话吗？夫人遇害之后，我才醒悟过来，在这个战乱年代，自己没有部队就会吃亏，所以才想到要组建一支海上自卫队。”

听了这话，雷霆和唐秋红对视了一眼，还未及开口，黄艳已迫不及待地说：“雷探长，你不是说已经侦破了林公馆的连环凶杀案，那么凶手是谁?”

“黄小姐，你这不是明知故问吗？林老板刚才说的话你难道没听见吗?”雷霆故意回答得含含糊糊的。

黄艳面露愠色，林振松急忙哈哈大笑道：“雷探长，你真是高明。我已经听孙护法说了，昨天晚上李大牛和马云峰去鬼屋暗杀你们，结果反而被你们给杀了。关于这件事，岛上乐园已经传得沸沸扬扬，我也派人到那片墓地去查看过你们埋在那儿的尸体了。雷探长，谢谢你帮我找出凶手。为了感谢你，我敬你一杯，我先干为敬!”林振松一口气喝了个底朝天。

见雷霆也把杯子里的酒干了，林振松又哑着嗓子说：“雷探长，唐小姐，既然你们已经查出凶手了，我也就不再隐瞒什么了。其实，关于我家连续发生的几宗凶杀案，我早就猜出是赵德贵一手策划的。他以为我家有什么宝藏，于是同意让亲妹妹嫁给我做姨太太。为了得到我家的宝藏，赵德贵不择手段地将自己的亲妹妹杀害，以此来给我施加压力，埋怨我没有照看好赵玉莲。管家林志安对赵玉莲的死产生怀疑，赵德贵就立即派人将他杀人灭口。于是，我就派我的替身和肖总管赶回家里。赵德贵见我那位替身请唐小姐去调查案子，又见马树民请来了雷探长，担心唐小姐和雷探长会查出真相，又将我夫人和那位替身给杀了。不瞒两位，为了不引起赵德贵的怀疑，我很少露面，担心他发现我没有死后，会不顾一切地杀了我。雷探长，唐小姐，现在你们该明白我不喜欢露面的原因了吧?”

那位被人割走首级的男尸竟然是林振松的替身？雷霆和唐秋红不禁面面相觑。想了想，雷霆问道：“林老板，原来你早就知道凶手是谁了。既然如此，你为什么不直接公开凶手的身份，让警察来抓他呢?”

“赵德贵的势力如此强大，黑白两道都惧怕他三分，有谁斗得过他？我若是把赵德贵揭发出来，你想一想后果将是怎样?”林振松显出一副害怕的样子。

雷霆从身上掏出香烟点燃，深深地吸了两口，说：“林老板，既然你害怕赵德贵，为什么还会和他一起去巫岭找我们呢？当时又为什么会当着他的面说自己就是火焰堂的大堂主呢？”

林振松愣了愣，旋即答道：“是这样的，以前赵德贵发现我左耳根有一颗黄豆般大的红痣，竟然记住了。他派人割走我那位替身的首级后，发现他耳边没有痣，便知道我还活着。也怪我粗心大意，得知夫人被杀后，我在悲痛中不顾一切地带着肖总管赶回家，结果在路上碰见了赵德贵。无奈之下，我只好告诉他那位替身是我的远房表弟，长得特别像我，想不到凶手竟然把他当成我了。当我得知你们去巫岭寻找宝藏时，赵德贵也知道了这件事，还提出要和我们一起去，我推辞不过，只好同意了。本来，赵德贵并不知道我是火焰堂的大堂主，可一想到他在暗中打我宝藏的主意，为了让他知道我不是好惹的，我只好当着他的面把我的真实身份暴露了。”

孙兵和郭玄听了，都觉得十分奇怪，尤其是他们发现林振松左耳根果然有一颗黄豆般大的红痣，更是迷惑不解。

雷霆逼视着林振松，想了想说：“原来是这么回事。林老板，那我也对你说实话吧，林公馆连环凶杀案与赵德贵无关，真正的凶手只是他的手下李大牛和马云峰。”

众人听了，更加不解地望着雷霆，就连唐秋红和孙兵也不知道他究竟在搞什么名堂。肖顺阳忍不住问道：“雷探长，林公馆连环凶杀案难道不是赵德贵一手策划的吗？”

雷霆吸了一口香烟，点点头，说：“当然不是赵德贵一手策划的。原因很简单，赵德贵再怎么坏，也不至于亲手杀害自己的妹妹。还有，你们突然出现在巫岭时，正在气头上的肖总管不是主张把我们所有的办案人员都杀死吗？结果被赵德贵阻止了。特别强调的是，赵德贵与日本人勾结，为什么日本人还要炸毁他乘坐的客轮呢？显而易见，林公馆凶杀案发生后，凶手担心赵德贵查出真相，而他也像赵德贵一样与日本人勾结。结果，日本人见凶手比赵德贵更有利用价值，于是炸毁了赵德贵乘坐的客轮。更确切地说，凶手是出卖赵德贵的李大牛和马云峰，这两个人既然是采花大盗，就会因美色而心生恶念、六亲不认，将林老板的太太赵玉莲杀死。”

听了这话，林振松睁大眼睛难以置信地看着雷霆：“雷探长，你的意思是说，李大牛和马云峰看上了我的太太赵玉莲？他们不是因为我家的宝藏才制造凶杀案的？”

“林老板，恕我直言，我们从你夫人陆小慧嘴里得到的那颗假夜明珠里的图纸，只是一个陷阱，根本就没有什么宝藏。至于这件事，你应该比我更清楚。由此可见，李大牛和马云峰杀人，只是看中了赵玉莲的美貌。赵玉莲是赵德贵的妹妹，而李大牛与马云峰又是赵德贵的手下，由此不难得出一个结论：李大牛和马云峰跟赵玉莲很熟，他们之间的关系暧昧。我在查案的过程中猜出林公馆的主人常常在一楼的那个大厅举行私人舞会。林老板的替身也告诉我，说林老板你很少回家，而赵玉莲又喜欢跳舞，经常邀朋友来家里跳舞。后来，我终于明白赵玉莲耐不住寂寞，背着林老板红杏出墙，与一些不三不四的人幽会，而李大牛和马云峰就包括在这些不三不四的人中。这两个采花大盗既然是赵德贵的手下，自然对林公馆的情况很熟。当他们潜入林公馆与赵玉莲幽会时，也许赵玉莲心情不好，突然对他们很反感，两人害怕赵玉莲会将此事告诉给赵德贵，只好将她杀害了。后来，他们怀疑管家林志安对他们的作案有所察觉，便将林志安也杀害了。接下来，他们见林老板的替身和肖总管回到林公馆，而赵玉莲被杀一案又引起了赵德贵的愤怒和重视，为了嫁祸于人，只好将林老板的替身和夫人也杀了。为了转移警方的视线，他们还割走了那位替身的首级。令他们想不到的是，林老板你只是请了个替身与肖总管回林公馆，结果你安然无事，你那位替身却死于非命。”

听了雷霆入情入理的分析，林振松顿时瞠目结舌，半天也说不出一句话来。黄艳禁不住问道：“雷探长，这些只是你的推理，还不能证明凶手就是李大牛和马云峰。”

雷霆猛吸两口香烟，说：“黄小姐，你想要证据是吧？赶紧派人去把三堂主李勇叫来，我再给你拿出充分的证据。”

不一会儿，李勇来了。雷霆看着他，说：“三堂主，请你把以前破的采花案子简明扼要地对大家讲一遍。”

李勇望了望林振松，又望了望黄艳，点点头说：“我以前办过几件采花案子，作案者是青帮的李大牛和马云峰，善于使用膏药和迷魂散来作案。李大牛和马云峰每次被我们抓获，都是赵德贵花钱把他们保释出去的。”

雷霆接着李勇的话对黄艳说：“黄小姐，你听见三堂主的话了吧。其实，不用我说你也知道，林老板的替身和夫人被杀后，我们赶到案发现场，也发现其卧室窗户上有个小洞，卧室里还有些许迷魂散的味道。我以前遇到过类似的案件，凶手是日本间谍，便怀疑林公馆连环凶杀案与日本人有关。直到昨天晚上，我们去歌舞厅消遣，李大牛和马云峰对唐小姐和兰小姐起了色心。我感到事情不妙，便找到孙护法汇报情况，让他配合我们上演了一出好戏。我们先让唐小姐和兰小姐回鬼屋去，想看看李大牛和马云峰有什么反应。这两个采花大盗果然跟踪了唐小姐和兰小姐，随后掏出了膏药和迷魂散，作案手法跟林公馆的最后一宗凶杀案一模一样。由此我才明白林公馆连环凶杀案是这两个采花大盗干的。本来，我们打算让二人亲自到林老板面前坦白犯罪经过，谁知他们拼死反抗，我们只得把他们除掉了。”

听了雷霆的话，在场的人无不惊讶万分，有人暗中舒了一口气，有人却发出令人不易察觉的冷笑。

林振松则充满好感地对雷霆说：“雷探长，感谢你和唐小姐以及兰小姐的帮助。要不是你们，我还以为那几宗凶杀案跟我的大舅子赵德贵有关呢。我错怪他了，也误解你们了。为了将功赎罪，我自罚一杯。”

干了一杯之后，林振松又开口了：“雷探长，唐小姐，你们帮我查出凶手并除掉了他们，我非常解恨。你们在岛上乐园的费用全免了。需要用钱的话，也尽管跟肖总管提。”

“谢谢林老板的美意。对了，林老板，兰小姐已经被我们救出来了，她一直对你念念不忘，又无依无靠，你是不是给她找个事做呢？”雷霆见机行事地说道。

听了雷霆的话，又看了看他身边娇美动人的兰婷，林振松不禁眼前一亮，激动起来。见状，一旁的黄艳狠狠地踢了他一脚，他这才回过神来，哈哈大笑道：“雷探长，你开玩笑吧？我早就看出来了，兰小姐在乎的是你。你们是大学同学，而且你又不顾一切地把她救出来，说明你也非常爱她。”

“林老板，你误会了，我完全是出于同学情意去救兰小姐。实不相瞒，这位唐小姐既是我的大学同学，又是我以前的未婚妻，当时由于种种原因，我们没能结成婚。如今，我们得以重逢，已经商量好了，侦破林公馆连环凶杀案就举行婚礼。”雷霆巧妙地解释道。

听了这话，林振松恍然大悟。唐秋红也趁机抓住雷霆的手，显得很亲热的样子。黄艳和肖顺阳想到兰婷只是个舞女，而雷霆是上海滩赫赫有名的大侦探，两人之间应该没有什么，也就或多或少相信了雷霆的话。

吃过晚饭，肖顺阳和黄艳对视一眼，心照不宣地离开了船上餐厅。孙兵、郭玄和李勇也知趣地离开。

林振松把目光移到兰婷身上，见她姿色动人、秋波含情，已是神魂飞荡，眼中的淫邪暴露无遗。

雷霆和唐秋红发现林振松对兰婷心旌摇动，同时用眼暗示兰婷。兰婷会意，巧妙地眨了眨眼，雷霆和唐秋红立即起身，装成一对亲密无间的爱侣，打情骂俏地离开餐厅，来到甲板上等待结果。

他们一走，兰婷便鼓起勇气对林振松说：“林老板，我们好久没见面了，我有好多话想对你说。”林振松喜不自禁，急忙说：“兰小姐，我也很想你。这里有很多房间，有什么话，我们去房间里说好吗？”

想不到眼前的林振松和以前判若两人，兰婷吓了一大跳，暗自思忖他是不是由于死了夫人，已经对自己动了色心，顿时紧张起来。

林振松非常狡猾，一眼就看穿了兰婷的心思，故意安慰道：“兰小姐对我不放心吗？我承认自己一直对你心生爱慕，但还是很尊重你的，顶多要求你为我跳一曲舞罢了。”

想到雷霆他们为了把自己从娱红苑救出来，付出了很大的代价，若自己在关键时刻动摇，怎么对得起他们，于是她撩人心魄地对林振松微微一笑，顿时百媚俱生，引得林振松心头一阵激荡，急忙拉着兰婷奔向附近的房间……

不到十分钟，兰婷就脸色大变地冲出房间，扔下屋里赤身裸体、目瞪口呆的林振松。

发现雷霆和唐秋红就站在门外，兰婷长长地舒了一口气，轻轻说道：

"你们别担心，我有惊无险。"

雷霆和唐秋红悬着的心终于落了回去，仔细地看了看四周，确定没有"尾巴"之后，唐秋红便小声问兰婷是怎么回事。兰婷悄悄摆了摆手："要下雨了，还是赶路要紧，回到鬼屋再告诉你们。"

第十四章

鬼 屋 奇 遇

离开客轮后，雷霆、唐秋红和兰婷急急忙忙地往鬼屋走去。路上，孙兵突然赶上来，悄悄告诉他们一件非常重要的事。

四人迅速合计，唐秋红提出自己连夜乘船返回港城，去找驻扎在附近的八路军。雷霆想了想，同意了她的提议。

雷霆十分清楚，要想说服火焰堂的所有弟子，还得靠孙兵帮忙，最好是把火焰堂所有的人都聚集在一起，当着他们的面揭开林公馆连环凶杀案的真相。现在是这关键时刻，他和孙兵都不能离开极乐岛。

时间紧迫，孙兵悄悄对雷霆说："事情来得太突然了，今晚注定是个不平静的夜晚，我马上带唐小姐去码头，让我的心腹送她回港城。雷探长，你和兰小姐自己回鬼屋。为了通知火焰堂那些听我安排的人提前做好准备，今晚我就不能陪你们了，你们自己多加小心。"

雷霆点了点头。唐秋红也来不及回鬼屋化装，就匆匆跟着孙兵去了码头，上了一艘小型客轮……

此时正是雨季，夜空突然变得漆黑如墨、电闪雷鸣，只有路灯发出淡淡的光亮。雷霆点燃一支香烟，深深地吸了几口。

随着火星的一明一灭，他突然发现前面不远处的电线杆下有只魁梧的大白熊犬蹲在路边，见雷霆和兰婷朝自己走去，它的鼻子轻轻地抽动着。

据说这种犬由一千多年前来自我国西藏獒犬和在当地生存的土著犬种

交配繁衍而成，原产于法国与西班牙交界的比利牛斯山区，因此又称为大比利牛斯犬。这种犬性情沉稳，既英勇善战，又温驯善良，特别忠实和服从于主人的命令。

大白熊犬显然已经嗅到了雷霆和兰婷衣服上的汗味，当两人距离它越来越近时，它突然昂起头来对着他们不停地狂吼。两人来到它身边时，它吼得更加厉害，甚至想站起来朝雷霆扑过去。

雷霆不理睬，继续往前走，它竟然得寸进尺，“汪汪汪”地朝两人追上来。雷霆突然停下脚步看着它，它一愣，也停了下来。雷霆“嘿嘿”冷笑一声，继续朝前走去。

如此这般几次，大白熊犬以为雷霆他们害怕自己，终于大胆地猛扑过去，张开了血盆大口。未曾想，雷霆迅速转身，抬脚直踢它的头部，一脚将它撂倒在路边。

它猝不及防，滚到路边哼哼几声停住了，望向雷霆，发现他目光如炬，害怕了，只好怯怯地把头转向一边去，再也不敢逼视雷霆。

雷霆笑了，朝它打了一个唿哨，这才满意地和兰婷朝鬼屋走去。

回到鬼屋打开门，还来不及开灯，就有一团毛茸茸的东西从门外蹿进来停在兰婷脚边，吓得她大叫一声，从后面紧紧地抱住了雷霆的腰。

雷霆问兰婷怎么了，她吓得说不出话。他的手震了一下，慌忙拉亮了客厅的吊灯，低头一看，发现兰婷脚边竟然站着那只大白熊犬，正摇着尾巴讨好他俩呢。

大白熊犬非常机警，又跃到雷霆面前，抬起头来“汪汪汪”地欢叫着，仿佛想跟你说什么。兰婷松开抱着雷霆的手，挥着手叫雷霆赶快把大白熊犬赶走。

雷霆却以为大白熊犬是被人遗弃的流浪狗，想了想，有些不忍，决定把它收留下来。这时，门外有个黑影一晃便消失在茫茫夜色之中。

雷霆关好大门，迅速上楼仔细搜索了一番，没有发现任何异常，便回到一楼大厅，叫兰婷上楼去休息。

目送兰婷走上楼后，雷霆也走进孙兵安排给自己的房间，却不经意间发现茶几上的烟灰缸里多了一个不同牌子的烟头，心里一惊，急忙在房间里仔细搜索了一遍，也没有发现什么异常，这才长长地舒了一口气。

尽管如此，他还是感觉有什么不对劲，于是拿起那个烟头仔细地研究着，脑海中闪过各种画面，终于恍然大悟，点了点头，知道是什么人来过鬼屋了。

雷霆抬头从窗户望出去，闪电从漆黑夜空划过，闪得屋外的景色忽明忽暗，雷声也跟着叫嚣不止。雷霆心头掠过一丝异样，总觉得有什么事情即将发生。

他目不转睛地盯着窗外，突然发现一个黑影晃了两晃，随即消失在伞状的树丛底下。与此同时，楼上传来兰婷的一声尖叫。

雷霆大叫不妙，急忙抓起双枪，转身出门朝楼上冲去。只见兰婷卧室的房门半开半闭，他迅速闪身进去转了一圈，发现只是那只大白熊犬不知何时溜进了兰婷的卧室，正睁着眼睛呆呆地看着她。

见没有发生什么危险，雷霆紧绷的神经终于放松下来，忍不住打趣道："傻丫头，喊魂吗？声音像鬼叫一样，我还以为有人来非礼你呢。它只是一只流浪狗，有什么好怕的？你看它的眼神，我觉得它没有恶意。"

"霆哥，它总在暗处不声不响地盯着我，有时发出的哼叫声飘飘渺渺，好像从很远很远的地方传来，真是让人捉摸不透，我害怕。"兰婷仍然是一脸的担忧。

听兰婷这样说，雷霆不由认真地打量起眼前的大白熊犬来，发现它毛色纯白高贵，其中夹杂着些许浅灰色的斑纹，三角形的耳朵一扇一扇的，大脑袋昂得高高的，目光温柔地注视着自己，显得很有灵性。

雷霆真是越看越喜欢，禁不住伸手去摸它的脑袋，谁知它竟然把头一低，乖乖地离开了兰婷的卧室。

望着它背影，雷霆转身安慰了兰婷几句，就回到楼下自己的卧室。谁知刚坐在宽大柔软的床上，楼上又传来兰婷的尖叫声。

雷霆大惊，难不成那只大白熊犬又蹿进房间里吓唬兰婷去了？于是，再次手持双枪冲上楼上，却发现兰婷的卧室房门紧闭。

雷霆以为有人从里面将门关死，说不定兰婷已经被人算计，刚想抬起脚来破门而入，想想不对，急忙把耳朵贴在门板上屏住呼吸细听，里面却很安静，好像什么事都没发生。究竟是怎么回事？

于是，雷霆试探性地朝屋里喊话："婷儿，你没事吧？""霆哥，没事了，那只大白熊犬又来骚扰我，我把它赶出去后怕它又转回来，所以把房门关了。”兰婷打开门，看着雷霆说。

雷霆虚惊一场，心里直笑兰婷这个丫头神经兮兮，不就是一条狗嘛，用得着这么大喊大叫？随后，他把目光移向窗外，发现闪电越来越密集，雷声也越来越大，很快就下起了瓢泼大雨。

这是个多雨的季节，老天爷真是说翻脸就翻脸，动不动就哭得地动山摇的，加上又住在这个鬼屋里，兰婷是个弱女子，难免害怕。想到这，雷霆又安慰了兰婷几句，再次回到一楼的卧室。

然而，他屁股还没有坐稳，楼上又传来兰婷尖叫声，这次的叫声绵延持久，还混杂着尖锐的叫骂、痛苦的呻吟，在这个暴风骤雨的黑夜里搅出令人毛骨悚然的恐怖气氛。

雷霆再次快速冲进兰婷的房间，眼前的一幕真是让他吃惊不已，原来那只大白熊犬从兰婷的床上跃上已经打开的窗户，转眼就消失在茫茫的雨夜。

“窗户怎么打开了？”雷霆想不通。“刚才好像有人在院子里走动，大白狗听到声音后，蹿进屋来四处乱扑，还跳到床上来抓我的睡衣，要不是我把窗户打开让它跳出去，还不知道它会对我怎样呢。”兰婷心有余悸地解释着。

雷霆听了，急忙走到窗前往下一看，电闪雷鸣中，那只大白熊犬正飞身扑到一个高瘦的黑影身上乱抓乱咬着。瘦高黑影被抓得哼哼哧哧，手忙脚乱地摆脱大白熊犬后磕磕碰碰地朝远处奔去。

雷霆惊讶不已，那人是谁？来鬼屋做什么？大白熊犬又为什么会从二楼跃下去撕咬他？就在这时，大白熊犬已跑了回来，从二楼窗户旁边的排水管爬了上来，“嗖”的一下跳进卧室，然后怪怪地盯着两人“汪汪”叫了两声，箭一般蹿出卧室就不见了。

雷霆越想越觉得大白熊犬古怪，点燃一支香烟，倚着桌子边吸边思考。兰婷惊恐未定地看着他，说：“那只大白熊犬太神秘了！孙兵说这小洋房里死过不少人，它该不是鬼变的吧？”

此时，雷霆已经大概猜出大白熊犬来鬼屋的目的了，只是还不清楚它追赶的那个黑影是谁，为了让兰婷安定下来，他安慰道：“这世上哪来的鬼？别胡思乱想了。你害怕就去楼下睡我那间卧室。”

“这，不好吧。”兰婷红着脸盯着雷霆。雷霆睁大了眼睛，笑了一下，心想这丫头片子警惕性还挺高的，真搞不懂她在想什么？

于是，他不由分说地拉着兰婷往楼下走去，刚进房间，就听到浴室里传来哗啦哗啦的水声，兰婷吓得一头扎进雷霆的怀里。

雷霆也是吃惊不已，一边安慰兰婷，一边迷惑不解地走进浴室，赫然发现那只大白熊犬正在浴室里洗澡，天啊，见鬼了，这狗怎么跟人一样懂得自己洗澡？

这时，大白熊犬也看见了雷霆，对他友好地摇了摇尾巴，突然“汪汪”叫着抖掉身上的水，水珠溅了雷霆一身。

见状，雷霆啼笑皆非地回到兰婷身边，说：“是那只大白熊犬。没关系的，说不定它是我们的好朋友哩。时间不早了，你困就去床上躺会儿吧。”

话音刚落，窗外便传来极轻微的响动。雷霆惊觉不妙，立即暗示兰婷不要出声，自己从腰间拔出匣子枪，快步走到窗前拉开窗帘，一把推开窗户。

那只在浴室里洗澡的大白熊犬不知何时来到他脚边，“汪汪”叫着抢先跃出窗户，箭一般朝院子里的一个瘦高的黑影飞身扑去。

这时，瘦高黑影已经把一枚拉着引线的手榴弹朝雷霆的卧室扔来。就在这紧急关头，大白熊犬突然转身，一口咬住那枚手榴弹朝远处箭一般蹿去。

可还没跃离鬼屋三十米远，手榴弹就“轰”的一声爆炸了，一团白影还来不及惨叫一声就被炸得血肉横飞。

见此情景，雷霆终于证实了自己的判断，大白熊犬是来保护他和兰婷的。见瘦高黑影迅速消失在鬼屋不远处那片火焰堂严禁外人入内的墓地里，雷霆心里一惊，这家伙竟然如此心狠手辣，用手榴弹来暗害我们。

想到这，他飞身跃出窗外，正准备朝瘦高黑影逃走的方向追过去，突然想到兰婷一个人在屋里有危险，担心中了瘦高黑影调虎离山之计，又翻窗回到屋里，快步走到床边说：“婷儿别怕，有我呢!”

兰婷已经将那支勃朗宁手枪握在手上，颤抖着声音问道：“霆哥，是不是有人想把我们炸死?”

雷霆点了点头，说:“要不是那只大白熊犬舍命相救，我们早就没命了。”

兰婷恍然大悟，朝雷霆身边靠了靠，心有余悸地说:“霆哥，那只大白熊犬是不是孙兵驯养的呢?”雷霆摇了摇头，肯定地说:“不是!”

“不是孙兵驯养的?那是谁驯养的呢?这人为什么会如此好心，派那条大白熊犬来保护我们呢?”兰婷更加疑惑了。

雷霆笑道:“好了，好了，别问了，像幼儿园的小朋友一样，问个没完。要是我猜得不错的话，那条大白熊犬的主人很快就会露面的。”

“霆哥，那我们接下来该怎么办呢?”兰婷还是不放心。雷霆轻轻拍了拍她的肩膀，安慰道:“别紧张，有人在暗中保护我们，我们死不了的!现在最好的办法就是以静制动。”

说完，雷霆两眼定定地盯着窗外，就这么和兰婷坐在床上。想到大敌当前，他丝毫不敢放松警惕，暗暗地观察着周围的动静。

不知不觉中，外面吹起一阵大风，将没有关闭的窗扇抽打得“噼噼啪啪”直响。一道闪电撕裂夜空，雷声紧跟着从远处隐隐而来。雨刚停不久又下了，风掺杂在其中不停地抽打着雨丝，时不时地把一些雨点甩进屋来。

不到两分钟，雨又停了。突然，鬼屋外面一团雪白的影子由远而近，很快就来到雷霆卧室的窗外，“汪汪”叫着从窗户跃进屋里。

雷霆和兰婷同时大吃了一惊:老天，这不是那只被手榴弹炸得血肉横飞的大白熊犬吗?怎么又完好如初地跑回来了?难道它是那只大白熊犬的鬼魂?

想到孙兵曾经说过这幢小洋房不明原因地死过很多人，雷霆和兰婷不禁吃惊地对视了一眼，心头掠过一阵恐惧，都觉得这鬼屋越发诡异了。

雷霆不解地望着死而复活的大白熊犬，开始怀疑自己的判断了，眼前的这条大白熊犬和被手榴弹炸死的那只一模一样，真是令人难以置信，这到底是怎么一回事。

大白熊犬见雷霆和兰婷都用惊讶的目光盯着自己，便摇着尾巴朝他们友好地叫了两声，随后朝卧室门外的大厅蹿去，扔下卧室里不知所措的二人。

雷霆摇了摇头，想到那个瘦高黑影的手榴弹，担心那家伙还会回来暗箭伤人，立刻起身找出一把手电筒，打算带兰婷到鬼屋外面去查看一番。

正准备出门，外面的院子里又传来轻微的响动，雷霆迅速接近窗口，将手上的手电筒直射出去，只见那个瘦高黑影又晃了一晃，随即消失在茫茫的夜色之中。

就在这时，那只幽灵似的大白熊犬再度不声不响地跃出窗口，追赶那个瘦高黑影去了。只一会儿，不远处便传来犬和人的搏斗声，接着传来“砰”的一声，显然是那位神秘人物朝大白熊犬开了一枪。

雷霆再也忍不住了，拉着兰婷离开鬼屋，朝瘦高黑影逃走的方向追过去，一直追到了那片墓地外面。

想到墓地四周都挂着严禁外人入内的牌子，雷霆立刻猜出暗算他们的瘦高黑影是火焰堂的人。再仔细分辨了一下瘦高身影的身形和出手，雷霆恍然大悟，那个叫冉小二的浮现在他眼前。

雷霆不愧是我党的生死特工，猜得一点也不错，想暗害他和兰婷的人正是冉小二。他私吞银票被雷霆揭穿后，在李勇的监督下，不得不按照火焰堂的规矩砍掉了右手的中指。因此，他一直对雷霆怀恨在心，决定对两人暗下杀手。

雷霆带着兰婷在墓地里转来转去，到处是坟墓。这时，他突然想到孙兵曾经说过这片墓地下面有火焰堂的军火库，又想到林振松说过火焰堂武器装备充足，正打算组建海上自卫队，猛然意识到林公馆连环凶杀案背后可能隐藏着更大阴谋，不禁皱紧了眉头。

在墓地里转了一会儿，除了四周大小不一的坟墓外，这里什么也没有。雷霆举着手电扫向四周，发现那些坟墓正笼罩在一片白茫茫的雾气中。

突然，一团白蒙蒙的东西映入两人眼帘，雷霆和兰婷赶紧跑过去一看，竟然是那只大白熊犬倒在血泊中。

雷霆立刻蹲下身去检查，大白熊犬的头部被一颗子弹射穿，嘴里还紧紧地咬着一只血淋淋的人耳朵。见状，两人不由得倒吸一口凉气。

这时，一个黑影突然一晃便消失在一座巨大坟墓的后面。雷霆察觉后，正想上去追赶，浑身颤抖的兰婷却扑进他怀里，紧紧地抱着他不肯松手。

见兰婷吓得不轻，雷霆只好放弃追赶的念头，轻拍着她的肩膀，无声地安慰着她。“这儿太恐怖了，我们还是回鬼屋吧。”兰婷颤抖着声音说。

雷霆心想：敌人在暗处而我们在明处，继续搜寻下去定会更加危险。于是，他采纳了兰婷的意见。回到鬼屋门前，雷霆打着手电仔细搜寻了一番，这才放心地和兰婷走进屋去。

刚回到卧室，雷霆就发现床头柜上多了一张纸条，他拿起来一看，只见上面写着：请你们不要再去那片墓地，否则会惹来杀身之祸。只有老老实实地呆在鬼屋，才能有惊无险。

雷霆一惊，旋即微笑着说道：“这家伙真是够神秘的，还这么神速。我们离开鬼屋最多十分钟时间，他就蹿进来给我们留纸条了。呵呵，看来我的判断非常正确：从他留在烟灰缸里的烟头和这些文字，我就知道他扮演的是什么角色了。”

听了这话，兰婷觉得莫名其妙，禁不住问：“霆哥，你在念经吗？你说的那个他是谁呢？”雷霆没有作声，掏出火柴划燃，将纸条烧毁，随即嘴角向上一弯，忍不住笑道：“我说的他，就是大白熊犬的主人。我猜得不错的话，天亮之后，他会亲自来与我们见面的。”

“真的？”兰婷更是面露喜色，希望老天快快亮起来。这时，雷霆掏出一支香烟点燃，吸了两口，突然严肃地说：“我明白以前住在这幢楼里的小姐为什么会死了。”

“为什么呢？”兰婷睁着惶恐的眼睛问道。

“她们的死跟那片墓地有关。火焰堂严禁外人进入那片墓地，说明里面有十分重要的秘密。而这个秘密，就是火焰堂的军火库。婷儿，你还记得我们刚来极乐岛时，孙兵对我们说过的话吗？他说那片墓地下面有火焰堂的香堂，还有军火库。因此我得出结论：以前住在这幢小洋楼里的小姐曾经误撞进那片墓地，发现墓地下面是空的，甚至发现了火焰堂的军火库，火焰堂的人就悄悄地把她们处死了。”雷霆冷静地推断着。

兰婷“啊”了一声，想了想又不解地问：“霆哥，如果你的推理正确，我就更奇怪了，孙兵既然是火焰堂的护法，怎么会不知道那些小姐的死亡真相呢?"

听了兰婷的分析，雷霆不禁用赞赏的目光望着她，说:“婷儿，问得好。你能够这样思考问题，说明你有进步，相信过不了多久，你也可以像秋红一样，成为一名出色的美女特工。现在我来告诉你答案，孙兵不知道那些小姐的死亡真相，只能说明那个凶手在火焰堂里身居要职，也就是说此人的职位比护法还高。你想一想，在火焰堂里，还有谁的职位比护法高?”

兰婷脱口而出:“林振松和肖顺阳。”雷霆点了点头:“你反应很灵敏嘛。处死那些小姐的，不一定是林振松干的，说不定他也被蒙在鼓里。在火焰堂，肖顺阳虽然没几个心腹，但他毕竟是火焰堂的总管，林振松对他又充满信任，大事小事都交给他负责，他叫自己的心腹杀几个人，简直易如反掌。就拿今天晚上暗害我们的人来说，我敢肯定他就是肖顺阳的心腹。”

兰婷十分紧张，简直无法理清自己混乱的思维，一阵阵莫名的恐慌使她的心情久久不能平静，于是心有余悸地问雷霆接下来怎么办。

雷霆安慰道:“婷儿，那位留纸条的神秘人不是提醒我们，说呆在鬼屋里有惊无险吗?我们还怕什么?天都快亮了，你睡吧。”兰婷点了点头，躺在了床上，为了稳住心神，她有一搭没一搭地和雷霆聊着。

就在两人昏昏欲睡之际，窗外突然传来“汪汪”的狗吠声。两人同时大吃一惊，雷霆快步奔过去打开窗户，随即一只大白熊犬从窗外跃了进来。

它怎么又活过来了?雷霆和兰婷同时睁大了眼睛，难以置信地看着眼前摇尾巴汪汪地欢叫着的家伙。

兰婷惶恐不安地抓着雷霆的胳膊说:“霆哥，它究竟是怎么回事?怎么又死而复生了?好古怪啊!”

雷霆也暗自怀疑自己是不是看花眼了，随着狠狠地甩了甩头，把眼睛睁得大大地再度朝眼前的大白熊犬望去，没错，就是它，这到底是怎么回事啊?

就在雷霆也难以理清自己思路的时候，兰婷既害怕又不解地问道:“霆哥，你说我们是不是遇到鬼了啊?天啊，这太奇怪了，我怕。”

雷霆愣了愣，不由自主地拍着兰婷的后背说："婷儿，别慌，让我好好想想，我需要时间好好想想。不过，尽管它很古怪，却不曾伤害我，还一次次地保护我。"

就在这时，大白熊犬再次做出惊人的举动，只见它当着雷霆和兰婷的面，大摇大摆地走进浴室，一会儿里面便传来哗啦啦的水声。

见状，雷霆和兰婷不禁面面相觑，眼里交换着同一个问号——这个家伙怎么那么喜欢洗澡呢？

然而，那只大白熊犬洗完澡从浴室出来后，却再度瞪着眼睛怪怪地盯着兰婷，把她盯得浑身直起鸡皮疙瘩，一个劲挥着手叫雷霆把它赶出去。

雷霆笑了笑，伸手摸了摸大白熊犬毛茸茸的脑袋，哄着它，好半天才把它带到了卧室外面的客厅里去，随即回来关好窗户，坐在兰婷身边，说："好了，好了，别怕了，它已经出去了，其实有它在这儿是件好事，我们就可以安心睡觉了。"

兰婷想想也是，勉强挤出一丝笑容说："霆哥，想不到你还这么有爱心，能认识你真是我的幸运。"说着，害羞地低下头去。

雷霆默默地看着她，心里暗暗想着，这女人可真是一本永远读不懂的书？或者是一首意境朦胧的诗？刚才还吓得花容失色的，这会又温情脉脉了。

尽管雷霆就在身边守着自己，兰婷还是睡不着，刚一闭上眼睛，那只大白熊犬就出现在她脑海里，搅得她心头一阵阵的紧张。

辗转反侧了一阵，她实在忍不住了，看着雷霆问道："霆哥，你还是告诉我大白熊犬的主人是谁吧，否则我根本睡不着。"

听了这话，雷霆笑了，看着兰婷美丽的大眼睛，打趣道："我原以为只有我们当侦探的才会有这个怪毛病，想不到你也有啊。遇到事情一定要打破沙锅问到底，呵呵，你也可以去当侦探了。实话告诉你吧，大白熊犬的主人是李勇。它并不是什么灵物，只是特别忠实于主人的猎犬。来鬼屋保护我们的大白熊犬其实不是一只，而是三只，它们长得一模一样，前面两只死了，李勇又把第三只派来鬼屋保护我们了。"

李勇？兰婷显然难以消化雷霆的话。见她一副大惑不解的样子，雷霆进一步解释："我为什么说大白熊犬的主人是李勇呢，是因为我们从林振松客轮回到鬼屋时，我发现这间卧室的烟灰缸里多了一个不同牌子的烟头，随即想到李勇特别喜欢这个牌子的香烟，立马猜出他来过鬼屋。”

“可他来鬼屋做什么呢?”兰婷越发不解了。

“他不是单独来的，而是带着他驯养的大白熊犬一起来的。他来鬼屋的目的，就是让大白熊犬熟悉我们留在鬼屋的气味。否则，大白熊犬又怎么会那么听话，懂得来鬼屋保护我们呢?”雷霆想了想，回答道。

听了这话，兰婷的兴致更高了，更觉得雷霆聪明过人，不由自主地靠近他，继续问道：“霆哥，我还是有疑问，你说的那个牌子的香烟，不只是李勇才抽呀，别人也可能抽啊，说不定是别人来过鬼屋呢?”

“婷儿，你这么善于提问题，很好，可以当我的助手了。确实，仅凭那个烟头，并不能证明来过鬼屋的人就是李勇。不过，我还有更充足的证据：李勇来到火焰堂后，肩膀上是不是常常蹲着一只怪猫?从那只怪猫来看，我敢肯定李勇是个善于驯养各种小动物的高手，只要猫狗什么的一到他手上，就会被调教成通人性的灵物。特别强调的是，我看了那张字条上的字后，发现它跟李勇辞职报告上的笔迹一模一样。有了这么多线索，我才敢肯定大白熊犬的主人就是李勇。”雷霆进一步分析道。

“可是……”兰婷仍然不解：“李勇辞职后，你不是怀疑他与林公馆连环凶杀案有关吗?既然这样，他为什么要派大白熊犬来保护我们呢?”

“怀疑不等于证据嘛。当初我确实怀疑过他，可是来到极乐岛后，种种迹象表明，他就是专门捉夜鼠的‘山猫’。从他派大白熊犬来保护我们这件事来看，我已经猜出他为什么要加入火焰堂了，真可谓用心良苦啊。我敢肯定，他一定是个了不起的人物。”雷霆目光如炬地说道。

“了不起的人物?霆哥，你不要吊我胃口好吗?继续往下说啊。”鉴于兰婷还没有加入组织，雷霆不愿意把话说得太透，随即含糊其辞地说道：“傻丫头，我怎么会吊你胃口呢?了不起的人物就是了不起的人物嘛。现在你已经知道大白熊犬不是妖魔鬼怪了，也知道它的主人是谁了，好奇心该满足了，可以安心睡觉了吧。”

兰婷知道自己再问下去也无济于事，于是红着脸咯咯笑了，随即又担心地问道：“霆哥，你说，秋红这次回港城，能找到八路军吗?”

雷霆拍了拍她的肩膀："放心吧，秋红也是个了不起的人物，肯定可以找到的。睡吧，夜已经深了，要是事情顺利的话，明天早上我们就可以当着火焰堂所有人的面揭开林公馆连环凶杀案的真相了。"

听了这话，望着雷霆充满正义感的刚毅面庞，兰婷心里充满了敬佩和幸福感，终于露出了甜甜的微笑，仿佛感觉到胜利就在眼前，随即进入了梦乡……

第十五章

揭 开 真 相

知道李勇在暗中保护自己和兰婷后，雷霆终于放下心来，不知不觉间和兰婷一起睡着了。谁知这一睡，竟然睡得很沉，如果不是那只大白熊犬跳上床来将他们舔醒，再过几个钟头他们也醒不过来。

发现已近黄昏，雷霆急忙跳下床来，突然听到窗外隐隐传来孙兵和李勇的对话声，立刻明白了大白熊犬为何去叫醒他们。

他赶紧拉开窗帘，刚打开窗户，大白熊犬就从他身边飞跃而出，蹦蹦跳跳地跑到迎面而来的李勇跟前，摇着尾巴围着他欢快地转来转去。

雷霆露出了微笑，对自己的判断很是满意。见李勇和孙兵正朝鬼屋的方向走来，雷霆急忙吩咐兰婷上楼去换衣服。

兰婷生怕李勇和孙兵发现自己昨晚和雷霆共处一室，脸上一红，随即慌里慌张地往楼上跑去。

待两人梳洗完毕，孙兵和李勇已经在门外等了好一会了。雷霆打开大门，见李勇肩膀上仍然蹲着那只两眼泛着萤光的大猫，脚边则围着那只摇头摆尾的大白熊犬，不禁暗暗佩服他是高手中的高手。

进屋后，孙兵看着雷霆微笑着说：“我挺佩服你沉得住气，竟然没有被手榴弹吓倒。”雷霆哈哈大笑，说：“孙兵，你也不错呀，竟然瞒着我，原来你早已和李局长成为朋友了，要不是昨天晚上李局长派他的三只大白熊犬来鬼屋保护我和婷儿，我还蒙在鼓里哩。李局长，谢谢你了，要是没有你驯养的大白熊犬，恐怕我和婷儿早就被冉小二用手榴弹炸得脑袋搬家了。”

听了这话，李勇和孙兵不禁面面相觑，随即将目光移到雷霆的脸上，里面充满了由衷的敬意。

李勇禁不住哈哈笑道：“雷探长，我就知道你很厉害，根本瞒不了你。但我还是想问一句，你怎么知道昨天晚上想暗害你们的人是冉小二呢？”

“你这不是明知故问吗？前天我不是还帮过火焰堂的忙吗？当时，你这位大名鼎鼎的李三爷带着几个恶棍去收林玲的房租，冉小二私吞银票被我当场揭穿，无奈按照堂规砍掉了自己右手的中指，肯定一直对我怀恨在心。昨天晚上，当我发现那个黑影瘦高瘦高的，立即想起冉小二的模样，便猜出是他了。”雷霆把握十足地分析道。

李勇点了点头，说：“雷探长，你真不愧是上海滩赫赫有名的大侦探。正是因为你前天得罪了肖顺阳的心腹冉小二，我就知道他会寻机来暗害你和兰小姐，于是昨天晚上就放出我驯养的三只大白熊犬来保护你们，只可惜有两只英勇献身了。”

“李局长，我很好奇，你是怎么把那三只大白熊犬驯养得如此听话的，还有你肩膀上的猫，我总觉得它怪怪的。你真是个驯养动物的高手啊。”兰婷插嘴道。

“其实我不是什么高手，大白熊犬和肩膀上的猫都跟随我多年了，否则它们也不会这么通人性的。还没有来极乐岛时，我一直把它们关在家里，很少有人知道我有这几个宝贝。”李勇微笑着看着兰婷。

“那你是不是早有预感，知道我和婷儿要来极乐岛？”雷霆耸了耸肩，笑道，“而且知道有人想害我们，于是提前把它们带到极乐岛，关键时刻来保护我们？”

听了这话，李勇哈哈大笑起来，说：“它们不是立了大功吗？我虽然没有预感，但知道你为了林公馆连环凶杀案，迟早是会来极乐岛的。”

看着眼前有勇有谋的李勇，雷霆真是充满了敬意，不由得说：“你真聪明，假装辞职，目的就是抢在我前面打入敌人的心脏。”

眼见雷霆已经猜得八九不离十了，李勇实话实说道：“要说聪明，还是你比我聪明，否则也不会知道是我暗中派那三只大白熊犬来保护你们。

再说，我会提前混进火焰堂，都是因为你在办案过程中提醒了我。林振松与肖顺阳突然出现在林公馆后，我就从他们的言行中看出了问题。为了取得林振松的信任，他和赵德贵一伙带着我去巫岭时，我一路上都在讨好他，尽量说些对他有利的话，结果他‘收买’了我，还让我当上了火焰堂的三堂主。”

雷霆朗声大笑起来，突然语出惊人：“李局长，如果不是你故意把烟头和字条留在鬼屋，我不会这么快猜出你就是专门捉拿夜鼠的‘山猫’。”

“什么？你说什么？”李勇简直是太意外了，尽管他的确是我党的生死特工“山猫”，但却万万没有料到会被雷霆看出来。

想了想，他对雷霆一抱拳，说：“雷探长，我彻底服你了，你简直就是个神探。换成是别人，绝不会有你这么细心的。”

“你们两位还有完没完？尽说些吹捧对方的话，难道还不饿吗？我们还是先去吃饭吧，顺便说点正事儿。”旁边一直默不作声的孙兵等不及了，突然插话。

经他这么一提醒，大家都笑了，雷霆和兰婷这才发觉肚子已经饿得咕咕叫了。

来到一家装修豪华的饭店，大家边吃边谈，都变得严肃认真起来。这家饭店从老板到服务生都是孙兵的心腹，李勇放下心来，问道：“雷探长，孙护法说你已经查出了林公馆连环凶杀案的凶手，是真的吗？”

雷霆没有直接回答，反问李勇：“你比我先来极乐岛，你呢，关于林公馆连环凶杀案的调查有什么进展？”

“很惭愧，虽然也有些进展，而且感觉到凶手是谁了，只是还没有找到确凿的证据。当然，从昨天火焰堂举办的擂台赛来分析，我相信我的怀疑会成为事实的。”李勇如实回答。

雷霆点了点头，又问孙兵：“你呢？事情办得怎样？”

“事情很顺利！他们计划提前下手，想不到聪明反被聪明误，冉小二昨天晚上不是想要暗害你和兰小姐吗？他被李局长养的大白熊犬咬下一只耳朵后，我的心腹已经把他抓起来了。”孙兵答道。

李勇接着说：“冉小二是洪万山的徒弟，却被肖顺阳收买成心腹。自从我当了火焰堂的三堂主后，肖顺阳对我平时的做法不满，起了疑心，更对我突然辞职加入火焰堂的事起了疑心。因此，他将自己的心腹冉小二安插在我身边做事。冉小二挑不出我的毛病，却经常在收租时私吞银票，还以为我不知道，其实我早就发现了。为了不打草惊蛇，我假装糊涂，殊不知前天却被雷探长当场揭穿，我只好叫他按照堂规自废右手中指。为了这事，冉小二对雷探长怀恨在心，我们离开林玲的房间后，冉小二就偷偷溜回去给洪万山打小报告，气得洪万山大骂雷探长。接下来，洪万山接到肖顺阳的口令，便在乐乐酒家上演了一出好戏。昨天晚上，他又派冉小二来鬼屋暗算雷探长和兰小姐。我发现后，便放出平时精心训练的三条大白熊犬先后去鬼屋保护你们。”

听了这话，雷霆和兰婷禁不住对视了一眼，兰婷更是震惊不已。雷霆接口：“冉小二是洪万山的徒弟，却被肖顺阳收买为心腹，是不是肖顺阳对洪万山也有不满？从乐乐酒家发生的那件事我就看出来了，肖顺阳为了排除异己，已经对火焰堂表面服从而暗中对他不满的人下手了。”

一旁的孙兵对雷霆佩服得简直五体投地，点点头说：“你说得不错。本来，肖顺阳也想收买洪万山，只是洪万山做事风风火火、脾气火爆，也不怕得罪人，他替肖顺阳做了几件不光彩的事后，越来越觉得不对劲，便当着众人发牢骚，说肖顺阳的不是。肖顺阳表面上对洪万山好，暗地里却对他恨之入骨，总想找机会除掉他。洪万山这个人很特别，他恼火归恼火，做事归做事，虽然对肖顺阳没有好感，但他毕竟是火焰堂的总管，他安排给洪万山的事，洪万山也不敢违抗。尽管如此，肖顺阳还是担心洪万山有一天会将他那些见不得人的事抖露出来。”

说到这，孙兵顿了顿，看向雷霆继续说：“雷探长，你不是要我召集火焰堂所有的弟子，计划当着他们的面揭开林公馆连环凶杀案的真相吗？昨天晚上，洪万山派冉小二暗害你和兰小姐，正好给了我一个机会。今天上午我去找过肖顺阳和林振松，把此事说了。他们正想除掉洪万山，于是同意召开香堂大会，理由是你昨天比武拿到了冠军，已经是火焰堂最尊贵的客人，洪万山胆敢指使冉小二来暗杀你和兰小姐。按照火焰堂的堂规，洪万山是主谋，应该在香堂大会上被执法师剁成八大块扔进大火里烧。”

“哦？”雷霆急忙问道：“那你们召开香堂大会的时间定下来了吗？”

“已经定下来了，就在明天凌晨时分。所以我很着急，唐小姐到现在还没有音讯，也不知道她的事情办得怎么样了？如果她没有找到抗日部队，已经得到消息的日本鬼子提前赶来极乐岛，趁着我们在那片墓地下面开香堂大会的机会将我们一网打尽，我们就完了。”孙兵显得忧心忡忡的。

“肖顺阳和林振松同意召开香堂大会，不但是想除掉异己，而且是借刀杀人，想把极乐岛送给日本鬼子!”李勇皱着眉头说道。

雷霆点了点头，说：“这些我都想到了，关键问题是，如果遇到紧急情况，除了你们的心腹，火焰堂剩下的弟子会服从你们的安排吗?”

“林振松刚成立火焰堂时，全靠肖顺阳替他招兵买马，可当时加入的人并不多，只有二百来人。自从我、郭玄和洪万山加入后，林振松便安排我们三人负责招兵买马了。我亲自介绍进火焰堂的就有将近一千人，郭玄介绍的有五百多人，洪万山介绍的也有几百人。雷探长，只要林公馆连环凶杀案跟火焰堂有关，我敢保证百分之九十的火焰堂弟子都会服从我和郭玄的命令。”孙兵显得信心十足。

“那好，我们赶紧回鬼屋，我这就把林公馆连环凶杀案的真相告诉你们，大家可以做到心中有数，然后再来个将计就计。就算秋红赶不回来，我们也可以提前做好准备，绝不能让日本鬼子的阴谋得逞。”雷霆猛地起身，看着其余三人。

值得庆幸的是，他们刚回到鬼屋，唐秋红就赶回来了。她告诉大家，八路军已经派出一个团的兵力下山，秘密埋伏在很多渔船上，计划提前在海上进行堵截，只要日本鬼子赶往极乐岛，他们就给鬼子来个迎头痛击，然后再赶来极乐岛建立抗日海防部队。

大家听了，顿时个个兴奋不已。孙兵暗示大家不要高兴得太早，吩咐道：“我简单讲一下情况，按照火焰堂的堂规，每次开香堂大会处决触犯堂规者时，都是不允许外人参加的。但这次不一样，也许林振松和肖顺阳认为有鬼子撑腰，我还没有提出让雷探长参加，他们就主动提出希望雷探长来参加。香堂的出口在墓地那座巨大的坟墓后面，里面有很多条通道，其中一条通往火焰堂的军火库。经过那条通道快要到达军火库时，有一个阴森森的陷阱横在面前，大约有五六米宽，十来米深，尽管看不见有什么夺命的暗器，却能从里面透出的阴寒之气感觉到，谁要是掉进去，就休想活着出来。陷阱上面架着一根铁轨，凡是有武功和胆量的人都可以从上面划过去将军火取出来。假如遇到紧急情况，还可以通过按动里面的按钮移动一块厚实的铁板铺在陷阱上面，将军火库的重武器搬运出来。还有，香堂大会每次都由肖顺阳主持，林振松会稍后到场，之前他会隐藏在暗处不露面。”

听了这话，雷霆不禁问道：“你和李局长来见我们，林振松和肖顺阳不怀疑吗？”

孙兵未及回答，李勇便开口了：“不会的，他们担心你不愿来参加这次香堂大会，还希望我和孙护法能够做通你的思想工作呢。”

孙兵点点头，接着说：“雷探长，你们可以先到那片墓地躲藏起来，等林振松一到，你们再现身，让他带你们进到地下香堂去。由于时间紧迫，我和李局长得马上回去见林振松和肖顺阳，然后再去召集大家做好准备。”

孙兵的话音刚落，心腹杨小毛就跑来鬼屋告诉大家，说日伪保安队队长刘大龙来了，林振松和肖顺阳正在接待他。

几个人顿时吃惊不已，孙兵看问唐秋红：“你不是说八路军已经在海上堵截日本鬼子吗？现在已经是晚上十点多钟了，刘大龙怎么会突然出现在极乐岛呢？”

“你放心，我这次来极乐岛，就是和八路军一起离开港城的。八路军享有盛名，言而有信，绝不会眼睁睁地看着日本鬼子将极乐岛占领的！刘大龙突然出现在极乐岛，也许是他侥幸逃脱，成了漏网之鱼了。”唐秋红安慰道。

雷霆看了看两人，转身问杨小毛：“那刘大龙有没有带着那群小特务一起来？”

杨小毛摇了摇头，说：“没有，他是一个人来的。”

听了这话，雷霆点了点头，看着大家：“放心吧，秋红的话是对的，我们还是按照原计划行动。已经到了揭开林公馆连环凶杀案的时候了，我们马上进行下一步分工。”

大家都不再担心了，随即几个脑袋凑在了一起。

经过反复研究，直到都觉得计划合情合理后，大家才分头行动。孙兵和李勇刚离开，雷霆、唐秋红和兰婷也悄悄离开鬼屋，摸进火焰堂那片严禁外人入内的墓地，找了个隐蔽的地方藏了起来。

将近凌晨时分，雷霆突然听到远处传来极轻微的“沙沙沙”的脚步声，急忙和唐秋红、兰婷从一座坟墓后面伸出头来观察。只见灰蒙蒙的星光下，三五成群的黑影走进了墓地。

兰婷有些紧张，不小心摔了一跤，正打算从地上爬起来，突然听到地底下传来奇怪而可怕的声音。

想到头天晚上她和雷霆在墓地遇到的种种神秘和诡异，兰婷惶恐不安地站起身来，凑近雷霆，把自己听到的声音悄悄告诉了他。

雷霆急忙趴在地上一听，很快便听到地底下传来沉闷的嗡嗡声。他站起来，看见那些密密麻麻晃动着的黑影走到那座巨大坟墓后面就突然消失了，立刻明白了这是火焰堂开启石门的声音。

突然，又有几个黑影晃动着走进墓地，不声不响地飘到埋葬李大牛和马云峰尸体的地方，其中一人的鼻孔里还发出哼哼两声。

他脚边的一只大白熊犬在那堆新堆起来的土堆上嗅来嗅去，接着两只强健的前爪看准一个地方不停地刨着，很快就把土堆刨开一个口子，露出了李大牛和马云峰的尸体，这才抬起头欢叫着望向自己的主人。

雷霆听见那只大白熊犬的欢叫声，立即明白火焰堂除了那些值勤和负责打理生意的人外，其他人都已经进入地下香堂。

果然，李勇和孙兵重新把李大牛和马云峰的尸体掩埋好后，李勇故意咳嗽了两声，向雷霆发出信号，随后和肖顺阳、郭玄以及被蒙在鼓里的洪万山飘到了那座巨大的坟墓后面，并与站在那儿恭候他们的黑影小声嘀咕了一番。

雷霆急忙趴在地上细听，就在那几个黑影鬼影一样从地面上消失的时候，他听到地底下传来沉闷的嗡嗡之声。

估计时间差不多了，雷霆和唐秋红带着兰婷摸到那座巨大的坟墓后面耐心等待。果然，过了十来分钟，三个黑影摇晃着来到他们面前，动作快得令人难以想象。

借着夜空中洒下来的点点星光，雷霆仔细一看，发现除了林振松和黄艳，还有一个人——日伪保安队队长刘大龙。

大家碰面后，林振松沙哑着嗓子说：“难为你们了，我没想到洪万山会派冉小二对你们下毒手，幸好李勇发现得早，否则你们被害，我这一辈子也不会心安的。洪万山已经触犯了堂规，为了替你们出气，我特意邀请你们参加地下香堂大会，让你们亲眼看到洪万山受到惩罚。”

看见刘大龙也出现在墓地，兰婷禁不住问：“林老板，刘大龙怎么和你们在一起？”“刘队长是我请来参加这次香堂大会的客人。”林振松面无表情地回答。

“我是代表松田来岛上乐园的。林老板说火焰堂今晚开香堂大会，他本来邀请的是松田，可是松田没时间，而且对这些帮会的事也不感兴趣，就派我来了。”刘大龙进一步解释道。

雷霆和唐秋红对视了一眼，没有作声。兰婷却盯着刘大龙，越想越气，突然从身上掏出勃朗宁手枪对准了他，大骂他甘愿为日本鬼子卖命，猪狗不如，自己要为民除害，替那些死去的兄弟姐妹报仇。

见兰婷如此冲动，雷霆和唐秋红生怕她有什么闪失，急忙上前制止。

看到眼前的这一幕，林振松想到兰婷在关键时刻挣脱自己，夺门而去，心里着实窝火，于是不高兴地说：“兰小姐，虽然你是我的好朋友，但刘队长是代表松田大佐来的，我不管你和刘队长有什么过节，都不允许你在我的地盘上放肆。快放下枪，否则我就对你不客气了。”

“林老板，对不起。兰小姐也是一时冲动。”雷霆急忙解围，接着叫兰婷把枪收起来。兰婷抬头望着雷霆，见雷霆朝自己使了个眼色，这才不情愿地把枪收好。

见兰婷安静下来了，雷霆转头看向林振松：“林老板，你为什么要请松田来参加香堂大会呢？”

“因为我需要他的帮助。雷探长，你们在岛上乐园将杀害我夫人的李大牛和马云峰铲除后，港城青帮绝不会善罢甘休的。赵德贵死了，我跳到黄河也洗不清，赵德贵的手下肯定会认为李大牛和马云峰是我指使你们杀的。青帮人多势众，若是来极乐岛找我算账，火焰堂根本就不是他们的对手。不瞒你说，火焰堂虽然有两千多人，但大部分人只负责生意上的事，既没有武功又不会打仗，加上我还来不及组建自己的海上自卫队，我只好花重金请驻扎在梅花山庄的日军来帮忙。”林振松解释得合情合理。

雷霆却假装糊涂，继续问道：“那么，这与火焰堂开香堂大会有什么关系呢？”

“怎么没有关系？我想趁机取得松田大佐的信任，这样他才会派兵来帮我们一起对付青帮。只可惜他抽不出时间。不过也好，有刘队长代表他来我也就放心了。”林振松继续说。

听了这，雷霆暗中冷笑，不再作声。

即将进入地下香堂时，林振松突然回头看着雷霆等人说：“雷探长，到了下面，无论发生什么事，你和唐小姐、兰小姐都不要出面干涉，只能和我躲在暗处观察，包括黄副总管和刘队长也不例外。”

“林老板，你放心。我们不会给你找麻烦的。”雷霆应付自如。林振松点了点头，望着脚下一块平整的大石板，突然说道：“雷探长，我看得出来，你是这方面的高手，进入地下香堂的石门就在这块石板下面，我现在要考考你，看你能不能把它打开？”

这有何难，孙兵早已告诉雷霆打开石板的秘密。此时，雷霆假装饶有兴趣地盯着脚下的石板，半晌才说：“我怎么看也看不出它有什么异常啊。”

想了想，他叉开马步伸出两只有力的大手，将石板猛地一推，石板却纹丝不动，便站起来朝林振松摇了摇头。

林振松哈哈大笑，心想赫赫有名的雷大探长也不过如此。于是，他叫雷霆走开，然后伏在石板上用手摸索着，当他摸到石板紧连着坟墓背后一个凹进去的地方时，用手使劲压住里面那个拳头般大、微微凸出来的石头。

与此同时，他脚下的大石板微微地动了一下，慢慢地出现一条石缝，不知情的人一定会以为是旁边这座坟墓修得不够牢固，时间久了下塌出现了裂缝。

林振松把一只手伸进石缝里去，很快就在石缝的左边摸到石榫。接着，他将石榫往右侧一扳，石榫随即离开榫闩，脚下立刻响起滚珠滚动的“隆隆”声。

他刚跳出那块平整的大石板，石板就慢慢被里面的大滚珠滚向一侧，露出一个方圆两米左右的洞口。

雷霆盯着那个黑漆漆的洞口，故意对林振松赞道：“想不到林老板还有这方面的天赋。”

“雷探长过奖了，这些机关是我以前请专家来设计的，我自己哪会想得这么周到？”林振松说完，带头沿着一级一级的石阶往墓穴深处摸黑下去。

走不到十米，他便在黑暗中摸到一个机关，使劲一按，头上立即传来“轰隆轰隆”的沉闷响声。转眼之间，出口处就被那块平整而厚重的大石板封死，林振松带着大家摸向墓穴深处。

两分钟左右，他们看见墓穴里有一条通道正往里延伸着，不远处还隐约透过来一丝亮光。一丝轻微而又怪怪的声音由远及近地传过来，雷霆立刻猜测火焰堂的人就在不远处。

又走了两三分钟，前面出现几条岔道，大家跟着林振松朝那条有着些许微弱亮光射过来的岔道走去。

即将走到尽头时，眼前又出现几条岔道，而且每条的不远处都有微弱的光线透过来。林振松回头望了黄艳一眼，这才带着大家拐进左边的通道。

不一会儿，一个阴森森的陷阱便横在大家面前，大约有五六米宽，十来米深，透出阴寒之气，陷阱上面还架着一根铁轨。

看着这一切，雷霆等人都想起了孙兵说过的话，便猜出陷阱对面的不远处就是火焰堂的军火库。

林振松暗中伸手碰了碰黄艳，黄艳会意地点了点头，他这才假装恍然大悟地说：“瞧我这记性，走错路了还不知道，差点带着大家掉进陷阱里去了。我们回去走另一条道吧。”

说完，林振松就带头往回走。雷霆和唐秋红都看到了林振松用手碰黄艳的那一幕，雷霆暗示唐秋红拉着兰婷跟着他们往回走，自己却拖在后面，趁林振松、黄艳和刘大龙不注意时，转身使出“蜻蜓点水”的绝招，轻而易举跃过铁轨朝光线很强的地方飘去。

转眼间，雷霆便发现几个彪形大汉正在前面站岗，而他们后面就是军火库，里面什么宝贝都有，真是让他吃惊不已。

为了不让林振松产生怀疑，雷霆没有惊动那几个彪形大汉，急忙沿着来路快速回去。追上大家后，林振松正好转回头来提醒道：“从现在开始，我们不要讲话。”说完就表情复杂地带头继续往前走去。

不一会儿，他们前面出现一道半开半闭的石门，有很强的光线从里面射出来，还有不少人在里面说话。

黄艳已经被林振松封为火焰堂的副总管，按理说开香堂大会她应该亲自在场的，奇怪的是，当她准备迈进石门时，林振松却急忙将她拉住，然后摸索着找到石壁上的机关一按，石门旁边的另一道石门已无声地滑开。

林振松带头走进去，等黄艳、刘大龙、雷霆、唐秋红和兰婷也走进去后，石门又无声无息地迅速合拢。

一行人摸黑沿着石阶斜着往上走，很快就来到一座大石像头部的后面，站在这里，下面万人洞大厅的情况可以看得清清楚楚。

此时万人洞的大厅灯火通明、人头攒动，令雷霆、唐秋红和兰婷惊讶不已。“这里就是我们火焰堂开设香堂的地方。”林振松悄悄解释道，想了想，又指着下方洞厅正面的关羽神像说：“我最崇拜关羽，所以将他的神像立在那里。”

雷霆顺着林振松手指的方向望去，发现孙兵和郭玄正在给关羽神像磕头上香。上香完毕，两人分别坐在第二排正中的两个位置上。接着是二堂主洪万山和三堂主李勇磕头上香，随后坐在第三排正中的两个位置。李勇的肩膀上仍然蹲着那只泛着萤光的怪猫，脚边还围着那只摇着尾巴的大白熊犬。

代表林振松处理一切事务的肖顺阳见人已到齐，便走向第一排正中的第二个位置坐下，面向众人宣布香堂大会正式开始。他的话音刚落，排成长龙的徒子徒孙便纷纷跪下给关羽神像磕头，又给肖顺阳和两大护法以及二堂主、三堂主磕头。

刚站起来，司香的执事便把香分给众人。在赞礼者的高呼声中，众人再次黑压压地跪了一地。接着，几十个执事端上盆中清水让众人净口。

做完这一切后，肖顺阳高声朗读堂规，对众人谆谆训诫一番，最后问道：“火焰堂的十大堂规你们都记住了吗？”“记住了。”众人齐声回答。

肖顺阳又问：“谁违反堂规，该如何处置？”“火焰万丈神鬼惊，谁犯家法谁自焚；明知故犯更当罚，下次再犯火烧身。”众人又齐声回答，接着又向关羽神像磕头，再向肖顺阳和两大护法以及二堂主、三堂主磕头，然后站起来分班侍立两旁，静候总管训话。

肖顺阳目光咄咄逼人地扫向众人，严厉地说："你们都知道大堂主制定的堂规，加入火焰堂者不论职位高低，入会后都要严守堂规，如有不法之人，不论职务大小，一律按家法处置，初犯者视情节轻重而定，再犯者大卸八块丢进熊熊大火里焚烧。现经查明，火焰堂内部有人严重违反堂规，而且还是再犯。我代表大堂主临时召集大家来此开香堂大会，目的就是奉命执法，将此人揪出来大卸八块丢进火焰里去焚烧。"

肖顺阳的话刚说完，有人立即将火焰堂法谱和四把刻有火焰图案的大刀供于香案上，然后给关羽神像上烛上香，另有人在洞厅中央点燃了一堆干柴。随着大火在"噼啪"声中烧得越来越旺，火焰堂的徒子徒孙开始窃窃私语，都觉得事情非同小可，否则也不会开香堂大会，将犯规者按照堂规处决就可以了。到底是谁触犯了堂规呢？

肖顺阳见时机已到，突然当众宣布："这次触犯堂规的人是冉小二。经调查核实，他在收取林玲的房租中私吞银票，被雷探长当场识破，他便对雷探长怀恨在心。昨天晚上，冉小二再次触犯堂规，潜伏在雷探长他们住的鬼屋附近，打算暗杀他们，结果被三堂主李勇发现。"

一言既出，众人哗然！冉小二知道自己是肖顺阳的心腹，为了配合他演好这出戏，被执法师押到香案前跪下时，他故意显出一副委屈的样子。

肖顺阳会意，把手一挥，便有四个彪形大汉走上前来，跪在放有火焰堂法谱和四把大刀的香案前行过三叩九拜，又转身向肖顺阳参拜，跪接他递过来的四把刻有火焰图案的大刀，顶在头上将十大堂规念了一遍，这才站起来等待肖顺阳宣布犯规者的罪状。

此时，藏在大石像头顶后面的兰婷见林振松和黄艳的脸上露出得意的笑容，禁不住用手轻轻碰了雷霆一下。雷霆暗示她不要着急，唐秋红也用眼暗示她千万要沉住气。

执法师开口了，问冉小二是否知罪。冉小二说："我承认自己犯了堂规，但这一切都是我的师傅洪万山指使的。"他的话让大家很是震惊，立即将目光转移到洪万山身上。

洪万山愣住了，想不到冉小二竟会这样对自己。要不是疼爱自己的徒弟冉小二，他也不会指使冉小二去暗杀雷霆的。就在洪万山对冉小二大发雷霆之时，肖顺阳朝两大护法使了一个眼色。

孙兵和郭玄得令，立即飞身而起，将不曾设防的洪万山打翻在地，迅速从他身上搜出手枪和刀具，然后交由四个执法师捆绑起来。

洪万山始料不及，愤怒地问肖顺阳这到底是怎么回事。肖顺阳“嘿嘿”冷笑两声，叫李勇将洪万山指使冉小二暗害雷霆和兰婷的事当众讲了一遍。

李勇讲完后，肖顺阳阴阴一笑，接着说：“经查明，前天中午，雷探长带唐小姐和兰小姐去乐乐酒家吃饭，而火焰堂胖子姚飞和瘦子罗健明也装扮成日本武士去乐乐酒家吃饭。二人发现唐小姐和兰小姐貌若天仙，禁不住调戏一番，结果被路过乐乐酒家的洪万山看见了。洪万山二话不说，上去就将两人杀了。大家都知道，姚飞和罗健明均是火焰堂“梦之岛”赌场的四大天王之一，对火焰堂的贡献很大，洪万山竟然开枪将他们杀害，简直是罪大恶极。按照堂规，他应该被执法师大卸八块扔进火焰中去焚烧。”

众人一听，顿时怒火中烧，恨不得立即将洪万山处死。一时间，洪万山如遭晴天霹雳，半晌才回过神来，猛然发现自己掉进了肖顺阳事先设计好的陷阱里，禁不住破口大骂：“肖顺阳，混蛋，想不到你如此心狠手辣，翻脸不认人。大家听我说，其实这一切都是肖顺阳暗中安排我做的。他说姚飞和罗健明背叛了火焰堂，正在酝酿一个惊天大阴谋，于是命令我设计将他们除掉！”

见洪万山将矛头对准自己，肖顺阳目露凶光，大声说道：“洪万山，你血口喷人。大家都知道你平时就对我不满，触犯堂规后，更是怨恨我召集大家开香堂大会将你处死，于是制造谎言来诬蔑我。”

众人都觉得肖顺阳的话有几分道理，纷纷点头。洪万山见没人相信自己，气得目眦尽裂。执法师却早已不耐烦，一把将洪万山押到香案前跪下。肖顺阳则命令执法师先给冉小二松绑，说冉小二只是被洪万山利用，还有戴罪立功的表现，没有到处死的地步。执法师不敢违抗肖顺阳的命令，只好将冉小二放了。

雷霆认为时机已到，用手轻轻碰了碰唐秋红。唐秋红则对他点了点头，他就从大石像头顶飘落下来，快速走到洪万山面前，用枪指着他骂道："好你个洪万山，原来是你从中捣鬼。我来替火焰堂的大堂主将你这个败类铲除。"

雷霆的出现引来一片慌乱，他的话也引起众人的震惊。两大护法对视一眼，迅速将雷霆围住，郭玄和孙兵手上黑洞洞的枪口也对准了雷霆的脑门。孙兵故意说："雷探长，你真是胆大包天！知道私闯火焰堂禁区是什么后果吗?"

"死呗！但我死不了，因为我是你们大堂主林振松请来的，他就在那座石像的头顶上。"雷霆说着，转身指了指林振松等人藏身的地方。众人震惊，不约而同地抬头望向大石像的头顶。

林振松眼看情形不对，只好带着黄艳和刘大龙从石像后面走下来。唐秋红也不敢怠慢，急忙拉着兰婷紧紧跟在他们后面。郭玄和孙兵见了林振松，大吃一惊，立刻将手枪收起来。

林振松径直走向关羽神像，跪下便拜，然后转身坐在首排正中空着的位置上，从身上掏出那块刻有火焰图案的镇堂之宝，用手在上面摩擦，突然使劲一吹，上面立即燃起一团金光闪闪的火焰。

接着，林振松将手中的宝贝高高地举了起来。除了雷霆、唐秋红、兰婷和刘大龙，其他人急忙跪地磕头，异口同声高呼："火焰万丈神鬼惊，主人现身百安灵；四海之内皆兄弟，十大堂规永记心!"

众人行礼完毕站起来后，林振松点了点头，问洪万山还有什么话说。洪万山仍不屈服，说道："大堂主，我承认自己犯了堂规，但这一切都是肖顺阳暗中指使我做的。按照堂规，肖顺阳应该和我一样被大卸八块扔进火焰中去焚烧，否则我死不瞑目!"

林振松沙哑着嗓子冷冷地说："洪万山，你不用编造谎言了，大家都知道，肖总管是我的拜把兄弟，他怎么会出卖火焰堂？他为火焰堂主持公道，大家有目共睹。你想血口喷人，真是找错了对象。念你平时为火焰堂卖力的份上，这次我破例，同意执法师用快刀斩乱麻的方式让你速死。"

林振松说完，立即宣布实行堂规。四个执法师立刻将刀架在洪万山身上，异口同声地问："我们与你无冤无仇，今天你犯下大堂主定下的堂规，我们奉命执法快刀将你大卸八块，让你速死，你可心服口服?"

洪万山万万没有想到林振松会与肖顺阳一个鼻孔出气，既然大势已去，他干脆把心一横，朗声说道："要杀要剐请便，可我洪万山不会放过肖顺阳和林振松这两个坏蛋，死后我会阴魂不散，变成厉鬼来缠住你们！执法师，动手吧！"

"且慢！"雷霆突然大声制止，众人都用目光不解地盯着他。只见他走到执法师面前，突然提醒洪万山："别人不相信你，我相信你。你可以戴罪立功，将真相详细地对大家讲一遍。我早就知道，你在乐乐酒家击毙的胖子和瘦子根本不是日本武士。如果大家还有怀疑，你可以将自己杀掉另外几个火焰堂骨干的真相揭露出来，让大家知道是谁指使你这么做的。"

雷霆的话真是令众人吃惊不小。洪万山也吃惊地瞪大眼睛，奇怪地问："雷探长，你是怎么知道的？"雷霆笑了笑，说："洪万山，你蠢不蠢呀，我说了，你可以戴罪立功。你放心，有我在，你死不了。你只不过是被人利用罢了。"

洪万山见雷霆相信自己，顿时有了底气，正打算开口说出事实真相，肖顺阳已经从腰间拔出枪来对准他。就在肖顺阳即将开枪之际，眼疾手快的雷霆甩手一枪就打中了肖顺阳握枪的右手。

与此同时，唐秋红一晃到了林振松的侧面，转眼间便将枪口抵在他的太阳穴上。孙兵和李勇也迅速晃到刘大龙与黄艳面前，分别用枪抵着他们的脑门。

当雷霆飞跃过去将肖顺阳打翻在地时，众人已是一片哗然，都想不通是怎么回事。不甘落后的兰婷也走到刘大龙身边，用枪指着他对孙兵说："孙护法，我最恨卖国求荣的汉奸，这个人竟然帮助日本鬼子对付中国人，你把他交给我吧！"

孙兵想到郭玄深受林振松的器重，担心他会带领心腹反抗，只好把刘大龙交给兰婷，转而迅速将枪口对准了郭玄："郭护法，对不起了，暂时委屈你一下，待雷探长将林公馆连环凶杀案的真相公诸于众后，你就会明白我们的用心良苦。"

郭玄还在发愣，孙兵已经将他的枪缴了。当时，被兰婷用枪抵着胸口的刘大龙突然发现，人群中有一个人正悄悄用枪指着雷霆，此人正是肖顺阳的心腹。就在他即将扣动扳机之际，刘大龙突然不顾一切地掏出枪来，准确无误地向他射出了一串子弹。

与此同时，以为刘大龙反抗的兰婷也扣动了扳机，“砰砰”两声枪响，血花四溅，刘大龙晃了几晃，硬挺挺地站住了。这突如其来的一幕令众人始料不及，雷霆也瞪起铜铃大眼吼道：“婷儿，谁叫你开枪的？”

兰婷愣立当场。刘大龙尽量忍住伤口的疼痛，面向众人说：“弟兄们，昨天晚上火焰堂有人连夜赶到港城西部的日军营地，请松田派兵来攻占极乐岛。今天下午，日军又获取火焰堂开香堂大会的情报，松田便计划在今天深夜攻占极乐岛，趁着开香堂大会时将你们一网打尽。现在已经将近凌晨一点，还不见动静，说明日军已经被八路军堵截在半路上了。”

这时，人群里突然有人大声问道：“是谁去通知日本鬼子的？”刘大龙捂着伤口虚弱地回答：“应该是日本女间谍井上美子。我原以为雷探长和武工队在旧码头附近的海边与日本鬼子枪战时，井上美子就已经被铲除了，直到松田撕开那个被雷探长和唐小姐杀死的东洋女魔头的假面皮时，我才发现她的真面目和黄艳的一模一样。而松田叫她的名字时，我又知道了她是井上美子的替身，而且是井上美子的双胞胎妹妹井上慧子！我来极乐岛发现黄艳后便起了疑心，此时雷探长将她抓了起来，我终于明白她才是真正的井上美子。”

他的话音刚落，欧阳鸿飞就禁不住问：“你凭什么说日军要来攻占我们极乐岛呢？”刘大龙说：“我是潜伏在港城西部梅花山庄日军驻扎营地的共产党特工。得知日军计划攻占极乐岛后，我迅速离开日军营地，跑来给你们报信，结果在半路发现很多渔船，上面埋伏着很多八路军，明白他们已经事先得到情报。为了保护你们的安全，八路军已提前在海上张开大网等日本鬼子自投罗网了。”

刘大龙的话让众人再度吃惊不已，大家望着血流如注的刘大龙，心想他不是汉奸吗？怎么变成了共产党的特工？就在众人窃窃私语之际，黄艳禁不住脱口而出：“刘大龙，难道你就是潜伏在日军内部的‘雄鹰’？”

听了这话，刘大龙望着黄艳不解而又愤怒的目光，不置可否地微笑着点了点头，眼里露出了胜利的光芒。他，确实是我党潜伏在日军内部的生死特工“雄鹰”。

看着刘大龙唇边的微笑，黄艳顿时变成一头发怒的母老虎，极力想从李勇的控制中挣脱出来。李勇不再手软，一掌就将她劈昏了过去。

此时，孙兵已将林振松身上的武器收缴起来，又叫亲信把林振松、肖顺阳和黄艳统统捆起来。

雷霆和唐秋红面面相觑，两人都没有想到刘大龙居然和自己是同一组织里的人，更想不到刘大龙就是“雄鹰”。想到这，雷霆跳过去一把将刘大龙抱在怀里，悲喜交加地说：“同志，简直太意外了。”

刘大龙看着雷霆，脸上现出欣喜之色。雷霆立刻检查他身上的枪伤，发现兰婷开的两枪都打中了他的要害部位，急忙伸出一只手紧紧捂住他的胸口，叫他一定挺住。

刘大龙摇了摇头，说：“已经来不及了。兰小姐的枪法真准，竟然射中了我的心脏，真是巾帼不让须眉。”

刘大龙的话让雷霆既难过又激动，他泪眼模糊地说：“对不起，事前我们并不知道你就是‘雄鹰’，兰小姐更不可能知道你的真实身份，你不会怪她吧？”

“怎么会呢？咱们是生死特工，为了粉碎日本鬼子的阴谋，我死而无憾。”刘大龙露出了微笑，呼吸变得急促起来。他把下巴靠在雷霆的肩膀上，拼足最后一口气认真地说道：“生死特工无论是生是死，一切服从组织安排；无论是被我方还是被敌方误解或者杀害，都无怨无悔，一切以大局为重。”

说完，刘大龙脑袋一歪，在微笑中断了气。雷霆的大脑里“轰”的一声炸开，抱着刘大龙软绵绵的身体，心仿佛碎了一般。

得知刘大龙就是代号“雄鹰”的生死特工后，唐秋红和李勇顿时泪流满面，既为他感到骄傲，又因为兰婷误杀他而感到难过。

兰婷见自己做了错事，更是吓得痛哭起来，整个人抖得就像风中的落叶。

见此情景，众人一阵慌乱。雷霆强忍着悲痛，把刘大龙的遗体放在一处干净的石板上，又脱下身上的衣服小心翼翼地盖在他的遗体上。

做完这一切，他慢慢地站起来看着大家，沉痛地说：“弟兄们，洪万山只是被人利用才犯了堂规的，日本鬼子才是我们共同的敌人。你们何不给他一个将功赎罪的机会，让他与我们并肩作战呢？刚才我这位兄弟已经告诉你们了，梅花山庄的鬼子已经计划在今天深夜攻占极乐岛。但是，他们的阴谋没有得逞，八路军已经提前在海上张开大网等待他们去自投罗网，说不定已经把他们打得溃不成军了。”

雷霆的话音刚落，果然有人匆匆忙忙地跑进香堂告诉大家，说距极乐岛四十海里处的航道展开了激烈的枪战。据火焰堂负责海上侦查的人员汇报，八路军正将一批日本鬼子堵截在那里，打得他们鬼哭狼嚎，已经有两艘战舰被八路军击沉了。

众人一听，这才相信雷霆说的一切都是真的。

这时，雷霆走过去指着五花大绑的林振松、黄艳和肖顺阳，说：“我知道大家还蒙在鼓里，不明白我们为什么把这三个坏蛋抓起来。现在我来告诉你们，这三个人当中，有两个都是日本间谍，另一个则是火焰堂吃里扒外的卖国贼。”

一言既出，众人大眼瞪小眼，都难以置信地看着雷霆。雷霆顿了顿，凑在李勇耳边悄悄地说：“‘山猫’，你先对大家说几句吧。”

李勇点了点头，迎着众人不解的目光，朗声说道：“弟兄们，实不相瞒，我是港城警察局的李勇，为了调查港城林公馆连环凶杀案，我加入了火焰堂，而你们的大堂主林振松已经被人杀了，凶手不是别人，正是这个冒充林振松的日本间谍野村吉次郎和另一个女间谍井上美子。更可恨的是，帮助日本人刺杀你们大堂主一家的，还有你们的总管肖顺阳。”

老天！这个林振松居然是假冒的？还是个日本间谍？众人哗然。

听了这话，被五花大绑的林振松，也就是野村吉次郎还在垂死挣扎，大声问道：“你们凭什么说我不是林振松？又凭什么说我是野村吉次郎？你们有证据吗？”

李勇看了雷霆一眼。雷霆从身上掏出一支香烟点燃，深深地吸了一口，两眼愤怒地盯着野村吉次郎，一字一句地说：“你不是林振松的证据确凿：第一，你说话声音沙哑，没有林振松的那么清脆。第二，林振松没有学过武艺，他从法国留学回到港城，便和肖顺阳结拜为弟兄，靠着父亲林森涛非法所得的一大笔钱招兵买马成立了火焰堂。也就是说，林振松根本不会武功。而你，昨天在擂台赛上大家都看见了，你纵身跃上擂台时，动作敏捷，一看就知道是练过武的。第三，昨天晚上你宴请我们的时候，为了不引起你和井上美子、肖顺阳的怀疑，我故意说林公馆连环凶杀案是李大牛和马云峰干的。结果你们把我当成傻瓜，居然告诉我遇害的林振松是你的替身，还说林振松左耳根有一颗黄豆般大的红痣。后来我问见过林振松真面目的孙兵，他说林振松的左耳根本就没有什么红痣。你因为自己左耳根上有颗红痣，怕露出破绽，于是就编造谎言来蒙蔽我们。以上三点，足以证明你不是林振松。至于凭什么说你是野村吉次郎，这件事情我还得感谢林玲小姐。前天下午，她去找肖顺阳，意外地听见了他和黄艳的谈话。昨天早晨，她跟踪黄艳到一艘客轮上，又偷听到了你这个假冒的林振松用日语和黄艳对话。而林小姐去日本留过学，你们的对话她全部都听得懂。后来，她把偷听到的谈话内容告诉我，我才知道冒充你们大堂主的就是野村吉次郎，黄艳则是东洋女魔头井上美子。她化名黄艳，通过肖顺阳的推荐到林公馆当丫环。野村吉次郎、井上美子和肖顺阳的目的很明显，他们事先已经计划好了，只要时机成熟，就里应外合将林振松一家杀害。下面，我将拿出最有力的证据，证明这个日本间谍野村吉次郎是冒充的林振松，让大家心服口服。”

说完，雷霆上前一把将野村吉次郎提了起来，伸手猛地一抓，瞬间便把他左臂上的衣服抓成碎片，随后指着他光滑的手臂对大家说：“你们看，这家伙左臂上根本没有火焰的图案。据我所知，凡是加入火焰堂的人，左臂上都要纹上火焰的图案，这是你们大堂主林振松定下的规矩。既然他定下这个规矩，理所应当带头纹上吧？可是这家伙没有，你们说他是不是假的？”

“假的，假的，肯定是假的。”见状，众人已是群情激奋，异口同声地骂道，恨不得冲上去撕碎这个日本间谍。

四个把刀架在洪万山脖子上的执法师终于收回大刀，把洪万山放了。洪万山重获自由后，感激不尽地走过来对雷霆抱了抱拳：“雷探长，那你又是怎么看出我在乐乐酒家杀的胖子姚飞和瘦子罗健明不是日本武士的呢？”

“很简单，当你开枪打死胖子和瘦子时，胖子用手指着你喊了几声‘你，你，你……’。我立刻发觉势头不对，迅速抓破胖子左臂的衣服查看，发现上面有火焰图案的纹身，马上猜出他们不是日本武士，而是你们火焰堂的弟子。野村吉次郎、井上美子和肖顺阳为了将眼中钉一个一个拔掉，趁我们来岛上乐园的机会，暗中指使你设计陷害他们。胖子和瘦子被蒙在鼓里，便按照你的计划化装成日本武士去乐乐酒家刁难我们。洪万山，不是我说你，你真是个大老粗。冉小二私吞银票被我当着李勇的面揭穿后，他对我怀恨在心，便去向你汇报，而你又不知道冉小二已经成了肖顺阳的心腹，立刻就中了野村吉次郎他们的诡计。他们叫你假戏真做，将胖子和瘦子杀害，好让目击者认为那两个假日本武士是你杀的，于是他们便有理由说你触犯了堂规，把你当成他们的替死鬼。更主要的是，如果鬼子攻占了极乐岛后有人不服气时，他们便可以推说攻占的原因是你杀了他们的武士，导致火焰堂惹火烧身。然后野村吉次郎、井上美子和肖顺阳再逐一将火焰堂弟子劝降，再把枪口对准我们中国人。”雷霆目光如炬地看着众人。

听了这话，洪万山恍然大悟，气愤不已地说：“我接到肖顺阳的口令后，当时也想不通，因为姚飞和罗健明武功高强，平时并不怎么买肖顺阳的账。肖顺阳就说雷探长去救兰小姐时打死了赵德贵的不少门徒，若是雷探长和兰小姐在岛上乐园逗留久了，无疑会给火焰堂带来灾难，因此叫我找他俩假冒日本武士跟踪雷探长和兰小姐。姚飞和罗健明在乐乐酒家对你们发难时，我便按照肖顺阳事先交待的话，开枪把他们打死。”

洪万山的话音刚落，郭玄就担心自己会被误解，急忙解释道：“我也被假冒大堂主的野村吉次郎和肖顺阳利用了，至于雷探长和洪二爷说的这些，我根本就不知情。他们说冉小二是洪二爷的徒弟，冉小二去暗害雷探长和兰小姐这件事一定跟洪二爷有关。所以，他们要我在香堂大会上极力为冉小二开脱，还说如果有人闹事，就要我带头反抗。幸好我保持沉默，否则，大家还会以为我与这三个罪大恶极的家伙同流合污了呢?”

听了这话，孙兵把手枪还给郭玄。郭玄和洪万山愤怒不已，不约而同地走到野村吉次郎和肖顺阳面前，狠狠地踢了两人几脚。

洪万山恨恨地说：“肖顺阳，只怪我洪万山看走了眼，把你当成好兄弟，原来你是个人面兽心的家伙。你和我们大堂主是结拜兄弟，竟然还跟日本人暗中勾结杀害他，你的良心都给狗吃了?”

此时，众人已是怒火中烧，吼声一浪高过一浪，都恨不能一刀把肖顺阳给捅了。

等到大家渐渐平静下来，有人还是想不通，便大声提出质疑："怎么才能证明大堂主是被他们杀害的呢？"这才是最最关键的问题。

见状，雷霆立刻把兰婷推到众人面前，叫她来回答。兰婷正为自己开枪错杀了刘大龙而伤心不已呢，小声哭泣着不敢抬头。雷霆和唐秋红赶紧安慰她，说这一切不是她的错，他们事先也不知道刘大龙的真实身份。

兰婷好不容易控制住情绪，转身跪在刘大龙的遗体面前磕了几个响头，这才站起来流着泪对大家说："是这样的，我还在娱红苑时，你们的大堂主林振松用重金收买娱红苑的老鸨沈秀梅，经常瞒着熟人到娱红苑去叫我单独为他跳舞。林振松脾气古怪，除了喜欢看我跳舞之外，从来不对我动手动脚。有一次，林振松感到房间里很闷热，终于忍不住在我们幽会的房间里洗了个澡。他脱掉衣服时，我发现他左臂上有一个火焰图案，又发现他有一块像镜子又不是镜子、上面还有火焰图案的东西。当时我好奇地问他那是什么，他只说是令牌就再也不吭声了。雷探长把我救出来后，带我一起来岛上乐园找这个假冒林振松的人试探，结果我发现他和你们大堂主林振松不一样——你们大堂主从来不要求我和他……和他发生关系，只要我为他单独跳舞。可这个冒牌货却对我动手动脚，要不是雷探长叫我想办法查看他左臂上有没有火焰图案，我早就和他拼命了。实不相瞒，昨天这个假冒的野村吉次郎刚把我带进房间就叫我脱衣服。我故意拖时间，叫他先脱。于是，他迫不及待地把自己脱得一丝不挂。当我证实他身上没有火焰图案的纹身后，赶忙趁他不注意跑出了房间。"

兰婷说完，又忍不住转身跪在刘大龙的遗体面前痛哭起来。在火光的照耀下，刘大龙面带微笑，仿佛在疲倦中沉睡过去一样，无声无息。雷霆强忍住悲痛，暗示唐秋红把兰婷扶起来加以安慰。

为了让众人心服口服，雷霆威严地说："你们知道野村吉次郎和井上美子为什么要收买肖顺阳一起制造林公馆连环凶杀案吗？当初部分办案人员怀疑凶手是因为林振松祖辈留下来的宝藏，才杀害他一家的，其实不然。他们的目的是让冒充林振松的野村吉次郎在肖顺阳的协助下铲除异己、收买心腹，然后打着请日军来帮火焰堂一起对付青帮的幌子，让驻扎在港城西部的日军进驻极乐岛，再将你们全部控制甚至全部吃掉。最终目的则是，让日军占领极乐岛后把你们大堂主林振松积存多年的军火库占为己有，用它来对付我们中国人。”

孙兵接着说：“可恨的是，野村吉次郎、井上美子、肖顺阳利用洪二爷心疼爱徒冉小二的心理，故意叫冉小二在洪二爷面前说雷探长的坏话。洪二爷一气之下，说了句‘我恨不得用手榴弹把姓雷的炸死’。因为这句话，冉小二去找肖顺阳汇报情况，肖顺阳便派冉小二昨晚去鬼屋暗害雷探长和兰小姐。接下来，三人又以洪二爷指使冉小二暗杀雷探长和兰小姐为借口，召集大家开香堂大会，要将洪二爷按照堂规处死。以上我说的话，都是冉小二亲口承认的。他们这么做的目的，一是想把我们火焰堂强硬的对手逐一除掉，进而完全控制岛上乐园。二是借我们开香堂大会的机会进入地下香堂查看军火库的位置，心中有数之后，再配合鬼子对岛上乐园的突袭，让我们毫无防备，只能投降。”

说完，孙兵叫他那几个控制着冉小二的心腹把他捆起来，押到了野村吉次郎、井上美子和肖顺阳的身边。

这时兰婷已经停止哭泣，唐秋红轻轻拍了拍她的肩膀，转向众人严肃地说：“我来给大家揭穿这个冒充林振松的野村吉次郎的真实面目吧。他曾经留学法国，后来又和井上美子一起赴德国参加特工训练。昨天晚上，孙护法发现井上美子和肖顺阳派人去港城通知日军后，我连夜赶回港城找到驻扎在港城附近的八路军。当时正好有位共产党的高层特工在那里，他告诉我日军陆军情报部曾经获得一个可靠情报，得知林振松这十几年来大量购买枪支弹药秘密藏在岛上乐园，那里已经变成一个鲜为人知的军火库。我回到极乐岛后将这事对雷探长说了，当时他已经侦破林公馆连环凶杀案，很快就发现了林公馆连环凶杀案背后的阴谋。”

“这个阴谋就是，日军为了将火焰堂的军火库占为己有，派井上美子秘密潜入极乐岛，用美色来诱惑肖顺阳，从而接近林振松。得到林振松的资料和照片后，井上美子觉得野村吉次郎长得和林振松有几分相像，就和他赶赴德国参加特工训练，然后又叫他整容，直到与林振松完全一样后，她才带着野村吉次郎潜入港城，与肖顺阳合谋杀害了林振松全家，并割走林振松的首级，还从他身上拿走了火焰堂的令牌。”

唐秋红的话音刚落，雷霆也不给众人分神的机会，接着说道：“我曾从李勇嘴里得知，赵德贵的门徒李大牛和马云峰犯过几起采花案，事先都是将一种特殊膏药涂在玻璃窗上，腐蚀出小圆洞后，又将迷魂散吹入室内，致使目标昏迷，然后进行犯罪。为了嫁祸于人，井上他们也用这种卑鄙无耻的手段将林振松和陆小慧迷昏，然后溜进屋里将二人杀害。他们这么做就是为了转移警方的视线，让他们认为林公馆连环凶杀案与港城青帮头目赵德贵有关。幸好以前我办过一宗大案，作案手法和林公馆连环凶杀案类似，凶手就是日本间谍，否则我也会把目标转移到青帮去的。”

说到这，雷霆顿了一下，转向李勇：“李勇，当初你也认为林公馆连环凶杀案与赵德贵有关，对吧？”

李勇点点头：“当初我对赵德贵产生过怀疑，还认为林公馆连环凶杀案与林振松祖宗留下的什么宝藏有关。后来，雷探长提醒说凶手已经从林振松身上拿走了什么重要的东西，并指着他左臂膀上的火焰图案解释给大家听，我这才明白林振松是火焰堂的人。第二天，冒充林振松的野村吉次郎和肖顺阳突然出现在林公馆，我产生怀疑，于是灵机一动，假装说在警察局当副局长没有前途，请求野村吉次郎让我加入火焰堂。为了取得他们信任，我还和他们去巫岭，一路上说尽了好话，结果需要帮手的野村吉次郎便承诺让我当火焰堂的三堂主。为了笼络我，他不顾肖顺阳的反对，让我负责每日高价收取房租。来到极乐岛半个月之后，肖顺阳见我对那些受害的姐妹心怀仁慈，越来越不满意，要不是孙护法在暗中帮忙，说不定他早就对我下手了。”

“如果大家还不清楚，我再详细地给大家解释林公馆连环凶杀案的经过。”雷霆接过话头。他丢掉手上的烟头，重新点燃一支，狠狠地吸了一口才说：“我调查发现，野村吉次郎、井上美子伙同肖顺阳杀害林振松一家，目的就是为了得到林振松藏在极乐岛的军火库，然后配合侵华日军海军的某舰队，担负起港城通往各个主要港口城市的航路安全任务。由于肖顺阳是林振松的结拜兄弟，进出林公馆不会引起别人的怀疑。”

“于是，他编造谎言说服林振松，让井上美子化名黄艳去林公馆当丫环，等待时机将林振松一家杀掉。肖顺阳有了井上美子的里应外合，杀死林振松一家简直易如反掌。孙护法告诉我，赵玉莲被杀害那几天，肖顺阳曾向林振松请假，借口有事去港城。由此可见，肖顺阳离开极乐岛赶到港城后便悄悄潜入林公馆，让潜伏在内的井上美子配合自己将赵玉莲杀害，然后又返回极乐岛，带着林振松回港城，再将他和夫人陆小慧杀害。”

“接下来，野村吉次郎冒充林振松出现在办案人员面前，让办案人员以为林振松还活着而将目标转移到港城青帮身上。现在你们应该明白了，这个取代林振松位置的人不是你们的大堂主，而是残害我们同胞、强占我们领土的日本鬼子。”

肖顺阳见野村吉次郎和井上美子的真实身份已经被雷霆揭穿，为了保全性命，赶紧为自己狡辩：“雷探长，要不是你说出真相，我还蒙在鼓里。我承认自己当初上了这个化名的井上美子的当，但我确实不知道她是日本间谍呀。我问你，赵玉莲被害的那几天，就算我去了港城，可你凭什么说我是野村吉次郎和井上美子的帮凶，而且说赵玉莲是我伙同他们杀害的？”

雷霆盯着肖顺阳冷哼了一声，说道：“你以为自己很会狡辩，就能够减轻你的罪孽吗？林公馆连环凶杀案的作案手法一样，都是身首异处，尸体的脖颈断口齐整。从脖颈上的断口处来看，头颅应该是被凶手一刀剁下的，这表明凶手力大刀快、功力深厚，是个杀人不眨眼的刽子手。肖顺阳，还记得昨天的擂台赛吗？你跃上擂台与我比武之前，从一位火焰堂弟子手里夺过砍刀，突然一刀将自己坐的那把交椅劈成两半，但是那把交椅仍然像原来一样，没有眼力的人绝对看不出它已经被你劈成了两半。当时我看了你的表演，就知道你露出了破绽，从而更加确信自己的判断了。你还有什么话要说吗？”

眼见事情败露，肖顺阳只好愤愤不平地说：“林振松一家都该死！你们知道吗？他留学回国后，得知我武艺不错，便假惺惺地与我结拜兄弟，叫我帮他招兵买马。结果他却设计让那些弟子渐渐疏远我，我如果不是火焰堂的总管，说不定早就被人算计了。你们根本不知道，林振松对我管束很严，这么多年来都让我装孙子，他却充当好人，既送枪支和药品给共产党军队，又花一大笔钱打点国民党军队，还和军统局戴老板拉近关系，结果好处都是他的。我已经辛辛苦苦为他做了这么多事，难道还要给他做一辈子的总管吗？”

“大堂主把大小事务都交给你负责，他这么信任你，你还不满足？”听了肖顺阳的话，郭玄愤怒地指着他的鼻子骂道，转而又对雷霆说，“雷探长，麻烦你继续揭露肖顺阳，越具体越好，让大家心服口服。”

雷霆将手上的香烟丢掉，用脚踩灭后清了清嗓子，说道：“肖顺阳和井上美子里应外合杀害赵玉莲后，故意离开港城去了别处，直到第三天早晨才回到极乐岛，并按照事先安排好的计划，将赵玉莲被杀的事讲给林振松。赵玉莲是赵德贵的妹妹，林振松不敢怠慢，当天下午就带着肖顺阳回到林公馆。由于林振松是戴老板的朋友，赵玉莲被人杀害后，他立即电告戴老板。戴老板很重视，立刻派唐小姐负责调查赵玉莲被杀一案。当时唐小姐正好在港城，她来到林公馆后，找到管家林志安了解情况。林志安显得有些紧张，从而引起了化名黄艳的井上美子和肖顺阳的注意。两人担心林志安对他们的作案有所察觉，便里应外合又将林志安杀死。”

“接下来，井上美子与肖顺阳又合谋杀死林振松和陆小慧，并拿走了火焰堂令牌，还割走林振松的首级，让警方无法证明那具无头男尸是谁。次日深夜，肖顺阳又带着冒充林振松的野村吉次郎出现在办案人员面前，制造了林振松还没有死的假象，以此达到让野村吉次郎成为火焰堂大堂主的目的。”

“林振松被杀后，我发现他左边臂膀上纹有火焰图案，便猜出他是火焰堂的人，后来又从唐小姐嘴里得知林跟兰小姐有来往，便将兰小姐从娱红苑救出来。当时计划带着她来极乐岛找假冒的林振松进行试探。殊不知日本鬼子做贼心虚，一次又一次地对办案人员进行追杀，致使双方展开激战，而我们也是直到距离擂台赛还剩两天时才来到极乐岛。为了能够顺利接近冒牌的林振松，我也参加了擂台。昨天晚上，兰小姐发现野村吉次郎左边臂膀上并没有火焰图案纹身，这就更证实了我原来的判断。”

众人听罢，个个愤然而起，都喊着要把野村吉次郎、井上美子和助纣为虐的肖顺阳乱刀砍死。雷霆赶紧招呼大家平静下来，大声说道：“随着战局对日本的日趋不利，日军在港城的战略地位也全面下降，想把港城出产的物资从海上运出已渐渐感到吃力。尽管如此，日本军方依然不断强化对港城海域的占领。为了防止日益活跃的盟军空军对日本占领区的空袭，保护海上运输通道，日本海军某航空队已经进驻港城，担任港城的空中警戒。半年前，他们调动以松田为首的鬼子从距港城近百里外的战俘营赶来港城，除了负责在港城周边地区‘扫荡作战’之外，还有一个目的，就是增加对空监视和对空防卫任务。你们可能还不知道，日军想对港城实施一次大规模作战，主要是针对日益活跃且力量不断扩大的共产党军队，同时力图摧毁港城的国民党军政机关。只是日军兵力不足，枪支弹药日渐减少，因此不敢深入港城四周的群山腹地，而这些作战均未取得日军所预想的效果。”

唐秋红也冷冷地说：“可笑的是，眼见大势已去的日本鬼子仍然想作最后一搏，对港城的抗日军队依然保持着攻势。驻扎在梅花山庄的日本鬼子在航空部队的协助下，极其嚣张，本想给港城的抗日军队来一次较大规模的进攻。然而，他们由于情报来源极少，每次试探性的进攻都惨遭抗日军队的袭扰。”

雷霆看着大家，点了点头，愤怒地说：“日军的双手沾满了中国人民的鲜血。他们一直把港城当作总体战略中的重要一环，不断强化对港城周边的占领，从未有过放弃的念头。就拿野村吉次郎和井上美子来说，他们实施一系列的谋杀，就是计划将极乐岛作为侵华日军休整和调整部署的地方，而且秘密进行增建海上部队的动员工作，打算将沿海岸线的军事和经济要地逐个占领，发挥海上封锁的效果。”

洪万山一听，气得上前狠狠地踢了野村吉次郎和井上美子几脚，恨恨地说道：“你们这些狗崽子，想把火焰堂的枪支弹药占为已有，还以为可以用它来对付我们中国人，做美梦去吧！”

欧阳鸿飞也忍不住了，走到野村吉次郎面前气愤地说：“你这个混帐东西，居然冒充我们的大堂主，还让肖顺阳负责火焰堂的一切事务。只是你破绽太多，最终还是露出了狐狸尾巴！”

唐秋红见大家个个义愤填膺，忍不住说：“请大家放心，八路军给日本鬼子迎头痛击后，就会赶来极乐岛增建抗日海防部队。只要大家团结一致，日本鬼子很快就会被我们打败的。”大家听了，顿时兴奋不已！

此时，被李勇打昏的井上美子已经清醒过来，见雷霆已将自己的底细摸得一清二楚，气得差点吐血。但她仍恬不知耻地说：“我们大日本帝国的军队勇猛无敌，不仅侵略中国，还要侵略世界上的其他国家。我劝你们还是赶紧投降吧。”

井上的话引起了大家的怒火。李勇上前一步，义正词严地质问她：

"投降？我们中国人什么时候给罪恶滔天的日本鬼子投降过？你做梦吧。"说完就恨恨地瞪着眼前这个心如蛇蝎的女人，令井上美子不寒而栗。

此时，雷霆站了出来，面向大家庄严地说："现在已经真相大白，日军想占领沿海岸线的军事和经济要地，简直是痴人说梦。目前，全国军民群情激奋、斗志高涨，个个都发誓要日本鬼子血债血还。相信过不了多久，我们的队伍便会转头对日本发起大规模反攻，让他们得到应有的惩罚。你们说，我们是甘愿被日本鬼子欺侮和杀害呢？还是挺身而出加入抗日队伍，同仇敌忾地打鬼子呢？"

"加入抗日队伍，同仇敌忾打鬼子！加入抗日队伍，同仇敌忾打鬼子……"雷霆的一番话触动了每个人的内心，大家顿时热血沸腾、斗志昂扬，不约而同地围住了野村吉次郎、井上美子、肖顺阳和冉小二。

雷霆正想阻止，可是已经来不及了。转眼间，罪大恶极的野村吉次郎和井上美子便被众人就地处死；肖顺阳和冉小二则被执法师和众人剁成了几大块，扔进火里给烧了。

见状，雷霆只好安排人守好火焰堂的军火库，然后招呼大家离开地下香堂。不一会儿，近两千人便蚂蚁似地从那座巨大的坟墓后面冒了出来。

随后，大家安葬了刘大龙，还对这坟墓默哀了几分钟，并开枪为他送行。做完这一切，在海上堵截日本鬼子取得胜利的八路军已经来到极乐岛。大家兴高采烈、欢呼雀跃。当天，火焰堂便有将近两千人加入了这支勇猛无敌的八路军部队，成为真正的中国军人。

林公馆连环凶杀案的告破，让雷霆大大松了一口气。后来，唐秋红和李勇另有任务留在港城，雷霆则带着兰婷赶往上海。途中，兰婷一直为自己错杀刘大龙而感到难过，雷霆则想方设法安慰她。

轮船即将到达上海时，兰婷的心情终于舒畅起来。雷霆嗅着她身上散发出来的那股酸酸甜甜的味道，忍不住打趣她："我从你身上闻到一股葡萄汁味儿，想起了我们在岛上乐园有过的法式浪漫，你愿意把自己当成葡萄酒让我美美地喝几口吗？"

听了这话，兰婷心头涌起一股莫名的激动，脸上绯红而光鲜，娇羞地将头低下来抵在雷霆的胸膛上，说："既然你把我当成葡萄酒，就不能心急，得慢慢享受、慢慢品味，否则几口喝完了，以后就没有感觉了。你把我当成葡萄酒，就好比我把你当成雪茄烟，可是我不着急，而是一点一点地细细品味。”

这丫头厉害呀，本来是我给她上感情课的，谁知她反过来巧妙地给我上了一课。雷霆暗暗感慨，禁不住说：“婷儿，你要是怕被雪茄的气味呛着，我们回到上海举行婚礼后，你就把我当成巧克力吧。巧克力含在嘴里，慢慢地品味甜甜的人生，岂不更有意义？”

兰婷细细琢磨着，觉得雷霆这句意味深长的话别有一番情趣，忍不住发出咯咯的笑声。雷霆心里突然涌起一阵温暖，轻轻地将兰婷推开，大胆地盯着她，一本正经地说：“我现在才发觉自己有审美天赋。你知道自己有多美吗？不论是身材还是气质，你都可以去参加国际模特大赛、世界小姐选美，我保证你会在千千万万的美女中脱颖而出。”

兰婷愣住了，想不到雷霆也会向女人献媚，于是“扑哧”一笑，红着脸说：“霆哥，我要你回到上海后，用最浪漫的方式娶我，我要做你最美丽的新娘。”雷霆点了点头，心想：我确实该有个美满幸福的家了。

回到上海，雷霆将兰婷安顿好以后，匆匆赶往上海情报站。当时，站长正坐在办公室里，严肃认真地翻阅着一份绝密文件。翻阅完后，站长伸手在办公桌底部按了一下，进入他办公室的金属门徐徐而开。不到30秒，擅长破解各种密码的女特工走进站长办公室。站长抬起头来对她说：“叫‘白狼’进来吧。”

话音刚落，代号“白狼”的生死特工雷霆已经出现在站长面前，以标准的军人步伐“啪”地双腿并拢，直挺挺地站在屋子中央。站长十分赞赏雷霆动作迅速，严肃地说：“请你把生死特工的意义简略地讲述一遍。”雷霆朗声回答：“生死特工无论是生还是死，一切服从组织安排！无论是被我方还是被敌方误解或杀害，都无怨无悔，一切以大局为重。”

站长点点头，赞赏地说：“很好！很好！谁会想到上海滩赫赫有名的雷大侦探竟是我党的生死特工！”雷霆哈哈大笑起来，然后将港城林公馆连环凶杀案的真相向站长作了详细汇报。

站长听了，在表扬雷霆的同时，又给他安排了新的任务。他严肃地说：“三天前，古城发生了两起枪杀案，间隔时间只有三个小时，有证人目睹是带头抵制日货的古城百货公司经理何欢干的。奇怪的是，第一起枪杀案发生不到两小时，听到风声的何欢已经跑到古城警察局请求保护，可为什么还会发生第二起枪杀案呢？而且还有证人目睹是何欢作案？警方问何欢是谁冒充他，他自己也感到莫名其妙。”

雷霆目光炯炯，不解地问：“头儿，这个案件应该是古城警方的事，怎么跑到我们这儿来了？”站长严肃地回答：“发生在古城的两起枪杀案很令人震惊，死者都是48小时后身中巨毒而死的，尸体发绿，面容扭曲。法医请专家共同对死者进行解剖，发现死者身上的子弹已经腐化，变成鼠疫杆菌浸透全身，由此得出属于流行性传播鼠疫的结论。当地警方不敢怠慢，迅速将此事层层上报，结果惊动了我们的首长。经过研究，首长怀疑是日军委派间谍干的，并判断其某个部队已具备生产毁灭性细菌武器的能力。侵华日军灭绝人性，甚至想吞并整个世界，假如他们将‘研究成果’投放到世界各地，那后果将不堪设想。因此，首长要你负责调查此案，就以何欢为突破口，尽快找出真凶，将其秘密生产细菌武器的实验基地炸毁。”

雷霆一愣，想不到事情会变得如此复杂。站长递给他一份绝密档案，说：“何欢的所有资料都在里面，为了防止杀人灭口，他现在已被古城警方秘密转移到一个很安全的地方。这件事情非同儿戏，我给你半小时准备，然后派专机送你去古城！你有什么要求，现在赶紧提。”

雷霆耸了耸肩，说：“头儿，这次回上海，我带来了一位美女。”站长不动声色地问：“是兰婷吗？”雷霆愣了一下，旋即点了点头：“我想带她一起去古城，不知你是否同意？”“兰婷的资料我已经看过了，她很符合条件，你可以把她当成培养对象，带她去吧！”站长笑着说，然后又问：“你还有其他要求吗？”

雷霆摇摇头，答道：“没有了，我只想尽快把古城的枪杀案破了。”站长十分赞赏他果敢的行事风格：“很好！你真了不起。从你身上我看到了希望。我坚信，只要我们一起努力，侵华日军在不久的将来一定会无条件投降，并受到国际法庭最庄严的审判。”

“我也坚信。”雷霆一脸严肃地回答，转身离开了站长办公室。为了尽快将日本鬼子的阴谋彻底粉碎，雷霆和兰婷来不及举行富有诗意的浪漫婚礼就扬帆启程了，去迎接新的挑战……

图书在版编目（CIP）数据

生死特工/左绍忠著．—北京：时事出版社，2009.7
ISBN 978-7-80232-268-4

Ⅰ．生… Ⅱ．左… Ⅲ．长篇小说－中国－当代 Ⅳ．I247.5

中国版本图书馆 CIP 数据核字（2009）第 117105 号

出版发行：时事出版社
地　　址：北京市海淀区万寿寺甲 2 号
邮　　编：100081
发行热线：(010) 88547590　88547591
读者服务部：(010) 88547595
传　　真：(010) 68418647
电子邮箱：shishishe@sina. com
网　　址：www. shishishe. com
印　　刷：北京百善印刷厂

开本：787×1092　1/16　印张：16.25　字数：250 千字
2009 年 7 月第 1 版　2009 年 9 月第 2 次印刷
定价：28.00 元